A QUEDA

MICHAEL CONNELLY

A QUEDA

Tradução
Cássio Arantes

Copyright © 2011 by Hieronymus, Inc.
This edition published by arrangement with Little, Brown and Company, New York, New York, USA. All rights reserved.

Todos os direitos desta edição reservados à
EDITORA OBJETIVA LTDA.
Rua Cosme Velho, 103
Rio de Janeiro – RJ – CEP: 22241-090
Tel.: (21) 2199-7824 – Fax: (21) 2199-7825
www.objetiva.com.br

Título original
The Drop

Capa
Mateus Valadares

Imagem de capa
Trevillion Image

Revisão
Rita Godoy
Ana Kronemberger
Joana Milli

Editoração eletrônica
Abreu's System Ltda.

CIP-BRASIL. CATALOGAÇÃO NA PUBLICAÇÃO
SINDICATO NACIONAL DOS EDITORES DE LIVROS, RJ

C762q
    Connelly, Michael
        A queda / Michael Connelly; tradução Cássio Arantes. – 1. ed. – Rio de Janeiro: Objetiva, 2014.

        Tradução de: *The drop*
        311p.   ISBN 978-85-8105-209-0

        1. Ficção americana. I. Arantes, Cássio. II. Título.

13-07709   CDD: 823
                                                          CDU: 821.111(73)-3

Este é para Rick, Tim e Jay,
que sabem o que Harry Bosch sabe.

1

O Natal chegava todo mês na Unidade de Abertos/Não Resolvidos. Era quando a tenente passeava como Papai Noel pela sala do esquadrão, distribuindo as missões para as seis equipes de detetives como se fossem presentes. Os *cold hits*, como eles chamavam a identificação de um novo suspeito no arquivo morto, eram a parte vital da unidade. As equipes não esperavam por emergências e homicídios recentes na Abertos/Não Resolvidos. Esperavam por *cold hits*.

A Unidade de Abertos/Não Resolvidos investigava homicídios não solucionados com até cinquenta anos da ocorrência, em Los Angeles. Havia doze detetives, um secretário, um supervisor do esquadrão, conhecido como capataz, e a tenente. E havia dez mil casos. As primeiras cinco equipes dividiam os cinquenta anos, cada dupla pegando dez anos escolhidos ao acaso. A tarefa deles era desenterrar do arquivo morto todos os casos de homicídio não resolvidos nos anos de que tinham ficado incumbidos, avaliar e submeter a evidência antiga, que ficara armazenada e esquecida, a uma nova análise, com tecnologia moderna. Todos os pedidos de DNA ficavam nas mãos do novo laboratório regional na Cal State. Quando o DNA de um caso antigo batia com o de um indivíduo cujo perfil genético figurava em algum banco de dados de DNA do país, isso era chamado de *cold hit*. O laboratório postava os avisos de *cold hit* todo fim de mês. Eles chegariam um ou dois dias mais tarde no Edifício de Administração da Polícia (Police Administration Building [PAB]), no centro de Los Angeles. Em geral, às oito da manhã nesse dia, a tenente abriria a porta de sua sala para se dirigir ao esquadrão. Ela carregava os envelopes na mão. Cada formulário era enviado individualmente em um envelope ofício amarelo.

Em geral, os envelopes eram entregues aos mesmos detetives que haviam submetido a evidência de DNA ao laboratório. Mas às vezes havia *cold hits* demais para que uma determinada equipe cuidasse da leva toda. Os detetives incumbidos podiam estar em um julgamento no tribunal, de férias ou de licença. E às vezes os *cold hits* envolviam circunstâncias que exigiam o máximo de perícia e experiência. Era aí que a sexta equipe entrava. Os detetives Harry Bosch e David Chu eram a sexta equipe. Eles eram os coringas. Lidavam com casos excedentes e investigações especiais.

Na segunda de manhã, dia 3 de outubro, a tenente Gail Duvall abriu a porta de sua sala segurando apenas três envelopes amarelos. Harry Bosch quase suspirou de tristeza ao ver um retorno tão pobre dos pedidos de exame de DNA feitos pelo esquadrão. Ele sabia que com tão poucos envelopes não receberia um novo caso para trabalhar.

Bosch voltara à unidade fazia quase um ano agora, depois de dois anos de uma nova atribuição na Especial de Homicídios. Mas ao voltar para sua segunda passagem na Abertos/Não Resolvidos, ele rapidamente entrara no ritmo do esquadrão. Aquilo ali não era nenhum esquadrão de aviadores. Ninguém saía correndo do prédio para se dirigir a uma cena de crime. Na verdade, não havia cenas de crime. Apenas pastas e caixas de arquivos. Era antes de mais nada uma jornada de trabalho das oito às quatro com um porém, esse porém significando que havia mais viagens a serem feitas do que em outros esquadrões de detetives. As pessoas que se safavam após cometer um assassinato, ou que pelo menos acreditavam ter se safado, tendiam a não ficar por perto. Elas se mudavam para algum outro lugar, e muitas vezes os detetives da Abertos/Não Resolvidos tinham de ir atrás delas.

Uma boa parte do ritmo de trabalho era o ciclo de espera todo mês pela chegada dos envelopes amarelos. Às vezes Bosch tinha dificuldade de dormir nas noites que antecediam o Natal. Ele nunca tirava um tempo para cuidar de qualquer outra coisa durante a primeira semana do mês e nunca chegava atrasado ao trabalho se havia alguma chance de que os envelopes amarelos pudessem ser entregues. Até mesmo sua filha adolescente notava seu ciclo mensal de expectativa e agitação e gostava de compará-lo a um ciclo menstrual. Bosch não achava a menor graça na comparação e ficava constrangido sempre que ela tocava no assunto.

Nesse minuto, sua decepção com a visão de tão poucos envelopes na mão da tenente era algo palpável em sua garganta. Ele queria um novo caso. Ele *precisava* de um novo caso. Precisava olhar o rosto do assassino quando batesse na porta e mostrasse o distintivo, a encarnação da inesperada justiça aparecendo para uma visitinha depois de todos aqueles anos. Era um vício e Bosch estava na fissura.

A tenente entregou o primeiro envelope para Rick Jackson. Ele e seu parceiro, Rich Bengtson eram investigadores sólidos que estavam com a unidade desde o começo. Bosch não tinha do que se queixar quanto a isso. O envelope seguinte foi deixado sobre a mesa vazia pertencente a Teddy Baker. Ela e seu parceiro Greg Kehoe estavam voltando de um caso em Tampa — um piloto de aviação comercial que fora ligado por impressões digitais ao estrangulamento em 1991 de uma aeromoça em Marina del Rey.

Bosch já ia sugerir para a tenente que Baker e Kehoe talvez estivessem muito ocupados com o caso em Marina e que o envelope poderia ser entregue para outra dupla — a saber, a sua — quando a tenente olhou para ele e usou o último envelope que tinha na mão para acenar que entrasse em sua sala.

— Vocês dois podem dar um pulo aqui um minuto? Você também, Tim.

Tim Marcia era o capataz do esquadrão, o detetive três que cuidava da maioria das tarefas de supervisão e preenchimento de papelada da unidade. Ele atuava como mentor dos detetives mais novos e não deixava os mais velhos perderem o pique. Com Jackson e Bosch sendo os dois únicos investigadores que se encaixavam na segunda categoria, Marcia tinha muito pouco com que se preocupar, nesse aspecto. Tanto Jackson como Bosch continuavam na unidade porque eram ávidos por resolver casos.

Bosch levantara da cadeira antes mesmo que a tenente tivesse tempo de terminar a frase. Ele se encaminhou à sala da tenente com Chu e Marcia vindo atrás.

— Fechem a porta — disse Duvall. — Sentem.

Gail Duvall tinha uma sala de canto, com janelas dando vista para o prédio do *Los Angeles Times*, do outro lado da Spring Street. Paranoica de que houvesse repórteres espionando da redação, Duvall mantinha as persianas permanentemente abaixadas. Isso deixava sua sala escura, parecendo uma caverna. Bosch e Chu sentaram nas duas cadeiras posicionadas diante da mesa da tenente. Marcia veio atrás, passou pela lateral da mesa de Duvall e recostou-se em um velho cofre de evidências.

— Quero que vocês dois cuidem desse *cold hit* — ela disse, estendendo o envelope para Bosch. — Tem alguma coisa errada nessa história e quero que mantenham o assunto em segredo até descobrirem o que está acontecendo. Podem deixar o Tim por dentro, mas sejam discretos.

O envelope já fora aberto. Chu curvou-se para olhar quando Harry virou a aba e puxou o formulário preenchido. O papel mostrava o número do caso para o qual a evidência de DNA fora submetida a novo exame, além do nome, idade, último endereço conhecido e histórico criminal da pessoa cujo perfil genético batia com a evidência. A primeira coisa que Bosch observou foi que o número do caso tinha um prefixo 89, significando que era uma ocorrência de 1989. Não havia detalhes sobre o crime, só o ano. Mas Bosch sabia que casos de 1989 pertenciam à equipe de Ross Shuler e Adriana Dolan. Ele sabia disso porque 1989 fora um ano cheio para ele, trabalhando na Especial de Homicídios, e recentemente ele verificara um de seus próprios crimes não resolvidos e descobrira que a jurisdição de casos desse ano cabia a Shuler e Dolan. A dupla era conhecida na unidade como "as crianças". Eram investigadores jovens, entusiasmados e muito capazes, mas suas carreiras juntas somavam pouco mais do que oito anos de experiência no trabalho com homicídios. Se havia alguma coisa incomum sobre esse *cold hit*, não era nenhuma surpresa a tenente querer Bosch envolvido. Bosch trabalhara em mais casos de assassinato do que todos os outros investigadores da unidade juntos. Claro, tirando Jackson. O homem estava ali desde sempre.

Bosch em seguida olhou o nome no formulário. Clayton S. Pell. Não significava nada para ele. Mas a ficha de Pell incluía numerosas detenções pela polícia e três condenações separadas por atentado ao pudor, prisão ilegal e estupro. Ele passara seis anos na prisão pelo estupro, antes de ser solto, dezoito meses mais cedo. Vivia em liberdade condicional havia quatro anos e seu último endereço conhecido fora fornecido pela comissão de avaliação do departamento de condicionais. Estava morando em uma instituição de amparo e recuperação para criminosos sexuais em Panorama City.

Baseado na ficha de Pell, Bosch acreditava que o caso de 1989 devia ser um assassinato ligado a sexo. Sentiu um começo de tensão crescendo dentro dele. Sairia dali, pegaria Clayton Pell e o levaria à justiça.

— Está vendo? — perguntou Duvall.

— Vendo o quê? — perguntou Bosch. — Que foi um crime sexual? Esse cara é o predador cláss...

— A data de nascimento — disse Duvall.

Bosch voltou a baixar os olhos para o formulário e Chu se curvou um pouco mais.

— Estou, bem aqui — disse Bosch. — Nove de novembro de 1981. O que isso tem a...

— Novo demais — disse Chu.

Bosch o relanceou e depois voltou ao formulário. De repente se tocou. Clayton Pell nascera em 1981. Tinha só oito anos na época do homicídio indicada no papel.

— Exato — disse Duvall. — Então eu quero que vocês peguem todo o material levantado pelo Shuler e pela Dolan e descubram com a maior discrição o que está acontecendo aqui. Estou rezando para que não tenham misturado dois casos diferentes.

Bosch sabia que se Shuler e Dolan tivessem de algum modo enviado material genético do caso antigo rotulado sob um mais recente, então os dois casos estariam contaminados e sem qualquer esperança de um eventual processo.

— Como você ia dizendo — continuou Duvall —, esse cara no formulário é um predador, sem sombra de dúvida, mas acho meio difícil ele ter cometido um homicídio e saído impune quando tinha oito anos de idade. Então alguma coisa não se encaixa. Descubram o que é e tragam para mim antes de tomar qualquer atitude. Se eles fizeram alguma merda e a gente conseguir consertar, então não vou precisar me preocupar com corregedoria nem nada assim. É só manter entre a gente.

Talvez parecesse que ela tentava proteger Shuler e Dolan da corregedoria, mas também estava se protegendo, e Bosch sabia. Não haveria muita perspectiva de subir no departamento para um tenente que passara por um escândalo de manuseio de evidência em sua própria unidade.

— Que outros anos foram designados para o Shuler e a Dolan? — quis saber Bosch.

— Recentemente eles ficaram com 1997 e 2000 — disse Marcia. — Isso pode ter vindo de algum caso em que eles trabalharam num desses dois anos.

Bosch balançou a cabeça. Já conseguia ver o cenário. O manuseio negligente da evidência genética de um caso levando ao cruzamento com outro. O resultado final seriam dois casos contaminados e o escândalo contaminaria todo mundo que pusesse a mão naquilo.

— O que a gente fala para o Shuler e a Dolan? — perguntou Chu. — Qual é o motivo para a gente tirar o caso deles?

Duvall olhou para Marcia, esperando uma resposta.

— Eles têm um julgamento em breve — sugeriu ele. — A seleção do júri começa na quinta.

Duvall balançou a cabeça.

— Vou falar para os dois que quero que fiquem só nisso.

— E se eles disserem que querem o caso mesmo assim? — perguntou Chu. — E se disserem que conseguem cuidar disso?

— Eu falo que não dá — disse Duvall. — Mais alguma coisa, detetives?

Bosch olhou para ela.

11

— A gente pega esse negócio, tenente, e vê no que vai dar. Mas eu não investigo outros policiais.

— Sem problema. Não estou pedindo para fazer isso. Só dá uma olhada no caso e descobre como foi que o DNA apontou para uma criança de oito anos, ok?

Bosch fez que sim e começou a se levantar.

— Mas não esqueçam — acrescentou Duvall —, falem comigo antes de fazer qualquer coisa com o que descobrirem.

— Pode deixar — disse Bosch.

Os dois se prepararam para sair da sala.

— Harry — disse a tenente. — Espera só um segundo.

Bosch olhou para Chu e ergueu as sobrancelhas. Ele não sabia do que se tratava. A tenente deu a volta em sua mesa e fechou a porta depois que Chu e Marcia saíram. Continuou de pé, com ar sério.

— Só queria que você soubesse que saiu a resposta para o seu requerimento de extensão no DROP.* Eles deram quatro anos para você, retroativos.

Bosch olhou para ela, fazendo as contas. Balançou a cabeça. Havia pedido o máximo — cinco anos, não retroativos —, mas aceitava o que viesse. Não dava para sustentá-lo muito depois que sua filha houvesse terminado o colegial, mas era melhor do que nada.

— Bom, fico feliz — disse Duvall. — Significa que você vai continuar mais trinta e nove meses com a gente.

Seu tom de voz indicava que percebera o desapontamento em seu rosto.

— Não — ele emendou rápido. — Fico feliz. Só estava pensando em como ia ficar em relação a minha filha. É ótimo. Estou contente.

— Ótimo, então.

Era seu jeito de dizer que a reunião terminara. Bosch agradeceu e saiu da sala. Quando passou pela porta, olhou para o vasto ambiente com suas mesas, divisórias e arquivos. Sabia que estava em casa e que poderia continuar ali — por ora.

---

* DROP era o Plano Opcional de Aposentadoria Adiada (Deferred Retirement Option Plan) (N. do E.)

2

A Unidade de Abertos/Não Resolvidos compartilhava o uso das duas salas de reunião no quinto andar com todas as demais unidades na Divisão de Roubos e Homicídios. Em geral os detetives tinham de reservar horário em uma das salas, deixando o nome na prancheta que ficava pendurada na porta. Mas numa segunda-feira de manhã, as duas estavam vagas, e Bosch, Chu, Shuler e Dolan requisitaram a menor delas sem precisar marcar de antemão.

Levaram consigo o fichário de homicídio, chamado de *murder book*, e a pequena caixa de evidências do caso, arquivada desde 1989.

— Ok — disse Bosch, assim que todos se acomodaram. — Então por vocês tudo bem a gente cuidar desse caso? Porque se tiver algum problema a gente pode voltar a falar com a tenente e dizer que vocês ainda estão a fim de tocar isso aqui.

— Não, sem crise — disse Shuler. — Nós dois estamos enrolados no julgamento, então é melhor assim. É o nosso primeiro caso na unidade e a gente quer acompanhar até sair o veredicto.

Bosch balançou a cabeça enquanto abria o *murder book*.

— Vocês podem deixar a gente a par do caso, então?

Shuler fez um gesto com o queixo para Dolan e ela começou a resumir o crime de 1989 enquanto Bosch folheava as páginas do fichário.

— Temos uma vítima de dezenove anos chamada Lily Price. Ela foi sequestrada na rua quando voltava para casa depois da praia, em Venice, num domingo à tarde. Na época, determinaram que o sequestro devia ter acontecido nas redondezas da Speedway e da Voyage. Price morava na Voyage com três colegas. Uma estava com ela na praia e tinha duas no apartamento. Ela desapareceu entre esses dois pontos. Disse que ia em casa para usar o banheiro, mas não chegou lá.

— Ela deixou a toalha e um walkman na praia — disse Shuler. — Protetor solar. Então era claro que pretendia voltar. Mas nunca voltou.

— O corpo foi encontrado na manhã seguinte, nas pedras, perto do canal — disse Dolan. — Estava nua e tinha sido estuprada e estrangulada. As roupas nunca foram encontradas. A ligadura usada no estrangulamento foi removida.

Bosch folheou as diversas páginas plásticas contendo fotos Polaroid desbotadas da cena do crime. Olhando para a vítima, ele não conseguia deixar de pensar em sua própria filha, que aos quinze anos tinha toda a vida pela frente. Houve uma época em que só de olhar para fotos como essas ele já ficava furioso, extraía a força de que necessitava para exercer seu trabalho de forma implacável. Mas desde que Maddie fora morar com ele, ficava cada vez mais difícil examinar as vítimas.

Só que isso não o impediu de sentir o velho ardor aflorar dentro de si.

— De onde veio o DNA? — perguntou. — Sêmen?

— Não, o assassino usou camisinha ou não ejaculou — disse Dolan. — Não tinha sêmen.

— Veio de uma pequena amostra de sangue — disse Shuler. — Encontrada no pescoço da vítima, sob a orelha direita. Nenhum ferimento na garota nessa área. Presumiram que era do assassino, que ele tinha se machucado durante a luta ou quem sabe já estivesse sangrando. Era só uma gota. Uma mancha, na verdade. Ela foi estrangulada com uma ligadura de algum tipo. Se foi estrangulada por trás, então a mão dele pode ter segurado no pescoço ali. Se ele tinha algum corte na mão...

— Depósito por transferência — disse Chu.

— Exato.

Bosch encontrou a Polaroid que mostrava o pescoço da vítima e a mancha de sangue. A foto estava desbotada pelo tempo e ele mal conseguia ver o sangue. Uma régua fora colocada junto ao pescoço da jovem, para dar ideia da proporção da mancha. Um pouco mais de dois centímetros de comprimento.

— Então esse sangue foi coletado e guardado — ele disse, uma afirmação feita para extrair mais explicações.

— Isso — disse Shuler. — Como era uma mancha, colheram para o esfregaço. Na ocasião, identificaram o tipo. O positivo. A amostra ficou armazenada no tubo de ensaio e a gente descobriu que ainda estava na Property quando puxamos o caso. O sangue tinha virado pó.

Ele bateu no alto da caixa-arquivo com uma caneta.

O celular de Bosch começou a vibrar em seu bolso. Normalmente, ele deixaria a chamada cair nas mensagens, mas sua filha tinha faltado na escola, porque não se sentia muito bem, e estava sozinha. Ele precisava ter certeza de que não era ela quem estava ligando. Pegou o aparelho no bolso e relanceou o visor. Não era Maddie. Era sua antiga parceira, Kizmin Rider, agora uma tenente destacada para o OCP — Office of the Chief of Police —, a chefatura. Ele decidiu retornar a ligação após o fim da reunião. Haviam almoçado juntos cerca de um mês antes e presumiu que ela estivesse livre hoje, ou ligando porque ficara sabendo sobre sua aprovação para mais quatro anos no DROP. Voltou a enfiar o telefone no bolso.

— Vocês abriram o tubo? — perguntou.

— Claro que não — disse Shuler.

— Ok, então quatro meses atrás vocês enviaram o tubo contendo o esfregaço e o que restou do sangue para o laboratório regional, correto? — perguntou.

— Correto — disse Shuler.

Bosch folheou o *murder book*, procurando o relatório da autópsia. Pelo jeito parecia mais concentrado no que estava vendo do que no que estava dizendo.

— E na época vocês submeteram mais alguma coisa para o laboratório?

— Do caso Price? — perguntou Dolan. — Não, essa foi a única evidência biológica que surgiu naquela época.

Bosch balançou a cabeça, esperando que ela continuasse a falar.

— Mas na época isso não deu em nada — ela disse. — Ninguém foi identificado como suspeito. Quem apareceu quando puxaram o *cold hit*?

— A gente fala nisso em um segundo — disse Bosch. — O que eu quis dizer foi, vocês submeteram ao laboratório mais alguns casos em que estavam trabalhando? Ou era só isso que tinham, no momento?

— Não, era só isso — disse Shuler, estreitando os olhos, desconfiado. — O que está acontecendo aqui, Harry?

Bosch levou a mão ao bolso interno do seu paletó e tirou o formulário. Ele deslizou a folha sobre a mesa para Shuler.

— A identificação aponta para um predador sexual que seria perfeito para essa história, exceto por uma coisa.

Shuler desdobrou o papel e ele e Dolan se curvaram para ler, exatamente como Bosch e Chu tinham feito antes.

— O que é? — disse Dolan, ainda sem se tocar sobre as implicações da data de nascimento. — Esse cara parece perfeito.

— Ele é perfeito hoje — disse Bosch. — Mas na época tinha só oito anos de idade.

— Você tá de brincadeira — disse Dolan.

— Mas que caralho — acrescentou Shuler.

Dolan puxou o papel da mão de seu parceiro, como que para ver melhor e olhar novamente a data de nascimento. Shuler se reclinou para trás e encarou Bosch com aquela expressão de desconfiança.

— Então você acha que a gente fez alguma merda, misturou os casos — ele disse.

— Negativo — falou Bosch. — A tenente pediu para a gente checar a possibilidade, mas não estou vendo nenhum erro no procedimento de vocês.

— Então aconteceu no laboratório — disse Shuler. — Você percebe que se eles foderam com o material no regional, todo advogado de defesa no condado vai poder questionar os positivos de DNA que saírem de lá?

— É, eu meio que já tinha imaginado — comentou Bosch. — E é por isso que vocês precisam manter essa história em sigilo até a gente descobrir o que aconteceu. Tem outras possibilidades.

Dolan segurou o papel no ar para todos verem.

— É, e se ninguém tiver feito nada de errado em lugar nenhum? E se for mesmo sangue desse menino na garota morta?

— Um moleque de oito anos sequestra uma garota de dezenove na rua, estupra, estrangula e depois se livra do corpo a quatro quarteirões da cena? — questionou Chu. — Ia ser inédito.

— Bom, mas quem sabe ele estava presente — insistiu Dolan. — Quem sabe foi assim que começou como predador. Vocês viram a ficha. O cara se encaixa bem — a não ser pela idade.

Bosch balançou a cabeça.

— Pode ser — admitiu. — Como eu falei, há outras possibilidades. Não temos motivo para entrar em pânico, ainda.

Seu celular começou a vibrar outra vez. Ele o pegou e viu que era Kiz Rider novamente. Duas chamadas em cinco minutos. Decidiu que era melhor atender. Não tinha nada a ver com almoço, com certeza.

— Preciso ver isso aqui um segundo.

Levantou e atendeu enquanto saía da sala de reunião para o corredor.

— Kiz?

— Harry, eu queria falar com você para te deixar de sobreaviso.

— Estou numa reunião. Sobreaviso do quê?

— Você deve receber logo, logo uma requisição urgente do OCP.

— Quer que eu dê um pulo aí no décimo?

No novo PAB, o Public Administration Building, o conjunto de salas do chefe de polícia ficava no décimo andar, tendo até um enorme balcão privativo com vista para o centro cívico.

— Não, na Sunset Strip. Você vai ser chamado numa cena para assumir um caso. E não vai gostar.

— Olha, tenente, acabei de pegar um caso hoje de manhã. Não preciso de outro.

Ele achou que usar o título formal dela seria um modo de transmitir sua cautela. Requisições e incumbências saídas do OCP vinham sempre carregadas de conotações políticas — tinham sempre uma implicação subentendida. Às vezes era difícil se orientar nesse meandro.

— Ele não vai te dar uma opção nessa história, Harry.

"Ele" significando o chefe de polícia.

— Qual é o caso?

— Um suicídio no Chateau Marmont.

— Quem é?

— Harry, acho que é melhor você esperar até o chefe ligar. Eu só queria...

— Quem é, Kiz? Se você me conhece só um pouquinho, acho que sabe que eu consigo guardar um segredo até não ser mais um segredo.

Ela fez uma pausa antes de responder.

— Pelo que eu fiquei sabendo, não tem muito mais que dê para reconhecer — ele voou sete andares até o concreto. Mas a identificação inicial é de George Thomas Irving. Quarenta e seis anos de id...

— Irving, você está falando de Irvin Irving? O vereador Irvin Irving?

— O pé no saco do Departamento de Polícia de um modo geral e do detetive Harry Bosch em particular. Isso, ele mesmo. É o filho dele, e o vereador Irving insistiu com o chefe que era para você assumir a investigação. O chefe disse que não seria problema.

Bosch parou com a boca aberta por um momento antes de responder.

— Por que o Irving me quer? Ele passou a maior parte da carreira dele na polícia e na política tentando acabar com a minha.

— Não sei nada sobre isso, Harry. Só sei que ele pediu você.

— Quando aconteceu?

— A ligação foi lá pelas quinze para as seis hoje de manhã. Pelo que eu sei não está muito claro exatamente quando aconteceu.

Bosch olhou o relógio. O caso tinha mais de três horas. Era tempo demais para uma investigação envolvendo morte. Ele já começaria no prejuízo.

— O que tem para investigar? — ele perguntou. — Você disse que o cara se matou.

— Hollywood foi a primeira a atender o chamado e concluíram que era suicídio. O vereador apareceu e não está disposto a descartar alguma outra possibilidade. Por isso ele quer você.

— E por acaso o chefe faz ideia de que Irving e eu temos uma treta que vem d...

— Sabe, ele sabe. Mas ele também sabe que precisa de cada voto que puder conseguir na câmara dos vereadores se quiser implementar a hora extra no departamento outra vez.

Bosch viu sua chefe, a tenente Duvall, surgir no corredor pela porta da Unidade de Abertos/Não Resolvidos. Ela fez um gesto de *Aí está você!* e veio em sua direção.

— Pelo jeito vou ser oficialmente informado — anunciou Bosch ao telefone. — Obrigado pelo toque, Kiz. Não faz sentido nenhum para mim, mas obrigado. Se ficar sabendo de mais alguma coisa, me avisa.

— Harry, toma cuidado com essa história. O Irving é cachorro velho, mas ainda morde.

— Eu sei.

Bosch fechou o celular no momento em que Duvall se aproximava dele, segurando um papel.

— Lamento, Harry, mudança de planos. Você e Chu precisam ir até esse endereço e pegar um caso recente.

— Do que você está falando?

Bosch olhou para o endereço. Era o Chateau Marmont.

— Ordens do gabinete do chefe. Você e Chu devem proceder ao código três e assumir o caso. É só o que eu sei. Isso e que o chefe está esperando pessoalmente.

— E o caso que você acabou de dar pra nós?

— Deixa engavetado por enquanto. Quero que você cuide, mas só volte pra ele quando puder.

Ela apontou para o papel em sua mão.

— A prioridade é esta.

— Tem certeza, tenente?

— Claro que tenho. O chefe ligou direto pra mim e vai chamar você. Então pega o Chu e vai indo.

3

Como já era esperado, Chu não parou com as perguntas enquanto deixavam o centro pela via expressa 101. Os dois eram parceiros fazia quase dois anos, e Bosch já estava bastante acostumado com a manifestação das inseguranças de Chu numa metralhadora verbal incessante, fazendo perguntas, comentários e observações. Ele em geral falava sobre uma coisa quando sua real preocupação era outra. Às vezes Bosch pegava leve com ele e lhe dizia logo o que queria saber. Outras vezes deixava rolar só para atormentar o colega mais novo.

— Harry, o que diabos está acontecendo? A gente pega um caso hoje de manhã e agora estão dizendo que tem outro?

— O DPLA é uma organização paramilitar, Chu. Isso significa que quando alguém de posição mais elevada diz que é para você fazer alguma coisa, você faz. A ordem veio do alto e a gente vai seguir. É isso que está acontecendo. Depois a gente volta para o *cold hit*. Mas por enquanto a gente tem um recente e a prioridade é essa.

— Pra mim tem cheiro de politicagem.

— É a ingerência dos mandachuvas.

— Como assim?

— Quando a política se mistura com a polícia. Estamos investigando a morte do filho do vereador Irvin Irving. Você já ouviu falar do Irving, não ouviu?

— Já, ele era assistente do chefe quando eu cheguei. Depois largou o cargo e concorreu à câmara.

— Bom, ele não largou por que quis. Foi obrigado a sair e concorreu para a câmara só para se vingar do departamento. Pura e simplesmente, o cara só tem um objetivo na vida: infernizar a vida do DPLA. Você deve saber também que nos velhos tempos ele teve uma treta particular comigo. A gente bateu de frente algumas vezes.

— Então por que ele ia querer logo você no caso do filho?

— A gente vai descobrir isso daqui a pouco.

— O que a tenente contou pra você sobre esse caso? Foi suicídio?

— Ela não me contou nada. Só deu o endereço.

Ele decidiu não revelar mais nada que sabia sobre o caso. Fazer isso podia revelar também que tinha uma fonte dentro do OCP. Não queria que Chu ficasse sabendo disso ainda e sempre mantivera seus almoços com Kiz Rider em segredo.

— O negócio todo parece muito esquisito.

O celular de Bosch zumbiu e ele olhou o visor. A identificação estava bloqueada mas ele atendeu. Era o chefe de polícia. Bosch o conhecia havia muitos anos e chegaram até a trabalhar juntos em alguns casos. Ele fora subindo de posição, incluindo um longo período na DRH como investigador e também supervisor. Fazia só dois anos que era chefe e ainda contava com o apoio de seus comandados.

— Harry, é o Marty. Qual sua localização?

— Estamos na um-zero-um. A gente saiu assim que recebeu a ordem.

— Preciso liberar a cena antes que a mídia fique sabendo disso, o que não vai demorar muito. Não existe necessidade de fazer esse show virar um circo. Como você sem dúvida já deve ter sido informado, a vítima é o filho do vereador Irving. O vereador insistiu que eu pusesse você pessoalmente no caso.

— Por quê?

— Ele não falou de verdade os motivos para mim. Sei que a história de vocês dois vem de longe.

— É, a gente não se bica. O que você pode me contar sobre o caso?

— Não muito.

Ele fez para Bosch o mesmo resumo que Rider fizera, com alguns detalhes adicionais.

— Quem está lá, da Hollywood?

— Glanville e Solomon.

Bosch estava familiarizado com eles, de casos e forças-tarefas anteriores. Os dois investigadores eram conhecidos por seus corpos avantajados e egos idem. A dupla fora apelidada de Crate & Barrel, em homenagem ao físico de barril, e eles gostavam do nome. Eram vaidosos nas roupas, e do tipo que usa um anel no dedo mindinho. Até onde Bosch sabia, eram detetives competentes. Se estavam classificando o caso de suicídio, então muito provavelmente tinham razão.

— Estão esperando para continuar quando você der a orientação — disse o chefe. — Eu conversei com eles pessoalmente.

— Ok, chefe.

— Harry, preciso que se empenhe ao máximo nisso. Não quero saber da treta de vocês. Deixa isso de lado. O que não pode acontecer é o vereador ficar puto e dizer que a gente pisou na bola com esse caso.

— Entendido.

Bosch ficou em silêncio por um momento, pensando no que mais deveria perguntar.

— Chefe, onde está o vereador?

— A gente está com ele lá no saguão do hotel.

— Ele entrou no quarto?

— Ele insistiu. Eu deixei ele olhar sem tocar em nada e depois a gente acompanhou quando saiu.

— Não devia ter feito isso, Marty.

Bosch sabia que estava se arriscando por dizer ao chefe de polícia que ele agira errado. Não fazia diferença quantos cadáveres já tivessem rolado juntos.

— Imagino que não teve outra escolha — acrescentou Bosch.

— Chega lá o mais rápido que puder e me mantém informado. Se não conseguir falar direto comigo, usa a tenente Rider como intermediária.

Mas ele não ofereceu o número bloqueado de seu celular, então o recado ficou claro para Bosch. Ele não iria mais conversar diretamente com seu velho parceiro e atual chefe. O que não ficou claro era o que o chefe estava dizendo a Bosch para fazer sobre a investigação.

— Chefe — ele disse, formalizando, para deixar bem claro que não pretendia se valer de antigas lealdades. — Se eu chegar lá e for um suicídio, vou chamar de suicídio. Se quiser alguma outra coisa, chama outra pessoa.

— Tudo bem, Harry. Vamos deixar rolar. O que acontecer, aconteceu.

— Tem certeza disso? É o que o Irving quer?

— É o que eu quero.

— Entendido.

— A propósito, Duvall deu a notícia sobre o DROP?

— Deu, ela me contou.

— Eu tentei conseguir os cinco, mas teve gente na comissão que não gostou de tudo que viu na sua ficha. A gente conseguiu o que deu, Harry.

— Agradeço.
— Perfeito.

O chefe desligou a ligação. Bosch mal teve tempo de fechar seu celular antes de Chu começar com as perguntas sobre o que fora dito. Harry repetiu a conversa conforme saía da via expressa e entrava no Sunset Boulevard na direção oeste.

Chu usou o relatório sobre a ligação do chefe para fazer uma pergunta sobre o que realmente o vinha incomodando toda a manhã.

— E quanto à tenente? — ele disse. — Você não vai me contar o que foi aquilo?

Bosch se fez de desentendido.

— O que foi o quê?

— Não se faça de desentendido, Harry. Quando ela segurou você na sala, sobre o que ela falou? Ela me quer fora da unidade, não é? Eu também nunca fui com a cara dela.

Bosch não podia deixar essa passar. Seu parceiro sempre via o pior lado de tudo, a metade vazia do copo, e ele resolveu aproveitar a oportunidade para uma alfinetada.

— Ela disse que queria mudar você para uma posição equivalente, manter em homicídio. Disse que iam surgir umas vagas no South Bureau e que andou conversando com eles sobre uma troca.

— Essa não!

Chu acabara de se mudar para Pasadena. A troca para o South Bureau seria um pesadelo.

— Bom, o que você falou pra ela? — ele quis saber. — Você defendeu meu lado, certo?

— O South é uma boa, cara. Eu falei para ela que você pegava gosto pelo lugar em dois anos. Ia levar cinco em qualquer outro lugar.

— Harry!

Bosch começou a rir. Era um bom alívio da tensão. A reunião iminente com Irving estava pesando em seus ombros. Ia acontecer dali a pouco e ele ainda não tinha certeza sobre como se conduzir.

— Você tá de sacanagem comigo? — exclamou Chu, virando totalmente em seu banco agora. — Caralho, cara, você tá de sacanagem comigo?

— É, estou sacaneando você, Chu. Então relaxa. Ela só me contou que meu DROP saiu. Você ainda vai ter que me aguentar por mais três anos e três meses, ok?

— Ah... puxa, isso é ótimo, não é?
— É, é ótimo.

Chu era novo demais para se preocupar com coisas como o DROP. Quase dez anos antes, Bosch pegara uma aposentadoria integral e se aposentara do departamento, numa decisão impensada. Após dois anos como cidadão, ele voltou graças ao DROP, que era planejado para manter detetives experientes na casa, realizando o trabalho que faziam melhor. Para Bosch, era homicídios. Ele voltou em um novo contrato, com sete anos para cumprir. Nem todo mundo no departamento ficou satisfeito com o novo programa, especialmente os detetives divisionais, que esperavam uma oportunidade em alguma das prestigiosas vagas da Divisão de Roubos e Homicídios no centro.

A política do departamento permitia uma extensão de três a cinco anos no DROP. Depois disso, a aposentadoria era obrigatória. Bosch fizera um requerimento para seu segundo contrato no ano anterior e, sendo a burocracia como era no departamento, esperou mais de um ano até receber a notícia da tenente, indo muito além de sua data de DROP original. Ele aguardara com ansiedade, sabendo que podia ser licenciado do departamento imediatamente se a comissão de polícia decidisse não estender sua permanência. Era sem dúvida uma boa notícia finalmente conseguir uma resposta, mas ele agora via o limite definitivo de seu tempo portando um distintivo. Assim a boa notícia veio com uma ponta de melancolia. Quando recebesse a notificação formal da comissão, o papel traria uma data exata para seu último dia como policial. Ele não conseguia deixar de pensar nisso. Seu futuro tinha um prazo. Talvez ele mesmo fosse o tipo do sujeito que via a metade do copo vazia.

Chu deu um refresco para ele nas perguntas depois disso e Harry tentou tirar a cabeça do DROP. Em vez disso, enquanto dirigia, pensou em Irvin Irving. O vereador passara mais de quarenta anos no departamento de polícia, mas nunca chegara ao andar do topo. Após toda uma carreira se preparando e se posicionando para ser chefe, o cargo escapara de sua mão num vendaval político. Alguns anos depois, numa série de manobras, ele foi tocado para fora do departamento — com a ajuda de Bosch. Um homem menosprezado, concorreu para a câmara dos vereadores, venceu a eleição e fez da missão de sua vida dar o troco sobre o departamento onde havia ralado durante tantas décadas. Chegara ao extremo de votar contra todas as propostas de aumento salarial para os policiais e de ampliação do departamento. Era sempre o primeiro a pedir uma revisão ou investigação independente sobre qualquer suspeita de improbidade ou transgressão cometida pelos policiais. Seu ataque mais doído, porém, viera no ano anterior, quando se empenhara de corpo e alma em aprovar um corte de despesas que tirou cem milhões em horas extras do orçamento do departamento. Isso doeu no bolso de cada policial, da patente mais baixa à mais alta.

Bosch não tinha dúvida de que o atual chefe de polícia fizera algum tipo de acordo com Irving. Na linha uma mão lava a outra. Bosch seria destacado para cuidar do caso em troca de algo. Embora Harry nunca tivesse se considerado muito astuto politicamente, estava confiante de que muito em breve entenderia do que se tratava tudo aquilo.

4

O Chateau Marmont ficava na ponta leste da Sunset Strip, uma estrutura icônica recortada contra as Hollywood Hills que atraíra estrelas de cinema, escritores, roqueiros e suas comitivas por décadas. Várias vezes durante sua carreira Bosch estivera no hotel para acompanhar casos e procurar testemunhas e suspeitos. Ele conhecia bem o saguão ensolarado, o pátio cercado pela sebe, a distribuição de suas suítes espaçosas. Outros hotéis podiam oferecer um nível de conforto e serviço pessoal sem igual. O Chateau oferecia charme do Velho Mundo e falta de interesse nos assuntos particulares de seus hóspedes. A maioria dos hotéis tinha câmeras de segurança, ocultas ou não, em todos os espaços comuns. O Chateau tinha poucas. Se havia uma coisa que o Chateau podia oferecer que nenhum outro hotel da região conseguiria igualar era privacidade. Atrás de suas paredes e sebes altas estava um mundo livre de bisbilhoteiros, onde quem não queria ser observado se sentia seguro. Isto é, até as coisas darem errado, ou o comportamento privado se tornar público.

Ficando um pouco além do Laurel Canyon Boulevard, o hotel erguia-se atrás da profusão de outdoors que havia de ambos os lados da Sunset. À noite, o prédio era identificado por um simples letreiro de neon, modesto para os padrões da Sunset Strip, e a discrição era ainda maior durante o dia, quando a luz ficava desligada. O hotel estava tecnicamente localizado na Marmont Lane, que partia da Sunset e contornava o prédio, subindo a colina. Quando se aproximaram, Bosch viu que a Marmont Lane fora bloqueada por barricadas temporárias. Duas radiopatrulhas e dois furgões da mídia estavam estacionados junto à sebe, na frente do prédio. Isso o levou a deduzir que a cena da tragédia ficava do lado oeste, ou nos fundos, do hotel. Ele estacionou atrás de uma das viaturas preto e branco.

— Os abutres já chegaram — disse Chu, apontando o queixo para as vans.

Era impossível manter segredo naquela cidade, principalmente um segredo como esse. Um vizinho ligava, um hóspede do hotel ou um policial, talvez alguém da equipe do legista tentando impressionar uma beldade loira da reportagem de tevê. As notícias viajavam rápido.

Desceram do carro e se aproximaram da barreira. Bosch acenou para que um dos policiais uniformizados se afastasse das equipes de noticiário, de modo que pudessem conversar longe dos ouvidos da mídia.

— Onde foi? — perguntou Bosch.

O policial parecia ter no mínimo uns dez anos na função. A placa em sua camisa dizia RAMPONE.

— A gente tem duas cenas — ele disse. — Temos o tomate espatifado aqui atrás, na lateral. E depois o quarto que o cara usou. É no último andar, quarto 79.

Esse era o modo rotineiro com que os policiais desumanizavam os horrores que eram obrigados a presenciar em seu dia a dia. Um suicida não passava de um borrão no chão.

Bosch deixara seu rádio no carro. Indicou o microfone no ombro de Rampone.

— Descobre onde estão o Glanville e o Solomon.

Rampone curvou a cabeça na direção do ombro e apertou o botão de transmitir. Rapidamente localizou a equipe inicial de investigação no quarto 79.

— Ok, diga a eles para me esperarem lá. Vamos dar uma olhada aqui embaixo e depois a gente sobe.

Bosch voltou ao carro para pegar o rádio, que ficara no carregador, depois contornou a barricada com Chu e seguiu pela calçada.

— Harry, quer que eu vá lá em cima conversar com os caras? — perguntou Chu.

— Não, sempre comece pelo corpo, depois siga a partir daí. Sempre.

Chu se acostumara a trabalhar no arquivo morto, onde nunca havia cenas de crime. Só relatórios. Além do mais, ele tinha seus problemas com cadáveres. Fora por esse motivo que optara pelo esquadrão de *cold cases*. Nada de mortes recentes, nada de cenas de homicídio, nada de autópsias. Dessa vez, as coisas iam ser diferentes.

A Marmont Lane era uma rua íngreme e apertada. Eles chegaram à cena em que estava a vítima, no canto noroeste do hotel. A equipe forense montara uma cobertura de lona para proteger a cena contra os olhares indiscretos dos helicópteros da mídia e das casas nas encostas, atrás do hotel.

Antes de entrar sob a tenda, Bosch ergueu o rosto pela lateral do prédio. Viu um homem de terno, curvado sobre o parapeito, olhando de um balcão no último andar. Imaginou que fosse Glanville ou Solomon.

Bosch entrou sob a lona e se deparou com uma agitação febril de técnicos forenses, investigadores do legista e fotógrafos da polícia. No centro de tudo ficava Gabriel Van Atta, que Bosch conhecia de longa data. Van Atta passara vinte e cinco anos trabalhando para o DPLA como técnico e supervisor de cena de crime antes de se aposentar para trabalhar com o legista. Agora ele recebia um salário e uma aposentadoria e continuava atuando em cenas de crime. Para Bosch, isso significava uma vantagem. Ele sabia que Van Atta não ficaria regulando informação. Diria a Harry exatamente o que achava.

Bosch e Chu permaneceram sob o abrigo, mas no canto. A cena pertencia aos técnicos, no momento. Bosch percebeu que o corpo fora virado e tirado do ponto de impacto e que o trabalho deles já avançara bastante. O cadáver em breve seria removido dali e transportado para a sala do legista. A situação o incomodava, mas era nisso que dava chegar tão tarde em um caso.

A gravidade repulsiva dos ferimentos após uma queda de sete andares estava plenamente à vista. Bosch chegava quase a sentir a aversão de seu parceiro com a cena. Decidiu bancar o bonzinho e facilitar as coisas para ele.

— Vamos fazer o seguinte, eu cuido disso aqui e encontro você lá em cima.

— Sério?

— Sério. Mas da autópsia você não vai se safar.

— Fechou, Harry.

A conversa chamara a atenção de Van Atta.

— Harry B. — ele disse. — Achei que continuasse trabalhando no arquivo morto.

— Esse aqui é especial, Gabe. Tudo bem se eu entrar?

Querendo dizer com isso o círculo interno da cena de morte. Van Atta fez um gesto para que se aproximasse. Enquanto Chu se esgueirava para fora da tenda, Bosch apanhava um par de botinhas de papel em um dispensador e as calçava por cima dos sapatos. Depois vestiu luvas de borracha e desviou o melhor que pôde do sangue coagulado na calçada, acocorando-se perto do que restara de George Thomas Irving.

A morte leva tudo, incluindo a dignidade da pessoa. O corpo nu e espatifado de George estava cercado de todos os lados por técnicos que o viam como mero trabalho. Seu invólucro terreno fora reduzido a um saco roto de pele, contendo ossos partidos, órgãos rompidos, vasos destroçados. Seu corpo sangrara por todos os orifícios naturais e muitos outros novos, criados pelo impacto contra a calçada. Seu crânio estava estilhaçado, deixando a cabeça e o rosto grosseiramente deformados, como num espelho de parque de diversões. O olho esquerdo pulara da órbita e ficara pendurado frouxamente sobre a bochecha. O peito fora esmagado com o impacto e vários ossos lascados das costelas e da clavícula se projetavam através da pele.

Sem pestanejar, Bosch examinava o corpo cuidadosamente, procurando o incomum numa pintura que era tudo, menos comum. Verificou se havia sinais de agulhas na parte interna dos braços, se havia resíduos estranhos sob as unhas.

— Cheguei aqui tarde — disse. — Alguma coisa que eu deva saber?

— Estou achando que esse cara caiu de frente, o que é muito incomum, mesmo em suicídio — disse Van Atta. — E quero chamar sua atenção para um negócio aqui.

Ele apontou o braço direito da vítima e depois o esquerdo, que jazia estatelado na poça de sangue.

— Todos os ossos dos dois braços estão quebrados, Harry. Estilhaçados, para falar a verdade. Mas não temos fraturas expostas, nenhuma pele rompida.

— E isso significa o quê?

— Duas coisas muito diferentes. A primeira, que ele estava realmente decidido a se atirar lá do alto e nem pôs as mãos na frente para se proteger da queda. Se tivesse feito isso, a gente teria ossos lascados e fraturas expostas. Não tem.

— E a outra?

— Que o motivo para ele não ter colocado as mãos na frente para se proteger da queda era que não estava consciente quando atingiu o chão.

— Ou seja, ele foi jogado.

— Isso, ou, mais provavelmente, o soltaram. A gente vai precisar fazer algumas simulações de distância, mas pelo jeito foi uma queda direta. Se ele tivesse sido empurrado ou jogado, como você diz, acho que teria caído um pouco mais longe do prédio.

— Entendi. E quanto à hora da morte?

— A gente tirou a temperatura do fígado e fez as contas. Não é oficial, como você sabe, mas estamos achando que foi entre as quatro e as cinco.

— Então ele ficou aqui na calçada uma hora ou mais até alguém ver.

— Pode ter acontecido. Vamos tentar aproximar a hora do óbito na autópsia. A gente já pode pôr no carrinho?

— Se essa é toda informação que você tem pra mim hoje, claro, podem tirar ele daqui.

Minutos mais tarde Bosch subia pelas pedras do pavimento na entrada para a garagem do hotel. Um Lincoln Town Car preto com placa municipal estava estacionado ali. O carro do vereador Irving. Ao passar, Bosch viu um jovem motorista atrás do volante e um homem mais velho de terno no banco do passageiro. O banco de trás parecia vazio, mas era difícil dizer, com o vidro escuro.

Bosch tomou a escada para o andar de cima, onde ficavam o balcão de recepção e o saguão.

A maior parte das pessoas que se hospedavam no Chateau eram criaturas da noite. O saguão estava deserto, a não ser por Irvin Irving, sentado sozinho em um sofá com um celular colado na orelha. Quando viu Bosch se aproximando, encerrou rapidamente a ligação e indicou outro sofá bem à sua frente. Harry teria preferido continuar de pé, para ser o mais breve possível, mas era uma dessas ocasiões em que tinha de acatar o que lhe pediam para fazer. Ao sentar, tirou uma caderneta do bolso de trás.

— Detetive Bosch — disse Irving. — Obrigado por vir.

— Não tive escolha, vereador.

— Imagino que não.

— Antes de mais nada, quero comunicar meus sentimentos pela perda do seu filho. E depois gostaria de saber por que me chamou aqui.

Irving balançou a cabeça e relanceou uma das altas janelas do saguão. Havia um restaurante ao ar livre, com palmeiras, guarda-sóis e aquecedores de ambiente. Vazio, também, a não ser pela equipe de garçons.

— Acho que ninguém sai da cama por aqui antes do meio-dia — disse.

Bosch não respondeu. Estava esperando uma resposta para sua pergunta. A característica física mais marcante de Irving sempre fora a cabeça raspada com gilete e o crânio reluzente. Adotara esse estilo muito antes de entrar na moda. No departamento, passara a ser chamado de Mr. Clean, por causa do visual e porque era o sujeito chamado para limpar as merdas políticas e civis que normalmente surgiam numa burocracia pesadamente armada e politizada.

Mas agora Irving parecia virado do avesso. Sua pele estava cinza e flácida e aparentava ser mais velho do que realmente era.

— Sempre ouvi dizer que perder um filho é a dor mais difícil de todas — disse Irving. — Agora eu sei que é verdade. Não interessa a idade ou as circunstâncias... não era para acontecer, só isso. Não é a ordem natural das coisas.

Não havia nada que Bosch pudesse dizer. Ele havia presenciado pais de filhos mortos o suficiente para saber que não tinha como contestar o que o vereador acabara de afirmar. Irving estava de cabeça baixa, os olhos fixos no padrão elaborado do tapete diante dele.

— Tenho trabalhado para esta cidade, ocupando cargos variados, já faz mais de cinquenta anos — continuou. — E cheguei num ponto em que não tenho ninguém em quem confiar. Então recorro a um homem que tentei destruir no passado. Por quê? Nem eu mesmo sei. Imagino que seja porque nossas diferenças tinham uma certa integridade. Você tinha uma certa integridade. Eu não gostava de você nem dos seus métodos, mas eu o respeitava.

Ele ergueu o rosto para Bosch.

— Quero que me diga o que aconteceu com meu filho, detetive Bosch. Quero a verdade e acho que posso confiar em você para me dizer qual é.

— Doa a quem doer?

— Doa a quem doer.

Bosch balançou a cabeça.

— Eu posso cuidar disso.

Começou a se levantar, mas parou quando Irving continuou.

— Você disse uma vez que todo mundo importa ou que ninguém importa. Lembro disso. Agora é hora de pôr isso à prova. O filho do seu inimigo importa? Você vai se empenhar ao máximo por ele? Vai até o fim por ele?

Bosch ficou olhando para o homem. *Todo mundo importa ou ninguém importa.* Seu código de conduta. Mas era algo tácito. Algo que simplesmente seguia. Não tinha certeza de algum dia ter dito isso para Irving.

— Quando?

— Como é?

— Quando eu disse isso?

Percebendo que talvez tivesse se enganado, Irving deu de ombros e adotou uma postura de velho confuso, ainda que seus olhos brilhassem como duas pequenas bolas de vidro negro sobre a neve.

— Não me lembro, para falar a verdade. É só uma coisa que eu sei sobre você.

Bosch se levantou.

— Vou descobrir o que aconteceu com seu filho. Tem alguma coisa que possa me dizer sobre o que ele estava fazendo aqui?

— Não, nada.

— Como foi que descobriu, hoje de manhã?

— Recebi uma ligação do chefe de polícia. Ele ligou pessoalmente. Vim na mesma hora. Mas não queriam deixar que eu o visse.

— É o procedimento correto. Ele tinha família? Quero dizer, além de você.

— Esposa e filho — o menino acabou de entrar na faculdade. Eu estava falando agora mesmo com Deborah. Contei a notícia.

— Se ligar para ela outra vez, diga que estou indo vê-la.

— Claro.

— No que seu filho trabalhava?

— Ele era advogado especializado em relações corporativas.

Bosch aguardou que dissesse mais, só que isso foi tudo que ele informou.

— "Relações corporativas"? O que isso quer dizer?

— Quer dizer que ele fazia as coisas funcionarem. As pessoas vinham atrás dele quando queriam que alguma coisa funcionasse nesta cidade. Ele foi um servidor municipal antes. Primeiro como policial, depois no Gabinete da Procuradoria do Município.

— E ele tinha um escritório?

— Tinha uma sala pequena no centro, mas principalmente ficava o tempo todo no celular. Era assim que ele trabalhava.

— Como chamava a empresa?

— Era uma firma jurídica. Irving and Associates — só que não tinha sócio nenhum. Um negócio de um homem só.

Bosch sabia que teria de voltar a esse assunto. Mas era perda de tempo ficar ali tentando obter alguma coisa com Irving quando contava com tão pouca informação básica por onde filtrar as respostas do vereador. Ele iria esperar até saber mais.

— Eu entro em contato — disse.

Irving ergueu a mão e ofereceu um cartão de visitas, preso entre dois dedos.

— Esse é o número do meu celular pessoal. Espero alguma notícia sua até o fim do dia.

Ou então vou cortar mais dez milhões de dólares do orçamento de horas extras? Bosch não estava gostando daquilo. Mas pegou o cartão e foi para os elevadores.

A caminho do sétimo andar, ficou pensando na conversa não muito espontânea que tivera com Irving. O que o deixava incomodado era que Irving sabia sobre seu código de conduta, e Harry fazia uma boa ideia de como o homem obtivera essa informação. Era algo com que teria de lidar mais tarde.

5

Os andares superiores do hotel seguiam um padrão de L. Bosch desceu do elevador no sétimo andar, virou à esquerda, dobrou uma esquina e seguiu por um corredor até o fim para chegar ao quarto 79. Havia um policial uniformizado na porta. Isso lembrou Bosch de algo e ele pegou seu telefone. Ligou para Kiz Rider e ela atendeu na mesma hora.

— Você sabia no que ele trabalhava? — ele perguntou.

— De quem você está falando, Harry? — ela respondeu.

— De quem mais, George Irving. Você sabia que ele era uma espécie de intermediário?

— Eu tinha ouvido dizer que era um lobista.

— Um advogado lobista. Escuta, preciso que você use sua influência aí com o chefe e ponha um policial na porta do escritório dele até eu chegar. Ninguém entra, ninguém sai.

— Não vai ser problema. O que ele fazia como lobista tem alguma coisa a ver com essa história?

— A gente nunca sabe. Mas eu ia me sentir melhor se tivesse alguém na porta.

— Pode deixar, Harry.

— Falo com você mais tarde.

Bosch guardou o celular e se aproximou do policial montando guarda na porta do quarto 79. Pegou a prancheta, assinou e anotou o horário, e então foi em frente. Entrou em uma sala de estar com as portas-balcão abertas e uma vista para o lado oeste. O vento soprava as cortinas, e Bosch viu Chu ali fora no balcão. Estava olhando para baixo.

Esperando na sala estavam Solomon e Glanville. Crate & Barrel. Não pareciam nada contentes. Quando Jerry Solomon viu Bosch, estendeu as mãos, num gesto de *que história é essa?* Na verdade, percebeu Bosch, estava mais para *que porra é essa?*

— O que eu vou falar pra vocês? — disse Bosch. — É a ingerência. A gente faz o que mandam a gente fazer.

— Você não vai encontrar nada aqui que a gente já não tenha encontrado. Aconteceu como a gente falou, o cara deu um mergulho.

— E isso foi o que eu disse para o chefe e o vereador, mas de qualquer maneira aqui estou eu.

Então foi a vez de Bosch abrir as mãos, dizendo *o que vocês esperam que eu faça?*

— Bom, querem ficar aí reclamando ou vão me contar o que conseguiram?

Solomon acenou para Glanville, o mais novo da dupla, e ele tirou uma caderneta do bolso de trás. Folheou algumas páginas e depois começou a relatar a história. Nesse meio-tempo, Chu saiu do balcão e entrou, para escutar também.

— Ontem à noite, às dez para as nove, a recepção atende uma ligação de um homem se identificando como George Irving. Ele reserva um quarto para passar a noite e diz que está a caminho. Pergunta especificamente quais quartos têm balcão no último andar. Depois de ouvir as opções fica com o 79. Dá um número de American Express para reservar o quarto e o número bate com o cartão que ele tinha na carteira, que está no cofre do quarto.

Glanville apontou um corredor à esquerda de Bosch. Harry viu uma porta aberta no fundo e uma cama.

— Ok, então ele chega às vinte pras dez — continuou Glanville. — Deixa o carro na mão do manobrista na garagem, usa o AmEx para se registrar e daí sobe até o quarto. Ninguém mais vê o cara outra vez.

— Até o encontrarem na calçada ali embaixo — disse Solomon.

— Quando? — perguntou Bosch.

— Às dez para as seis, um dos caras da cozinha chega para trabalhar. Ele vem subindo pela calçada para usar a entrada dos fundos, onde fica o relógio de ponto. Encontra o corpo. A radiopatrulha chega primeiro, depois a gente é chamado, quando ficam em dúvida na identificação.

Bosch balançou a cabeça e olhou o ambiente. Havia uma escrivaninha junto à porta-balcão.

— Sem bilhete?

— Nenhum que a gente tenha encontrado por aqui.

Bosch notou um relógio digital no chão. Estava ligado em uma tomada da parede perto da escrivaninha.

— Encontraram assim? Não era para estar em cima da mesa?

— Foi assim que a gente encontrou — disse Solomon. — A gente não sabe onde era para estar.

Bosch foi até lá e se agachou perto do relógio, calçando um novo par de luvas de borracha. Cuidadosamente, apanhou o relógio e o examinou. Tinha uma entrada para conectar um iPod ou iPhone.

— A gente sabe que tipo de celular o Irving tinha?

— É um iPhone — disse Glanville. — Está no cofre do quarto.

Bosch verificou o alarme do relógio. Estava desligado. Apertou o botão de SET para ver em que horário fora ajustado da última vez. Os dígitos vermelhos mudaram. O último ajuste para despertar do relógio dizia 4 A.M., quatro da manhã.

Bosch pôs o relógio de volta no chão e ficou de pé, os joelhos estalando com o esforço. Deixou o quarto para mais tarde e passou ao balcão. Havia uma pequena mesa e duas cadeiras. Um roupão branco de algodão fora deixado sobre uma das cadeiras. Bosch olhou pela beirada. A primeira coisa que notou foi que o parapeito chegava só até o alto de suas coxas. Parecia baixo, na sua opinião, e embora não fizesse ideia da altura de George Irving, na mesma hora teve de considerar a possibilidade de uma queda acidental. Perguntou-se se talvez não seria por isso que estava ali. Ninguém quer um suicida na lápide familiar. Um tropeço acidental sobre um parapeito baixo era muito mais aceitável.

Olhou diretamente para baixo e viu a lona de proteção montada pela equipe forense. Viu também o corpo, em uma maca de rodinhas, com um cobertor azul, sendo levado para a van do legista.

— Sei o que você está pensando — disse Solomon, atrás dele.

— Sério, o que estou pensando?

— Que ele não pulou. Que foi um acidente.

Bosch não respondeu.

— Mas tem umas coisas para considerar.

— Como o quê?

— O cara estava sem roupa. A cama não foi usada e ele chegou sem nenhuma bagagem. Ele simplesmente alugou um quarto de hotel na própria cidade onde mora sem trazer mala. Pediu para ficar no último andar e num quarto com balcão. Daí ele sobe para o quarto, tira a roupa, põe o roupão do hotel e sai no balcão para ver as estrelas ou sei lá o quê. Daí fica pelado e cai de frente do balcão, por acidente?

— E nenhum grito — acrescentou Glanville. — Ninguém afirmou ter escutado alguém gritar; foi por isso que só encontraram ele hoje de manhã. Você não cai por acidente de uma porra de balcão sem berrar com toda força.

— Então talvez não estivesse consciente — sugeriu Bosch. — Talvez não estivesse sozinho aqui em cima. Talvez não tenha sido acidente.

— Ah, cara, que história é essa? — disse Solomon. — O vereador quer uma investigação de homicídio e mandam você pra garantir que vai ser isso.

Bosch lançou um olhar a Solomon que o levou a perceber como era um erro insinuar que pudesse seguir ordens de Irving.

— Olha, não é nada pessoal — emendou Solomon, rápido. — Só estou dizendo que a gente não está vendo nenhuma alternativa aqui. Com ou sem bilhete de suicídio, o cenário sugere uma coisa só. Um mergulho.

Bosch não falou nada. Observou a escada de incêndio na outra ponta do balcão. A escada levava ao telhado e descia para o balcão abaixo, no sexto andar.

— Alguém subiu no terraço?

— Ainda não — disse Solomon. — Estamos esperando novas instruções.

— E quanto ao resto do hotel? Foram de quarto em quarto?

— Mesma coisa. Esperando instruções.

Solomon estava bancando o babaca, e Bosch o ignorou.

— Como vocês confirmaram a identidade do corpo? Os danos faciais foram muito grandes.

— É, esse vai ficar num caixão lacrado — disse Glanville. — Disso a gente pode ter certeza.

— A gente checou o nome no registro do hotel e a placa do carro com o serviço de valet — disse Solomon. — Isso antes de abrir o cofre do quarto e encontrar a carteira. A gente imaginou que era melhor ter certeza e agir rápido. Mandei uma viatura até o MPR da divisão para verificar o polegar do cara.

Cada divisão do departamento tinha um leitor de impressões móvel, o MPR, que tirava uma digital do polegar e instantaneamente comparava ao banco de dados do Departamento de Veículos Motorizados. Era usado mais nas delegacias para confirmar identificações, já que haviam ocorrido inúmeros incidentes em que criminosos com um mandado de prisão emitido haviam fornecido identidade falsa ao serem detidos e conseguiram escapar sob fiança antes que os policiais soubessem que tinham um indivíduo procurado sob sua custódia. Mas o departamento estava sempre à procura de outras aplicações para o equipamento e esse fora um uso inteligente da nova tecnologia por parte de Crate & Barrel.

— Bem pensado — disse Bosch.

Virou e olhou para o roupão.

— Alguém verificou isso?

Solomon e Glanville olharam um para o outro e Bosch percebeu o diálogo mudo. Nenhum dos dois verificara, achando que o outro o fizera.

Solomon foi até o roupão e Bosch voltou para a suíte. Quando entrava, avistou um pequeno objeto junto à perna da mesinha de centro diante do sofá. Agachou para ver o que era, sem tocar. Era um pequeno botão preto que ficara camuflado no padrão escuro do tapete.

Bosch pegou o botão e o ergueu, de modo a olhar mais de perto. Presumiu que fosse de uma camisa masculina. Pôs o botão de volta no lugar onde o encontrara. Percebeu que um dos detetives saíra do balcão e estava atrás dele.

— Onde estão as roupas dele?

— Dobradas e penduradas direitinho no closet — disse Glanville. — O que é isso?

— Um botão, provavelmente não é nada. Mas traz o fotógrafo aqui de volta para bater uma foto disso antes que a gente colete. Alguma coisa no roupão?

— A chave do quarto. Só.

Bosch seguiu pelo corredor. O primeiro cômodo à direita era uma cozinha pequena com uma mesa para dois encostada na parede. No balcão do lado oposto ficavam várias bebidas e tira-gostos à disposição do hóspede do quarto, para compra. Bosch olhou a lata de lixo no canto. Vazia. Abriu a geladeira e viu que estava cheia de mais bebidas — cerveja, champanhe, refrigerantes e sucos de frutas. Nada que chamasse a atenção.

Harry voltou para o corredor, checando o banheiro antes de finalmente passar ao quarto de dormir.

Solomon tinha razão sobre a cama. A colcha estava lisa e bem esticada, as pontas presas sob o colchão. Ninguém nem mesmo sentara na cama desde que fora arrumada. Havia um closet com uma porta espelhada. Quando Bosch se aproximou, viu Glanville junto à porta do quarto, atrás dele, olhando.

Dentro do closet, as roupas de Irving estavam nos cabides — camisa, calça e paletó — e sua roupa de baixo, meias e sapatos estavam numa prateleira lateral, perto de um cofre com a porta parcialmente aberta. Dentro do cofre estavam uma carteira e uma aliança, junto com um iPhone e um relógio de pulso.

O cofre tinha uma combinação de quatro dígitos. Solomon dissera que fora encontrado fechado e trancado. Bosch sabia que a gerência do hotel muito provavelmente tinha um leitor eletrônico que era usado para abrir os cofres dos quartos. As pessoas esquecem as combinações ou vão embora sem lembrar que deixaram o cofre trancado. O dispositivo rapidamente percorre as dez mil combinações possíveis até chegar na correta.

— Qual é a combinação?
— Do cofre? Não sei. Vai ver o Jerry conseguiu com a mulher.
— Que mulher?
— A subgerente que abriu pra nós. O nome dela é Tamara.

Bosch tirou o celular do cofre. Era o mesmo modelo que o seu. Mas quando tentou acessá-lo, descobriu que era protegido por senha.

— Quanto você quer apostar que a senha que ele usou para o cofre é a mesma do telefone?

Glanville não respondeu. Bosch pôs o aparelho de volta no cofre.

— A gente precisa mandar alguém subir para ensacar todas essas coisas.
— A gente?

Bosch sorriu, embora Glanville não pudesse ver. Ele afastou os cabides e checou os bolsos das roupas. Estavam vazios. Então começou a olhar os botões na camisa. Era uma camisa azul-escura com botões pretos. Ele verificou o resto da camisa e descobriu que o punho direito estava sem um botão.

Sentiu Glanville se aproximar e olhar por cima de seu ombro.

— Acho que combina com aquele do chão — disse Bosch.
— Certo, e isso quer dizer o quê? — perguntou Glanville.

Bosch virou e olhou para ele.

— Sei lá.

Antes de deixar o quarto, Bosch notou que um dos criados-mudos estava torto. Um canto da peça tinha sido afastado da parede e Bosch supôs que Irving fizera isso ao tirar o relógio da tomada.

— O que você acha, que ele levou o relógio pra lá para escutar música no iPhone? — perguntou sem virar para encarar Glanville.
— Pode ser, mas tem outra entrada ali pra isso, embaixo da tevê. Quem sabe ele não viu.
— Vai ver que não.

Bosch voltou à sala de estar, seguido por Glanville. Chu estava mexendo em seu celular e Bosch fez um sinal de *desliga isso* já! Chu pôs a mão sobre o aparelho e disse:

— Estou conseguindo coisa boa aqui.
— É, sei, pode deixar pra mais tarde — disse Bosch. — A gente tem um trabalho pra fazer.

Chu guardou o celular e os quatro detetives se juntaram em um círculo no meio da sala.

— Ok, é assim que eu quero cuidar disso — começou Bosch. — Vamos bater em cada porta deste lugar. A gente pergunta o que as pessoas ouviram, o que elas viram. Vamos cobrir...

— Meu Deus do céu, quanta perda de tempo — disse Solomon, dando as costas para o círculo e olhando por uma das janelas.

— A gente não vai deixar nada sem verificar — disse Bosch. — Assim, se e quando determinarmos que foi suicídio, não quero ninguém procurando pelo em ovo. Nem o vereador, nem o chefe, nem a imprensa. Então vocês três dividem os andares e começam a bater de porta em porta.

— O pessoal daqui é notívago — disse Glanville. — Ainda devem estar dormindo.

— Ótimo. Isso quer dizer que a gente pega eles antes de saírem do hotel.

— Ok, então *a gente* acorda todo mundo — disse Solomon. — E *você*, faz o quê?

— Vou descer para falar com o gerente. Quero uma cópia do registro e a combinação que foi usada para trancar o cofre do quarto. Vou checar as câmeras e depois disso ver o carro de Irving na garagem. Nunca se sabe, pode ser que tenha deixado um bilhete no carro. Vocês dois não foram olhar.

— A gente pretendia fazer isso — disse Glanville, na defensiva.

— Bom, eu vou fazer isso agora — disse Bosch.

— A combinação do cofre, Harry? — perguntou Chu. — Para quê?

— Porque pode nos dizer se foi Irving quem criou.

Chu ficou com uma expressão confusa no rosto. Bosch decidiu que explicaria depois.

— Chu, quero também que você suba por aquela escada lá fora e dê uma verificada no telhado. Pode fazer isso primeiro, depois cuida dos quartos.

— Pode deixar.

— Obrigado.

Era um alívio não ouvir nenhuma reclamação. Bosch voltou a virar para Crate e Barrel.

— Bom, agora é a parte de que vocês não vão gostar.

— Ah, sério? — disse Solomon. — Imagina só.

Bosch se encaminhou para o balcão, sinalizando que fossem com ele. Saíram e Bosch apontou, fazendo uma varredura pela vista de casas na encosta da colina. Embora fosse o sétimo andar do prédio, estavam alinhados com diversas janelas das casas que ficavam de frente para o hotel.

— Quero uma por uma interrogada — disse. — Usem uma radiopatrulha, se puderem pôr os homens à disposição de vocês, mas quero que conversem com cada casa daquelas. Alguém pode ter visto alguma coisa.

— Você não acha que a gente teria ficado sabendo? — disse Glanville. — Se a pessoa vê um cara pulando de um balcão, eu acho que ela liga para a polícia.

Bosch deixou de observar a vista para olhar para Glanville, depois voltou a olhar a vista.

— Talvez tenham visto alguma coisa antes da queda. Talvez tenham visto o cara aqui sozinho. Talvez ele não estivesse sozinho. E talvez tenham visto ele sendo jogado e estão com medo demais para se envolver. É *talvez* demais para deixar passar, Crate. Precisa ser feito.

— Ele é o Crate. Eu sou Barrel.

— Desculpe. Não sei dizer a diferença.

O desdém na voz de Bosch era evidente.

6

Depois de finalmente liberarem a cena, pegaram o Laurel Canyon Boulevard sobre a colina para o San Fernando Valley. No caminho, Bosch e Chu trocaram informes sobre seus esforços nas duas últimas horas, começando pelo fato de que a inquirição com os hóspedes do hotel não produzira uma única testemunha que tivesse escutado ou visto qualquer coisa relativa à morte de Irving. Bosch achou isso surpreendente. Tinha certeza de que o som do impacto de um corpo aterrissando teria sido alto, e no entanto ninguém ali no hotel informara ter ouvido o que quer que fosse.

— Foi perda de tempo — disse Chu.

O que, é claro, Bosch sabia não ser o caso. Era uma informação valiosa saber que Irving não gritara ao cair. Esse fato prestava-se aos dois cenários que Van Atta mencionara; Irving pulara intencionalmente ou estava inconsciente quando foi jogado.

— Nunca é perda de tempo — ele disse. — Algum de vocês foi nos bangalôs da piscina?

— Eu não. Eles ficam lá do outro lado do prédio. Eu imaginei que...

— E quanto a Crate e Barrel?

— Acho que não.

Bosch pegou seu celular. Ligou para Solomon.

— Qual sua localização? — perguntou.

— Estamos na Marmont Lane, indo de casa em casa. Como mandaram a gente fazer.

— Vocês conseguiram alguma coisa no hotel?

— Negativo, ninguém escutou nada.

— Verificaram nos bangalôs?

Houve uma hesitação antes de Solomon responder.

— Negativo, ninguém mandou a gente bater na porta dos bangalôs, lembra?

Bosch ficou irritado.

— Preciso que voltem lá e conversem com um hóspede chamado Thomas Rapport, no bangalô número dois.

— Quem é ele?

— Uma espécie de escritor famoso, pelo que eu sei. Ele se registrou logo depois do Irving, pode ter até conversado com ele.

— Deixa eu ver, isso é mais ou menos umas seis horas antes do nosso cara ter saltado. E você quer que a gente converse com um cara que passou depois dele na recepção?

— Isso mesmo. Eu cuidaria disso pessoalmente, mas preciso falar com a esposa de Irving.

— Bangalô dois, entendido.

— Hoje mesmo. Pode me mandar o relatório por e-mail.

Bosch fechou o celular, irritado com o tom de voz de Solomon durante toda a ligação. Chu fez uma pergunta na mesma hora.

— Como você ficou sabendo desse tal de Rapport?

Bosch levou a mão ao bolso na lateral de seu paletó e tirou um DVD em um envelope de plástico transparente.

— Não tem muitas câmeras naquele hotel. Mas tem uma no balcão da recepção. Ela filmou Irving se registrando e o que aconteceu no resto da noite, até o horário em que o corpo foi descoberto. Rapport passou ali logo depois de Irving. Talvez tenha até subido no mesmo elevador da garagem junto com ele.

— Você já olhou o disco?

— Só a parte em que ele aparece fazendo o registro. Vou ver o resto depois.

— Mais alguma coisa com o gerente?

— A relação de ligações do hotel e a combinação que foi usada no cofre.

Bosch disse a ele que a combinação era 1492 e que não era um número *default*. Quem quer que tivesse guardado os objetos pessoais de Irving no cofre digitara os números de forma aleatória ou intencional.

— Cristóvão Colombo — disse Chu.

— Do que você está falando?

— Harry, o estrangeiro aqui sou eu. Você esqueceu suas aulas de história? Mil, quatrocentos e noventa e dois foi o ano da viagem de Colombo, lembra?

— Sei, claro. Colombo. Mas o que isso tem a ver com esse caso?

Para Bosch parecia muito forçada a ideia de que a descoberta da América servisse de ideia para uma combinação de cofre.

— E essa não é nem mesmo a data mais antiga ligada com esse negócio — acrescentou Chu, animado.

— Do que você está falando?

— O hotel, Harry. O Chateau Marmont é uma réplica de um palacete francês construído no século XIII, no vale do Loire.

— Ok, e daí?

— Daí que eu olhei no Google. Era isso que eu estava fazendo no meu celular. Acontece que na época a altura média do europeu ocidental era um metro e sessenta. Então, se eles copiaram o lugar, isso explica por que o muro do balcão é tão baixo.

— O parapeito. Mas o que isso tem a ver c...

— Morte acidental, Harry. O cara sai no balcão pra tomar um ar fresco ou sei lá o quê e cai direto por cima do muro. Você sabia que o Jim Morrison, do The Doors, caiu de um balcão lá, desse mesmo jeito, em 1970?

— Isso é ótimo. E um pouco mais recentemente, Chu? Você está dizendo que eles têm u...

— Não, não tem história nenhuma aí. Só estou dizendo que... você sabe.

— Não, não sei. O que você está dizendo?

— Estou dizendo que se você precisa fazer disso um acidente para sossegar o chefe e o pessoal lá de cima, então aqui tem um caminho.

Haviam acabado de ultrapassar a crista da montanha e atravessavam a Mulholland. Nesse momento estavam descendo para Studio City, onde George Irving vivera com sua família. Na rua seguinte, Bosch deu uma guinada abrupta, entrou na Dona Pegita e parou. Deixando o carro em ponto morto, virou no banco para ficar de frente para seu parceiro.

— O que deu a ideia pra você de que eu estou tentando sossegar o pessoal lá de cima?

Chu ficou agitado na mesma hora.

— Bom... eu não... só estou dizendo que se a gente quiser... olha, Harry, não estou falando o que aconteceu. É só uma possibilidade.

— Possibilidade, o caralho. Ou ele foi para o hotel porque queria acabar com a própria vida ou alguém atraiu ele até o lugar, pôs o cara para dormir e então jogou de lá de cima. Não teve acidente nenhum e não vou procurar porra nenhuma a não ser o que aconteceu de verdade. Se esse cara se matou, ele se matou, e o vereador vai ter que viver com isso.

— Certo, Harry.

— Não quero mais ouvir falar em vale do Loire nem em The Doors ou qualquer coisa que fuja desse assunto. Tem uma boa chance de que não foi ideia desse cara terminar na calçada do Chateau Marmont. No momento, pode ser uma coisa ou outra. E com toda a politicagem de fora, eu vou descobrir.

— Falou, tá falado, Harry. Não quis insinuar nada, ok? Só tentei ajudar. Jogar a rede grande. Lembra, você mesmo me disse que é assim que se faz.

— Claro.

Bosch voltou a se virar para a frente e engatou a marcha. Virou o carro e começou a voltar para o Laurel Canyon Boulevard. Chu tentou desesperadamente mudar de assunto.

— Tinha alguma coisa nos registros das ligações que valia a pena dar uma olhada?

— Nenhuma ligação. Irving ligou para a garagem lá pela meia-noite e foi só.

— Para falar sobre o quê?

— A gente vai ter que conversar com o sujeito que fica à noite — ele foi embora antes que a gente conseguisse mandar esperar. Eles mantêm um registro no escritório ali embaixo e nele diz que Irving ligou para perguntar se tinha deixado seu celular no carro. A gente encontrou o celular no cofre, então ou Irving se enganou, ou o celular foi deixado no carro e levado até o quarto.

Ficaram em silêncio por um momento enquanto consideravam a ligação para a garagem. Finalmente, Chu falou.

— Você checou o carro?

— Chequei. Não tinha nada lá.

— Droga. Acho que ia ser bem mais fácil se você tivesse achado um bilhete ou qualquer coisa assim.

— Ia. Mas não tinha.

— Pena.

— É, que pena.

Durante todo o resto do trajeto para a casa de George Irving eles seguiram em silêncio.

Quando chegaram ao endereço indicado na carteira de motorista da vítima, Bosch viu um Lincoln Town Car familiar estacionado junto à calçada. Os mesmos dois homens estavam na frente. Significava que o vereador Irving estava ali. Bosch se preparou para outro confronto com o inimigo.

7

O vereador Irving atendeu a porta da casa de seu filho. Abriu uma fresta da exata largura de seu corpo e deixou claro, antes de dizer qualquer coisa, que não pretendia permitir a entrada de Bosch nem de Chu.

— Vereador — disse Bosch —, gostaríamos de fazer algumas perguntas à esposa de seu filho.

— Foi um terrível golpe para Deborah, detetive. Seria melhor se voltassem alguma outra hora.

Bosch relanceou as proximidades da porta, chegou até mesmo a olhar para trás e para Chu, um degrau abaixo, antes de voltar a virar para Irving e responder.

— Estamos conduzindo uma investigação, vereador. O depoimento dela é importante e não podemos adiar.

Ficaram se encarando, sem que ninguém cedesse.

— O senhor pediu minha presença no caso e disse que era para proceder com urgência — falou Bosch, finalmente. — É isso que estou fazendo. Vai deixar a gente entrar ou não?

Irving cedeu e recuou, abrindo a porta um pouco mais. Bosch e Chu entraram em um vestíbulo com uma mesa para deixar chaves e pacotes.

— O que você descobriu na cena? — disse Irving, rapidamente.

Bosch hesitou, sem ter certeza se devia discutir o caso com ele tão rápido.

— Até agora, não muito. Num caso como esse, muita coisa surge na autópsia.

— Quando isso vai ser?

— Ainda não programaram um horário.

Bosch olhou seu relógio.

— O corpo do seu filho só chegou no necrotério faz umas duas horas.

— Bom, espero que você tenha insistido para irem logo.

Bosch tentou sorrir, mas não funcionava desse jeito.

— Pode nos levar até sua nora, por favor?

— Então isso quer dizer que você não insistiu na urgência.

Bosch olhou por cima do ombro de Irving e viu que o vestíbulo dava para uma sala mais ampla com uma escada em caracol. Não havia sinal de mais ninguém na casa.

— Vereador, não me diga como devo conduzir a investigação. Se o senhor quiser me tirar dela, perfeito, pode ligar para o chefe e dizer para me afastar. Mas enquanto eu estiver no caso, vou conduzir a investigação do modo como eu achar melhor.

Irving recuou.

— Claro — ele disse. — Vou chamar Deborah. Por que você e seu parceiro não esperam na sala?

Acompanhou os dois pela casa e lhes mostrou a sala de estar. Depois se foi. Bosch olhou para Chu e abanou a cabeça no exato momento em que Chu estava prestes a perguntar alguma coisa: Harry tinha certeza de que ele ia dizer algo sobre a intervenção de Irving na investigação.

Chu se segurou e logo depois Irving voltou, conduzindo uma loira belíssima para a sala. Bosch imaginou que devia estar na casa dos quarenta. Era alta e magra, mas não alta e magra demais. Parecia enlutada, mas isso não afetava em grande coisa a beleza de uma mulher que envelhecia tão bem quanto um vinho fino. Irving a trouxe pelo braço até uma poltrona diante de uma mesinha de centro e um sofá. Bosch se aproximou mas não sentou. Esperou para ver o que Irving iria fazer em seguida e, quando ficou claro que o vereador planejava presenciar o depoimento, objetou.

— Estamos aqui para conversar com a senhora Irving e precisamos fazer isso a sós — ele disse.

— Minha nora quer que eu lhe faça companhia nessa hora — respondeu Irving. — Não vou sair daqui.

— Ótimo. Se o senhor quiser ficar em algum outro lugar da casa para qualquer eventualidade, isso será de grande ajuda. Mas preciso que nos dê licença para conversarmos com a senhora Irving a sós.

— Papai, tudo bem — disse Deborah Irving, apaziguando a situação. — Vou ficar bem. Por que não vai para a cozinha e prepara alguma coisa para comer?

Irving encarou Bosch por um longo momento, provavelmente pesando os prós e os contras de seu pedido para incluí-lo no caso.

— Se precisar de mim, é só chamar.

Irving então saiu da sala, e Bosch e Chu sentaram, Harry fazendo as apresentações.

— Senhora Irving, quero…

— Pode me chamar de Deborah.

— Certo, Deborah. Queremos antes de mais nada oferecer nossas condolências pela perda de seu marido. Também agradecemos sua prontidão em conversar conosco nessa hora difícil.

— Obrigada, detetive. Estou mais do que pronta a conversar. É só que eu acho que não tenho nenhuma resposta para os senhores e o choque disso é mais do que…

Ela olhou em volta e Bosch percebeu o que estava procurando. As lágrimas começaram a correr outra vez. Harry sinalizou para Chu.

— Procura uns lenços de papel. Dá uma olhada no banheiro.

Chu se levantou. Bosch observou atentamente a mulher a sua frente, verificando se havia sinais de emoção e perda genuínos.

— Não sei por que ele teria feito uma coisa dessa — ela disse.

— Por que não começamos pelas perguntas fáceis? As que têm respostas. Por que não me diz quando foi a última vez que viu seu marido?

— Ontem à noite. Ele saiu da casa depois do jantar e não voltou.

— Ele disse aonde ia?

— Não, disse que precisava tomar um pouco de ar, que ia abaixar a capota do carro e dar uma volta pela Mulholland. Disse que não era para ficar esperando. Não fiquei.

Bosch esperou, mas ela não disse mais nada.

— Era uma coisa incomum ele sair para dar uma volta desse jeito?

— Ele andava fazendo isso bastante, ultimamente. Mas eu não achava que ele estava realmente passeando de carro por aí.

— Você quer dizer que ele fazia outra coisa?

— É só ligar os pontos, tenente.

— Sou um detetive, não um tenente. Por que não liga os pontos para mim, Deborah? Você sabe o que seu marido estava fazendo?

— Não, não sei. Só estou dizendo que eu não acho que ele estava simplesmente andando por aí pela Mulholland. Acho provável que estivesse se encontrando com alguém.

— Você perguntou a ele sobre isso?

— Não. Eu ia perguntar, mas estava esperando.

— O quê?

— Não sei exatamente. Só esperando.

Chu voltou com uma caixa de lenços e deu a ela. Mas o momento já passara e seus olhos pareciam frios e sérios agora. Mesmo assim, continuava belíssima, e Bosch achou difícil de acreditar que um marido pudesse sair para rodar por aí tarde da noite quando tinha uma mulher como Deborah Irving esperando em casa.

— Vamos voltar um segundo. Disse que ele saiu depois que vocês dois jantaram. Isso foi em casa ou vocês saíram?

— Em casa. Nenhum de nós dois estava com muita fome. Só comemos uns sanduíches.

— Lembra a que horas foi o jantar?

— Deve ter sido lá pelas sete e meia. Ele saiu às oito e meia.

Bosch pegou sua caderneta e rabiscou algumas coisas sobre tudo que fora dito até lá. Lembrou que Solomon e Glanville tinham contado que alguém — presumivelmente George Irving — fizera uma reserva no Chateau às dez para as nove, vinte minutos depois do horário em que Deborah afirmava que seu marido saíra de casa.

— Um-quatro-nove-dois.

— O que disse?

— Esses números significam alguma coisa para você? Um-quatro-nove-dois — catorze, noventa e dois?

— Não entendo o que quer dizer.

Ela parecia genuinamente confusa. A ideia de Bosch era mantê-la um pouco desnorteada, fazendo perguntas fora da sequência lógica.

— As posses de seu marido — a carteira, o celular e a aliança — estavam no cofre do hotel. Essa era a combinação que foi usada para trancar. Esses números têm algum significado para seu marido ou para você?

— Não que eu me lembre.

— Ok. Seu marido tinha alguma familiaridade com o Chateau Marmont? Ele já havia se hospedado lá antes?

— A gente tinha ficado lá juntos, mas como eu disse, não sei de verdade onde ele ia quando saía de casa. Podia ir para lá. Não sei.

Bosch balançou a cabeça.

— Como descreveria o estado de espírito de seu marido quando o viu pela última vez?

Ela pensou por um longo momento antes de encolher os ombros e dizer que seu marido parecia normal, que não parecia sentir o peso de alguma coisa nem estar perturbado, até onde ela podia dizer.

— Como descreveria a situação de seu casamento?

Ela baixou os olhos para o chão por um momento antes de voltar a encará-lo.

— Íamos completar vinte anos de casados em janeiro. Vinte anos é bastante tempo. Um bocado de altos e baixos, mas mais altos do que baixos.

Bosch notou que não respondera a pergunta que lhe fizera.

— E no momento? Vocês viviam um bom ou mau momento?

Ela fez uma longa pausa antes de responder.

— Nosso filho, nosso único filho, foi para a faculdade em agosto. Tem sido um ajuste difícil.

— Síndrome do ninho vazio — disse Chu.

Tanto Bosch como Deborah Irving olharam para ele, mas ele não acrescentou mais nada e pareceu um pouco tolo por interromper.

— Em que dia de janeiro foi o aniversário de vocês dois? — perguntou Bosch.

— Dia 4.

— Então vocês se casaram no dia 4 de janeiro de 1992?

— Ai, meu Deus!

Ela levou as mãos à boca, de constrangimento por não reconhecer a combinação do cofre do hotel. Lágrimas rolaram por seus olhos e ela pegou alguns lenços na caixa.

— Como sou estúpida! Vocês devem me achar uma completa...

— Não tem problema — interrompeu Bosch. — Quando eu falei, parecia algum ano, não uma data. Sabe se ele usou esse número como combinação ou senha antes?

Ela abanou a cabeça.

— Não sei.

— Senha de cartão eletrônico?

— Não, a gente usava o aniversário do nosso filho — cinco do dois de noventa e três.

— E o celular dele?

— Também é o aniversário do Chad. Eu usava o celular do George, às vezes.

Bosch escreveu a nova data em sua caderneta. O celular fora lançado como evidência pela equipe da Divisão de Investigação Científica e estava a caminho do centro. Ele poderia desbloquear o aparelho e acessar o registro de chamadas no PAB. Tinha de considerar o que isso significava. De um lado, o uso da data de aniversário de casamento tendia a indicar que fora George Irving que criara a combinação no cofre do quarto. De outro, uma data como essa podia ser encontrada por meio de um computador nos registros públicos. Mais uma vez, era informação que não excluía nem suicídio, nem assassinato.

Ele decidiu passar outra vez a uma nova direção.

— Deborah, com que exatamente seu marido ganhava dinheiro?

Ela respondeu com uma versão mais detalhada do que Irvin Irving já lhe dissera. George seguira os passos de seu pai, ingressando no DPLA aos vinte e um anos. Mas após cinco anos fazendo patrulha, deixou o departamento e entrou para a faculdade de direito. Depois que se formou, foi trabalhar para o Gabinete da Procuradoria do Município, no departamento de contratos. E foi aí que ficou até seu pai concorrer para a câmara de vereadores e vencer. George largou o serviço público e abriu um escritório de consultoria, usando sua experiência e as ligações com seu pai e outras pessoas no governo e na burocracia locais para proporcionar acesso de seus clientes aos corredores do poder.

George Irving tinha uma ampla gama de clientes, incluindo empresas de guincho, franquias de táxi, fornecedores de cimento, empreiteiras, serviços de limpeza para as repartições municipais e escritórios de contestação de multas. Era um homem que podia sussurrar o pedido no ouvido certo na hora certa. Se você queria fazer algum negócio com a cidade de Los Angeles, um sujeito como George Irving era a pessoa para isso. Ele tinha um escritório à sombra do prédio da prefeitura, mas não era em sua sala que o trabalho se dava. Irving circulava pelas alas administrativas e pelos gabinetes de vereadores da municipalidade. Era aí que seu trabalho era feito.

Sua viúva informou que o trabalho do marido lhes garantia um alto padrão de vida. A casa em que estavam valia mais de um milhão de dólares, mesmo descontando a economia ruim. O trabalho também tendia a lhe granjear inimigos. Clientes insatisfeitos, ou pessoas competindo pelos mesmos contratos que seus clientes — George Irving não atuava em um mundo acima das disputas.

— Ele falou alguma vez sobre algum negócio ou pessoa em particular ficando irritada com ele ou alimentando algum rancor?

— Nunca mencionou ninguém. Mas ele tem uma gerente de escritório. Acho que o certo seria dizer tinha uma gerente de escritório. Ela provavelmente sabe mais sobre essa área do que eu. George não falava muita coisa comigo. Não queria que eu me preocupasse.

— Qual o nome dela?

— Dana Rosen. Está com ele faz muito tempo, desde o Gabinete da Procuradoria.

— Falou com ela hoje?

— Falei, mas não depois que fiquei sab...

— Você conversou com ela antes de ficar sabendo que seu marido tinha falecido?

— Foi, quando eu acordei, percebi que ele não tinha voltado para casa ontem à noite. Como ele não atendia o celular, às oito horas eu liguei para o escritório e conversei com a Dana para saber se tinha alguma notícia dele. Ela disse que não.

— Você ligou para ela de novo depois que descobriu sobre o seu marido?

— Não, não liguei.

Bosch se perguntou se haveria alguma rixa de ciúme entre as duas mulheres. Talvez fosse de Dana Rosen que Deborah Irving desconfiava quando o marido saía para andar de carro à noite.

Escreveu o nome e depois fechou a caderneta. Achou que tinha bastante com que começar. Não cobrira todos os detalhes, mas ali não era o momento para um interrogatório prolongado. Tinha certeza de que voltaria a falar com Deborah Irving. Ficou de pé e Chu fez o mesmo.

— Acho que isso basta por ora, Deborah. Sabemos que é um momento difícil e que você quer ficar com sua família. Já contou para seu filho?

— Não, papai contou. Ele ligou. Chad vem para cá hoje à noite.

— Onde ele estuda?

— USF — a Universidade de San Francisco.

Bosch balançou a cabeça. Ele ouvira falar sobre essa universidade recentemente porque sua filha já andava pensando no próximo passo para quando terminasse o segundo grau e a mencionara como uma possibilidade. Lembrou também que era o lugar onde o famoso Bill Russell jogara basquete universitário.

Harry sabia que precisaria falar com o filho, mas não comentou o fato com ela. Não havia necessidade de deixá-la ruminando sobre isso.

— E quanto a amigos? — perguntou. — Ele era próximo de alguém?

— Não de verdade. Tinha só um amigo próximo e os dois não se viam com muita frequência ultimamente.

— Quem é ele?

— O nome é Bobby Mason. Eles se conhecem desde o tempo da academia de polícia.

— Bobby Mason ainda é policial?

— É.

— Por que os dois não se viam mais ultimamente?

— Não sei. Nenhum motivo especial, eu acho. Tenho certeza de que era só uma coisa temporária. Imagino que os homens sejam assim.

Bosch não tinha certeza sobre o que essas palavras pretendiam comunicar sobre os homens. Ele não tinha ninguém em sua vida que considerasse um grande amigo, mas sempre se julgara diferente. Achava que a maioria dos homens tinha amigos homens, até melhores amigos. Escreveu o nome de Mason, depois deu um cartão de visitas com seu número de celular para Deborah Irving, dizendo-lhe que podia ligar a qualquer momento. Disse que manteria contato à medida que a investigação progredisse.

Bosch lhe desejou boa sorte e então ele e Chu saíram. Antes de chegarem ao carro, Irvin Irving apareceu na porta da frente e os chamou.

— Vocês estão indo embora sem antes falar comigo?

Bosch deu as chaves para Chu e lhe disse para tirar o carro da entrada da casa. Esperou até ele e Irving ficarem sozinhos antes de falar.

— Vereador, precisamos deixar uma coisa clara aqui. Vou mantê-lo informado, mas não preciso prestar contas a você. Tem uma diferença. Essa é uma investigação policial, não uma investigação administrativa. Você já foi policial, mas não é mais. Vai ter notícias minhas quando eu tiver alguma coisa para informar.

Virou e começou a andar na direção da rua.

— Não se esqueça de que eu quero um relatório até o fim do dia — exclamou Irving às suas costas.

Bosch não respondeu. Continuou andando como se não tivesse escutado.

8

Bosch disse a Chu para seguir na direção norte, até Panorama City.
— Já viemos até aqui — ele disse. — Podemos muito bem dar uma checada em Clayton Pell. Se é que ele mora onde devia morar.
— Achei que o caso Irving fosse prioridade — disse Chu.
— E é.
Bosch não deu maiores explicações. Chu balançou a cabeça, mas tinha alguma outra coisa em mente.
— E que tal alguma coisa para comer? — perguntou. — A gente trabalhou direto na hora do almoço e estou morrendo de fome, Harry.
Bosch percebeu que estava com fome, também. Olhou o relógio e viu que eram quase três.
— A casa de amparo fica bem pra lá da Woodman — ele disse. — Costumava ter um ótimo furgão de taco que ficava na esquina da Woodman com a Nordhoff. Tive um julgamento faz alguns anos no Tribunal de San Fernando e meu parceiro e eu costumávamos parar para almoçar lá todo dia. É um pouco tarde, mas se a gente der sorte, ainda vai estar por lá.
Chu era meio vegetariano, mas de um modo geral a ideia de comida mexicana não lhe caía mal.
— Quais são minhas chances de terem um burrito de feijão nesse lugar?
— Muito boas. Se não tiver, tem taco de camarão. Eu sempre comia.
— Parece boa ideia.
Ele pisou fundo.

— Era aquele cara, Ignacio? — perguntou Chu após algum tempo. — Seu parceiro, quero dizer.

— Isso, Ignacio — disse Bosch.

Bosch refletiu sobre o destino de seu último parceiro, que fora assassinado nos fundos de uma mercearia, dois anos antes, quando trabalhavam no caso em que Harry seria apresentado a Chu. Os dois atuais parceiros mantiveram silêncio pelo resto do caminho.

A instituição para recuperação de criminosos à qual Clayton Pell fora integrado ficava em Panorama City, que era o vasto bairro no centro geográfico do San Fernando Valley. Resultado da prosperidade e do entusiasmo pós-Segunda Guerra Mundial, era a primeira comunidade planejada de Los Angeles, construída no lugar de hectares e hectares de laranjais e fazendas de laticínios, com o espraiamento aparentemente infindável de casas populares pré-fabricadas e prédios baixos que não tardou a dar a aparência marcante do vale. Encravada entre as indústrias da General Motors e a cervejaria Schlitz, nas proximidades, sua concepção urbanística era representante da antiga autotopia de Los Angeles. Cada homem com um emprego e uma baldeação para fazer. Cada casa com uma garagem. Cada vista com um panorama das montanhas circundantes. Para usufruto exclusivo de americanos brancos nativos.

Pelo menos era assim que passava pela cabeça de seus construtores em 1947, quando o padrão de grade foi criado e os lotes postos à venda. Entretanto, no decorrer de várias décadas desde o glorioso corte da fita inaugurando a comunidade do futuro, tanto a GM como a Schlitz caíram fora e a vista das montanhas foi ficando enevoada com a poluição. As ruas se encheram de gente e trânsito, a taxa de criminalidade subiu em ritmo vertiginoso e muitas daquelas garagens passaram a ser ocupadas por pessoas, não carros. Barras de ferro foram instaladas diante das janelas dos quartos e os prédios de apartamentos ganharam portões de segurança em suas entradas antes amplas e acolhedoras. Pichações passaram a demarcar a luta territorial até que finalmente, se antes o nome Panorama City representava um futuro tão aberto e sem limites quanto suas perspectivas de 360 graus, agora ele estava mais para uma cruel ironia. Um lugar cujo nome refletia muito pouco do que realmente existia ali. Moradores de algumas partes do antigo paraíso suburbano se organizavam para tentar integrar o próprio endereço a bairros adjacentes, como Mission Hills, North Hills e até Van Nuys, de modo a não ter suas residências associadas a Panorama City.

Bosch e Chu estavam com sorte. O furgão de Tacos La Familia continuava parado junto à calçada da Woodman com a Nordhoff. Chu achou uma vaga apenas dois carros atrás e estacionou, e os dois desceram. O *taquero* estava limpando a cozinha e guardando coisas, mas mesmo assim os atendeu. Não havia mais burritos, então Chu pediu tacos de camarão, enquanto Bosch foi de carne assada. O homem ofereceu um frasco de plástico com molho de salsa pela janela. Os dois pediram uma garrafa de Jarritos Pineapple para empurrar a comida e o total para os dois saiu por oito dólares. Bosch deu uma nota de dez para o homem e lhe disse para ficar com o troco.

Não havia outros fregueses, então Bosch levou o frasco de salsa consigo para o carro. Ele sabia que, em se tratando de ambulantes de tacos, salsa era o segredo. Comeram apoiados cada um de um lado do capô, curvando-se para a frente de modo a não deixar pingar a salsa ou o molho em suas roupas.

— Nada mal, Harry — disse Chu, balançando a cabeça enquanto comia.

Bosch balançou a cabeça em resposta. Estava com a boca cheia. Finalmente, engoliu e esguichou mais salsa em seu segundo taco, depois passou o frasco para seu parceiro, do outro lado do capô.

— A salsa é ótima — disse Harry. — Já esteve no furgão do El Matador, em East Hollywood?

— Não, onde fica?

— Na Western com a Lex. Este aqui é bom, mas o El Matador, eu acho que é melhor. Mas eles só ficam abertos à noite, e de noite tudo parece mais gostoso.

— Não é estranho a Western Avenue ficar em *East* Hollywood?

— Nunca pensei nisso. Mas o negócio é que, da próxima vez que você estiver por lá a trabalho, experimente o El Matador, depois me diga o que achou.

Bosch se deu conta de que não estivera no furgão do El Matador desde que sua filha viera morar com ele. Na época, achou que comer no carro e comprar comida de rua não era certo para ela. Agora talvez as coisas estivessem diferentes. Achou que ela talvez fosse gostar.

— O que você pretende fazer com esse Pell? — perguntou Chu.

De volta à realidade presente, Bosch disse ao parceiro que não queria revelar seu verdadeiro interesse em Clayton Pell ainda. Havia muitas incógnitas no caso. Queria primeiro determinar que Pell estava onde deveria estar, dar uma olhada nele e quem sabe iniciar uma conversa casual, se possível sem mencionar as suspeitas de agressão sexual.

— Difícil — disse Chu, a boca cheia com a última porção de comida.

— Tenho uma ideia.

Bosch contou seu plano, depois juntou todas as embalagens e guardanapos e levou para a lata do lixo atrás do furgão de taco. Pôs o frasco de salsa no balcão da janela e acenou para o *taquero*.

— *Muy sabroso.*

— *Gracias.*

Chu estava atrás do volante quando ele voltou ao carro. Fizeram meia-volta e pegaram a Woodman. O celular de Bosch zumbiu e ele olhou a tela. Era um número do PAB, mas ele não reconheceu. Atendeu. Era Marshall Collins, o comandante da unidade de relações com a mídia.

— Detetive Bosch, estou segurando como posso, mas vamos precisar dar alguma declaração sobre Irving ainda hoje.

— Ainda não tem nada para declarar.

— Não pode me dar nada? Já recebi vinte e seis ligações aqui. O que eu falo para eles?

Bosch pensou por um momento, imaginando se havia algum modo de usar a mídia para ajudar na investigação.

— Diga a eles que a causa da morte está sob investigação. O senhor Irving caiu do balcão de seu quarto, no sétimo andar do Chateau Marmont. Não se sabe até o momento se foi acidente, suicídio ou homicídio. Qualquer um com alguma informação sobre as últimas horas de Irving no hotel ou antes disso deve entrar em contato com a Divisão de Roubos e Homicídios. Et cetera, et cetera, você sabe como faz.

— Então nada suspeito até agora.

— Não fala uma coisa dessas. Isso dá a entender que estou procurando suspeitos. Ainda nem chegamos nesse pé. Não sabemos o que aconteceu e vamos esperar os resultados da autópsia, além de ver se conseguimos juntar mais um pouco de informação.

— Ok, entendido. A gente usa isso.

Bosch fechou o celular e transmitiu os detalhes da conversa para Chu. Em cinco minutos chegaram aos apartamentos de Buena Vista. Era um prédio de dois andares, cercado por um pátio murado, com portões de segurança e sinalização advertindo quem não tivesse o que fazer ali a manter distância. Gente pedindo coisas não era bem-vinda e crianças eram expressamente proibidas. Em uma caixa transparente presa ao portão havia um aviso informando que o lugar era utilizado para abrigar agressores sexuais sob sursis probatório e condicional e passando por tratamento prolongado. A grossa proteção acrílica da caixa estava toda arranhada e lascada das inúmeras tentativas de quebrá-la, e pichada com spray.

Para apertar a campainha Bosch teve de enfiar o braço até a altura do cotovelo pela pequena abertura no portão. Então esperou até que uma voz feminina finalmente respondeu.

— Quem é?

— DPLA. Precisamos falar com a pessoa encarregada.

— Ela não está.

— Então acho que vamos ter de falar com você. Abra.

Havia uma câmera do outro lado do portão, localizada a distância suficiente para dificultar a ação dos vândalos. Bosch enfiou a mão pela abertura outra vez, segurando seu distintivo, e o mostrou. Mais alguns momentos se passaram e a cigarra zumbiu. Ele e Chu empurraram o portão e passaram.

O portão dava em um túnel que os levou ao pátio central. Quando Bosch saiu sob a luz do dia outra vez, viu vários homens sentados em cadeiras, num círculo. Uma sessão de aconselhamento e reabilitação. Ele nunca pusera muita fé na ideia de reabilitar predadores sexuais. Achava que não havia cura, a não ser a castração — cirúrgica, de preferência a química. Mas era suficientemente inteligente para guardar esses pensamentos para si, dependendo da companhia com que estivesse.

Bosch passou os olhos pelos homens no círculo, na esperança de reconhecer Clayton Pell, mas de nada adiantou. Vários deles estavam de costas para a entrada e outros estavam curvados e ocultando o rosto sob bonés de basquete, ou com a mão na frente da boca, numa postura de profunda reflexão. Muitos observaram Bosch e Chu. Seriam facilmente identificados como tiras pelos homens no círculo.

Alguns segundos depois foram recebidos por uma mulher com um crachá no peito do avental hospitalar. Dizia DRA. HANNAH STONE. Ela era atraente, com um cabelo loiro avermelhado preso atrás, de um jeito prático. Devia ter quarenta e poucos anos e Bosch notou que usava o relógio no pulso direito, cobrindo parcialmente uma tatuagem.

— Sou a doutora Stone. Posso ver a identificação dos senhores?

Bosch e Chu abriram as carteiras. Suas identidades policiais foram checadas e depois rapidamente devolvidas.

— Venham comigo, por favor. Será melhor se os homens não os virem aqui.

— Acho que é tarde demais para isso — disse Bosch.

Ela não respondeu. Foram conduzidos a um apartamento na frente do prédio que fora convertido em um conjunto de escritórios e salas privadas de terapia. A dra. Stone informou-os de que era a diretora do programa de reabilitação. Seu chefe, o gerente e diretor da instituição, estava no centro, para uma reunião de orçamento que iria durar o dia todo. Era muito seca e ia direto ao ponto.

— O que posso fazer pelos senhores, detetives?

Havia um tom na defensiva em cada palavra que dissera até ali, até mesmo quando falou sobre reunião de orçamento. Ela sabia que a polícia não via com bons olhos o que era feito ali e estava pronta para defender seu trabalho. Não parecia o tipo de mulher que recuaria no que quer que fosse.

— Estamos investigando um crime — disse Bosch. — Um estupro e homicídio. Temos a descrição de um suspeito que achamos que pode estar aqui. Branco, de vinte e oito a trinta e dois anos. Cabelo escuro, e o nome ou sobrenome talvez comece com a letra C. Essa letra está tatuada no pescoço do suspeito.

Até ali, Bosch não contara nenhuma mentira. O estupro e o assassinato de fato ocorreram. Ele apenas deixou de fora a parte sobre ter sido vinte e dois anos antes. Sua descrição batia com Clayton Pell como uma luva, pois Bosch obtivera esses detalhes nos registros da junta de condicional do estado. E a identificação do DNA fazia de Pell um suspeito, por mais improvável que fosse seu envolvimento no crime de Venice Beach.

— Então, tem alguém aqui que bata com essa descrição? — ele perguntou.

Stone hesitou antes de falar. Bosch torcia para que ela não resolvesse defender os homens em seu programa. Não importava quão bem-sucedidos os programas alegavam ser, a reincidência entre agressores sexuais era muito alta.

— Tem alguém assim aqui — ela disse, finalmente. — Mas ele tem feito um tremendo progresso nos últimos cinco meses. Acho difícil de...

— Qual o nome dele? — perguntou Bosch, cortando-a.

— Clayton Pell. Ele está lá no círculo bem agora.

— Com que frequência ele tem permissão de sair da instituição?

— Quatro horas por dia. Ele tem emprego.

— Emprego? — perguntou Chu. — Vocês deixam essas pessoas soltas?

— Detetive, isso aqui não é uma detenção. Todos os homens estão aqui voluntariamente. Eles receberam liberdade condicional, precisam se registrar com o condado e depois encontrar um lugar para morar onde não estejam violando as regras para agressores sexuais. Nós temos um contrato com o condado para administrar uma instituição habitacional que se enquadre nessas exigências. Mas ninguém precisa morar aqui. Eles fazem isso porque querem se reintegrar à sociedade. Querem ser produtivos. Não querem ferir ninguém. Se eles vêm para cá, a gente fornece aconselhamento e uma colocação de emprego. Damos comida e um teto. Mas o único modo de ficarem é seguindo nossas regras. Trabalhamos junto ao departamento de condicionais e nossa taxa de reincidência é mais baixa do que a média nacional.

— O que significa que não é perfeita — disse Bosch. — Para muitos deles, uma vez predador, sempre predador.

— Para alguns é verdade. Mas que outra escolha temos a não ser tentar? Quando as pessoas completam uma sentença, precisam ser soltas na sociedade. Esse programa talvez seja uma das últimas chances reais de prevenir futuros crimes.

Bosch percebeu que Stone ficou insultada com suas perguntas. Haviam começado com o pé esquerdo. Não queria aquela mulher trabalhando contra eles. Queria sua cooperação.

— Desculpe — ele disse. — Tenho certeza de que o programa vale a pena. Só estava pensando nos detalhes do crime que estamos investigando.

Bosch se aproximou da janela da frente e olhou para o pátio.

— Qual deles é Clayton Pell?

Stone ficou ao seu lado e apontou.

— O homem com a cabeça raspada, do lado direito. Aquele ali.

— Quando ele raspou a cabeça?

— Faz algumas semanas. Quando foi o ataque que estão investigando?

Bosch virou e olhou para ela.

— Antes disso.

Ela olhou para ele e balançou a cabeça. Recado recebido. Ele estava ali para fazer perguntas, não para responder.

— Você disse que ele tem emprego. Onde?

— Ele trabalha para o Grande Mercado, perto da Roscoe. Trabalha no estacionamento, juntando os carrinhos de compras e esvaziando latas de lixo, esse tipo de coisa. Recebe vinte e cinco dólares por dia. Dá para os cigarros e os pacotes de batatas fritas. É viciado nos dois.

— Qual é o horário de trabalho dele?

— Varia, conforme o dia. O cronograma é deixado na parede do mercado. Hoje ele saiu para trabalhar cedo e só voltou agora.

Era uma boa coisa saber que o horário estava disponível no mercado. Ajudaria se mais tarde quisessem encontrar Pell fora da instituição de Buena Vista.

— Doutora Stone, Pell é um de seus pacientes?

Ela fez que sim.

— Tenho sessões com ele quatro vezes por semana. Ele trabalha com outros terapeutas também.

— O que pode me dizer a seu respeito?

— Não posso dizer nada sobre nossas sessões. A relação de confidencialidade médico-paciente existe mesmo nesse tipo de situação.

— Sei, entendo, mas a evidência em nosso caso indica que ele sequestrou, estuprou e depois estrangulou uma garota de dezenove anos. Preciso saber quais são as motivações do homem sentado naquele círculo. Preciso...

— Espera aí um minuto. Espera um pouco.

Ela ergueu a mão em um gesto de *pare*.

— O senhor disse *garota* de dezenove anos?

— Isso mesmo, e o DNA dele foi encontrado no corpo.

Mais uma vez, não era mentira, mas também não era toda a verdade.

— Isso é impossível.

— Não me diga que é impossível. A análise científica não tem erro. O...

— Bom, dessa vez tem. Clayton Pell não estuprou uma garota de dezenove anos. Para começar, ele é homossexual. E é um pedófilo. Quase todos os homens aqui são. Eles são predadores condenados por crimes contra crianças. Em segundo lugar, há dois anos ele foi atacado por um bando na prisão e castrado. Então não tem jeito de Clayton Pell ser seu suspeito.

Bosch escutou a respiração de seu parceiro parando abruptamente. Ele, como Chu, ficou chocado com a revelação da doutora, bem como com o modo como ecoava os pensamentos que tivera ao entrar na instituição.

— A doença de Clayton é sua obsessão com meninos pré-pubescente — continuou Stone. — Achei que o senhor teria feito a lição de casa antes de vir para cá.

Bosch a fitou por um longo momento enquanto o calor da vergonha corava seu rosto. Não só o ardil que tramara dera desastrosamente errado, como também agora ficava ainda mais evidente que alguma coisa muito séria estava faltando no caso de Lily Price.

Lutando para superar sua gafe, ele gaguejou uma pergunta.

— Pré-pubescente... está falando de crianças de oito anos? Dez anos? Que idade?

— Não posso tocar nesse assunto — disse Stone. — O senhor está transgredindo a confidencialidade.

Bosch voltou à janela e olhou para Clayton Pell na sessão de terapia. Ele sentava muito ereto em sua cadeira e parecia acompanhar atentamente a conversa do grupo. Não era um dos que ocultavam o rosto e externamente não se via indício do trauma que sofrera.

— Alguém no círculo sabe?

— Só eu sei, e cometi uma grave violação por contar. As sessões de terapia em grupo são de grande valor terapêutico para a maioria dos nossos residentes. É por isso que eles vêm para cá. É por isso que ficam.

Bosch poderia ter argumentado que ficavam por causa da cama e da comida. Mas ergueu as mãos num gesto de rendição e desculpas.

— Doutora, faça-nos um favor — ele disse. — Não conte a Pell que estivemos aqui perguntando por ele.

— Não vou. Não pretendo deixá-lo nervoso. Se alguém perguntar, vou simplesmente dizer que vocês dois vieram aqui para investigar o vandalismo mais recente.

— Parece bom. Qual foi o vandalismo mais recente?

— Meu carro. Alguém pichou "Eu adoro estupradores de bebês" na lateral. Eles querem nos expulsar do bairro, se puderem. Está vendo o homem diante de Clayton ali no círculo? Com o tapa-olho?

Bosch olhou e balançou a cabeça.

— Ele foi cercado quando desceu do ônibus e voltava para o centro, depois do trabalho. Pego pela gangue local — os T-Dub Boyz. Arrancaram o olho dele com uma garrafa quebrada.

Bosch virou para ela. Sabia que estava se referindo a uma gangue latina dos arredores de Tujunga Wash. Os delinquentes latinos eram famosos por sua intolerância e violência contra desvios sexuais.

— Alguém foi preso?

Ela riu com desprezo.

— Para fazer uma prisão, teria de haver uma investigação. Mas o senhor sabe como é, nenhum vandalismo ou violência por aqui nunca é investigado, nem pelo seu departamento nem por ninguém.

Bosch balançou a cabeça sem olhar para ela. Ele conhecia os fatos.

— Bom, se não tiver mais nenhuma pergunta, preciso voltar ao trabalho.

— Não, não tenho mais perguntas — disse Bosch. — Volte a fazer seu bom trabalho, doutora, e vamos voltar ao nosso.

9

Bosch acabara de voltar ao PAB vindo do Arquivo Público com uma pilha de pastas sob o braço. Eram mais de cinco, de modo que a sala do esquadrão estava quase deserta. Chu fora para casa, e por Bosch tudo bem. Ele planejava ir embora também e começar a examinar algumas pastas e o disco do Chateau Marmont em casa. Estava guardando o material em uma valise quando viu Kiz Rider entrando na sala do esquadrão e vindo direto em sua direção. Ele fechou a valise na mesma hora. Não queria Rider fazendo perguntas sobre as pastas e descobrindo que não eram do caso Irving.

— Harry, pensei que íamos manter contato — disse ela, a título de olá.

— E vamos, quando eu tiver alguma coisa sobre a qual manter contato. Oi pra você também, Kiz.

— Olha, Harry, não tenho tempo a perder com gentilezas. Estou sob pressão do chefe, que está sob pressão do Irving e do resto dos vereadores que ele conseguiu mobilizar atrás disso.

— Mobilizar atrás do quê?

— Para saber o que aconteceu com o filho dele.

— Bom, fico feliz por ter você para carregar esse peso no ombro e deixar os investigadores liberados para fazer o trabalho.

Ela deu um profundo suspiro de frustração. Bosch podia notar a extremidade irregular de uma cicatriz em seu pescoço, logo abaixo do colarinho da camisa. Aquilo o lembrou o dia em que foi baleada. O último dia dela como sua parceira.

Ele se levantou e pegou a valise sobre a mesa.

— Já está indo embora? — ela exclamou.

Bosch apontou o relógio na parede da frente.

— Quase cinco e meia e cheguei às sete e meia. Fiz um almoço de dez minutos no capô do meu carro. Independente de como você calcule, tem aí pelo menos duas horas extras que a cidade não me paga mais. Então é isso mesmo, estou indo para casa, onde tem uma menina doente esperando que eu leve sopa para ela. Claro, a menos que você queira que eu ligue para a câmara de vereadores e veja se eles autorizam.

— Harry, você me conhece, puxa vida. Por que está agindo desse jeito?

— Desse jeito como? Como se eu estivesse de saco cheio da intrusão política no meu caso? Vou dizer uma coisa, tenho outro caso em andamento — uma garota de dezenove anos estuprada e deixada morta nas pedras da Marina. Os caranguejos se alimentaram do cadáver dela. É engraçado, mas ninguém na câmara de vereadores me procurou por causa disso.

Kiz balançou a cabeça, concordando.

— Sei, Harry, não é justo. Com você todo mundo importa ou ninguém importa. Isso não funciona na política.

Bosch ficou olhando para ela por um longo momento. Ela não demorou a se sentir desconfortável.

— O que foi?

— Foi você, não foi?

— Fui eu o quê?

— "Todo mundo importa ou ninguém importa." Você transformou isso num slogan e falou para o Irving. Depois ele tentou agir como se soubesse disso desde sempre.

Rider abanou a cabeça de frustração.

— Meu Deus, Harry, qual o problema? O assistente dele ligou e disse: Quem é o melhor investigador na DRH? Eu disse você, mas depois ele ligou de volta e disse que Irving não queria você por causa das coisas que aconteceram no passado. Eu disse que você era capaz de deixar o passado em segundo plano, porque com você todo mundo importava ou ninguém importava. Só isso. Se isso é político demais na sua opinião, então eu peço demissão do cargo de sua amiga.

Bosch a encarou por alguns momentos. Um sorriso se insinuava no rosto dela, que não estava levando seu aborrecimento muito a sério.

— Vou pensar sobre isso e depois a gente se fala.

Ele saiu de sua baia e começou a andar pelo corredor.

— Espera aí um minuto, por favor.

Ele virou.

— O que foi?

— Se você não quer conversar como amigo, então vai conversar como detetive. Eu ainda sou a tenente e você é um detetive. Em que pé está o caso Irving?

Agora o humor em sua expressão e em suas palavras tinha sumido. Agora ela estava irritada.

— Estamos esperando a autópsia. Não tem nada na cena que leve a alguma conclusão definitiva. Já afastamos quase completamente a possibilidade de morte acidental. Vai ser suicídio ou homicídio, e se eu tivesse que apostar, no momento, seria suicídio.

Ela pôs as mãos na cintura.

— Como assim, já afastaram morte acidental?

A valise de Bosch estava pesada, de tantas pastas. Ele a mudou de mão, porque seu ombro começava a doer. Quase vinte anos antes, fora atingido por uma bala durante uma troca de tiros em um túnel e submetera-se a três cirurgias para consertar o manguito rotador. Passara quase quinze anos sem ser incomodado pelo problema. Mas agora ele voltava.

— O filho dele foi para o hotel sem levar bagagem. Tirou as roupas e pendurou com cuidado no closet. Tinha um roupão pendurado numa cadeira no balcão. Ele caiu de frente mas não gritou, porque ninguém no hotel ouviu coisa nenhuma. Não pôs os braços na frente para se proteger da queda. Por esses e outros motivos, não parece um acidente para mim. Se você está me dizendo que precisa que seja acidental, então é só dizer, Kiz, e depois pode procurar outro menino de recados.

Seu rosto revelou a dor dessa traição.

— Harry, como pode dizer uma coisa dessas para mim? Eu fui sua parceira. Você salvou minha vida uma vez e acha que eu ia retribuir pondo você numa situação comprometedora como essa?

— Não sei, Kiz. Só estou tentando fazer meu trabalho aqui e parece que tem um bocado de ingerência envolvida nisso.

— Claro que tem, mas isso não significa que não estou defendendo seu lado. O chefe disse que não queria panos quentes nessa história. Nem eu. Vim pedir uma atualização sobre o caso e olha só o que eu recebo em troca... todo esse veneno.

Bosch percebeu que sua raiva e suas frustrações estavam mal direcionadas.

— Kiz, se é assim que são as coisas, então acredito. E desculpe descontar em você. Eu devia saber que qualquer coisa envolvendo Irving iria por esse caminho. Só mantém ele longe do meu cangote até a gente conseguir uma autópsia. Depois disso, a gente tira algumas conclusões e você e o chefe vão ser os primeiros a saber.

— Ok, Harry. Me desculpe, também.

— A gente conversa amanhã.

Bosch já ia se afastando quando mudou de direção e voltou a se aproximar. Passou o braço carinhosamente em torno do ombro dela.

— Estamos conversados? — ela perguntou.

— Claro — ele disse.

— Como está seu ombro? Vi que você mudou o peso de mão.

— Tudo bem.

— O que a Maddie tem?

— É gripe, só isso.

— Diz pra ela que mandei um oi.

— Digo. Até mais, Kiz.

Separaram-se e ele foi para casa. Movendo-se lentamente pelo trânsito pesado da 101, não se sentia muito bem com nenhum dos casos em que estava trabalhando. E ficou aborrecido de que esse sentimento o tivesse feito agir de maneira tão lamentável com Rider. A maioria dos policiais teria apreciado uma fonte interna no OCP. Às vezes, ele sem dúvida apreciara. Mas acabara de tratá-la mal e não tinha nenhuma desculpa justa. Teria de compensá-la mais tarde.

Também estava incomodado com a dra. Stone e o modo como ele desprezara de forma tão arrogante sua causa. Em muitos aspectos, ela estava realizando mais coisas do que ele. Tentando impedir os crimes antes que acontecessem. Tentando poupar as pessoas de se tornarem vítimas. Ele a tratara como se fosse uma simpatizante de predadores e sabia que não era o caso. Nessa cidade, não havia muita gente preocupada em tornar aquele um lugar melhor onde se viver. Ela fazia isso e ele a menosprezara. Uma pisada feia, pensou.

Pegou seu celular e ligou para o celular de sua filha.

— Como você está?

— Estou um pouco melhor.

— A mãe da Ashlyn passou aí?

— Já, elas vieram junto depois da escola e me trouxeram um cupcake.

Naquela manhã, Bosch enviara um e-mail à mãe da melhor amiga dela, pedindo o favor.

— Elas levaram sua lição de casa?

— Trouxeram, mas não estou me sentindo tão bem assim. Você recebeu um caso? Como não ligou hoje o dia inteiro, achei que sim.

— Desculpe não ter ligado. Na verdade, estou com dois casos.

Ele notou a habilidade dela para mudar de assunto com a menção do dever escolar.

— Uau.

— É, então vou chegar um pouco tarde. Preciso fazer mais uma parada e depois eu vou pra casa. Quer uma sopa do Jerry's Deli? Vou subir o vale.

— Macarrão com frango.

— Pode deixar. Faz um sanduíche para você, se sentir fome antes de eu voltar. E porta trancada.

— Já sei, pai.

— E você sabe onde está a Glock.

— Sei, eu sei onde está e sei como usar.

— Ok, essa é a minha garota.

Ele fechou o telefone.

10

Levou quarenta e cinco minutos, na hora do rush, para conseguir voltar a Panorama City. Ele passou devagar pelos apartamentos de Buena Vista e viu luzes acesas atrás das janelas fechadas, achando ser do escritório onde estivera antes. Viu também uma passagem na lateral do prédio que dava em um estacionamento cercado por alambrado. Havia uma placa de ENTRADA PROIBIDA no portão e arame farpado no alto.

Na esquina seguinte, virou à esquerda e desembocou em uma viela que o levaria aos fundos dos prédios de apartamentos de frente para a Woodman. Ele se aproximou do estacionamento atrás do Buena Vista e parou o carro na lateral da viela, perto de uma lixeira verde. Inspecionou o pátio bem iluminado e observou o alambrado de dois metros e meio de altura. No topo da cerca, três fileiras de arame farpado. Havia um portão estreito para acessar a lixeira, mas estava fechado com cadeado e também era encimado por arame farpado. A propriedade parecia à prova de invasores.

Havia apenas três carros no estacionamento. Um deles era um sedã quatro portas branco com o que parecia ser uma mancha de tinta na lateral. Ele examinou o carro e logo percebeu que a marca era mesmo de tinta fresca. Um spray branco não muito próximo do tom do carro fora usado para cobrir a pichação na lateral do motorista. Ele percebeu que era o carro da dra. Stone e que ela continuava trabalhando. Ele notou que também havia pichação coberta de caiação na parede dos fundos do prédio. Havia uma escada apoiada na parede, perto de uma porta marcada com o mesmo tipo de cartazes de advertência que ele vira na frente, mais cedo nesse dia.

Bosch desligou o carro e desceu.

Vinte minutos mais tarde, estava recostado na traseira do carro branco no estacionamento quando a porta dos fundos do edifício se abriu e a dra. Stone apareceu. Vinha acompanhada por um homem e ambos pararam quando viram Bosch. O homem deu um passo protetor adiante de Stone, mas ela pôs a mão em seu ombro.

— Tudo bem, Rico. É o detetive que esteve aqui mais cedo.

Continuou caminhando na direção do carro. Bosch se endireitou.

— Não tive intenção de assustar você. Só queria conversar.

Essa última parte a levou a diminuir seu passo enquanto considerava o que ele dissera. Ela então virou para seu acompanhante.

— Obrigada, Rico. Pode me deixar aqui com o detetive Bosch. A gente se vê amanhã.

— Tem certeza?

— Claro, tenho.

— Até amanhã.

Rico se encaminhou de volta à porta e usou uma chave para abri-la. Stone esperou até que ele entrasse no edifício antes de se dirigir a Bosch.

— Detetive, o que está fazendo? Como foi que entrou aqui?

— Entrei aqui do mesmo jeito que os pichadores fizeram. Você tem uma falha de segurança.

Apontou para a lixeira verde do lado de lá do alambrado.

— A grade perde um pouco a razão de ser quando você tem uma lixeira encostada nela desse jeito. Funciona como uma plataforma de apoio. Se eu, na minha idade, consegui pular, deve ser uma brincadeira de criança para essa molecada.

A boca de Stone se abriu ligeiramente ao observar o alambrado e se dar conta do óbvio. Então olhou para Bosch.

— Você voltou só para verificar a segurança do nosso estacionamento?

— Não, voltei para pedir desculpa.

— Pelo quê?

— A atitude. Você está tentando fazer uma boa coisa aqui e eu agi como se você fosse parte do problema. Desculpe por aquilo.

Ela ficou claramente admirada.

— Mesmo assim, ainda não posso falar sobre Clayton Pell.

— Eu sei. Não é por isso que estou aqui. Já apanhei bastante, para um dia só.

Ela apontou o Mustang do outro lado da cerca.

— Aquele é seu carro? Como você vai voltar para lá agora?

— É o meu. Bom, se eu fosse da gangue TW, eu pegava aquela escada que vocês deixam ali à disposição e pulava de volta. Mas entrar foi o suficiente para mim. Minha esperança é que você possa abrir aquele cadeado do portão e me deixar sair.

Ela sorriu de uma maneira que o desarmou. Algumas mechas de seu cabelo cuidadosamente puxado para trás haviam se soltado e emolduravam seu rosto.

— Infelizmente, não tenho a chave daquele portão. Até que ia ser divertido ver você tentar pular a grade, mas quem sabe posso te dar uma carona até lá.

— Por mim, está ótimo.

Ele entrou no carro dela e cruzaram o portão da entrada para contornar a propriedade e chegar à Woodman.

— Rico faz o quê? — perguntou Bosch.

— É o nosso auxiliar da noite — disse Stone. — Trabalhando das seis às seis.

— Ele é do pedaço?

— É, mas é um bom rapaz. A gente confia nele. Se acontece alguma coisa ou alguém apronta alguma, ele liga para mim ou para o diretor na mesma hora.

— Ótimo.

Seguiram pela viela e ela parou ao lado do carro.

— O problema é que a lixeira tem rodinhas — ela disse. — Se a gente empurrar para longe do alambrado, eles empurram de volta.

— Por que vocês não ampliam a cerca e mantêm a lixeira dentro da propriedade?

— Se a gente incluir isso no orçamento, deve levar uns três anos para conseguir a aprovação.

Bosch balançou a cabeça. Todas as burocracias enfrentavam uma crise de orçamento.

— Peça para Rico tirar a tampa da lixeira. Eles não vão ter onde se apoiar. Pode fazer uma diferença.

Ela fez que sim.

— Talvez valha a pena tentar.

— E nunca saia sem Rico junto, acompanhando.

— Ah, eu faço isso. Toda noite.

Ele balançou a cabeça e pôs a mão na maçaneta da porta. Decidiu seguir seus instintos. Não vira aliança em seu dedo.

— Onde você mora, vai para o norte ou para o sul?

— Ah, sul. Moro em North Hollywood.

— Bom, estou indo para o Jerry's Deli comprar uma sopa de macarrão com frango para minha filha. Quer me encontrar lá e comer alguma coisa?

Ela hesitou. Ele podia ver seus olhos à luz fraca do painel.

— Ãhn, detetive...

— Pode me chamar de Harry.

— Harry, acho que não seria uma boa ideia.

— Sério? Por quê? Estou falando de um sanduíche rápido. Preciso levar a sopa para casa.

— Bom, porque...

Ela fez uma pausa e então começou a rir.

— O que foi?

— Não sei. Esquece. Certo, a gente se encontra lá.

— Ótimo. Então até daqui a pouco.

Ele desceu do carro e foi para o seu. Por todo o trajeto até a lanchonete, não parou de checar o retrovisor. Ela o estava seguindo e ele até certo ponto ficou esperando que pudesse mudar de ideia de repente e fazer uma curva abrupta para a esquerda ou a direita.

Mas não mudou e logo estavam sentados diante um do outro num reservado. No ambiente bem iluminado, observou os olhos dela pela primeira vez. Havia uma tristeza em sua expressão que ele não notara antes. Talvez consequência do trabalho. Ela lidava com a mais baixa forma de vida humana. Predadores. Os que se aproveitam dos menores e mais fracos. Aqueles para quem o resto da sociedade não suporta sequer olhar.

— Qual a idade da sua filha?

— Faz quinze anos dia 30.

Ela sorriu.

— Faltou à escola hoje porque não estava se sentindo bem e eu quase não tive tempo de falar com ela. O dia foi cheio.

— São só vocês dois?

— É. A mãe dela — minha ex — morreu faz dois anos. Fui de morar sozinho a pai responsável por uma menina de treze anos. Tem sido... interessante.

— Aposto que sim.

Ele sorriu.

— A verdade é que tenho adorado cada minuto. Mudou minha vida para melhor. Só não sei se a dela também está melhor.

— Mas não existe outra escolha, não é?

— Não, o negócio é esse. Ela está presa comigo.

— Tenho certeza de que está feliz, mesmo que não expresse. É difícil saber o que passa pela cabeça de uma adolescente.

— E como.

Ele olhou o relógio. Sentiu-se culpado agora, pondo a si mesmo em primeiro lugar. Não chegaria em casa com a sopa antes das oito e meia. O garçom veio anotar o pedido de bebidas e Bosch disse que iam pedir tudo junto, para poupar tempo. Stone pediu meio sanduíche de peru. Bosch pediu um inteiro, e a sopa para viagem.

— E você? — ele perguntou quando ficaram a sós.

Stone lhe contou que era divorciada havia mais de dez anos e tivera um único relacionamento sério nesse meio-tempo. Tinha um filho crescido que morava perto de San Francisco e raramente o via. Era muito dedicada a seu trabalho no Buena Vista, onde trabalhava havia quatro anos, após uma mudança de rumo na meia-idade. De terapeuta especializada no tratamento de profissionais com transtorno de personalidade narcisista, passou por um retreinamento na faculdade antes de cuidar de agressores sexuais.

Bosch ficou com a impressão de que sua decisão de mudar de vida profissional e lidar com os membros mais odiados da sociedade era uma espécie de penitência, mas não a conhecia bem o bastante para investigar sua suspeita. Era um mistério por ser resolvido, se tivesse a chance.

— Obrigada pelo que você falou lá no estacionamento — ela disse. — A maioria dos policiais acha que aqueles homens deveriam simplesmente ser fuzilados.

— Bom... não sem um julgamento.

Ele sorriu, mas ela não pareceu achar graça na piada.

— Cada homem ali é um mistério. Sou uma detetive, como você. Tento descobrir o que aconteceu com eles. As pessoas não nascem predadores. Por favor, não me diga que é isso que você acha.

Bosch hesitou.

— Não sei. Eu meio que chego na hora de arrumar a bagunça depois de feita. Só o que eu sei é que tem muita maldade por aí neste mundo. Eu vejo. Mas não tenho certeza de onde vem.

— Bom, meu trabalho é descobrir. Descobrir o que aconteceu para essas pessoas tomarem esse caminho. Se eu conseguir descobrir, posso ajudar. Se eu ajudar, estarei lutando em prol da sociedade. A maioria dos policiais não entende isso. Mas você, pelo que me disse hoje, acho que talvez entenda.

Bosch balançou a cabeça, mas se sentiu culpado pelo que estava ocultando. Ela percebeu na mesma hora.

— O que você não está me contando?

Ele abanou a cabeça, constrangido por ser tão fácil de interpretar.

— Olha, eu quero abrir o jogo com você sobre o que aconteceu hoje.

O olhar dela endureceu. Era como se tivesse percebido que o convite para jantar fora uma espécie de armação.

— Espera, não é o que está pensando. Eu não menti para você hoje, mas não contei a história toda sobre Pell. Sabe o caso em que estou trabalhando? Com o DNA de Pell encontrado na vítima? Aconteceu faz vinte e dois anos.

A desconfiança em seu rosto foi rapidamente substituída por perplexidade.

— Sei, sei — ele disse. — Não faz sentido. Mas é o que é. O sangue dele foi encontrado em uma garota assassinada há vinte e dois anos.

— Ele tinha oito anos de idade nessa época. É impossível.

— Eu sei. Estamos procurando uma possível burrada no procedimento, no trabalho do laboratório. Vou verificar isso amanhã, mas também precisava dar uma olhada em Pell, porque até ficar sabendo por você que ele era um predador homossexual, ele parecia o suspeito perfeito, se tivesse acesso a uma máquina do tempo ou qualquer coisa assim.

O garçom chegou com os pratos deles e a sopa numa embalagem, dentro de um saco. Bosch já pediu que fosse trazendo a conta, para que pagasse e desse modo pudessem ir embora assim que tivessem terminado de comer.

— O que você quer de mim? — perguntou Stone quando ficaram a sós outra vez.

— Nada. O que você quer dizer?

— Está esperando que eu revele informação privilegiada em troca de meio sanduíche de peru?

Bosch não soube dizer se ela estava brincando ou não.

— Não. Só pensei que... alguma coisa em você mexeu comigo. Eu saí da linha, hoje. É só isso.

Ela ficou em silêncio por um longo momento enquanto comia. Ele não forçou nada. A menção ao caso de que estava cuidando parecia um balde de água fria em tudo.

— Tem alguma coisa ali — ela disse. — É só o que posso dizer.

— Olha, não se comprometa. Eu puxei a ficha dele no departamento de condicionais hoje. Todos os perfis psicológicos dele vão estar lá.

Ela sorriu com a boca cheia.

— Você está falando da investigação pré-sentença e das avaliações de condicional. São muito superficiais.

Bosch ergueu a mão para interrompê-la.

— Olha, Doc, não estamos aqui para quebrar sua confidencialidade. Vamos falar de outra coisa.

— Não me chame de Doc.

— Desculpe. Doutora.

— Não, eu quis dizer, me chame de Hannah.

— Ok. Hannah. Hannah, vamos conversar sobre outra coisa.

— Certo, o quê?

Bosch ficou em silêncio enquanto tentava pensar em alguma coisa para dizer. Logo os dois deram risada.

Mas não voltaram a mencionar Clayton Pell.

11

Eram nove da noite quando Bosch entrou pela porta da frente. Ele andou apressado pelo corredor e foi olhar a porta aberta do quarto de sua filha. Ela estava na cama, sob as cobertas, com o laptop aberto ao seu lado.

— Desculpe, Maddie. Vou esquentar a sopa e trazer para você.

Parado na soleira, ele ergueu o saco com a comida para viagem.

— Tudo bem, pai. Eu já comi.

— O que você comeu?

— Um sanduíche de manteiga de amendoim com geleia.

Bosch sentiu a culpa esmagadora do egoísmo. Entrou no quarto e sentou na beirada da cama. Antes que pudesse pedir desculpa outra vez, ela voltou a aliviar a barra para o seu lado.

— *Relaxa*. Você tem dois casos novos e trabalhou o dia inteiro.

Ele abanou a cabeça.

— Não, na última hora eu estava conversando com uma pessoa, só isso. Conheci ela hoje num caso, mas depois ela se encontrou comigo no Jerry's para comer um sanduíche e eu demorei muito. Mads, me de...

— Cara, isso é melhor ainda! Você conheceu alguém. Quem é ela?

— Só uma pessoa que eu conheci — uma psicóloga que lida com criminosos.

— Legal. Ela é bonita?

Ele notou que sua filha estava com a página do Facebook aberta na tela do computador.

— Ficamos amigos, só isso. Você fez a lição de casa?

— Não, eu não estava me sentindo bem.
— Achei que você tinha dito que tinha melhorado.
— Tive uma recaída.
— Olha, você precisa ir à escola amanhã. Não vai querer perder matéria.
— Eu *sei*!

Ele não queria começar uma discussão.

— Olha, já que não vai fazer a lição de casa, posso usar seu laptop um pouco? Preciso ver um CD.
— Tá.

Ela levou a mão ao touchpad e fechou a tela. Ele contornou a cama, indo aonde havia mais espaço. Tirou do bolso o disco com a gravação da câmera de segurança instalada na recepção do Chateau Marmont e deu para sua filha. Não sabia muito bem como fazer rodar.

Maddie enfiou o disco na bandeja lateral e acionou o comando. Havia um marcador de tempo no canto inferior da tela e Bosch disse a ela para avançar até o momento em que George Irving aparecia para se registrar. A imagem era nítida, mas colhida em ângulo de uma câmera no alto, de modo que o rosto de Irving não podia ser visto inteiramente. Bosch assistira ao momento em que ele se registrava apenas uma vez e quis ver de novo.

— E aí, o que é isso? — perguntou Maddie.

Bosch apontou para a tela.

— O Chateau Marmont. Esse cara se registra, vai para o quarto dele no sétimo andar ontem à noite e hoje de manhã encontram ele estatelado na calçada embaixo do hotel. Preciso descobrir se pulou ou se soltaram ele de lá de cima.

Ela pausou a imagem.

— *Soltaram*, pai. *Dá um tempo.* Você parece um "*palooka*" falando desse jeito.

— Desculpe. Mas como você sabe o que é um "*palooka*"?

— Tennessee Williams. Eu li. *Palooka* é um boxeador velho meio caído. Você não vai querer parecer com isso.

— Tem razão. Mas já que você entende tanto de palavras, como chamam esses nomes que continuam iguais quando a gente soletra de trás para frente?

— Como assim?

— Você sabe, tipo Otto. Ou Hannah.

— É um palíndromo. Esse é o nome da sua namorada?

— Ela não é minha namorada. A gente só comeu um sanduíche de peru junto.

— É, enquanto sua filha doente morria de fome em casa.

— Para com isso. Você comeu pão de fôrma com manteiga de amendoim e geleia, o melhor sanduíche que já foi inventado.

Ele a cutucou carinhosamente.

— Só espero que a companhia do Otto tenha valido a pena.

Ele deu uma gargalhada e passou o braço por seu ombro, apertando-a.

— Esquece o Otto. Você sempre vai ser minha garota.

— Mas eu gosto desse nome, Hannah — ela admitiu.

— Ótimo. Podemos continuar a ver, agora?

Ela acionou o vídeo e ambos assistiram silenciosamente às imagens do computador quando Irving começou o procedimento de se registrar com o recepcionista noturno chamado Alberto Galvin. Logo um segundo hóspede apareceu atrás dele, aguardando sua vez.

Irving usava as mesmas roupas que Bosch vira no closet em seu quarto. Ele deslizou um cartão de crédito sobre o balcão e Galvin imprimiu o contrato. Irving rubricou e assinou rapidamente o papel, devolveu para o homem e pegou sua chave. Então saiu do campo de visão da câmera, na direção dos elevadores, e Galvin começou o procedimento outra vez com o sujeito seguinte na fila.

O vídeo confirmava que Irving se registrara sem bagagem.

— Ele pulou.

Bosch olhou da tela para o rosto de sua filha.

— Por que você diz isso?

Manuseando os botões, ela retrocedeu o vídeo para o ponto em que Galvin deslizava o contrato sobre o tampo do balcão para Irving. Então apertou o PLAY.

— Vê bem — disse. — Ele nem olha para o papel. Só assina onde o cara diz que é para assinar.

— Sei, e daí?

— As pessoas checam para ver se não tem alguma coisa errada no contrato. Sabe, elas checam o que está sendo cobrado, mas ele nem olha. Ele não liga, porque sabe que não vai pagar a conta.

Bosch observou o vídeo. Ela tinha razão sobre o que vira. Mas não era conclusivo. Mesmo assim, ficou orgulhoso do que ela percebera. Ele havia notado como seus poderes de observação eram cada vez mais impressionantes. Costumava interrogá-la de surpresa para ver até que ponto conseguia se lembrar de diferentes lugares onde haviam estado e de cenas que presenciaram. Ela sempre observara e guardara mais coisas do que ele havia esperado.

Sua filha tinha lhe dito no ano anterior que queria ser uma policial quando crescesse. Uma detetive, como ele. Bosch não sabia se era apenas uma fase passageira, mas acolheu a ideia e começou a lhe transmitir tudo que sabia. Um dos passatempos favoritos dos dois era ir a um restaurante como o Du-par's e ficar observando os demais fregueses, para interpretar suas expressões e gestos. Bosch estava ensinando sua filha a procurar por indícios reveladores.

— Essa é uma boa sacada — ele disse. — Passa outra vez.

Assistiram ao vídeo pela terceira vez e então Bosch percebeu algo novo.

— Está vendo isso? Ele olha o relógio bem rápido depois de assinar.

— E?

— É só que me parece um pouco sem sentido. Sabe, que diferença isso faz para um cara morto? Se ele vai pular, por que se preocupar com a hora? Parece mais um gesto de homem de negócios. Fico achando que ele ia se encontrar com alguém. Ou que alguém ia ligar. Mas ninguém ligou.

Bosch já havia verificado com o hotel e nenhuma ligação fora recebida nem feita no quarto 79 depois que Irving chegou. Bosch tinha também um relatório dos técnicos forenses que examinaram o celular de Irving depois que Bosch lhes dera a senha fornecida pela viúva. Irving não dera mais nenhum telefonema depois de ligar para seu filho, Chad, às cinco da tarde. A ligação durou oito minutos. Ele recebera três telefonemas de sua esposa na manhã seguinte — depois que estava morto. A essa hora, Deborah Irving estava procurando por ele. Ela deixou recados em todas as três ocasiões, pedindo ao marido que ligasse de volta.

Bosch assumiu os controles do vídeo e passou a sequência no balcão da recepção mais uma vez. Depois ele continuou, usando o controle de avançar para passar rapidamente pelos trechos durante a noite em que nada acontecia diante da câmera. Sua filha acabou se entediando e virou para o lado para dormir.

— Pode ser que eu precise sair — ele disse. — Por você tudo bem?

— Vai encontrar a Hannah?

— Não, pode ser que eu volte para o hotel. Você vai ficar bem?

— Claro. Eu tenho a Glock.

— Certo.

No verão anterior, ela treinara em um estande e Bosch a considerou proficiente nos dois aspectos: segurança no manuseio e perícia no tiro ao alvo — na verdade, ela ia competir em um torneio pela primeira vez no fim de semana seguinte. Mais importante do que sua habilidade com a arma era o modo como demonstrava compreender a responsabilidade de usá-la. Ele esperava que nunca tivesse de usar uma arma de fogo fora do estande. Mas se o momento chegasse, estaria pronta.

Ele ficou na cama a seu lado e continuou a observar o vídeo. Não viu coisa alguma que o deixasse intrigado ou que julgasse merecedor de uma checada. Resolveu não sair de casa.

Terminado o disco, levantou com cuidado, apagou a luz e foi para a sala de jantar. Queria passar do caso Irving para a investigação de Lily Price. Abriu sua maleta e espalhou sobre a mesa as pastas que pegara à tarde no Arquivo Público.

Clayton Pell tinha três condenações em sua ficha na vida adulta. Era uma escalada de crimes de motivação sexual ao longo de dez anos de interação contínua com o sistema de justiça. Ele começou com a idade de vinte anos com atentado ao pudor, passou a prisão ilegal e atentado ao pudor com a idade de vinte e um anos e, depois, três anos mais tarde, conheceu o ponto alto da carreira com o sequestro e estupro de um menor abaixo dos doze anos de idade. Ele recebeu um sursis probatório e ficou na cadeia do condado pelas duas primeiras condenações, mas teve de cumprir seis anos de uma sentença de dez na Prisão Estadual de Corcoran, pelo terceiro delito. Foi ali que conheceu a lei de talião na mão de outros detentos.

Bosch leu os detalhes dos crimes. Em todos os casos a vítima era um menino entre oito e dez anos de idade. A primeira vítima foi o filho de um vizinho. A segunda, um menino que Pell pegara pela mão em um parquinho e levara a um banheiro nas proximidades. O terceiro crime implicou uma tocaia e um planejamento mais cuidadoso. A vítima era um garoto que descera do ônibus escolar e voltava para casa — trajeto de apenas três quadras —, quando Pell encostou com sua van e parou. Ele disse ao menino que era da segurança da escola e lhe mostrou um distintivo. Disse que precisava levar o menino para casa porque houvera um incidente na escola sobre o qual tinha de informar seus pais. O menino acatou sua ordem e subiu na van. Pell seguiu para uma área deserta e cometeu diversos atos sexuais com a criança dentro da van, depois o soltou e foi embora.

Ele não deixou DNA na vítima e só foi preso porque passou em um sinal vermelho após sair do bairro. Uma câmera bateu a foto de sua placa no cruzamento poucos minutos depois de o menino ter sido encontrado vagando desnorteado a poucas quadras dali. Devido a seu passado, Pell foi considerado suspeito. A vítima fez a identificação na fila de reconhecimento da central e o caso foi a julgamento. Mas a identificação — como não poderia ser diferente, com uma criança de nove anos — era duvidosa e ofereceram um acordo para

Pell. Ele se declarou culpado e recebeu sentença de dez anos. Provavelmente achou que tudo tinha saído barato até o dia em que se viu acuado na lavanderia da Corcoran, imobilizado e castrado com uma faca improvisada.

A cada convicção Pell foi psicologicamente avaliado, como parte do PSI, ou investigação pré-sentença. Bosch sabia por experiência que essas avaliações tendiam a ir na cola umas das outras. Os avaliadores ficavam sobrecarregados com uma quantidade absurda de trabalho e muitas vezes se apoiavam na avaliação realizada da primeira vez. Assim Bosch prestou atenção cuidadosa ao relatório do PSI na primeira condenação, por atentado ao pudor.

A avaliação detalhava uma infância realmente horrível e traumática. Pell era filho de uma mãe viciada em heroína, que arrastava o menino consigo para os antros dos traficantes e para as galerias onde os usuários se picavam, muitas vezes oferecendo sexo como pagamento pela droga, na frente do filho. A criança nunca compareceu à escola com regularidade e não tinha uma casa de que conseguisse se lembrar. Ele e sua mãe se mudavam incessantemente, morando em hotéis e motéis e com homens que os sustentavam por curtos períodos de tempo.

Bosch se concentrou em um longo parágrafo relacionado a um período particular em que Pell tinha oito anos de idade. Ele descrevia para o avaliador um apartamento onde morou pelo que acreditava ser o tempo mais longo que passara sob um único teto. Sua mãe se ligara a um homem chamado Johnny, que a usava para sexo e para lhe comprar drogas. Muitas vezes o menino ficava aos cuidados de Johnny, enquanto sua mãe saía para se prostituir em troca de drogas. Às vezes ela sumia por dias a fio e Johnny ficava furioso e frustrado. Ora deixava o menino trancado em um armário por longos períodos, ora o espancava brutalmente, muitas vezes açoitando-o com um cinto. O relatório observava que Pell ainda exibia cicatrizes nas costas e nas nádegas para confirmar sua história. As surras eram bastante horríveis, mas o homem também começou a abusar sexualmente do menino, forçando-o a realizar sexo oral e ameaçando-o com surras ainda mais severas se ousasse contar a sua mãe ou a quem quer que fosse.

Pouco depois disso, essa situação chegou ao fim quando sua mãe largou Johnny. Mas os horrores da infância de Pell deram uma guinada imprevista quando ele estava com treze anos e sua mãe sofreu overdose em uma cama de motel, com o menino dormindo a seu lado. Ele foi entregue à custódia do Serviço Social e posteriormente a uma sucessão de orfanatos. Mas nunca ficava num lugar por muito tempo, preferindo fugir sempre que a oportunidade se apresentava. Ele contou ao avaliador que vivera por conta própria a partir dos dezessete anos. Quando lhe perguntaram se já tivera algum trabalho, disse que a única coisa pela qual alguém já lhe pagara era para fazer sexo com homens mais velhos.

Era uma história horrível e Bosch sabia que uma versão aproximada era compartilhada por inúmeros indivíduos nas ruas e prisões da cidade, os traumas e depravações da infância se manifestando na idade adulta, normalmente com a repetição do comportamento. Era o mistério que Hannah Stone afirmava investigar numa base regular.

Bosch olhou os outros dois relatórios de PSI e descobriu variações do mesmo relato, embora algumas lembranças das datas e idades mudassem ligeiramente na cabeça de Pell. Mesmo assim, era na maior parte a mesma história e sua natureza repetitiva era ou um testemunho da preguiça dos avaliadores ou uma prova de que Pell dizia a verdade. Bosch calculava que devia ser algo entre uma coisa e outra. Os avaliadores relatavam apenas o que ouviam ou então copiavam de um relatório anterior. Nenhum esforço fora feito para confirmar a história de Pell, muito menos para encontrar as pessoas que haviam abusado dele.

Bosch pegou sua caderneta e escreveu um resumo da história sobre o homem chamado Johnny. Agora ele tinha certeza de que não ocorrera nenhuma lambança no manuseio da evidência. Pela manhã, ele e Chu tinham uma hora agendada no laboratório regional e pelo menos Chu não faltaria ao compromisso — nem que fosse apenas para ser capaz de testemunhar, caso necessário, que haviam investigado exaustivamente todas as possibilidades.

Mas Bosch não tinha dúvida de que o laboratório estava sem culpa no cartório. Pôde sentir o aumento da adrenalina invadindo sua corrente sanguínea. Sabia que em breve esse fluxo incipiente ia virar uma torrente implacável e que ele se deixaria arrastar pela correnteza. Achou que agora sabia quem matara Lily Price.

12

Na manhã seguinte, Bosch ligou para Chu de seu carro e lhe disse para cuidar da visita ao laboratório criminal sem ele.
— Mas o que você vai fazer? — perguntou seu parceiro.
— Preciso voltar a Panorama City. Estou checando uma pista.
— Que pista, Harry?
— Tem a ver com o Pell. Eu li a ficha dele ontem à noite e apareceu um negócio. Preciso checar. Acho que não vai ter problema no laboratório, mas a gente precisa verificar, caso isso vá parar no tribunal — se é que um dia vai ter um julgamento. Um de nós dois precisa testemunhar que esteve no laboratório.
— Então o que eu digo quando chegar lá?
— A gente tem uma hora com a vice-diretora. É só dizer pra ela que a gente precisa checar outra vez como a evidência foi manuseada. Você entrevista o rato de laboratório que cuidou do caso e fim de papo. Vinte minutos, no máximo. Anota o que ele falar.
— E você, o que você vai estar fazendo?
— Conversando com Clayton Pell sobre um sujeito chamado Johnny, assim espero.
— Como é?
— Eu conto quando voltar para o PAB. Preciso ir.
— Har...

Bosch desligou. Não queria ficar ali dando explicações. Só servia para atrasar as coisas. Precisava manter o pique.

Vinte minutos depois ele passava devagar pela Woodman, à procura de uma vaga para estacionar perto dos apartamentos Buena Vista. Como não encontrou, acabou parando em local proibido — um meio-fio vermelho para os bombeiros — e voltando por uma quadra até a instituição. Enfiou a mão no portão e tocou a campainha. Identificou-se e perguntou pela dra. Stone. O portão foi aberto e ele entrou.

Hannah Stone estava à sua espera com um sorriso no saguão geral do prédio. Ele perguntou se ela tinha sua própria sala ou algum lugar onde poderiam conversar privadamente, e ela o conduziu a uma das salas de entrevista.

— Aqui deve dar — ela disse. — Eu divido um consultório com mais dois terapeutas. O que está acontecendo, Harry? Eu não esperava voltar a ver você tão rápido assim.

Bosch balançou a cabeça, concordando que pensara a mesma coisa.

— Quero falar com Clayton Pell.

Ela franziu o rosto, dando a entender que ele a estava deixando numa posição difícil.

— Bom, Harry, se o Clayton é um suspeito, então você está me pondo numa situação muito...

— Ele não é. Olha, vamos sentar por um segundo.

Ela lhe indicou o que ele presumiu ser a cadeira do paciente, enquanto sentava na outra, de frente para essa.

— Ok — começou Bosch. — Primeiro, preciso dizer que o que eu vou falar aqui provavelmente vai parecer coincidência demais para ser uma coincidência — na verdade, eu nem acredito em coincidências. Mas o assunto sobre o qual conversamos ontem à noite no jantar se ligou com o que eu verifiquei depois, por isso vim pra cá. Preciso da sua ajuda. Preciso conversar com Pell.

— Mas não porque ele seja um suspeito?

— Não, ele era novo demais. A gente sabe que ele não é o autor. Mas ele é uma testemunha.

Ela abanou a cabeça.

— Eu tenho conversado com ele quatro vezes por semana durante seis meses. Acho que, se tivesse testemunhado o assassinato dessa garota, teria surgido em algum nível, subconsciente ou não.

Bosch ergueu a mão para interrompê-la.

— Não uma testemunha ocular. Ele não estava presente e provavelmente não sabe nada sobre ela. Mas acho que conheceu o assassino. Ele pode me ajudar. Aqui, dá só uma olhada nisso.

Ele abriu sua maleta no chão entre os pés. Tirou o *murder book* original de Lily Price e rapidamente o abriu no plástico contendo as fotos Polaroid desbotadas da cena do crime. Stone se levantou e deu a volta até o lado da cadeira dele, para olhar.

— Certo, essas fotos estão bem velhas e apagadas, mas se você olhar para o pescoço da vítima, dá para perceber o padrão deixado pela ligadura. Ela foi estrangulada.

Bosch escutou um som abrupto de ar sendo puxado.

— Ai, meu Deus — ela disse.

Ele fechou o fichário rapidamente e olhou para seu rosto. Ela levara a mão à boca.

— Desculpe. Achei que você estivesse acostumada a ver esse tipo de coi...

— Estou, estou. É só que a gente nunca se acostuma de verdade. Minha especialidade é desvio e disfunção sexual. Ver o resultado d...

Ela apontou o fichário fechado.

— É isso que eu tento impedir. É horrível de ver.

Bosch balançou a cabeça e ela lhe disse para voltar às fotos. Ele abriu novamente o fichário nas mesmas páginas. Escolheu um close do pescoço da vítima e apontou a vaga marca de denteado na pele de Lily Price.

— Está vendo do que estou falando?

— Estou — disse Stone. — Coitada.

— Ok, agora olha para essa aqui.

Ele passou a uma Polaroid diferente dentro do plástico seguinte e lhe disse para observar mais uma vez o padrão da ligadura. Havia uma marca de denteado nítida na pele.

— Estou vendo, mas o que isso quer dizer?

— O ângulo é diferente nessa foto e mostra a linha de cima da ligadura. A primeira foto mostra a linha de baixo.

Ele virou a página plástica outra vez e usou o dedo para sublinhar as diferenças entre as duas imagens.

— Está vendo?

— Estou. Mas não estou entendendo. Você tem duas linhas. O que isso quer dizer?

— Bom, as linhas não batem. Estão em diferentes níveis do pescoço. Então isso significa que são as extremidades de cima e de baixo da ligadura. A gente junta as duas e fica com uma ideia aproximada de como a ligadura era larga e, o mais importante, que objeto foi usado.

Espaçando o polegar e o indicador, ele traçou duas linhas em uma das fotos, delineando uma ligadura que teria sido de quase cinco centímetros.

— É só o que temos depois de tanto tempo — disse. — As fotos da autópsia não estavam na pasta dos arquivos. Então essas fotos são tudo, e elas mostram que a ligadura era pelo menos de uns quatro centímetros no pescoço.

— Como um cinto?

— Exato. E depois, olha para isso. Bem embaixo da orelha a gente tem outra marca de denteado, outro padrão.

Ele foi para outra foto no segundo plástico.

— Parece um quadrado.

— Correto. Como uma fivela de cinto quadrada. Agora vamos olhar o sangue.

Ele folheou até o primeiro plástico e se concentrou nas três primeiras Polaroids. Todas mostravam fotos da mancha de sangue no pescoço da vítima.

— Só uma gota de sangue que manchou o pescoço. Está bem no meio do padrão da ligadura, ou seja, pode ter sido transferida da ligadura. Vinte e dois anos atrás a teoria deles foi de que o cara tinha algum corte e estava sangrando e uma gota caiu nela. Ele esfregou mas deixou a mancha.

— Mas você acha que foi uma transferência.

— Acho. E é aí que Pell entra. Era o sangue dele, o sangue dele quando tinha oito anos de idade. Como foi parar aí? Bom, se a gente admite a teoria da transferência, veio do cinto. Então a verdadeira pergunta não é como foi parar em Lily; é como foi parar no cinto?

Bosch fechou o fichário e voltou a olhar em sua maleta. Tirou a grossa pasta de histórico do departamento de condicionais. Segurou-a no alto com as duas mãos e a sacudiu.

— Bem aqui. Eu falei para você ontem à noite, quando você disse que não podia revelar informações confidenciais do cliente, que eu já estava com as avaliações do PSI. Bom, eu li ontem, depois que cheguei em casa, e tem um negócio que bate com toda essa coisa de comportamento repetitivo e...

— Ele apanhava de cinto.

Bosch sorriu.

— Cuidado, doutora, você não vai querer quebrar sua confidencialidade. Principalmente porque não precisa. Está tudo aqui. Todas as ocasiões em que Pell passou por uma avaliação psiquiátrica ele contou a mesma história. Quando tinha oito anos de idade, ele e a mãe moraram com um cara que abusava dele fisicamente e às vezes sexualmente. Provavelmente foi isso que determinou o rumo da vida dele. Mas o abuso físico incluía surras de cinto.

Bosch abriu a pasta e deu para ela o primeiro relatório de avaliação.

— Ele apanhou tanto que deve ter sangrado — disse. — O relatório diz que tinha cicatrizes nas costas provocadas pelos maus-tratos. Para deixar uma cicatriz você precisa rasgar a pele. Se você rasga a pele, sangra.

Ele a observou enquanto ela examinava o relatório, os olhos fixos de concentração. Sentiu o celular vibrando mas ignorou a chamada. Sabia que provavelmente era só seu parceiro informando sobre o comparecimento ao laboratório do DNA.

— Johnny — ela disse ao entregar o relatório de volta.

Bosch balançou a cabeça.

— Acho que é o nosso homem e preciso conversar com Pell para tentar chegar até ele. Ele alguma vez mencionou o nome completo? No PSI, se refere apenas como Johnny.

— Não, ele chama só de Johnny nas nossas sessões também.

— Era por isso que eu tinha de falar com você.

Ela fez uma pausa enquanto considerava algo em que Bosch aparentemente não pensara. Ele achava que ela ia ficar tão empolgada com a pista quanto ele.

— O que foi?

— Harry, eu preciso levar em consideração o efeito disso sobre ele, de trazer tudo à tona. Lamento, mas preciso pôr o bem-estar dele na frente da sua investigação.

Bosch preferia não ter escutado isso.

— Espera aí um minuto — disse. — O que você quer dizer com "trazer à tona"? Esse negócio aparece nos três relatórios psiquiátricos. É impossível que ele não tenha conversado com você sobre esse cara. Não estou pedindo para você quebrar nenhuma confidencialidade. Eu quero conversar direto com ele.

— Eu sei, e sei que não posso impedir você de conversar com ele. Na verdade a decisão cabe a ele. Ele vai conversar com você ou não. Mas minha única preocupação é que ele está muito fragilizado, como você pode...

— Você pode convencê-lo a conversar comigo, Hannah. Pode dizer que isso vai ajudar no tratamento.

— Ou seja, contar uma mentira para ele? Isso eu não vou fazer.

Bosch ficou de pé, já que ela não voltara a sentar.

— Não estou dizendo mentir. Digo falar a verdade. Isso vai ajudar a tirar o cara das sombras do passado. É como um exorcismo. Pode ser até que ele saiba que esse cara andava matando garotas.

— Você quer dizer que tem mais de uma?

— Não sei, mas você viu as fotos. Não parece ser coisa de uma vez só, tipo, ah, preciso me aliviar, depois volto a ser um bom cidadão. Esse foi um crime de predador sexual e os predadores não param. Você sabe disso tão bem quanto eu. Não interessa se aconteceu há vinte e dois anos. Se esse tal de Johnny continua à solta por aí, eu preciso encontrar o cara. E Clayton Pell é a chave.

13

Clayton Pell concordou em conversar com Bosch mas apenas se a dra. Stone estivesse presente. Harry não viu problema nisso e achou que ter Stone por perto talvez ajudasse durante as perguntas. Ele apenas advertiu que Pell podia vir a ser testemunha num eventual julgamento e que desse modo Bosch conduziria a inquirição de maneira metódica e linear.

Um auxiliar de enfermagem acompanhou Pell até a sala de entrevista, onde havia três cadeiras, uma de frente para as outras duas. Bosch se apresentou e apertou a mão de Pell sem hesitação. Pell era um homem pequeno, com menos de um metro e sessenta, e cerca de cinquenta quilos, e Bosch sabia que vítimas de abuso sexual na infância muitas vezes sofriam de crescimento atrofiado. A perturbação do desenvolvimento psicológico afetava o desenvolvimento físico.

Bosch indicou a Pell sua cadeira e perguntou amigavelmente se precisava de alguma coisa.

— Um cigarro até que ia bem — disse Pell.

Quando sentaram, ele recolheu as duas pernas e as cruzou sobre o assento. Pareceu uma coisa infantil de se fazer.

— Também acho, mas não vamos quebrar nenhuma regra hoje — disse Bosch.

— Que pena.

Stone havia sugerido que pusessem as três cadeiras em volta da mesa, para tornar a situação menos formal, mas Bosch havia dito que não. Ele também coreografou o arranjo para que ele e Stone ficassem respectivamente à esquerda e à direita da linha de visão central de Pell, o que significava que ele teria de olhar constantemente de um para o outro. Observar o movimento dos olhos seria um bom modo de Bosch medir a sinceridade e a veracidade. Pell se tornara uma figura trágica no entender de Stone, mas Bosch não partilhava dessa mesma solidariedade. A história traumática de Pell e suas proporções físicas infantis não importavam. Ele agora era um predador. Bastava perguntar ao menino de nove anos que ele levara para dentro de sua van. Bosch se obrigava a lembrar constantemente que predadores são dissimulados e que mentem e esperam que seu oponente revele alguma fraqueza. Não podia cometer um erro com Pell.

— Por que não começamos? — perguntou Bosch. — Se não se importa, vou anotar algumas coisas enquanto conversamos.

— Por mim tudo bem — disse Pell.

Bosch pegou sua caderneta. Havia um distintivo de detetive do DPLA em relevo na capa de couro. Fora um presente de sua filha, que encomendara o serviço ao pai de uma amiga em Hong Kong, que trabalhava com o material. A gravação tinha seu número de distintivo — 2997. Fora um presente de Natal. Era uma das coisas mais queridas que possuía, porque viera dela, mas também porque ele sabia que se prestava a um propósito valioso. Toda vez que abria e folheava a caderneta para rabiscar alguma anotação, estava mostrando seu distintivo para o sujeito interrogado e isso era um lembrete às pessoas de que uma autoridade responsável pela manutenção da lei e da ordem estava diante delas.

— Então, por que tudo isso? — perguntou Pell, numa voz nasalada. — A doutora não me contou lhufas.

Stone não pedira a ele para não chamá-la de doutora.

— É sobre um assassinato, Clayton — disse Bosch. — Ocorrido na época em que você tinha só oito anos de idade.

— Não sei nada de assassinato nenhum.

A voz era dissonante e Bosch se perguntou se sempre fora desse jeito ou se era um efeito colateral da mutilação sofrida na prisão.

— Eu sei disso. E você deve saber que não é suspeito desse crime, de modo algum.

— Então por que estão atrás de mim?

— Boa pergunta, e vou responder com toda franqueza para você, Clayton. Você está aqui porque seu sangue e seu DNA foram encontrados no corpo da vítima.

Pell se levantou na mesma hora.

— Ok, fui!

Ele virou na direção da porta para sair.

— Clay! — exclamou Stone. — Escuta o que ele está dizendo! Você não é um suspeito! Você tinha oito anos de idade. Ele só quer saber o que você sabe. Por favor!

Ele olhou para ela, mas apontando para Bosch.

— Você pode confiar nesse cara, mas eu não. Os tiras não fazem favor para ninguém. Só para eles mesmos.

Hannah ficou de pé para falar.

— Clayton, por favor. Dá uma chance.

Pell relutantemente voltou a sentar. Stone fez o mesmo e ele ficou olhando para ela, recusando-se a olhar para Bosch.

— Achamos que o assassino tinha seu sangue nele — disse Bosch. — E de algum modo foi transferido para a vítima. Ninguém acha que você tem alguma coisa a ver com o crime.

— Por que você não acaba logo com isso? — ele respondeu, esticando os pulsos para ser algemado.

— Clay, por favor — disse Stone.

Ele gesticulou com as duas mãos, como que dizendo *já chega*. Era pequeno o suficiente para virar completamente seu corpo no assento e passar ambas as pernas por cima do braço esquerdo da cadeira, numa postura de amuo diante de Bosch, como uma criança ignorando seu pai. Cruzou os braços no peito e Bosch pôde ver a ponta de cima de uma tatuagem aparecendo pelo colarinho da camisa, atrás do pescoço.

— Clayton — disse Stone, severamente. — Você não lembra onde estava quando tinha oito anos? Não lembra das coisas que me disse um monte de vezes?

Pell afundou o queixo sobre o peito e depois cedeu.

— Claro que lembro.

— Então responde as perguntas do detetive Bosch.

Ele enrolou por dez segundos e então balançou a cabeça.

— Ok. O que é?

No momento em que Bosch ia fazer uma pergunta, seu telefone zumbiu no bolso. Pell escutou.

— Se você atender, eu vou embora dessa porra.

— Não se preocupe, eu detesto celular.

Bosch aguardou que o zumbido cessasse e então continuou.

— Quero que me conte onde você morava e como eram as coisas quando tinha oito anos de idade, Clayton.

Pell se endireitou na cadeira e ficou de frente para Bosch.

— Eu morava com um monstro. Um cara que adorava me encher de porrada sempre que minha mãe não estava perto.

Ele parou. Bosch esperou e depois perguntou.

— O que mais, Clayton?

— Ele decidiu que só me bater não era suficiente. Decidiu que queria umas chupadas também. Umas duas vezes por semana. Era assim onde eu morava, detetive.

— E esse homem se chamava Johnny?

— Como você ficou sabendo disso?

Pell olhou para Stone, presumindo que a informação viera dela.

— O nome está nos seus relatórios do PSI — disse Bosch, rapidamente.

— Eu li. Você mencionou um cara chamado Johnny neles. É dele que a gente está falando aqui?

— É só assim que eu chamo ele. Hoje em dia, estou dizendo. Ele me lembra o Jack Nicholson naquele filme do Stephen King. "*Here's Johnny*", ele fala e fica correndo o tempo todo atrás do menino com um machado. Era assim para mim, só que não tinha machado nenhum. Ele não precisava.

— E quanto ao nome real? Você sabe qual é?

— Não, nunca soube.

— Tem certeza?

— Claro que tenho. O cara fodeu com o resto da minha vida. Se eu soubesse o nome dele, ia lembrar. A única coisa que lembro é o apelido, o nome que todo mundo usava com ele.

— Qual era?

Um sorriso muito leve se insinuou nos lábios de Pell. Ele tinha algo que todos queriam e ia usar isso em seu benefício. Bosch percebeu na hora. Todos aqueles anos na prisão haviam-no ensinado a extrair vantagem de uma situação sempre que podia.

— O que eu ganho com isso? — ele perguntou.

Bosch estava pronto.

— Você pode conseguir mandar para a prisão pelo resto da vida o cara que torturou você.

— O que te faz pensar que ele continua vivo?

Bosch encolheu os ombros.

— É só um palpite. Os relatórios dizem que sua mãe teve você quando tinha dezessete anos. Então ela tinha uns vinte e cinco quando ficou com esse cara. Meu palpite é que ele não devia ser muito mais velho do que ela. Vinte e dois anos atrás... ele está provavelmente com uns cinquenta agora e provavelmente continua solto por aí, fazendo o que sempre fez.

Pell olhou para o chão e Bosch imaginou se estaria relembrando o tempo em que vivia sob o domínio daquele homem.

Stone limpou a garganta e falou.

— Clay, lembra como a gente conversou sobre a maldade e se as pessoas nascem assim ou se ficam desse jeito? Sobre como os atos podem ser maus mesmo quando a pessoa que os comete não é?

Pell balançou a cabeça.

— Esse homem é mau. Olha o que ele fez com você. E o detetive Bosch acredita que ele cometeu outros atos nocivos contra outras vítimas.

Pell balançou a cabeça outra vez.

— Aquele cinto do caralho com as letras na fivela. Ele costumava me bater com a fivela. O filho da puta. Depois de um tempo eu só não queria mais apanhar. Era mais fácil dar pra ele o que ele queria...

Bosch esperou. Não havia necessidade de perguntar mais nada. Stone pareceu perceber também. Depois de um longo momento, Pell balançou a cabeça uma terceira vez e falou.

— Todo mundo chamava ele de Chill. Inclusive minha mãe.

Bosch anotou.

— Você disse que a fivela do cinto tinha letras escritas. Você quer dizer, como iniciais? O que eram?

— C. H.

Bosch anotou. Sua adrenalina começou a fluir. Podia não ter um nome completo, mas estava chegando perto. Por uma fração de segundo, uma imagem lhe veio. Seu punho sendo erguido e batendo em uma porta. Não, esmurrando uma porta. Uma porta que seria aberta por um homem conhecido como Chill.

Pell continuou a falar, por conta própria.

— Pensei no Chill no ano passado, quando vi todo aquele negócio no noticiário sobre o Grim Sleeper. O Chill tinha fotos como aquele cara, também.

Grim Sleeper era o nome dado ao suspeito de ser um assassino serial e à força-tarefa de investigação que o procurou. Um único assassino foi suspeito de inúmeros homicídios de mulheres, mas havia grandes lacunas de tempo entre os assassinatos e dizia-se que ele fora dormir ou estava hibernando. Quando um suspeito foi identificado e capturado no ano anterior, os investigadores encontraram centenas de fotos de mulheres em sua posse. A maioria delas estava nua e em poses sexualmente sugestivas. A investigação estava em andamento, apurando quem eram aquelas mulheres e o que acontecera com elas.

— Ele tinha fotos de mulheres? — perguntou Bosch.

— É, das mulheres que ele comeu. Peladas. Os troféus. Ele tirou fotos da minha mãe. Eu vi. Ele tinha uma câmera dessas que a foto sai na hora, assim não precisava se preocupar de levar o filme pra revelar na drugstore e se arriscar a ser pego. Muito antes de existir máquina digital.

— Era uma Polaroid.

— É, isso. Polaroid.

— Não é incomum — disse Stone. — Para homens que machucam fisicamente mulheres ou não. É uma forma de controle. Propriedade. Peles na parede, manter a contagem. Sintoma de uma personalidade excessivamente controladora. No mundo de hoje, de câmeras digitais e pornografia na internet, você vê isso cada vez mais.

— É, bom, naquela época acho que o Chill foi um pioneiro — disse Pell. — Ele não tinha computador nenhum. Guardava as fotos numa caixa de sapato. Foi assim que a gente parou de morar com ele.

— Como assim? — perguntou Bosch.

Pell retesou os lábios por um momento antes de responder.

— Ele tirou uma foto minha com o pau dele na minha boca. E guardou na caixa. Um dia eu roubei e deixei num lugar onde minha mãe ia ver. A gente se mudou nesse dia.

— Tinha outras fotos de meninos ou de homens naquela caixa? — perguntou Bosch.

— Lembro de ter visto mais uma. Era um menino que nem eu, mas não sei quem era.

Bosch rabiscou mais algumas anotações. A informação de Pell de que Chill era um predador pansexual era uma parte crucial do perfil sendo montado. Então ele perguntou se Pell podia lembrar onde eles moravam quando ele e sua mãe viviam com o homem chamado Chill. Ele só conseguia se lembrar de que estavam perto de Travel Town, em Griffith Park, porque sua mãe costumava levá-lo lá para andar nos trens.

— Dava para ir a pé ou vocês iam de carro?

— A gente pegava um táxi e eu lembro que era perto. A gente ia muito pra lá. Eu adorava andar nos trenzinhos.

Era um comentário útil. Bosch sabia que Travel Town ficava no lado norte do parque e provavelmente significava que Pell tinha morado com Chill em North Hollywood ou Burbank. Ajudaria a estreitar a busca.

Ele então pediu uma descrição de Chill e Pell apenas o descreveu como sendo branco, alto e musculoso.

— Ele tinha emprego?

— Não de verdade. Acho que fazia manutenção em algum lugar ou qualquer coisa assim. Ele deixava um monte de ferramentas na perua.

— Que tipo de perua?

— Era uma van, na verdade. Ford Econoline. Era lá que ele me obrigava a fazer as coisas com ele.

E uma van seria o tipo de veículo que Pell usaria mais tarde para cometer o mesmo tipo de crime. Bosch não mencionou isso, é claro.

— Com que idade você acha que Chill estava nessa época? — perguntou.

— Não faço ideia. Você provavelmente acertou no que disse antes. Uns cinco anos mais velho do que minha mãe.

— Por acaso você não tem uma foto dele no meio das suas coisas ou guardada em algum lugar?

Pell riu e olhou para Bosch como se estivesse lidando com um imbecil.

— Você acha que eu ia guardar uma foto dele? Eu não tenho foto nem da minha mãe, cara.

— Desculpe, mas eu precisava perguntar. Você alguma vez viu esse sujeito com alguma outra mulher que não sua mãe?

— Você diz para fazer sexo?

— Isso.

— Não.

— Clayton, o que mais você lembra dele?

— Só lembro que eu tentava ficar longe dele.

— Você acha que consegue identificá-lo?

— O que, hoje? Depois desses anos todos?

Bosch fez que sim com a cabeça.

— Não sei. Mas nunca vou esquecer como ele era naquela época.

— Você lembra de mais alguma coisa sobre o lugar onde morou com ele? Qualquer coisa que me ajude a encontrar o cara?

Pell pensou um pouco e abanou a cabeça.

— Não, só o que eu disse.

— Ele tinha algum bicho de estimação?

— Não, mas batia em mim como se eu fosse um cachorro. Acho que eu era o bicho de estimação dele.

Bosch olhou de soslaio para Stone, esperando por perguntas dela.

— E quanto a hobbies? — ela perguntou.

— Acho que o hobby dele era encher aquela caixa de sapatos — disse Pell.

— Mas você nunca viu nenhuma das outras mulheres que apareciam nas fotos, certo? — perguntou Bosch.

— Mas isso não quer dizer nada. Dava para ver que a maioria das fotos tinham sido tiradas dentro da van. Ele tinha um colchão velho na traseira. Não era como se fosse levar alguém pra casa, saca?

Era uma boa informação. Bosch anotou.

— Você disse que viu a foto de um menino. Foi tirada na van, também?

Pell não respondeu de imediato. Havia cometido seus próprios crimes em uma van e a ligação era óbvia.

— Não lembro — disse finalmente.

Bosch prosseguiu.

— Me diz uma coisa, Clayton. Se eu pegar esse cara e ele for a julgamento, você aceita ser testemunha das coisas que me contou aqui hoje?

Pell considerou a questão.

— O que eu ganho? — ele perguntou.

— Eu já falei — disse Bosch. — Você ganha sua satisfação. Ia estar ajudando a prender esse cara pelo resto da vida.

— Grande merda.

— Bom, não posso prom...

— *Olha o que ele fez comigo! Tudo isso é por causa dele!*

Ele apontou o próprio peito quando gritou. A emoção crua da explosão veio cheia de uma ferocidade animal que destoava de sua estrutura diminuta. E Bosch se tocou. Percebeu como aquilo podia ser poderoso se fosse exibido em um julgamento. Se ele gritasse do mesmo jeito e essas mesmas palavras na frente de um júri, seria devastador para a defesa.

— Clayton, vou encontrar esse cara — ele disse. — E você vai ter a chance de dizer isso na cara dele. Talvez possa ajudar você pelo resto da sua vida.

— O resto da minha vida? Ah, que ótimo. Obrigado por isso.

O sarcasmo era evidente. Bosch já ia dizer alguma coisa como resposta quando alguém bateu com força na porta. Stone se levantou para abrir e outra terapeuta surgiu. Ela sussurrou para Stone, que virou para Bosch.

— Tem dois policiais no portão querendo falar com você.

Bosch agradeceu Pell por colaborar e disse que entraria em contato sobre a investigação. Ele foi ao encontro dos policiais, tirando seu celular no caminho. Viu que ignorara quatro ligações, uma de seu parceiro, duas de um número 213 que não reconheceu e a última de Kiz Rider.

Os dois policiais uniformizados eram da Divisão Van Nuys. Disseram que tinham sido enviados pelo OCP.

— Você não está atendendo seu celular nem o rádio no carro — disse o mais velho. — É para contatar uma tal de tenente Rider na chefatura. Ela diz que é urgente.

Bosch agradeceu os dois e explicou que estava colhendo um depoimento importante quando o celular tocou. Assim que os policiais se foram, ligou para Rider e ela atendeu na mesma hora.

— Harry, por que não está atendendo o telefone?

— Porque eu estava no meio de um depoimento. Eu geralmente não interrompo para atender. Como me encontrou?

— Seu parceiro, que *atende* o celular. O que essa instituição aí tem a ver com o caso Irving?

Não havia como fugir da resposta.

— Nada. É outro caso.

Houve um silêncio enquanto ela digeria sua frustração e raiva com ele.

— Harry, o chefe de polícia disse para você tratar o caso Irving como prioridade. Por que vo...

— Olha, estou esperando pela autópsia. Não tem nada que eu possa fazer sobre o Irving até receber o laudo e partir dele.

— Bom, adivinha só.

Bosch então percebeu de onde tinham vindo aquelas duas ligações de 213 que ele deixara sem atender.

— O que foi?

— A autópsia começou faz meia hora. Se você for agora mesmo, quem sabe pega o fim dela.

— Chu está lá?

— Pelo que eu sei, está. Deveria estar.

— Já estou indo.

Constrangido, ele desligou sem discutir mais.

14

No momento em que Bosch pusera as luvas e entrara na unidade de autópsia, o corpo de George Irving já fora costurado com o resistente retrós encerado.

— Desculpe pelo atraso — anunciou.

O dr. Borja Toron Antons apontou para o microfone pendendo no alto, acima da mesa de autópsia, e Bosch percebeu seu erro. Os detalhes da autópsia estavam sendo gravados e agora ficaria formalmente registrado que Bosch perdera praticamente todo o procedimento do legista. Se o caso chegasse a ir para o tribunal, um advogado de defesa poderia insinuar o ocorrido perante o júri. Não importava que Chu tivesse comparecido. O fato de que o investigador principal não estava onde era para estar podia assumir uma conotação sinistra, até corrupta, nas mãos do advogado certo.

Bosch se aproximou de Chu, que estava de braços cruzados e apoiado numa bancada de trabalho, ao pé da mesa de autópsia. Era mais ou menos o momento mais adiantado do exame que a pessoa podia presenciar e ainda assim afirmar que estivera lá. Mesmo através da proteção plástica antigermes, Bosch percebeu que Chu não estava nada feliz. Ele confidenciara a Bosch certa vez que queria entrar para a Unidade de Abertos/Não Resolvidos porque gostava de investigar homicídios, mas não tinha estômago para autópsias. Não aguentava a visão do corpo humano sendo mutilado. Isso tornava o trabalho com o arquivo morto a incumbência perfeita. Ele revisava os relatórios de autópsia, mas não comparecia de fato a elas e continuava podendo trabalhar com homicídios.

Harry pretendia lhe perguntar se alguma coisa interessante surgira durante o exame, mas decidiu esperar e perguntar para Antons diretamente, e fora da gravação. Em vez disso, verificou a bancada de trabalho às costas do patologista e contou os tubos de ensaio no suporte. Viu que Antons enchera cinco tubos com o sangue de Irving, significando que ia pedir um rastreio toxicológico completo. Em uma autópsia rotineira, o sangue é rastreado para se procurarem doze grupos de drogas como linha-base de referência. Quando o condado não está poupando despesas ou há suspeitas de um envolvimento com droga fora das que são normalmente consumidas, então um rastreamento completo amplia a malha para vinte e seis grupos. E isso exige cinco tubos de sangue.

Antons terminou a autópsia descrevendo seu fechamento da incisão em Y e depois tirou uma de suas luvas para desligar o microfone.

— Fico feliz em ver que conseguiu aparecer, detetive — ele disse. — Veio pela sombra?

Fora da gravação, seu sotaque espanhol parecia ficar mais pronunciado, com o sarcasmo.

— Estou cuidando de dois bebês ao mesmo tempo — retrucou Bosch, amistoso. — Mas tenho certeza de que meu parceiro aqui tocou o barco direitinho. Não foi, parceiro?

Deu um tapa forte no ombro de Chu. Referindo-se a ele diretamente como *parceiro*, Bosch estava enviando uma mensagem em código para Chu. Quando a dupla foi formada, tinham combinado que sempre que houvesse alguma coisa rolando ou um dos dois estivesse tentando um blefe, a deixa para o outro seria chamá-lo de *parceiro*. A palavra em código significava que era para o outro entrar no jogo.

Mas dessa vez Chu ignorou o combinado.

— É, foi — ele disse. — Tentei ligar para você, cara. Você não atendeu.

— Acho que não tentou com vontade suficiente.

Bosch olhou para Chu de um jeito que quase derreteu a proteção plástica em seu rosto. Então voltou a se dirigir a Antons.

— Estou vendo que pediu um exame completo, Doc. Boa pedida. Mais alguma coisa que eu deva saber?

— Só que não fui eu quem pediu. A ordem para o exame completo veio lá de cima. Mas de fato comentei com seu parceiro uma coisa que merece ser observada com mais cuidado.

Bosch olhou para Chu e depois para o corpo na mesa.

— Uma coisa? Mais cuidado? Ele está falando de trabalho de detetive?

— O corpo tem uma espécie de arranhão ou hematoma, ou qualquer coisa assim, na parte de trás do ombro direito — disse Chu. — Não é da queda, porque ele caiu de frente.

— Um traumatismo pré-óbito — acrescentou Antons.

Bosch se aproximou da mesa. Ele se deu conta de que, como chegara tarde à cena da morte, em nenhum momento verificara as costas da vítima. Irving já fora virado por Van Atta e pela equipe forense na hora da sua chegada. Ninguém, fosse Van Atta, fosse Crate e Barrel, mencionara coisa alguma sobre traumatismo pré-óbito no ombro.

— Posso ver? — perguntou.

— Já que faz questão — resmungou Antons. — Se tivesse chegado a tempo já teria visto.

Esticou a mão sobre uma bancada e tirou um novo jogo de luvas de uma caixa na prateleira.

Bosch ajudou a virar o corpo sobre a mesa. As costas estavam cobertas do fluido sanguíneo que se acumulara na mesa, cujas laterais eram salientes, como uma bandeja. Antons puxou um bico de esguicho preso no alto e borrifou o corpo, limpando o fluido. Bosch viu o traumatismo na mesma hora. Tinha mais de dez centímetros e incluía pequenas marcas de uma esfoladura superficial e um leve hematoma. Era um padrão discernível quase circular. Parecia uma série de quatro luas crescentes, repetindo-se a um intervalo de cerca de três centímetros e cobrindo o ombro acima da escápula. Cada crescente tinha cerca de cinco centímetros.

O temor do reconhecimento desceu sobre Bosch. Ele sabia que Chu era novo demais e muito pouco rodado na função para estar familiarizado com o padrão de arranhões. E Antons tampouco reconhecera aquilo. Ele não tinha mais do que uma década de profissão, depois de vir de Madri para frequentar a escola de medicina da UCLA e decidir ficar.

— Você checou se tinha hemorragia petequial? — perguntou Bosch.

— Claro — disse Antons. — Nada.

Hemorragia petequial ocorria em vasos sanguíneos em torno dos olhos durante o sufocamento.

— Por que está me perguntando sobre hemorragia petequial depois de ver essa escoriação na parte de trás do ombro? — quis saber o médico.

Bosch deu de ombros.

— Só cobrindo todos os ângulos.

Antons e Chu ficaram ambos olhando para ele, esperando mais. Mas ele não se pronunciou. Ficaram parados ali em silêncio por um longo momento antes de Bosch continuar. Ele apontou para a escoriação atrás do corpo.

— Você disse pré-óbito. De quanto tempo antes da morte estamos falando aqui?

— Você viu a ruptura na pele. Eu fiz uma cultura. Os níveis de histamina nos ferimentos indicam que o traumatismo ocorreu muito perto do óbito. Eu estava dizendo ao detetive Chu, vocês precisam voltar ao hotel. Ele deve ter raspado as costas em alguma coisa quando ia pular do balcão. Podem ver que há um padrão na ferida.

Bosch já conhecia o padrão, mas ainda não ia dizer nada.

— Pular do balcão? Então está dizendo que foi suicídio?

— Claro que não. Ainda não. Pode ter sido suicídio. Pode ter sido acidental. Precisamos ter mais dados. Vamos fazer o exame toxicológico completo, e esse ferimento também precisa ser explicado. Você está vendo o padrão. Isso deve ajudar vocês a afunilar a busca no hotel.

— Você checou o hioide? — perguntou Bosch.

Antons pôs as mãos na cintura.

— Por que eu iria checar o hioide num cara que se jogou de um prédio?

— Achei que tivesse acabado de dizer que ainda não estava pronto para bater o martelo de que foi suicídio.

Antons não respondeu. Pegou um bisturi no suporte.

— Me ajuda a virar ele.

— Espera — disse Bosch. — Posso bater uma foto do arranhão antes?

— Já tirei fotos. Devem estar na impressora. Pode pegar quando estiver de saída.

Bosch o ajudou a virar o corpo outra vez. Antons usou o bisturi para abrir o pescoço e remover o pequeno osso em forma de U que envolvia a traqueia. Cuidadosamente, ele o limpou em uma pia e então o examinou, procurando fraturas, sob a luz de uma lente de aumento presa à bancada.

— O hioide está intacto — disse.

Bosch balançou a cabeça. Não provava nada, de um modo ou de outro. Alguém com experiência no riscado poderia ter sufocado Irving sem quebrar o osso nem causar rupturas de vasos nos olhos. Não provava coisa alguma.

Mas as marcas na parte de trás do ombro significavam algo. Bosch sentiu que as coisas estavam mudando naquele caso. Mudando rapidamente. E trazendo um novo significado para a *ingerência dos mandachuvas*.

15

Chu esperou até chegarem ao meio do estacionamento antes de explodir.

— Ok, Harry, o que está acontecendo? O que foi todo esse negócio lá dentro?

Bosch pegou seu celular. Tinha de fazer uma ligação.

— Eu conto quando der. Quero que você volte p...

— Assim não dá, Harry! Somos parceiros, cara, e você fica o tempo todo bancando o cavaleiro solitário pra cima de mim. Não quero mais isso.

Chu havia parado e virado para encará-lo, os braços abertos. Bosch também parou.

— Olha, estou tentando proteger você. Preciso conversar com alguém primeiro. Deixa eu fazer isso e depois a gente conversa.

Insatisfeito, Chu abanou a cabeça.

— Você está acabando comigo com essa merda, cara. O que quer que eu faça, que eu volte pra minha mesa e fique sentado olhando o teto?

— Não, tem um monte de coisa que eu quero que você faça. Quero que vá até o Property e pegue a camisa de Irving. Manda alguém na DIC verificar se tem sangue na altura do ombro. A camisa é escura e ninguém notou nada ontem.

— Então se tiver sangue a gente vai saber que ele se machucou quando estava usando a camisa.

— Isso mesmo.

— E o que a gente conclui disso?

Bosch não respondeu. Estava pensando no botão da camisa encontrado no chão do quarto. Podia ter acontecido uma luta, com Irving sendo estrangulado e o botão, arrancado.

— Quando tiver terminado com a camisa, pega o mandado de busca.

— Mandado de busca para quê?

— O escritório do Irving. Quero estar com um mandado antes de entrar e começar a olhar os arquivos.

— São os arquivos dele e o cara está morto. Pra que você precisa de um mandado?

— Porque o cara era advogado e não quero passar por cima de nenhuma merda de prerrogativa advogado-cliente quando estiver lá. Quero tudo limpo nisso.

— Sabe, vai ser meio duro para mim redigir um mandado com você me mantendo no escuro sobre os fatos.

— Não, é moleza. Você diz que está conduzindo uma investigação inconclusa sobre a morte desse homem. Diz que tinha sinais de uma possível luta — o botão arrancado da camisa, o ferimento pré-óbito nas costas — e que você quer ter acesso aos documentos e à contabilidade envolvendo os negócios dele, para ver se tinha algum conflito envolvendo clientes ou adversários. Simples. Se não puder fazer isso, eu escrevo quando chegar.

— Não, eu faço. Quem redige sou eu.

Era verdade. Em sua divisão usual do trabalho e das responsabilidades, Chu sempre cuidava dos mandados.

— Ok, então vai indo e para de reclamar.

— Olha, Harry, vai se foder. Não estou reclamando. Você não ia gostar se fosse eu tratando você desse jeito.

— Deixa eu falar uma coisa, Chu. Se eu tivesse um parceiro com muito mais anos de experiência do que eu e que me dissesse para confiar nele até chegar a hora certa, então acho que é isso que eu ia fazer. E ia ficar agradecido por ele cuidar do meu lado.

Bosch deixou que o efeito de suas palavras fosse absorvido antes de dispensar Chu.

— A gente se vê mais tarde. Preciso ir.

Começaram a andar cada um para seu carro. Bosch virou para olhar o parceiro e viu que caminhava de cabeça baixa, uma expressão acabrunhada no rosto. Chu não compreendia as complexidades da ingerência política nos assuntos policiais. Bosch sim.

Quando sentou atrás do volante, Harry falou com Kiz Rider ao telefone.

— Me encontra na academia em quinze minutos. Na sala de vídeo.

— Harry, não tem como. Vou entrar numa reunião de orçamento.

— Então não venha se queixar depois sobre não saber o que está acontecendo no caso Irving.

— Não pode me falar simplesmente?

— Não, preciso mostrar. Quando a gente pode se encontrar?

Houve uma longa pausa antes de ela responder.

— Não antes da uma. Come alguma coisa e eu encontro você depois.

Bosch ficou relutante em deixar a investigação perder o embalo, mas era importante que Rider soubesse que direção o caso estava tomando.

— Até mais, então. A propósito, você pôs alguém no escritório de Irving, como eu pedi ontem?

— Sim, pus. Por quê?

— Só confirmando.

Ele desligou antes que ela o repreendesse pela falta de confiança.

Levou quinze minutos para Bosch chegar a Elysian Park e às instalações da academia de polícia. Ele parou na lanchonete do Revolver and Athletic Club e sentou diante do balcão. Pediu um café e um Bratton Burger, assim chamado em homenagem ao chefe de polícia anterior, e ficou ali por uma hora repassando suas anotações e acrescentando novas observações.

Depois de pagar a conta e dar uma olhada na memorabilia de polícia pendurada na parede da lanchonete, atravessou o antigo ginásio, o lugar onde recebera seu distintivo em um dia chuvoso, mais de trinta anos antes, e passou à sala de vídeo. Havia uma biblioteca ali, contendo todos os vídeos de treinamento usados pelo departamento desde que o videocassete tinha sido inventado. Informou ao funcionário no balcão, um civil, o que estava procurando e esperou enquanto o sujeito ia buscar a velha fita.

Rider chegou alguns minutos mais tarde e bem na hora.

— Ok, Harry, olha eu aqui. Por mais que odeie essas reuniões de orçamento, que duram o dia inteiro, realmente preciso voltar o quanto antes. O que estamos fazendo aqui?

— Vamos assistir a uma fita de treinamento, Kiz.

— E o que isso tem a ver com o filho do Irving?

— Pode ser que tudo.

O funcionário voltou com a fita pedida por Bosch. Ele e Rider entraram em uma cabine de projeção. Bosch pôs a fita no videocassete e acionou o filme.

— Essa é uma daquelas fitas de treinamento antigas para a chave de alavanca controlada — ele disse. — Mais conhecida pelo mundo afora como chave de braço do DPLA.

— A infame chave de braço — disse ela. — Foi banida antes mesmo de eu entrar aqui.

— Tecnicamente, a chave de alavanca está banida. A chave de carótida controlada ainda tem aprovação para ser utilizada em situações de força letal. Mas essa eu pago pra ver.

— Então, como eu disse, o que a gente está fazendo aqui, Harry?

Bosch gesticulou na direção da tela.

— Eles costumavam usar essas fitas para ensinar como fazer. Agora usam para ensinar o que não fazer. Essa é a chave de alavanca.

Houve uma época em que a chave de alavanca controlada era uma tática padrão de imobilização no DPLA, mas o golpe fora proibido após tantas mortes terem sido atribuídas a ela.

O vídeo mostrava o golpe sendo aplicado por um instrutor em um recruta voluntário da academia. Atrás do recruta, o instrutor passava o braço esquerdo pela parte da frente do pescoço do voluntário. Depois, executava o aperto de morsa, agarrando o ombro do recruta. O recruta lutava, mas em alguns segundos desmaiava. O instrutor o punha no chão suavemente e começava a dar tapinhas em suas bochechas. O voluntário acordava imediatamente e parecia perplexo com o que acabara de acontecer. Era levado para fora do campo de visão da câmera e outro voluntário assumia seu lugar. Dessa vez o instrutor se movia com mais vagar e explicava os passos da chave. Então ele dava algumas dicas sobre como lidar com indivíduos que reagiam. A segunda dica era o que Bosch estava esperando.

— Ali — ele disse.

Ele recuou a fita e passou o trecho outra vez. O instrutor chamou o movimento de arrasto de mão. O braço esquerdo era travado diante do pescoço do voluntário, a mão sobre seu ombro direito. Para se proteger contra o braço sendo puxado pelo voluntário que reagia, o instrutor prendia uma mão na outra, como dois ganchos, no alto do ombro, e estendia o antebraço direito, descendo pelas costas do voluntário. Depois, pouco a pouco, apertava a morsa no pescoço do voluntário. O segundo voluntário desmaiava.

— Não consigo acreditar que realmente sufocavam os caras desse jeito — disse Rider.

— Provavelmente não tinham escolha, quando o negócio era ser voluntário — disse Bosch. — É como com os Tasers agora.

Todo oficial que carregava um Taser tinha de ser treinado no uso do dispositivo e isso incluía ser alvo de uma descarga do aparelho.

— Então, o que você quer me mostrar aqui, Harry?

— Naquela época, quando baniram a chave, eu participei da força-tarefa para investigar as mortes. Era uma incumbência. Eu não me ofereci como voluntário.

— E o que isso tem a ver com George Irving?

— Basicamente diz respeito ao fato de que os policiais estavam usando a chave com muita frequência e por tempo demais. A carótida deve abrir imediatamente depois que você interrompe a pressão. Mas às vezes a pressão era mantida por mais tempo do que devia e a pessoa morria. E às vezes a pressão quebrava o hioide, esmagando a traqueia. E a pessoa também morria. A chave de alavanca foi banida e a chave de carótida ficou relegada a uso apenas em situações de força letal. E força letal envolve um conjunto de critérios totalmente separado. Em resumo, era o seguinte, você não podia mais sufocar alguém numa simples luta de rua. Ok?

— Entendi.

— Minha parte eram as autópsias. Eu fui o coordenador delas. Reunir todos os casos até vinte anos antes e depois procurar por similaridades. Havia uma anomalia em alguns casos. Não queria dizer nada, na verdade, mas estava lá. Descobrimos um padrão de ferimento no ombro. Aparecia em pelo menos um terço dos casos, talvez. Um padrão repetido de lua crescente na escápula da vítima.

— O que era?

Bosch gesticulou para a tela de vídeo. A fita de treinamento estava pausada no movimento do arrasto de mão.

— Era o arrasto de mão. Um monte de policiais usava relógio militar, com um anel grande em volta do mostrador. Durante a chave de braço, se eles fizessem esse movimento e deslocassem o pulso travado no ombro, o anel cortava a pele ou deixava um hematoma. Não tinha a ver na verdade com outra coisa a não ser ajudar a provar que uma luta tinha acontecido. Mas eu lembrei disso hoje.

— Na autópsia?

Do bolso de dentro ele tirou uma foto de autópsia do ombro de George Irving.

— Esse é o ombro do Irving.

— Não podia ter acontecido na queda?

— Ele aterrissou de frente. Não tinha como acontecer um ferimento desse nas costas. O legista confirmou que foi pré-óbito.

Os olhos de Rider se anuviaram quando examinou a foto.

— Então temos um homicídio?

— Pelo jeito sim. Ele foi sufocado e depois o soltaram do balcão.
— Você tem certeza disso?
— Não, nada é certeza. Mas é a direção que estou tomando a partir de agora.

Ela balançou a cabeça, concordando.

— Então você está achando que foi um policial ou ex-policial que fez isso?

Bosch abanou a cabeça.

— Não, não acho. É verdade que policiais de uma certa idade eram treinados para usar a chave. Mas não são só eles. Militares, lutadores de artes marciais mistas. Qualquer moleque vendo o YouTube pode aprender como faz. Mas tem uma coisa que é meio que uma coincidência.

— Coincidência? Você sempre disse que coincidências não existem.

Bosch encolheu os ombros.

— Qual a coincidência, Harry?

— A força-tarefa de que eu participei para investigar a chave de braço? O assistente de xerife Irvin Irving estava no comando. A gente operava da Divisão Central. Foi a primeira vez que Irving e eu cruzamos o caminho diretamente.

— Bom, já vi coincidências maiores do que essa.

— Provavelmente já. Mas significa que Irving vai reconhecer o significado das marcas de crescente nas costas do filho se alguém contar ou mostrar uma foto para ele. E eu não quero que o vereador fique sabendo disso, por enquanto.

Rider olhou feio.

— Harry, ele não larga o pé do chefe com esse negócio. Não larga do meu pé. Já ligou três vezes hoje para saber da autópsia. E você quer esconder isso dele?

— Não quero que a informação se espalhe por aí. Quem fez isso precisa achar que saiu limpo. Assim não vai perceber quando eu estiver me aproximando.

— Harry, não sei não.

— Olha, quem sabe o que Irving vai fazer com isso se ele descobrir? Ele pode acabar falando com a pessoa errada ou dando uma coletiva de imprensa, e daí isso vaza e a gente perde nossa dianteira.

— Mas você vai precisar apresentar isso a ele para conduzir sua investigação de homicídio. Daí ele vai ficar sabendo.

— No fim, vai precisar saber. Mas por enquanto a gente fala pra ele que o júri continua deliberando, por assim dizer. Estamos esperando os resultados toxicológicos da autópsia. Mesmo com toda a ingerência lá de cima, isso vai levar duas semanas. Nesse meio-tempo, a gente simplesmente corre atrás de cada evidência, investiga exaustivamente todas as possibilidades. Ele não precisa saber disso, Kiz. Não já.

Bosch ofereceu a foto. Rider esfregou a boca enquanto considerava a questão.

— Acho que você não devia contar nem para o chefe — acrescentou Bosch.

— Por esse caminho eu não vou — ela respondeu imediatamente. — No dia em que eu começar a esconder informação dele, não vou mais merecer meu emprego.

Bosch deu de ombros.

— Faça como achar melhor. Só não deixa esse negócio sair do prédio.

Ela balançou a cabeça, tendo chegado a uma decisão.

— Vou dar quarenta e oito horas para você e depois a gente reavalia. Quinta-feira de manhã quero saber em que pé você está e a gente volta a tomar uma decisão.

Era o que Bosch esperava conseguir. Uma pequena lambuja.

— Perfeito. Quinta.

— Isso não quer dizer que não preciso de notícias suas até quinta. Quero que me mantenha a par do caso. Se surgir alguma coisa nova, me liga.

— Entendido.

— Para onde você vai a partir daqui?

— Estamos correndo atrás do mandado para o escritório do Irving. Ele tinha uma gerente, ela deve saber uma porrada de segredos. E deve saber quem eram os inimigos dele. A gente precisa sentar com ela, mas quero fazer isso no escritório, assim ela pode mostrar arquivos, pastas, documentos, qualquer coisa que tiver lá.

Rider balançou a cabeça, aprovando.

— Ótimo. Onde está seu parceiro?

— Redigindo o mandado. A gente quer ter certeza de fazer tudo dentro dos conformes, em todas as etapas.

— Sábia decisão. Ele já está sabendo da chave de braço?

— Ainda não. Eu queria conversar com você primeiro. Mas ele vai ficar sabendo disso até o fim do dia.

— Muito bom, Harry. Preciso voltar para minha reunião de orçamento e pensar num jeito de fazer mágica com a verba que a gente tem.

— Sei, boa sorte nisso.

— E toma cuidado. Só Deus sabe em que história sinistra isso vai dar.

Bosch ejetou a fita.

— Você vem falar isso pra mim? — disse.

16

Como George Irving mantivera a prática legal e a licença com a ordem de advogados na Califórnia, obter um mandado de busca concedendo aos investigadores acesso ao seu escritório e arquivos levou a maior parte da tarde e da noite de terça-feira. O documento legal foi finalmente assinado e emitido pelo juiz do Supremo, Stephen Fluharty, após a nomeação de um supervisor especial para revisar quaisquer documentos que fossem vistos ou apreendidos pela polícia. O próprio *supervisor especial* era um advogado também e, como tal, não era governado pela necessidade de acelerar as coisas a que os investigadores de homicídio atuando em um caso ativo estavam acostumados. Preguiçosamente, ele marcou a hora para a busca às dez da manhã, na quarta-feira.

A Irving and Associates dispunha de um conjunto de duas salas na Spring Street, diante do estacionamento do *Los Angeles Times*. Isso deixava George Irving a apenas duas quadras da prefeitura. Também deixava seu escritório ainda mais próximo do Police Administration Building. Bosch e Chu foram para lá na quarta de manhã, e quando chegaram, não havia policial nenhum montando guarda na porta e alguém já estava ali dentro.

Eles entraram e encontraram uma senhora septuagenária na sala da frente, encaixotando pastas. Ela se identificou como Dana Rosen, gerente de George Irving. Bosch ligara para ela na noite anterior, garantindo sua presença durante a busca no escritório.

— Havia um policial montando guarda na porta quando a senhora chegou? — perguntou Bosch.

Rosen pareceu confusa.

— Não, ninguém.

— Bom, não devemos começar enquanto o supervisor não estiver aqui. O senhor Hadlow. Ele precisa olhar tudo antes de guardarmos nas caixas.

— Puxa vida. São meus próprios arquivos. Quer dizer que não posso ficar com eles?

— Isso mesmo, significa que devemos esperar. Vamos deixar tudo como está e ficar lá fora. O senhor Hadlow deve chegar a qualquer minuto.

Foram para a calçada e Bosch fechou a porta. Ele pediu a Rosen para trancá-la com chave. Então pegou seu telefone e ligou para Kiz Rider. Já foi logo entrando no assunto.

— Achei que você tinha colocado alguém na porta do escritório do Irving.

— E eu pus.

— Não tem ninguém lá.

— Já ligo de volta.

Bosch fechou seu telefone e mediu Dana Rosen. Bem diferente do que havia imaginado. Ela era uma mulher pequena e encantadora, mas naquela idade tinha de descartá-la como possível amante de George Irving. Bosch se equivocara completamente ao conversar com a viúva. Dana Rosen podia ser mãe de Irving.

— Há quanto tempo a senhora trabalhava para George Irving? — perguntou Bosch.

— Ah, muito tempo. Eu estava com ele na época da procuradoria. Depois ele saiu e me ofereceu o emprego e eu...

Ela parou quando o celular de Bosch começou a zumbir. Era Rider.

— O comandante da guarda na Divisão Central resolveu cuidar pessoalmente das alocações de pessoal na unidade hoje. Achou que vocês já tinham passado pelo local.

Bosch sabia que isso significava que o escritório ficara exposto por quase três horas, tempo mais do que suficiente para alguém chegar antes deles e levar algum documento. Suas desconfianças e sua raiva cresceram em igual proporção.

— Quem é o cara? — ele perguntou. — Ele tem alguma ligação com o vereador?

Fazia vários anos que Irvin Irving estava fora do departamento, mas ainda tinha ligações com muitos oficiais que orientou ou recompensou com promoções durante seus anos na equipe de comando.

— É ela — disse Rider. — Capitã Grace Reddecker. Até onde sei, foi só um equívoco. Não tem ligação com política, não nesse sentido.

Significando é claro que Reddecker tinha ligações políticas no departamento — tinha de ter, para conseguir um comando de divisão —, mas não participava da politicagem de alto escalão.

— Não é uma das crias de Irving?

— Não. Ela subiu depois que ele já tinha saído.

Bosch viu um homem de terno se aproximando deles. Presumiu que fosse o supervisor especial.

— Preciso desligar — disse para Rider. — Eu cuido disso depois. Espero que seja como você disse, só um equívoco.

— Acho que não tem nada errado aí, Harry.

Bosch desligou quando o homem vindo pela calçada se juntou ao grupo. Era um sujeito alto, com cabelo castanho-avermelhado e bronzeado de golfista.

— Richard Hadlow? — perguntou Bosch.

— Eu mesmo.

Bosch fez as apresentações e Rosen destrancou a porta para que entrassem. Hadlow era de uma das firmas de luxo em Bunker Hill. Na noite anterior, o juiz Fluharty o recrutara como supervisor especial em regime de *pro bono*. Sem honorários significava sem atrasos. Hadlow não tivera pressa ao agendar a busca, mas agora que estavam ali, seu interesse seria resolver tudo rápido, de modo a poder voltar logo para os clientes que pagavam. E por Bosch tudo bem.

Passaram ao escritório e fizeram um planejamento. Hadlow trabalharia com os arquivos, verificando se não havia documentos delicados envolvendo a prerrogativa advogado-cliente antes de passá-los a Chu para que os examinasse. Nesse meio-tempo, Bosch continuaria sua conversa com Dana Rosen para determinar o que era importante e atual no trabalho de Irving.

Os arquivos e documentos eram sempre valiosos numa investigação, mas Bosch tinha inteligência suficiente para perceber que a coisa mais valiosa no escritório era Rosen. Ela poderia lhes fornecer um relato mais inteirado dos fatos.

Enquanto Hadlow e Chu foram trabalhar na sala dos fundos, Bosch puxou a cadeira da mesa da recepção para a frente de um sofá na sala de entrada e pediu a Rosen para sentar. Depois trancou a porta do escritório e começou a inquirição formal.

— É *senhora* Rosen? — perguntou.

— Não, nunca fui casada. Pode me chamar só de Dana, aliás.

— Bom, Dana, por que a gente não continua a conversa que começou lá fora? Você ia me contando que estava com o senhor Irving desde o Gabinete da Procuradoria do Município?

— Isso, eu fui a secretária dele lá antes de vir para a Irving and Associates, quando ele começou. Então se você incluir isso, foram dezesseis anos.

— E quando ele largou a procuradoria você veio junto de imediato?

Ela balançou a cabeça.

— Saímos no mesmo dia. Foi um bom acordo. Eu era oficialmente contratada pela prefeitura, então consegui me aposentar, e depois vim para cá. Eram trinta horas semanais. Muito tranquilo.

— Até que ponto você se envolvia com o trabalho do senhor Irving?

— Não muito. Ele não ficava muito por aqui. Eu meio que mantinha os arquivos organizados e deixava tudo limpo e em ordem. Atendia o telefone, anotava recados. Ele nunca fazia reunião aqui. Quase nunca.

— Ele tinha muitos clientes?

— Na verdade não, só uns poucos, mais selecionados. Ele cobrava caro e as pessoas queriam ver resultados. Ele trabalhava duro pelos clientes.

Bosch havia tirado sua caderneta, mas até ali não fizera nenhuma anotação.

— Em qual deles ele andava mais concentrado ultimamente?

Pela primeira vez Rosen não foi rápida na resposta. Uma expressão confusa se formou em seu rosto.

— Devo presumir com todas essas perguntas que George não se matou?

— Só o que posso afirmar é que não estamos presumindo nada. É uma investigação em aberto e não fizemos nenhuma descoberta em relação à morte. Até lá, estamos tentando conduzir uma investigação exaustiva de todas as possibilidades. Agora, por favor, pode responder a pergunta? Em qual cliente o senhor Irving vinha se concentrando mais, ultimamente?

— Bom, a gente tinha dois clientes com quem ele vinha trabalhando intensamente. Um era a Western Block and Concrete e o outro era a Tolson Towing. Mas as duas empresas entraram em votação na câmara na semana passada. George conseguiu o que queria nos dois casos e agora estava apenas parando para descansar.

Bosch escreveu esses nomes.

— O que o trabalho para essas duas empresas envolvia? — perguntou.

— A Wester concorria na licitação para o novo edifício-garagem em Parker Center. Eles ganharam. E a Tolson estava tentando renovar o contrato de OPG para as divisões de Hollywood e Wilshire.

A nomeação para a Official Police Garage significaria que a Tolson seguiria se encarregando de todos os pedidos de guincho feitos pelo DPLA nessas duas divisões policiais. Um negócio lucrativo, assim como ele presumia que seria o fornecimento de concreto para um estacionamento da polícia. Bosch ouvira dizer ou lera em algum lugar que a nova garagem municipal teria seis andares e destinava-se a atender à demanda excessiva de todos os edifícios municipais no centro cívico.

— Então esses eram os principais clientes de uns tempos para cá? — ele perguntou.

— Isso mesmo.

— E os dois deviam estar satisfeitos com os resultados que conseguiram.

— Sem dúvida. A Western não era nem a proposta mais barata e a Tolson dessa vez tinha uma competição forte. Sem falar num dossiê de denúncias desse tamanho para resolver. George teve um trabalho danado mas se saiu muito bem.

— E como isso funcionava com o pai dele estando dentro da câmara municipal? Não era conflito de interesses?

Rosen balançou a cabeça enfaticamente.

— Claro que era. Por esse motivo o vereador se abstinha de votar sempre que um dos clientes de George tinha algum negócio sendo apresentado à câmara.

Isso pareceu estranho para Bosch. Ter um pai na câmara parecia proporcionar a George uma vantagem do lado de dentro. Mas se seu pai se abstinha de votar nessas questões, a vantagem desaparecia.

Ou não?

Bosch presumiu que mesmo que o velho Irving fizesse o jogo de cena de ficar de fora na hora de votar, os outros membros da câmara sabiam que podiam angariar favores para os projetos deles caso apoiassem o de seu filho.

— E quanto a clientes que estavam insatisfeitos com o trabalho feito por George? — perguntou a Rosen.

Ela disse que não conseguia pensar em nenhum cliente aborrecido com o suporte legal de George Irving. Do mesmo modo, as empresas competindo com seus clientes pelos contratos municipais não deviam ficar nada felizes.

— Há alguma coisa que você se lembre nessas situações que o senhor Irving podia considerar como uma ameaça?

— Não que eu me lembre.

— Você disse que a Western Block and Concrete não era o orçamento mais baixo na licitação da garagem. Quem era?

— Uma empresa chamada Consolidated Block Incorporated. Eles subfaturavam só para conseguir o contrato. Acontece bastante. Mas em geral o pessoal do planejamento municipal percebe. Nesse caso, George os ajudou. A divisão de planejamento recomendou a Western para a câmara.

— E nenhuma ameaça veio daí? Nenhuma inimizade?

— Bom, duvido que estivessem felizes com isso lá na CBI, mas, ao que me consta, nenhuma queixa foi formalizada. Eram só negócios.

Bosch sabia que ele e Chu teriam de rever ambos os contratos e o trabalho de Irving com as empresas. Mas decidiu seguir em frente.

— O que o senhor Irving tinha a seguir em seu cronograma de trabalho?

— Não muita coisa. Ele vinha falando em tirar o pé do acelerador um pouco. O filho dele foi para a faculdade e George e sua esposa estavam passando pela fase do ninho vazio. Sei que George sentia muita falta do rapaz. Ele ficou deprimido com isso.

— Então não havia nenhum cliente ativo?

— Ele andava conversando com algumas pessoas, mas só tinha um contrato assinado. Era a Regent Taxi. Eles iam tentar conseguir a franquia de Hollywood no ano que vem e contrataram a gente em maio para trabalhar para eles.

Diante das perguntas de Bosch, Rosen explicou que a cidade concedia franquias geográficas para o serviço. A cidade era dividida em seis zonas de táxi. Cada uma tinha dois ou três licenciados para os arrendamentos ou franquias, dependendo da população do distrito. A franquia controlava em que parte da cidade uma empresa podia pegar passageiros. Claro que o táxi já ocupado podia ir para qualquer lugar que o passageiro pedisse.

A nomeação permitia a eles ficar em pontos de táxi e em hotéis, ou circular à procura de passageiros e atender as ligações de disque-táxi apenas dentro de suas zonas de franquia. A competição por passageiros nas ruas podia ser feroz. A competição por uma nomeação de franquia não era diferente. Rosen explicou que a Regent Taxi já era dona de uma franquia em South L.A., mas estava atrás de uma área mais lucrativa em Hollywood.

— Quando a decisão ia ser votada? — perguntou Bosch.

— Só no ano que vem — disse Rosen. — George mal tinha começado a trabalhar na solicitação.

— Quantas franquias são concedidas em Hollywood?

— Só duas e são válidas por dois anos. É feito um escalonamento, de modo que uma fica aberta para renovação ou renomeação todo ano. A Regent vinha esperando conseguir no ano que vem porque o atual licenciado da franquia concorrendo a uma renovação tem problemas e é vulnerável. George disse para os clientes que a melhor chance era no próximo ano.

— Qual é o nome dessa empresa que está vulnerável?
— Black and White. Mais conhecida como B & W.

Bosch sabia que houvera uma polêmica cerca de dez anos antes, porque a B&W Taxi pintou os carros de uma forma que ficaram parecidos demais com viaturas de polícia. O DPLA apresentou a queixa e a empresa mudou o padrão para um esquema xadrez em preto e branco. Mas provavelmente isso não tinha nada a ver com a vulnerabilidade da empresa mencionada por Rosen.

— Você disse que teve uns problemas. Que problemas?
— Bom, para começar, eles tiveram três ocorrências de DUI só nos últimos quatro meses.
— Você quer dizer, dirigir sob influência de álcool?
— Exato, e isso é o pior impeditivo que existe. Não fica nada bem com a junta de franquia da cidade ou com a câmara de vereadores, como você deve imaginar. Quem quer votar numa empresa com um negócio desses na ficha? Então o George estava bastante confiante de que a Regent podia conseguir a franquia. Eles têm uma ficha limpa, e além do mais ela é de propriedade de uma minoria social.

E ele tinha o pai que era um membro poderoso da câmara de vereadores, que designava os membros da junta de franquia. Bosch ficou intrigado com essa informação, porque tudo se resumia a dinheiro, no fim das contas. Alguém ganhando e outro perdendo. Isso muitas vezes atuava como motivação para homicídio. Ele se levantou e enfiou a cabeça na sala dos fundos, dizendo a Hadlow e Chu que iria querer levar qualquer pasta relativa às franquias de táxi.

Então voltou até Rosen e dirigiu o depoimento dela de novo para o lado pessoal da história.

— George mantinha algum arquivo particular aqui?
— Mantinha sim. Mas está trancado na mesa dele e eu não tenho a chave.

De seu bolso Bosch tirou as chaves que tinham ficado com o serviço de valet do hotel e sido apreendidas junto com o carro de Irving.

— Qual é a mesa?

Bosch e Chu deixaram o escritório ao meio-dia e voltaram para o PAB. Chu carregava a caixa contendo os arquivos e outros materiais que tinham sido apreendidos com a aprovação de Hadlow e autorizados pelo mandado de busca. Isso incluía os registros pertencentes aos projetos mais recentes em que George Irving vinha trabalhando ou planejando, bem como seus arquivos pessoais, que continham uma quantidade de apólices de seguro e uma cópia do testamento, datado de apenas dois meses antes.

Enquanto caminhavam, iam discutindo seus próximos movimentos. Eles concordaram que o resto do dia seria passado dentro do Public Administration Building. Tinham vários documentos relativos aos projetos e ao testamento de Irving para examinar. Havia ainda os relatórios atrasados de Glanville e Solomon relativos ao depoimento colhido com o hóspede que se registrou depois de Irving no Chateau Marmont e às investigações conduzidas no hotel e nas residências da colina, próximas a ele.

— Hora de começar o *murder book* — disse Bosch.

Era uma das coisas que ele mais gostava de fazer.

17

O mundo podia ter se tornado digital, mas Harry Bosch não acompanhou essa tendência. Ele aprendera a lidar com um celular e um laptop. Escutava música no iPod e de vez em quando lia o jornal no iPad de sua filha. Mas quando o assunto era o *murder book*, ele continuava, e sempre seria, um adepto do plástico e do papel. Ele era um dinossauro. Não importava que o departamento estivesse mudando para a digitalização dos arquivos e não houvesse espaço no novo PAB para prateleiras cheias dos grossos fichários azuis. Bosch era um homem que se atinha às tradições, sobretudo por acreditar que essas tradições ajudavam a pegar assassinos.

Para Bosch, o *murder book* era uma parte crucial da investigação, tão importante quanto qualquer evidência. Era a viga mestra do caso, um compêndio de cada movimento feito, cada inquérito e depoimento, todas as evidências, reais e potenciais, reunidas. Era um componente físico com peso, profundidade e substância. Claro que podia ser reduzido a um arquivo digital de computador e guardado em um pen drive, mas de algum modo isso tornava a coisa menos real para ele, mais oculta, e parecia um desrespeito aos mortos.

Bosch precisava ver o produto de seu trabalho. Ele tinha de ser constantemente lembrado do fardo que carregava. Tinha de ver as páginas ficando maiores à medida que a investigação prosseguia. Ele sabia sem sombra de dúvida que não importava se você tinha trinta e nove meses ou trinta e nove anos ainda pela frente na função, nada mudaria a maneira como ia atrás dos criminosos.

Quando voltaram à Unidade de Abertos/Não Resolvidos, Bosch se dirigiu à fileira de armários de ferro que ficavam encostados na parede do fundo. Cada detetive na unidade tinha seu próprio armário. Não era muito maior do que um armário de vestiário pequeno, pois o PAB era construído para o mundo digital, não para a robustez dos velhos tempos. Bosch usava seu espaço de armazenagem principalmente para guardar antigos fichários de casos de homicídio resolvidos. Esses casos tinham sido tirados dos arquivos e digitalizados, num esforço por criar espaço. Os documentos eram escaneados e depois destruídos, e os fichários vazios acabavam no lixão da cidade. Mas Bosch recuperara uma dúzia deles e os escondera em seu armário, de modo a nunca ficar sem um fichário.

Ele agora pegava um de seus preciosos fichários, o plástico azul desbotado pelo uso, e foi para a baia que dividia com Chu. Seu parceiro estava retirando as pastas de Irving de dentro da caixa e empilhando tudo no alto do arquivo metálico junto as suas mesas.

— Harry, Harry, Harry — disse Chu, ao ver o fichário. — Quando você vai mudar? Quando vai me deixar entrar para o mundo digital?

— Daqui a mais ou menos trinta e nove meses — disse Bosch. — Depois disso você pode pôr seus arquivos de homicídio na cabeça de um alfinete que eu estou pouco me lixando. Mas até lá, eu…

— …vou fazer do jeito que sempre fiz. Certo, sei, já entendi.

— Você sabe como é.

Bosch sentou em sua mesa e abriu o fichário. Depois abriu o laptop. Ele já havia preparado diversos relatórios para incluir no book. Começou a enviá-los para a impressora comunitária da unidade. Lembrou dos relatórios que Solomon e Glanville lhe deviam e passou os olhos pela baia à procura de um envelope de documentos internos.

— Alguma coisa de Hollywood? — perguntou.

— Negativo — disse Chu. — Dá uma olhada no seu e-mail.

Claro. Bosch checou sua caixa do correio e descobriu que tinha dois e-mails de Jerry Solomon, na Divisão de Hollywood. Ambos continham um anexo, que ele baixou e mandou para a impressora. O primeiro era um resumo da coleta de depoimentos no hotel conduzida por Solomon e Glanville. O segundo resumia os depoimentos colhidos nas vizinhanças.

Bosch foi até a impressora e pegou as páginas na bandeja. Quando voltava, viu a tenente Duvall parada diante de sua baia. Chu sumira de vista. Bosch sabia que Duvall queria uma atualização sobre o caso Irving. Nas últimas vinte e quatro horas, ela lhe deixara duas mensagens e um e-mail, nenhum dos quais ele respondera.

— Harry, você recebeu meus recados? — ela perguntou quando ele se aproximou.

— Recebi, mas toda vez que eu ia ligar, alguém me ligava primeiro e eu acabava me distraindo. Desculpe, tenente.

— Por que não vem até minha sala, assim você evita novas distrações.

O tom não era de um pedido. Bosch deixou os papéis que imprimira em sua mesa e seguiu a tenente até a sala dela. Ela lhe disse para fechar a porta.

— É um *murder book*, isso que você está montando? — perguntou antes mesmo de sentar.

— É.

— Está afirmando que o caso George Irving foi um homicídio?

— Estou encarando dessa forma. Mas não para consumo público.

Bosch passou os vinte minutos seguintes transmitindo o resumo do caso. Ela concordou com o plano de manter o novo foco da investigação só entre eles até que mais evidências surgissem ou até que passar a informação adiante pudesse se constituir numa vantagem estratégica.

— Mantenha-me informada, Harry. Comece a retornar minhas ligações e meus e-mails.

— Certo. Faço isso.

— E comece a usar os ímãs, quero saber onde anda meu pessoal.

A tenente mandara montar na sala do esquadrão um quadro de atualização com ímãs que deviam ser movidos para informar se o detetive estava dentro ou fora do prédio. Quase todos na unidade achavam a maior perda de tempo. O capataz em geral sabia onde cada um estava, e a tenente também saberia, se em algum momento saísse de sua sala ou ao menos abrisse as venezianas.

— Pode deixar — disse Bosch.

Chu estava de novo na baia deles quando Bosch voltou.

— Por onde andou? — ele perguntou.

— Com a tenente. E você?

— Áhn, do outro lado da rua. Ainda não tinha tomado café.

Chu mudou de assunto, apontando o documento em sua tela de computador.

— Você leu o relatório do Crate e do Barrel sobre os depoimentos?

— Ainda não.

— Encontraram um cara que viu alguma coisa na saída de incêndio. A hora não bate, mas, cara, qual a chance?

Bosch virou para sua mesa e encontrou o relatório impresso dos depoimentos colhidos nas casas da colina. Era essencialmente uma lista de endereços consecutivos na Marmont Lane. Diante de cada endereço dizia se alguém atendera a porta e se algum morador fora inquirido. Usava abreviaturas que Bosch lera em relatórios de depoimentos do DPLA por mais de duas décadas. Um monte de NBH, significando *nobody home*, "ninguém em casa", e muitos D-SAT, significando que o residente *didn't see a thing*, "não viu coisa alguma", mas uma das indicações tinha várias linhas.

> O residente Earl Mitchell (caucasiano, n. 13/4/61) teve insônia e foi à cozinha pegar uma garrafa d'água. As janelas do fundo da residência dão vista para os fundos e a lateral do Chateau Marmont. O residente disse que notou um homem descendo a escada de incêndio. O residente foi até sua luneta na sala e olhou para o hotel. O homem na saída de incêndio não foi mais visto. O residente não ligou para o DP. O residente afirmou que presenciou o ocorrido por volta da 0h40, que era o horário marcado no relógio do quarto quando decidiu se levantar para beber água. Pelo que consegue se lembrar, o residente acredita que o elemento na saída de incêndio estava entre o quinto e o sexto andar, e descendo, quando o avistou.

Bosch não sabia se fora Crate ou Barrel quem escrevera o relatório. Fosse quem fosse, empregara frases secas, abruptas, mas não era nenhum Hemingway. O redator pura e simplesmente empregara a regra policial do KISS, "Keep It Simple, Sherlock" — mantenha a simplicidade, gênio! Quanto menos palavras em um relatório, menor a brecha para um ataque vindo de algum chato ou de um advogado.

Bosch pegou seu celular e ligou para Jerry Solomon. Quando Solomon atendeu, parecia estar em um carro com o vidro aberto.

— É o Bosch. Estou lendo o relatório aqui e preciso perguntar umas coisas.

— Dá para esperar dez minutos? Estou no carro e com outras pessoas. Civis.

— Seu parceiro está junto com você ou eu posso ligar para ele?

— Não, ele está aqui comigo.

— Que beleza. Os dois saíram para almoçar?

— Olha, Bosch, a gente não...

— Um de vocês me liga assim que voltar para o esquadrão.

Harry fechou o telefone e se concentrou no segundo relatório. Esse enumerava o trabalho policial feito entre os hóspedes do hotel e estava redigido da mesma maneira que o anterior, apenas com números de quarto em lugar de endereços. Mais uma vez, via-se um monte de NBH e D-SAT. Mas em todo caso haviam realmente conseguido falar com o sujeito que se registrara no hotel logo depois de Irving.

> Thomas Rapport (caucasiano, n. 21/7/56, residente em NYC) chegou ao hotel vindo do aeroporto às 21h40. Lembra-se de ver George Irving na recepção. Não dirigiram a palavra um ao outro e Rapport não voltou a ver Irving. Rapport é escritor e está na cidade para reuniões de roteiro nos estúdios da Archway Pictures. Confirmado.

Outro relatório absolutamente incompleto. Bosch olhou o relógio. Haviam se passado vinte minutos desde que Solomon dissera que precisava de dez minutos. Harry pegou o celular e ligou outra vez.
— Achei que você tivesse dito que ia me ligar em dez minutos — disse ele, sem nenhum preâmbulo.
— Achei que você tivesse dito que ia me ligar — retrucou Solomon, num tom fingido de confusão.
Bosch fechou os olhos por um segundo e deixou que a frustração passasse. Não valia a pena entrar nessa com um macaco velho como Solomon.
— Tenho umas perguntas sobre os relatórios que vocês me mandaram.
— Manda bala. Você é o chefe.
Conforme a conversa continuava, Bosch abriu a gaveta e pegou um furador. Começou a abrir furos nos relatórios que imprimira e a enfiar as folhas nos anéis metálicos do fichário azul. Havia qualquer coisa de reconfortante em montar o *murder book* enquanto tinha de lidar com Solomon.
— Ok, antes de mais nada, sobre esse tal de Mitchell que viu o homem na saída de incêndio, ele deu um bom motivo para o sujeito desaparecer? Sabe, ele vê o cara entre o quinto e o sexto andares, depois vai até a luneta e o outro some. O que aconteceu entre o primeiro e o quarto andar?
— Muito simples. Ele disse que na hora em que conseguiu apontar a luneta e acertar o foco, o homem tinha sumido. Dava para ter descido até o fim da escada ou ele podia ter entrado em qualquer um dos andares.
Bosch quase lhe perguntou por que isso não estava no relatório, mas ele sabia o motivo, assim como sabia por que a morte de George Irving teria sido descartada como um suicídio com Crate e Barrel encarregados da investigação.
— Como a gente sabe que não era o Irving? — Bosch perguntou.

A pergunta o pegou de surpresa e Solomon levou um momento para responder.

— Acho que não tem como. Mas o que o Irving podia estar fazendo ali fora, na escada?

— Eu não sei. Foi feita alguma descrição? Roupas, cabelo, raça?

— O cara estava longe demais para ter certeza sobre qualquer detalhe desses. Ele achou que o homem era branco e ficou com a impressão de que devia ser alguém da manutenção. Sabe, um funcionário do hotel.

— À meia-noite? O que fez ele pensar assim?

— Ele disse que a calça e a camisa eram da mesma cor. Sabe, tipo um uniforme.

— Que cor?

— Cinza-claro.

— Você checou com o hotel?

— Checar o que com o hotel?

O falso tom de incompreensão voltou à sua voz.

— Porra, Solomon, para de bancar o idiota. Você checou se tinha algum motivo para alguém do hotel estar trabalhando na saída de incêndio? Perguntou qual a cor do uniforme que os caras da manutenção usam?

— Não, Bosch, não perguntei. Não tinha por quê. O cara estava descendo a escada de incêndio pelo menos duas a quatro horas antes que o nosso cara se jogasse. Uma coisa não tem nada a ver com a outra. Foi uma completa perda de tempo você ter mandado a gente pegar esses depoimentos. Isso sim foi idiota.

Bosch sabia que, se perdesse a calma com Solomon, o detetive seria completamente inútil pelo resto da investigação. Ele não estava pronto ainda para prescindir da ajuda. Mais uma vez, foi em frente.

— Ok, no outro relatório, você conversou com o escritor, Thomas Rapport. Tem mais algum detalhe do motivo para ele estar em Los Angeles?

— Sei lá, ele é tipo um roteirista famoso. O estúdio hospedou ele num daqueles bangalôs no fundo, onde o Belushi morreu. A diária é dois paus e o cara disse que ia ficar na cidade a semana toda. Disse que está reescrevendo um roteiro.

Pelo menos ele respondeu uma pergunta antes que Bosch tivesse de fazê-la: quanto tempo teriam acesso local a Rapport se precisassem contatá-lo.

— Então, o estúdio bancou uma limusine? Como ele chegou ao hotel?

— Ãhn... não, ele pegou um táxi no aeroporto. O avião chegou antes do horário e o carro do estúdio ainda não tinha chegado, daí ele pegou um táxi.

Disse que foi por isso que Irving ficou na frente dele para se registrar na recepção. Eles chegaram na mesma hora, mas Rapport teve de esperar o taxista imprimir um recibo e o outro demorou uma vida. Ele meio que ficou puto com isso. Tinha vindo da Costa Leste e estava pregado. Queria ir logo para o bangalô.

Bosch sentiu uma breve inquietação por dentro. Era uma mistura de instinto e de saber que havia um motivo para as coisas acontecerem no mundo. A verdade se revelava aos justos. Ele com frequência tinha essa sensação no momento em que tudo se encaixava em um caso.

— Jerry — ele disse —, por acaso Rapport informou em que empresa de táxi ele foi para o hotel?

— Você quer dizer, que tipo de táxi?

— É, você sabe, Valley Cab, Yellow Cab, que empresa? O que diz na porta do táxi.

— Ele não disse, mas o que isso tem a ver?

— Talvez nada. Você pegou o celular desse cara?

— Não, mas ele vai ficar no hotel durante uma semana.

— Certo. Eu ouvi. Vamos fazer o seguinte, Jerry, quero que você e seu parceiro voltem ao hotel e perguntem sobre o homem na escada de incêndio. Descubram se tinha alguém trabalhando lá fora nessa noite que poderia ser o homem na escada. E descubra que uniforme eles usam, também.

— Que isso, Bosch. Foram pelo menos duas horas antes que Irving caísse. Provavelmente mais.

— Não me interessa se forem dois dias, quero vocês lá fazendo as perguntas. Me manda o relatório quando terminarem. Hoje à noite.

Bosch desligou. Virou e olhou para Chu.

— Deixa eu ver a pasta da franquia de táxi, cliente de Irving.

Chu olhou para a pilha de pastas e deu uma para Bosch.

— O que está rolando? — perguntou Chu.

— Por enquanto nada. No que você está trabalhando?

— O seguro. Até agora, tudo dentro dos conformes. Mas preciso fazer uma ligação.

— Eu também.

Bosch pegou o telefone em sua mesa e ligou para o Chateau Marmont. Estava com sorte. Quando foi transferido para o bangalô de Thomas Rapport, o escritor atendeu.

— Senhor Rapport, aqui é o detetive Bosch do DPLA. Tenho umas perguntas adicionais referentes à entrevista que o senhor deu para meus colegas anteriormente. Está podendo falar agora?

— Hm, na verdade, não. Estou bem no meio de uma cena.
— Uma cena?
— Uma cena de filme. Estou escrevendo uma cena de filme.
— Entendo, mas isso só vai levar uns minutos e é muito importante para a investigação.
— O cara pulou ou foi empurrado?
— A gente ainda não sabe ao certo, mas se o senhor puder responder algumas perguntas, vamos ficar mais próximos de saber.
— Vai em frente, detetive. Estou à disposição. Pela sua voz, imagino que o senhor seja meio parecido com o Columbo.
— Perfeito, senhor. Posso começar?
— Claro, detetive.
— O senhor chegou ao hotel no domingo à noite de táxi, correto?
— Sim, isso mesmo. Vim direto do LAX. Era para a Archway mandar me buscar, mas cheguei mais cedo e não tinha carro. Não quis esperar, então peguei um táxi.
— Por acaso se lembra do nome da empresa de táxi que usou?
— Empresa? Quer dizer Checker Cab ou algo assim?
— Isso mesmo. Temos diversas empresas com licença para operar na cidade. Estou tentando descobrir o nome escrito na porta do seu táxi.
— Lamento. Não sei. Tinha uma fila de táxis e eu entrei no primeiro.
— Lembra de que cor ele era?
— Não. Só lembro que estava sujo por dentro. Eu deveria ter esperado o carro do estúdio.
— O senhor informou aos detetives Solomon e Glanville que demorou um pouco quando chegou ao hotel porque ficou esperando o motorista imprimir um recibo. O senhor tem esse recibo à mão?
— Um minuto.

Enquanto Bosch aguardava, ele abriu a pasta da franquia de táxi de Irving e começou a folhear os documentos. Encontrou o contrato que Irving firmara com a Regent cinco meses antes, depois achou uma carta endereçada à junta de franquia da cidade. Ela informava à municipalidade que a Regent Taxi estaria competindo pela franquia de Hollywood quando chegasse a hora da renovação, no ano seguinte. A carta listava ainda as questões de "desempenho e confiança" referentes à atual detentora da franquia, a Black & White Taxi. Antes que Bosch tivesse tempo de chegar ao fim do texto, Rapport voltou ao telefone.

— Estou com ele aqui, detetive. Foi a Black and White. Esse era o nome da empresa.

— Obrigado, senhor Rapport. Tenho uma última pergunta. Diz aí no recibo o nome do motorista?

— Áhn... hmm... ãhn, não, só diz o número. Motorista número vinte e seis. Ajuda?

— Ajuda. Ajuda muito. Agora, o quarto onde o senhor está hospedado é muito bom, não é?

— É ótimo. Sabe quem morreu aqui?

— Sei, sei. Mas o motivo de eu perguntar é: o senhor sabe me dizer se o quarto está equipado com máquina de fax?

— Sei, com certeza, acabei de usar o fax para mandar umas páginas, faz uma hora. O senhor quer que eu envie esse recibo por fax?

— Exato.

Bosch lhe deu o número do fax na sala da tenente. Ninguém poderia olhar o recibo, a não ser Duvall.

— Vou mandar assim que desligar, tenente — disse Rapport.

— É detetive.

— Eu esqueço que não estou falando com o Columbo.

— Não, senhor, não está. Mas preciso perguntar só mais uma coisinha.

Rapport deu risada.

— Vai em frente.

— O espaço da garagem onde o senhor entrou é meio apertado. O táxi parou na frente do carro de Irving ou foi o contrário?

— O contrário. Nós paramos logo atrás dele.

— Então quando Irving desceu do carro, o senhor o viu?

— Vi, ele parou um instante e deu as chaves para o manobrista. O manobrista escreveu o nome dele num recibo, destacou a parte de baixo e deu para ele. Como sempre fazem.

— Seu motorista viu isso?

— Não sei, mas ele tinha uma visão melhor pelo para-brisa do que eu ali no banco de trás.

— Obrigado, senhor Rapport, e boa sorte com a cena que o senhor está escrevendo.

— Espero ter ajudado.

— Ajudou.

Bosch desligou e enquanto esperava a chegada do fax ligou para a gerente de George Irving, Dana Rosen, perguntando sobre a carta para a junta de franquia da cidade que estava no arquivo da Regent Taxi.

— Isso aqui é uma cópia ou o original que ainda não tinha sido enviado? — perguntou.

— Ah, não, ela foi enviada. Enviamos individualmente para todos os membros da junta. Era o primeiro passo em anunciar os planos de concorrer à franquia de Hollywood.

Bosch estava olhando para a carta enquanto falavam. A data era de duas semanas antes, numa segunda.

— Houve alguma resposta para isso? — ele perguntou.

— Ainda não. Teria ido para o arquivo, se tivesse.

— Obrigado, Dana.

Bosch desligou e voltou a folhear a pasta da Regent. Encontrou uma quantidade de papéis presos com um clipe que deviam ter sido a fonte usada por Irving para as alegações contidas na carta. Havia a cópia de um artigo saído no *Times* relatando que o terceiro motorista da Black & White em quatro meses fora preso por dirigir embriagado quando operava um táxi. A matéria informava também que um motorista da B&W fora indiciado por um acidente que acarretou graves ferimentos a um casal que estava no banco de trás do carro, um pouco antes nesse mesmo ano. Os papéis continham ainda cópias dos boletins de ocorrência nas detenções por embriaguez e um punhado de violações do trânsito cometidas pelos motoristas da empresa. Todo tipo de infração, indo de passar o sinal vermelho a parar em fila dupla, que provavelmente nada mais eram que uma coisa rotineira e consequência de se estar alcoolizado ao dirigir.

Os documentos tornaram fácil para Bosch ver por que Irving achara a B&W vulnerável. Obter a franquia de Hollywood provavelmente ia ser o negócio mais fácil que ele já fizera.

Bosch passou os olhos bem rápido pelos BOs, mas ficou com uma pulga atrás da orelha. Ele notou que em todos eles o campo de preenchimento do responsável pela detenção fora preenchido com o mesmo número de distintivo. Três ocorrências espaçadas ao longo de quatro meses. Parecia mais do que uma coincidência que o mesmo policial tivesse feito todas as três autuações. Bosch sabia que era concebível que o número de distintivo simplesmente pertencesse ao policial encarregado de ministrar os testes de bafômetro na Divisão de Hollywood depois que os motoristas tivessem sido trazidos sob custódia por outros policiais. Mas mesmo isso teria sido incomum e estranho ao procedimento.

Ele pegou o telefone e ligou para o RH do departamento. Deu seu nome e número e disse que precisava identificar o número de outro distintivo. Foi transferido para uma funcionária administrativa que verificou no computador e lhe forneceu o nome, patente e divisão.

— Robert Mason, P-três, Hollywood.

Como em Bobby Mason. O velho amigo de George Irving — até recentemente.

Bosch agradeceu a mulher e desligou. Anotou a informação que acabara de obter e então refletiu. Não podia descartar como mera casualidade o fato de que Mason fizera três autuações por embriaguez ao volante de taxistas da B&W num período em que aparentemente ainda tinha amizade com o homem que representava um rival da B&W na franquia de Hollywood.

Ele circulou o nome de Mason em suas anotações. O policial de patrulha definitivamente era alguém com quem Bosch pretendia ter uma conversa. Mas ainda não. Bosch precisava saber muito mais do que sabia no momento antes de se arriscar a abordá-lo.

Ele foi em frente e a seguir examinou os sumários de prisão, contendo a causa provável de detenção dos taxistas. Em todas as ocorrências o motorista fora observado dirigindo erraticamente. Num dos casos, o sumário observava que uma garrafa de Jack Daniel's esvaziada até a metade fora encontrada sob o banco do motorista.

Bosch notou que o relatório não mencionava o tamanho da garrafa e por um momento ruminou sobre a escolha de palavras *esvaziada até a metade* em lugar de *cheia até a metade* e as diferentes interpretações que uma descrição podia evocar. Mas então Chu rolou sua cadeira até lá e se curvou sobre a mesa.

— Harry, pelo jeito você farejou alguma coisa.

— É, pode ser. Que tal a gente dar uma volta?

18

A Black & White Taxi ficava localizada em Gower, no lado sul do Sunset. Era um bairro industrial cheio de negócios que funcionavam para a indústria cinematográfica. Depósitos de figurinos, lojas de câmeras, lojas de objetos de cena. A B&W ficava em um de dois estúdios de som que pareciam velhos e dilapidados. A empresa de táxi operava em um e o outro funcionava como guarda-veículos e aluguel de carros para filmes. Bosch estivera no guarda-veículos antes, em outro caso. Ele ficara ali passeando por um tempo. Era como um museu, com todos os carros que um dia tinham cativado sua imaginação quando era apenas um adolescente.

As duas portas de hangar da B&W estavam completamente abertas. Bosch e Chu entraram. No instante de ofuscação em que seus olhos se ajustavam à transição da luz do sol para as sombras, quase foram atropelados por um táxi de saída para a rua. Deram um pulo e deixaram que o Impala xadrez passasse entre eles.

— Babaca — disse Chu.

Havia carros estacionados e carros erguidos no macaco, sendo consertados por mecânicos em uniformes sujos de graxa. Nos fundos do amplo espaço, havia duas mesas de piquenique junto a algumas máquinas de salgadinhos e refrigerantes. Um punhado de motoristas matava o tempo ali, à espera de que seus veículos passassem pela inspeção dos mecânicos.

À direita deles havia um pequeno escritório envidraçado, mas cujos vidros estavam tão sujos que ficaram opacos. Atrás deles, porém, Harry pôde ver formas em movimento. Ele sinalizou a Chu para irem para lá.

Bosch bateu uma vez na porta e entrou sem esperar resposta. A sala tinha três mesas, cada uma em uma parede, e elas estavam abarrotadas de papéis. Duas delas eram ocupadas por homens que não se viraram para ver quem entrara. Ambos usavam um headset no ouvido. O homem à direita estava despachando um carro para apanhar um passageiro no Roosevelt Hotel. Bosch esperou que terminasse.

— Com licença — ele disse.

Os dois homens viraram para olhar para eles. Bosch já sacara o distintivo e o mostrava.

— Preciso fazer umas perguntas.

— Bom, estamos trabalhando por aqui e não...

Um telefone tocou e o homem da esquerda apertou um botão em sua mesa para ativar seu headset.

— Black and White... Isso mesmo, senhora, de cinco a dez minutos. Quer que a gente ligue quando chegar?

Ele escreveu algo em um Post-it amarelo, destacou o papel do bloco e o passou ao operador, para que enviasse a mensagem pelo rádio e mandasse um carro ao endereço.

— O carro já está a caminho, senhora — disse, então apertou o botão em sua mesa para encerrar a ligação.

Girou em sua cadeira para encarar Bosch e Chu.

— Estão vendo? — ele disse. — A gente não tem tempo nenhum para as trambicagens de vocês.

— E que trambicagem seria essa?

— Sei lá que histórias vocês vão inventar hoje. A gente sabe o que vocês andam tramando.

Outra ligação chegou e o pedido foi anotado e passado ao operador. Bosch se posicionou no vão entre as duas mesas. Se o cara que pegava as ligações quisesse dar um amarelinho ao outro, teria de fazer isso através do corpo de Bosch.

— Não sei do que você está falando — disse Bosch.

— Ótimo, então eu também não sei — disse o sujeito das ligações. — Vamos deixar por isso mesmo. Tenham um bom-dia.

— Só que eu ainda tenho umas perguntas para fazer.

O telefone zumbiu de novo, mas dessa vez, quando o homem fez menção de atender, Bosch foi mais rápido. Ele apertou o botão uma vez para conectar, depois mais uma para desconectar.

— Que porra é essa, cara? A gente precisa trabalhar aqui.

— Eu também preciso trabalhar. Eles que liguem para alguma outra empresa. Quem sabe a Regent Cab cuida deles.

Bosch ficou esperando uma reação e viu os lábios do homem se retesarem.

— Certo, quem é o motorista vinte e seis?

— A gente não dá número para os motoristas. Os carros têm número.

Seu tom procurou dar a entender que aquela era a dupla de policiais mais estúpida com que já lidara.

— Então me diga quem estava dirigindo o carro vinte e seis às nove e meia da noite no domingo.

O homem se reclinou para trás e desviou de Bosch, de modo a conseguir olhar para o seu colega operador, e ambos trocaram uma mensagem silenciosa.

— Você tem um mandado aí? — perguntou o operador. — Ninguém vai dar um nome assim, sem mais nem menos, para vocês saírem por aí inventando mais um motivo fajuto para prender um taxista nosso.

— Não preciso de mandado — disse Bosch.

— Não precisa o caralho! — exclamou o operador.

— O que eu preciso é da cooperação de vocês e se eu não tiver, essas autuações por embriaguez que estão deixando vocês de cabeça quente vão ser o menor dos seus problemas. E no fim, eu ainda vou conseguir o que eu quero. Então melhor decidir desde já como vão querer fazer.

Os dois homens da B&W olharam um para o outro novamente. Bosch olhou para Chu. Se o blefe não funcionasse, talvez precisassem pegar um pouco mais pesado. Bosch olhou o rosto de Chu para ver se ele dava alguma mostra de que daria para trás. Mas não.

O operador abriu um fichário que estava no canto de sua mesa. Do ângulo em que estava, Bosch pôde ver que era algum tipo de cronograma. Ele retrocedeu três páginas, até domingo.

— Muito bem, Hooch Rollins estava com esse carro no domingo à noite. Agora vão embora, vocês dois.

— Hooch Rollins? Qual o nome dele de verdade?

— Caralho, como a gente vai saber?

Era o operador. Bosch estava começando a ficar bastante irritado com o sujeito. Dando um passo, ele se aproximou e olhou para o homem. O telefone zumbiu.

— Não atende — disse Bosch.

— Você está fodendo com a gente aqui, cara!

— Vão ligar de volta.

Bosch continuou encarando o operador.

— Hooch Rollins está trabalhando neste momento?

— Está, ele está fazendo turno dobrado hoje.

— Certo, operador, pega o rádio e chama ele de volta aqui.

— Sei, e o que eu vou dizer pra convencer ele a fazer isso?

— Você diz pra ele que precisa trocar o carro dele. Diz pra ele que tem um melhor para ele pegar. Acabou de chegar no caminhão.

— Ele não vai acreditar nisso. A gente não está esperando caminhão nenhum. Nosso negócio está quase fechando as portas, graças a vocês.

— Dá um jeito dele acreditar.

Bosch olhou feio para o homem, que virou para seu microfone e chamou Hooch Rollins de volta à base.

Bosch e Chu saíram da sala e conversaram sobre o que fariam quando Rollins aparecesse. Decidiram esperar até ele descer do carro, antes de abordá-lo.

Minutos mais tarde um táxi surrado, que devia estar havia pelo menos um ano sem passar sequer pelo lava-rápido, chegou ao galpão. O sujeito que o dirigia usava um chapéu de palha. Ele desceu e disse, a ninguém em particular:

— Cadê minha caranga nova?

Bosch e Chu se aproximaram, cada um de um lado. Quando chegaram perto o suficiente para conter Rollins, caso necessário, Bosch falou:

— Senhor Rollins? Somos do DPLA e precisamos lhe fazer algumas perguntas.

Rollins pareceu confuso. Então uma expressão de lutar ou fugir passou por seu rosto.

— O quê?

— Eu disse que precisamos lhe fazer algumas perguntas.

Bosch mostrou o distintivo, para que ele soubesse que era assunto oficial e para formalizar a situação. Ninguém podia fugir da lei.

— O que foi que eu fiz?

— Até onde a gente sabe, nada, senhor Rollins. Queremos conversar sobre algo que o senhor pode ter visto.

— Vocês não vão me sacanear como fizeram com os outros caras, vão?

— A gente não sabe nada sobre isso. Queira por favor nos acompanhar até a central de polícia de Hollywood, assim a gente pode conversar num lugar sossegado.

— Estou sendo preso?

— Não, agora não. Estamos contando com a boa vontade do senhor para cooperar e responder algumas perguntas. Vamos trazê-lo de volta assim que terminar.

— Cara, se eu for com vocês, estou deixando de ganhar dinheiro aí fora.

Bosch estava quase perdendo a paciência.

— Não vamos demorar muito, senhor Rollins. Será melhor se cooperar conosco.

Rollins pareceu assimilar o tom de voz de Bosch e se dar conta de que teria de ir de qualquer maneira, por bem ou por mal. O pragmatismo das ruas que havia nele o levou a preferir que fosse por bem.

— Certo, vamos resolver isso logo. Vocês não vão me algemar nem nada assim, vão?

— Sem algemas — disse Bosch. — Contamos com sua colaboração.

A caminho, Chu foi no banco traseiro junto com Rollins, sem algemas, e Bosch ligou para a Divisão de Hollywood ali perto e reservou de antemão uma sala de interrogatório no departamento dos detetives. Era um trajeto de cinco minutos e logo estavam conduzindo Rollins a uma sala de três por três com uma mesa e três cadeiras. Bosch o orientou a sentar do lado com uma só cadeira.

— Quer alguma coisa antes de começar? — perguntou Bosch.

— Que tal uma Coca e um baseado, para relaxar?

Ele começou a rir. Os detetives, não.

— Vamos ficar só na Coca — disse Bosch.

Enfiou a mão no bolso para pegar algum trocado e separou quatro moedas de vinte e cinco centavos na palma da mão. Deu-as para Chu. Como Chu era o parceiro mais novo, cabia a ele ir até as máquinas de refrigerante no corredor do fundo.

— Então, Hooch, por que a gente não começa por você me dizer seu verdadeiro nome completo?

— Richard Alvin Rollins.

— De onde veio esse apelido, Hooch?

— Sei lá, cara, eu sempre tive, só isso.

— O que você quis dizer lá na empresa quando disse que não queria ser sacaneado como os outros?

— Não quis dizer nada, cara.

— Quis sim. Você disse isso. Então eu quero saber quem está sendo sacaneado. Você me diz e a coisa não sai daqui.

— Ah, cara, você sabe. É só que pelo jeito eles estão vindo com tudo pra cima da gente, de uma hora pra outra, pegando a gente por embriaguez e esse negócio todo.

— E você acha que isso foi armado?

— Ah, cara, é a maior sujeira, politicagem. O que você esperava? Quer dizer, olha só o que eles fizeram com aquele desgraçado daquele armênio.

Bosch lembrou que um dos motoristas detidos se chamava Hratch Tartarian. Presumiu que era a ele que Rollins se referia.

— O que tem ele?

— O cara tava simplesmente ali parado no ponto esperando passageiro e os caras encostam a viatura e mandam ele descer do carro. Ele se recusa a admitir qualquer coisa, mas daí eles acham a garrafa embaixo do banco e o cara se estrepou. Aquela garrafa, parceiro, está sempre ali. Ela fica ali o tempo todo, e ninguém tá dirigindo bêbado. Você dá uns goles à noite, só pra esquentar. Mas todo mundo quer saber como aqueles policiais sabiam da garrafa, saca?

Bosch recostou em sua cadeira e tentou entender e decifrar o que havia sido dito. Chu voltou e pôs uma lata de Coca na frente de Rollins. Depois sentou no canto da mesa, à direita de Bosch.

— Esse complô para enquadrar vocês, quem está por trás? Quem dá as cartas?

Rollins ergueu as mãos, num gesto significando *Não está na cara?*

— É o vereador, e ele simplesmente deixa o filho dele fazer o serviço sujo e dar as cartas. Quer dizer, deixava. Agora o cara já era.

— Como você sabe disso?

— Eu leio jornal. Todo mundo sabe disso.

— Você alguma vez viu o filho dele? Em pessoa?

Rollins ficou sem falar por um longo momento. Sua cabeça provavelmente estava operando, dançando em volta da armadilha preparada para ele. Decidiu dizer a verdade.

— Por uns dez segundos. Levei um passageiro domingo até o Chateau e vi ele entrando. Só.

Bosch balançou a cabeça.

— Como você sabia quem era?

— Porque eu vi uma foto dele.

— Onde? No jornal?

— Não, alguém tinha uma foto dele depois que a gente recebeu a carta.

— Que carta?

— Pra B & W, cara. A gente recebeu uma cópia da carta do tal do Irving, informando a público que eles iam vir atrás da nossa licença. Eles iam fechar nossas portas. Alguém lá do escritório procurou o filho da puta no Google. Imprimiram a foto e mostraram pra todo mundo. Estava no quadro de avisos com a carta. Queriam que os motoristas soubessem o que estava rolando e o que estava em jogo. Que aquele cara vinha pra cima da gente e que era melhor a gente se preparar para andar na linha e não fazer nenhuma cagada.

Bosch compreendeu a estratégia.

— Então você o reconheceu quando parou o carro no Chateau Marmont, no domingo à noite.

— É isso aí. Eu sabia que ele era o babaca tentando acabar com nosso trampo.

— Bebe um pouco da sua Coca.

Bosch precisou interromper para pensar a respeito. Enquanto Rollins abria a lata e começava a beber, Harry pensou na sequência seguinte de perguntas. Havia uma série de coisas acontecendo ali que ele não previra.

Rollins deu um longo gole e pousou a lata.

— Quando você largou o turno no sábado à noite? — perguntou Bosch.

— Não larguei. Preciso fazer horário dobrado, porque minha mina vai ter bebê e a gente não tem plano de saúde. Peguei outro turno, como estava fazendo hoje, e trabalhei direto até amanhecer. Segunda.

— O que você estava usando naquela noite?

— Que porra é essa, cara? Você disse que eu não sou suspeito.

— Não é, contanto que continue a responder as perguntas. O que você estava usando, Hooch?

— O de sempre. Minha camisa Tommy Bahama e a calça safári. Você fica sentado naquele carro dezesseis horas e precisa se sentir confortável.

— De que cor era a camisa?

Ele fez um gesto para seu peito.

— Essa camisa.

Era amarela brilhante, com motivos de surfe estampados. Bosch tinha certeza de uma coisa. Era uma Tommy Bahama genérica, não o artigo legítimo. Fosse como fosse, seria preciso muita imaginação para chamar aquilo de cinza. A menos que Rollins tivesse mudado de roupa, não era o homem na escada de incêndio.

— Então para quem você contou que tinha visto o Irving no hotel? — perguntou Bosch.

— Pra ninguém.

— Tem certeza disso, Hooch? Não vai começar a mentir pra gente agora. Se fizer isso, vai ser mais difícil liberar você.

— Ninguém, cara.

Bosch pôde perceber pela súbita falta de contato olho no olho que Rollins estava mentindo.

— É pena, Hooch. Imaginei que você fosse esperto o suficiente para saber que a gente não ia fazer uma pergunta que já não soubesse a resposta antes.

Bosch ficou de pé. Pôs a mão sob o paletó e tirou as algemas do cinto.

— Só contei para o meu supervisor do turno — disse Rollins, rapidamente. — Tipo, de passagem. Pelo rádio. Eu falei: "Adivinha só quem eu acabei de ver?" Tipo isso.

— Sei, e ele adivinhou que era o Irving?

— Não, eu precisei falar. Mas morreu por aí.

— Seu supervisor perguntou onde você tinha acabado de ver o Irving?

— Não, ele sabia, porque eu tinha informado pelo rádio onde é que eu ia deixar o passageiro. Ele já sabia.

— O que mais você falou para ele?

— Só isso. Foi um papo rápido, mais nada.

Bosch parou para ver se mais alguma coisa viria. Rollins ficou em silêncio, seus olhos fixos nas algemas, na mão de Bosch.

— Ok, Hooch, qual o nome do supervisor do turno com quem você falou no domingo?

— Mark McQuillen. Ele fica no palito à noite.

— Palito?

— Ele é o operador. Mas chamam de palito porque antigamente tinha um microfone ou qualquer coisa assim que ficava em cima da mesa. A haste do microfone. Sabe, alguém me falou que o cara já foi tira.

Bosch fitou Rollins por um longo momento enquanto situava o nome de McQuillen naquela história. Rollins tinha razão sobre ele ser um ex-policial. E a sensação que Bosch tivera antes sobre as coisas se encaixarem agora voltava. Só que as coisas não estavam mais apenas se encaixando. Estavam se cimentando. Mark McQuillen era um nome vindo do passado. Tanto de Bosch como do departamento.

Bosch finalmente voltou de seus pensamentos e olhou para Rollins.

— O que McQuillen disse quando você falou que viu o Irving?

— Nada. Acho que perguntou se o cara ia se hospedar no hotel.

— E o que você falou para ele?

— Que achava que sim. Quer dizer, ele estava deixando o carro na garagem. A garagem é muito pequena; só hóspede pode parar ali. Se você só vai no bar ou qualquer coisa assim, precisa usar o valet do lado de fora.

Bosch balançou a cabeça. Rollins tinha razão sobre isso.

— Ok, a gente vai levar você, agora, Hooch. Se contar para alguém o que a gente conversou aqui, vou ficar sabendo. E prometo a você que se isso acontecer, a coisa vai feder para o seu lado.

Rollins ergueu as mãos, pedindo paz.

— Por mim tá combinado, cara.

19

Depois de deixarem Rollins, eles pegaram o caminho do centro, para voltar ao PAB.

— E aí, McQuillen — disse Chu, como Bosch já esperava. — Quem é ele? Deu pra perceber que você já ouviu esse nome antes.

— Como disse Hooch, um ex-policial.

— Mas você conhece o cara? Ou conheceu?

— Sei quem é. Nunca vi pessoalmente.

— Bom, qual é a história?

— Foi um policial sacrificado no altar dos panos quentes. Perdeu o emprego por fazer exatamente o que ensinaram que era para fazer.

— Para de falar em código, Harry. O que está acontecendo?

— O que está acontecendo é que preciso subir até o décimo andar para conversar com alguém.

— O chefe?

— Não, não o chefe.

— E essa é mais uma daquelas ocasiões em que você não vai contar porra nenhuma pro seu parceiro enquanto não estiver a fim.

Bosch não respondeu. Estava digerindo as informações que obtivera.

— *Harry!* Estou falando com você.

— Chu, quando a gente voltar, quero que comece a pesquisar um apelido.

— Quem é?

— Um sujeito que atendia pelo nome de Chill na região de North Hollywood/Burbank, uns vinte e cinco anos atrás.

— Puta que pariu. Você está falando sobre o outro caso agora?

— Quero que encontre esse cara. As iniciais dele são C. H., e as pessoas chamavam ele de Chill. Só pode ser uma variação do nome.

Chu abanou a cabeça.

— Chega, cara, depois dessa, pra mim chega. Não consigo trabalhar desse jeito. Vou conversar com a tenente.

Bosch só balançou a cabeça.

— "Depois dessa"? Quer dizer que vai fazer a pesquisa que eu pedi, primeiro?

Bosch não ligou antes para deixar Kiz Rider avisada. Simplesmente tomou o elevador para o décimo andar e entrou no conjunto do OCP sem convite nem hora marcada. Topou com duas mesas, cada uma com um assistente atrás. Dirigiu-se ao da esquerda.

— Detetive Harry Bosch. Preciso ver a tenente Rider.

O assistente era um jovem oficial em um uniforme impecável com o nome RIVERA escrito na pequena placa sobre o peito. Ele apanhou uma prancheta na lateral de sua mesa e a examinou por um momento.

— Não tenho nada aqui. A tenente está esperando o senhor? Ela está numa reunião.

— Está.

Rivera pareceu surpreso com a resposta. Teve de checar a prancheta outra vez.

— Por que não senta um minuto, detetive, e vou verificar a disponibilidade dela.

— Vai em frente.

Rivera não se mexeu. Esperou que Bosch se afastasse. Harry foi até algumas cadeiras próximas a uma fileira de janelas que davam para o centro cívico — o inconfundível pináculo da prefeitura ocupava quase toda a vista. Continuou de pé. Quando viu que ele estava a uma distância segura da mesa, Rivera pegou o telefone e fez a ligação, pondo a mão em concha sobre o bocal assim que alguém atendeu na outra ponta. Ele desligou rapidamente, mas nem olhou na direção de Bosch.

Bosch voltou a virar de frente para a janela e olhou para baixo. Viu uma equipe de tevê com a câmera montada na escadaria da prefeitura, à espera da declaração de algum político querendo vender seu peixe. Bosch imaginou se Irving não iria aparecer e descer os degraus de mármore.

— Harry?

Ele virou. Era Rider.

— Queira me acompanhar.

Ele preferia que ela não tivesse usado essa frase. Mas foi atrás quando ela se virou e passou pelas portas duplas para o corredor. Quando ficaram a sós, virou para ele.

— O que está acontecendo? Tem gente na minha sala.

— Precisamos conversar. Já.

— Então converse.

— Não, não aqui, desse jeito. As coisas estão aparecendo. Como eu avisei que ia acontecer. O chefe precisa saber. Quem está na sua sala? É o Irving?

— Não, para de ser paranoico.

— Então por que a gente está conversando aqui?

— Porque tem gente na minha sala e porque foi *você* que exigiu completa confidencialidade nessa história. Me dá dez minutos e me encontra no Charlie Chaplin.

Bosch se afastou e apertou o botão do elevador. Havia apenas o botão para descer.

— A gente se vê lá.

Era uma caminhada de uma quadra até o Bradbury Building. Bosch passou pela porta lateral na Third Street e entrou no saguão da escadaria fracamente iluminado. Havia um banco ali e perto dele uma escultura de Charlie Chaplin como o Vagabundo, seu personagem característico. Bosch sentou na penumbra junto à estátua e esperou. O Bradbury era o edifício mais antigo e mais bonito do centro. Abrigava escritórios particulares e também do DPLA, incluindo a sala de audiências usada pela Corregedoria de Polícia. Era uma escolha estranha para uma conversa sigilosa, mas era o lugar que Bosch e Rider tinham usado no passado. Nenhuma discussão ou combinado foram necessários quando Kiz dissera para encontrá-la no Charlie Chaplin.

Rider estava demorando quase dez minutos além dos dez minutos que pedira, mas por Bosch tudo bem. Ele usara esse tempo para montar o relato que ia fazer a ela. Era complicado e ainda em formação, improvisado, até.

Ele mal terminara de repassar sua história quando sentiu a vibração de uma mensagem de texto chegando em seu celular. Tirou o aparelho do bolso, já imaginando que podia ser de Rider, cancelando o encontro. Mas era de sua filha.

Vou jantar e estudar na casa da Ash. A mãe dela vai fazer pizza. Blz?

Sentiu uma leve pontada de culpa porque a mensagem o deixara com uma sensação de alívio. Sem precisar se preocupar com sua filha pelo resto do dia, tinha mais tempo para trabalhar em seus casos. Significava também que podia ver Hannah Stone outra vez se pudesse pensar numa razão investigativa viável. Enviou uma mensagem de volta dizendo que tudo bem, mas disse a sua filha para estar em casa às dez. Disse que era para ela ligar se precisasse de uma carona.

Bosch estava pondo o celular no bolso quando Rider chegou, hesitou um segundo enquanto seus olhos se ajustavam à penumbra e depois sentou ao lado dele.

— Oi — ela disse.

— Oi.

Ele aguardou um momento para que se acomodasse, mas ela não queria perder tempo.

— Então?

— Está preparada?

— Claro. Olha eu aqui. Conta logo.

— Bom, é mais ou menos o seguinte. George Irving tem uma firma de consultoria que na verdade é uma firma de influência. Ele vende a influência, a ligação com o pai dele e o favorecimento de ter um pai que faz parte da câmara da cidade. Ele...

— Você tem alguma evidência documentada disso?

— No momento é só uma história, Kiz, e estamos só você e eu aqui. Deixa eu contar e depois que eu terminar você pode fazer as perguntas.

— Então continua.

A porta da Third abriu e um policial uniformizado entrou, tirou os óculos escuros e olhou em volta, a visão ofuscada no começo e depois focando em Bosch e Rider e acertadamente percebendo que os dois eram representantes da lei.

— Fica aqui a audiência da Corregedoria? — perguntou.

— Terceiro andar — disse Rider.

— Obrigado.

— Boa sorte.

— Vamos ver.

Bosch aguardou até o policial deixar o saguão lateral e virar para o saguão principal, onde ficavam os elevadores.

— Ok. Então George trafica influência com a câmara e por extensão com todas as diferentes juntas que a câmara nomeia. Em alguns casos, ele pode fazer até mais do que isso. Ele pode virar o jogo.

— Não entendo. Como assim?

— Você sabe como funcionam as franquias de táxi na cidade?

— Não faço a menor ideia.

— Por zonas geográficas e com contratos de dois anos. Você tem uma revisão a cada dois anos.

— Certo.

— Então eu não sei quem procura quem, se o George vai atrás deles ou se eles vão atrás do George, mas tem uma empresa franqueada em South L.A. chamada Regent Taxi e eles contratam o George para ajudar a conseguir uma franquia mais lucrativa em Hollywood, onde estão os hotéis de ponta e os turistas, e onde dá para ganhar muito dinheiro. A atual franqueada é a Black and White Taxi.

— Acho que sei o rumo que isso está tomando. Mas o vereador Irving não teria de ser transparente nesse negócio? Haveria um conflito de interesse se ele votasse em alguma empresa representada pelo filho.

— Claro que sim. Mas o primeiro voto é com a Junta de Franquia de Táxi, e quem põe as pessoas na junta? A câmara. E quando logo depois chega a hora da ratificação da câmara, claro, Irving muito nobremente cita conflito de interesses e se abstém de votar, e tudo parece completamente limpo. Mas e os acordos por baixo dos panos? "Você vota no meu quando eu me abstiver e da próxima vez eu voto no seu." Você sabe o que rola, Kiz. Mas o que George oferece é ainda mais seguro. Ele oferece um serviço completo, digamos assim. A Regent diz, certo, a gente quer o pacote completo, e um mês depois que ele é contratado pela Regent, as coisas começam a sair dos eixos com a atual franqueada, a B&W.

— O que você quer dizer com "sair dos eixos"?

— Estou tentando explicar pra você. Menos de um mês depois que o George Irving é contratado pela Regent, os taxistas da B&W começam a tomar flagrante por embriaguez ao volante e a receber multas de trânsito, e de repente a empresa fica com uma péssima imagem.

— Quantas prisões?

— Três, a primeira ocorrência um mês depois que o Irving fechou contrato. E então teve um acidente em que o motorista da B&W foi considerado culpado. Houve várias infrações de trânsito — todas passando a impressão de direção perigosa. Excesso de velocidade, passar no sinal vermelho, não respeitar placas de "pare".

— Acho que o *Times* escreveu sobre isso. Sobre as DUIs, pelo menos.

— É, estou com a matéria comigo e tenho quase certeza de que foi George Irving quem deu o toque para eles. Era tudo parte de um plano organizado para conseguir a franquia de táxi de Hollywood.

— Então você está dizendo que o filho procurou o pai e disse para ele pôr uma pressão na B&W? Daí o pai mexe os pauzinhos dentro do departamento?

— Ainda não tenho certeza absoluta de como funciona. Mas tanto um como outro, pai e filho, ainda têm ligações dentro do departamento. O vereador tem seus partidários e o filho foi policial por cinco anos. Um cara que era muito amigo dele trabalha na patrulha em Hollywood. Estou com todos os boletins de ocorrência envolvendo a B&W e as multas também. O mesmo policial, amigo de George Irving, fez todas as três detenções por DUI e assinou duas multas de trânsito. Um cara chamado Robert Mason. Quais são as probabilidades disso? Ele estar em todos os três flagrantes de embriaguez.

— Pode ter acontecido. Você efetua uma prisão e depois sabe o que procurar daí para a frente.

— Certo, Kiz, se é o que você diz. Um dos taxistas não foi nem detido andando no carro. O cara estava estacionado num ponto em La Brea quando o Mason apareceu.

— Bom, essas prisões foram legítimas ou não? Procedem?

— Procedem, e as prisões foram legítimas, pelo que eu sei. Mas três prisões começando um mês depois que o Irving foi contratado. As DUIs, as multas e o boletim do acidente então passaram a ser o trunfo do requerimento da Regent para a junta de franquia tirar Hollywood da B&W. O negócio foi completamente facilitado para ele e não está cheirando nada bem, Kiz.

Ela finalmente balançou a cabeça, numa admissão tácita do ponto de vista de Bosch.

— Certo, mesmo que eu concorde com você, ainda fica uma pergunta: como tudo isso levou à morte de George Irving? E por quê?

— Não tenho certeza sobre o motivo, mas deixa eu falar sobre...

Bosch parou quando uma súbita elevação de vozes ecoou no saguão principal. Depois de alguns segundos, o silêncio voltou.

— Ok, vamos passar à noite em que Irving mergulhou do hotel. Ele chega de carro às nove e quarenta, dá a chave para o manobrista e sobe até o saguão para fazer o registro. Ao mesmo tempo chega um escritor da Costa Leste chamado Thomas Rapport. Ele vem de táxi do aeroporto e desce bem atrás de Irving.

— Não me diga. Era um táxi da Black and White.

— Puxa, tenente, você devia ter sido detetive.

— Eu tentei, mas meu parceiro era um idiota.

— Eu ouvi dizer. Bom, continuando, era um táxi da B&W e o motorista chegou a reconhecer o Irving quando ele estava entregando o carro na mão do manobrista. A foto dele circulou na garagem da empresa quando uma cópia da carta de requerimento para a junta de franquia foi enviada para a B&W. Esse motorista, um sujeito chamado Rollins, reconhece Irving, pega o rádio e diz: "Adivinha só, acabei de ver o diabo em pessoa", ou qualquer coisa assim. E na outra ponta do rádio está o supervisor do turno. O cara da noite. Ele se chama Mark McQuillen.

Bosch parou e esperou para ver se ela reconhecia o nome. Mas nada.

— McQuillen, como em "McKillin" — ele disse. — Isso não te lembra nada?

O nome não provocou nenhuma reação. Rider abanou a cabeça.

— Antes da sua época — disse Bosch.

— Quem é ele?

— Um ex-policial. Deve ser uns dez anos mais novo que eu. Na época, ele foi o garoto-propaganda da campanha toda contra o negócio da chave de braço. Aquela controvérsia. E foi sacrificado para a turba enfurecida.

— Não estou entendendo, Harry. Que turba enfurecida? Sacrifício do quê?

— Eu falei pra você, eu fui da força-tarefa. A força-tarefa montada para sossegar os cidadãos de South L.A., que diziam que a chave de braço era um assassinato legalizado. Os policiais usavam e morreu um número muito grande de gente na zona sul da cidade. Na verdade não precisavam de uma força-tarefa para mudar a política. Podiam ter simplesmente mudado. Mas em vez disso organizaram a força-tarefa só para poder jogar na mídia a historinha de como o departamento levava a sério o clamor público e se esforçava por reagir à altura.

— Tudo bem, então como isso leva ao McQuillen?

— Eu era só um peixe pequeno na força-tarefa. Um pau para toda obra. Eu cuidava das autópsias. Mas de uma coisa eu sei. As estatísticas batiam com linhas raciais e geográficas. Sem dúvida tinha mais mortes por chave de braço na zona sul. Muito mais afro-americanos morriam do que outras raças. Mas as proporções se equiparavam. Tinha muito mais incidentes envolvendo uso de força na zona sul. Quanto mais confrontos, lutas corpo a corpo, brigas, resistência à prisão, mais você tinha o uso da chave de braço. Quanto mais usavam a chave de braço, mais mortes você tinha. A matemática era simples. Mas nada é simples quando tem política racial envolvida.

Rider era negra e crescera em South L.A. Mas Bosch estava conversando com ela com absoluta franqueza, de tira para tira, e não havia nenhum constrangimento em relatar a história. Eles haviam sido parceiros e cooperado como dupla sob pressões extremas. Rider conhecia Bosch tão bem quanto alguém podia conhecê-lo. Eram como irmão e irmã e nenhum obstáculo se interpunha entre os dois.

— McQuillen fazia o turno da noite na Setenta e Sete — ele disse. — Ele gostava da ação e arrumava o que fazer toda noite. Não me lembro do número exato, mas ele se envolveu em coisa de sessenta ou mais incidentes com uso de força em quatro anos. E, como você sabe, esses são só os que eles se deram o trabalho de relatar. Nesses incidentes, usou a chave de braço várias vezes e matou duas pessoas num período de três anos. De todas as mortes por chave de braço ao longo dos anos, ninguém se envolveu em mais de uma. Só ele, porque tinha usado mais do que qualquer um. Assim, quando a força-tarefa foi montada...

— Ele recebeu atenção especial.

— Isso. Agora, todos os incidentes com uso de força foram considerados dentro da regularidade pela revisão na época da ocorrência. Incluindo as duas mortes. Foi determinado por uma junta de revisão que em ambas as vezes ele usou a chave de braço de acordo com o regulamento. Mas uma morte é um acaso infeliz. Duas já é um padrão. Alguém vazou o nome e a história dele para o *Times*, que ficava em cima da força-tarefa como a poluição fica na cidade. Eles publicaram uma matéria e McQuillen virou o símbolo de tudo que estava errado no departamento. Não fazia diferença que tivesse passado pela revisão e sido inocentado de qualquer conduta irregular. Ele era o alvo. O tira assassino. O chefe da coalizão ministerial na época começou a dar coletiva de imprensa quase dia sim, dia não. Começou a chamar o McQuillen de "McKillin", e o apelido pegou.

Bosch levantou do banco de modo a poder se movimentar um pouco enquanto continuava.

— A força-tarefa recomendou que a chave de braço fosse excluída do procedimento no uso de força e aceitaram a medida. O engraçado é que o departamento disse aos policiais depois para usar mais o cassetete; na verdade, você podia até receber uma punição se saísse na radiopatrulha sem portar o cassetete na mão ou no cinto. Além disso, os Tasers estavam começando a ser usados quando a chave de braço ficou proibida. E o que a gente teve? Rodney King. Um vídeo que mudou o mundo. O vídeo de um cara levando choque de Taser e tomando uma surra de cassetete quando uma chave de braço apropriada teria posto o sujeito para dormir em dois tempos.

— Hm — disse Rider. — Nunca encarei dessa forma.

Bosch balançou a cabeça.

— Continuando, proibir a chave de braço não foi suficiente. A turba enfurecida precisava de uma oferenda e o escolhido foi McQuillen. Ele foi suspenso por acusações que eu sempre achei armadas, com uma motivação política por trás. A revisão das mortes determinou que no segundo caso ele descumprira o regulamento na escalada da sequência do uso de força. Em outras palavras, a chave de braço que matou o cara era permitida, mas todo o resto que ele fez para chegar até lá foi errado. Puseram ele na frente de uma comissão disciplinar e ele foi exonerado. O caso foi reportado para a promotoria e a promotoria passou a vez. Na época, me lembro de achar que o McQuillen deu sorte por não terem ido na onda e processado. Ele entrou com uma ação para conseguir o emprego de volta, mas sem a menor chance. Já era.

Bosch parou aí por um minuto para ver se Rider exibia alguma reação. Ela cruzara os braços sobre o peito e olhava para as sombras. Bosch sabia que estava digerindo as novas informações. Tentando entender como tudo isso funcionava no presente.

— Certo — disse ela finalmente. — Vinte e cinco anos atrás uma força-tarefa conduzida por Irvin Irving acarreta a perda do emprego e da carreira para McQuillen num processo que, pelo menos do ponto de vista dele, foi infundado e injusto. Agora a gente tem o que parece ser uma tentativa do filho de Irving, e possivelmente do próprio vereador, de tirar a franquia da empresa onde McQuillen trabalha, como... o que é, operador da noite?

— Supervisor de turno. O que eu acho que quer dizer a mesma coisa que operador, na verdade.

— E o resultado disso é que ele mata George Irving. Consigo ligar os pontos, mas não estou enxergando o motivo, Harry.

— Bom, a gente não sabe nada sobre o McQuillen, sabe? Não sabemos se ele vem guardando esse rancor como uma ferida aberta quando a oportunidade de repente aparece. Um taxista chama pelo rádio e diz: "Adivinha quem eu acabei de ver?" A gente tem o padrão de esfoladura no ombro — é uma evidência inconfundível da chave de braço. Também temos uma testemunha que viu alguém na escada de incêndio.

— Que testemunha? Você não me falou que tinha uma testemunha.

— Só descobri hoje. Meus homens foram sondar a encosta da colina atrás do hotel e encontraram um residente que viu um homem na saída de incêndio no domingo à noite. Mas ele diz que era meia-noite e quarenta e o legista determinou a hora do óbito como não sendo antes das duas e no máximo às quatro. Então a gente tem uma discrepância de mais ou menos duas horas. O cara na escada estava descendo à meia-noite e quarenta, não subindo.

Mas tem isso. A testemunha descreveu o cara na escada como usando algum tipo de uniforme. Camisa cinza e calça cinza. Estive no galpão da B&W hoje. É onde fica o escritório da expedição. Os mecânicos que trabalham na frota usam macacão cinza. McQuillen pode ter vestido um macacão antes de subir pela escada.

Bosch agitou as mãos na lateral do corpo, como que dizendo, é isso aí. Era tudo que tinha. Rider ficou em silêncio por um longo momento antes de perguntar o que Bosch já sabia que ela iria perguntar.

— Você sempre me ensinou a perguntar onde estão os furos. "Olhe para seu próprio caso e procure encontrar algum furo. Porque se você não encontrar, um advogado de defesa vai." Então, Harry, onde estão os furos?

Bosch encolheu os ombros.

— A discrepância de tempo é um. E a gente não tem nada que ponha McQuillen no quarto do Irving. Todas as digitais encontradas lá e na escada de incêndio já foram examinadas no computador. As de McQuillen não apareceram.

— Como você está lidando com a discrepância na hora?

— O assassino podia estar checando o local. Foi quando a testemunha viu. Ele não viu quando McQuillen voltou.

Rider balançou a cabeça.

— E as marcas no ombro de Irving? Dá para comparar com o relógio de McQuillen?

— É possível, mas não vai ser conclusivo. A gente pode dar sorte e até encontrar DNA no relógio. Mas acho que o maior furo ainda é por conta do Irving. Por que ele estava no hotel, para começo de conversa? A hipótese de ser McQuillen se apoia no acaso. Um motorista de táxi vê o Irving. Ele conta para o McQuillen. A raiva e o rancor que McQuillen guardou esse tempo todo vêm à tona. No fim do turno, ele pega um macacão de mecânico e vai para o hotel. Sobe pela lateral, de algum modo entra na suíte de Irving e estrangula o cara. Deixa o cara nu, dobra toda a roupa direitinho mas não percebe o botão no chão. Daí ele solta o cara do balcão para parecer suicídio. Funciona muito bem na teoria, mas o que o Irving estava fazendo lá? Ele ia se encontrar com alguém? Esperar alguém? E por que guardou as coisas — a carteira, o celular, tudo isso — no cofre? Se a gente não responder essas perguntas, fica com um furo tão grande que dá pra um carro passar por ele.

Ela balançou a cabeça concordando.

— Então o que você propõe que a gente faça agora?

— *A gente* não faz nada. *Eu* continuo trabalhando nisso. Mas você precisa saber e o chefe precisa saber que enquanto isso for em frente vai chegar cada vez mais perto do vereador. Se eu apertar Robert Mason para descobrir por que ele começou a enquadrar os taxistas da B&W, a coisa pode levar direto para o Irvin Irving. O chefe precisa ficar sabendo disso.

— Ele vai. Esse é seu próximo passo?

— Não tenho certeza ainda. Mas quero saber o máximo que tiver para saber antes de ir atrás do McQuillen.

Rider se levantou. Estava impaciente para ir.

— Vai voltar agora? — ela perguntou. — Vamos andando?

— Não, vai indo — disse Bosch. — Acho que vou dar uns telefonemas.

— Tudo bem, Harry. Boa sorte. Toma cuidado.

— Claro, você também. Muito cuidado lá em cima.

Ela o encarou. Sabia que estava se referindo ao décimo andar do PAB. Sorriu e ele sorriu de volta.

20

Bosch recostou no banco e se acomodou melhor. Então pegou o telefone e ligou para o celular de Hannah Stone. Ela lhe dera o número quando se viram na noite de segunda.

Ela atendeu no primeiro toque, embora sem saber que era Bosch, pois o número dele era bloqueado.

— Oi, é Harry Bosch.

— Achei que podia ser você. Alguma novidade?

— Não, estou trabalhando numa outra coisa hoje. Mas meu parceiro está tentando localizar o tal do Chill.

— Certo.

— Alguma novidade para o seu lado?

— Não, só fazendo o mesmo bom trabalho que a gente sempre faz.

— Perfeito.

Houve uma pausa desconfortável e então Bosch foi em frente.

— Minha filha está estudando na casa de uma amiga essa noite, então estou livre. Fiquei pensando... quer dizer, sei que ainda é muito cedo... mas eu queria saber se você não quer jantar comigo hoje à noite.

— Ãhn...

— Não é nada de mais. Estou avisando em cima da hora. Eu vou...

— Não, não, não é isso. É só que a gente tem sessões às quartas e quintas à noite e eu precisava trabalhar hoje.

— Você não tem intervalo para jantar?

— Tenho, mas é muito curto. Vamos fazer o seguinte, posso ligar de volta?

— Pode, mas não precisa se preocup...

— Eu quero, mas tenho de ver se alguém troca de horário comigo. Eu fico com o turno de amanhã se alguém cobrir a minha hoje. Posso ligar daqui a pouco?

— Claro.

Bosch deu seu número e desligou. Levantou, deu um tapinha no ombro de Charlie Chaplin e foi para a porta.

Quando Bosch voltou para a unidade, Chu estava trabalhando em seu laptop e não ergueu o rosto quando Harry entrou na baia deles.

— Já encontrou o cara?

— Ainda não.

— Como anda a busca?

— Nada boa. Tem novecentas e onze variações de Chill nos arquivos de apelidos. E isso só na Califórnia. Então não fica esperando.

— Isso é o total ou é só no período de tempo que eu falei?

— O período de tempo não faz diferença. Esse seu cara de 1988 pode facilmente ter sido colocado no banco de dados em qualquer ano antes ou depois. Isso ia depender se ele foi preso, se foi interrogado no local, ou se foi uma vítima. Tem um monte de possibilidades. Preciso verificar uma por uma.

Chu estava falando de um jeito seco. Bosch sabia que continuava com raiva por ter sido alijado da investigação de Irving.

— Tudo isso pode ser verdade, mas vamos priorizar estreitando o foco para... digamos antes de 1992. Meu palpite é que, se ele está em cana, entrou antes disso.

— Beleza.

Chu começou a digitar. Continuava com o rosto voltado para baixo, sem olhar para Bosch.

— Quando eu cheguei, vi a tenente sozinha na sala dela. Você pode ir até lá conversar sobre a transferência.

— Primeiro quero terminar isso aqui.

Bosch estava pagando para ver o blefe de Chu e os dois sabiam disso.

— Ótimo.

O celular de Bosch zumbiu e ele viu que era uma ligação 818 — San Fernando Valley. Ao atender, saiu da baia e foi para o corredor, de modo a conversar com privacidade. Era Hannah Stone, ligando de uma das linhas em seu trabalho.

— Não posso me encontrar com você antes das oito, porque tem umas coisas rolando aqui. Tudo bem?

— Claro, pode ser.

Isso daria a ele cerca de uma hora e meia com ela, a menos que mudasse o toque de recolher de sua filha.

— Tem certeza? Você parece...

— Não, pode ser. Posso trabalhar até mais tarde, também. Tenho umas coisas para fazer aqui. Onde você quer se encontrar?

— Que tal em algum lugar no meio do caminho dessa vez? Você gosta de sushi?

— Hm, não de verdade. Mas acho que posso experimentar.

— Quer dizer que você nunca comeu sushi?

— Hm... eu meio que tenho um problema com peixe cru.

Ele não mencionou que isso tinha relação com sua experiência no Vietnã. O peixe podre que encontravam nos túneis. O cheiro opressivo.

— Ok, esquece o sushi. Que tal um italiano?

— Italiano está ótimo. Vamos de italiano.

— Sabe onde fica o Ca' Del Sole, em North Hollywood?

— Eu encontro.

— Oito horas?

— Vejo você lá.

— Até mais, Harry.

— Até mais.

Bosch encerrou a ligação e depois fez outra que também queria manter em segredo. Heath Witcomb fora seu parceiro de cigarro nos tempos de Harry na Divisão de Hollywood. Haviam compartilhado o cinzeiro do andar incontáveis vezes, até Bosch largar o vício. Witcomb era um sargento de patrulha e desse modo devia conhecer Robert Mason, o policial responsável pelas três prisões por embriaguez ao volante dos taxistas da B&W. Ele ainda fumava.

— Estou ocupado, Harry — disse Witcomb assim que atendeu. — Do que você precisa?

— Só me liga da próxima vez que for lá atrás.

Bosch desligou. Quando empurrava a porta para voltar à unidade, Chu veio saindo.

— Harry, onde você estava?

— Saí pra fumar um cigarro.

— Você não fuma, Harry.

— Sei, então, o que foi?
— Chilton Hardy.
— Você encontrou?
— Acho que sim. O cara bate.

Entraram na baia e Chu sentou em sua cadeira na frente do computador. Bosch se curvou sobre o ombro dele para olhar para a tela. Chu bateu na barra de espaço para desativar o modo de economia de energia. A tela se iluminou e os dois olharam para uma foto de identificação policial de um homem branco de cerca de trinta anos com cabelo escuro espetado e cicatrizes de espinhas. Ele dirigia um olhar taciturno à câmera, os frios olhos azuis bem abertos.

— Chilton Aaron Hardy — disse Chu. — Conhecido como Chill.
— Qual a idade disso? — perguntou Bosch. — E onde foi?
— Mil, novecentos e oitenta e cinco. Área norte da Divisão de Hollywood. Agressão contra um policial. Ele tinha vinte e oito anos na época e morava em um apartamento no Cahuenga, em Toluca Lake.

Toluca Lake ficava na periferia de Burbank e Griffith Park. Bosch sabia que era bem perto de Travel Town, o lugar onde Clayton Pell disse que andava de trem quando morava com Chill.

Bosch fez as contas. Chilton Hardy estaria agora com cinquenta e quatro anos, se continuasse vivo.

— Você passou pelo DMV?

Chu não verificara. Ele mudou de tela e teclou o nome de Hardy no banco de dados do departamento de trânsito, contendo as identidades dos 24 milhões de motoristas licenciados na Califórnia. Chu apertou o ENTER para começar a busca e esperaram para ver se Hardy surgia. Os segundos transcorreram e Bosch imaginava que nenhum resultado apareceria. Regra geral, pessoas que se safam da justiça após cometer um homicídio somem do mapa.

— Achei — disse Chu.

Bosch se curvou para mais perto da tela. Havia dois resultados. Chilton Aaron Hardy, setenta e sete anos de idade, carteira ativa, com endereço de Los Alamitos. E Chilton Aaron Hardy Jr., idade de cinquenta e quatro anos, de Woodland Hills, um subúrbio de Los Angeles.

— Topanga Canyon Boulevard — disse Bosch, lendo o endereço do Hardy mais novo. — Ele não foi muito longe.

Chu balançou a cabeça.

— West Valley.

— Parece um pouco fácil demais. Por que esse cara continuou no pedaço?

Chu não respondeu, porque sabia que Bosch só estava pensando em voz alta.

— Vamos ver a foto — disse Bosch.

Chu abriu a foto na carteira de motorista de Chilton Hardy Jr. Nos vinte e seis anos transcorridos desde sua prisão em North Hollywood, perdera quase todo o cabelo e sua pele ficara cinza. O rosto estava marcado pelos anos de vida dura. Mas os olhos continuavam iguais. Frios e cruéis. Bosch olhou para a foto por um longo momento antes de falar.

— Perfeito, bom trabalho. Imprime.

— Vamos visitar o senhor Hardy?

— Ainda não. Vamos devagar e com cautela com esse aqui. O Hardy está se sentindo bastante seguro para não sair da cidade nesses anos todos. A gente precisa se preparar e se aproximar com cuidado. Imprime as fotos velhas e as novas, e faz dois pacotes de seis.

— Vamos mostrar para o Pell?

— Pode apostar, e quem sabe dar uma volta com ele.

Enquanto Chu se ocupava de abrir fotos de identificação policial e montar os perfilados de suspeitos, Bosch voltou a sua mesa. Já ia ligar para Hannah Stone e informá-la de seus planos quando chegou uma mensagem de texto de sua filha.

Eu contei pra mãe da Ash que vc tá vendo um caso importante.
Ela falou pra eu dormir aqui. Blz?

Bosch pensou por um longo momento antes de responder. Era dia de semana, mas Maddie já ficara com Ashlyn antes, quando Bosch estava viajando a trabalho. A mãe de Ashlyn era muito prestativa e acreditava que de algum modo ajudava a causa da justiça tomando conta de Maddie enquanto Bosch perseguia assassinos.

Mas ele não pôde deixar de se perguntar se não havia mais alguma coisa acontecendo ali. Será que sua filha não estava deixando o caminho livre para ele conseguir se encontrar com Hannah?

Pensou em ligar de volta, mas se restringiu à troca de textos, pois não queria Chu escutando.

Tem certeza? Não vou demorar muito. Eu posso pegar vc qdo for
pra casa.

Ela respondeu rapidamente que tinha certeza e que queria ficar. Disse que tinham passado em casa depois da escola para pegar umas roupas. Bosch enfim mandou um texto dizendo que tudo bem.

Depois ligou para Hannah e lhe disse que iria encontrá-la antes das oito. Ela disse que Bosch e Chu podiam usar uma das salas de terapia para mostrar a Pell as fotos de suspeitos.

— E se a gente quiser sair daí com o Pell? Tem algum regulamento sobre isso?

— Onde vocês estão pensando em levar ele?

— A gente tem um endereço. A gente acha que foi lá que ele morou com a mãe e esse cara. Quero ver se ele reconhece o lugar. É um prédio de apartamento.

Ela ficou em silêncio por um momento, provavelmente considerando se era uma coisa boa ou ruim Pell ver o lugar onde sofrera abusos quando criança.

— Não tem regulamento nesse sentido — ela disse finalmente. — Ele pode sair a hora que quiser. Mas acho que é melhor eu ir junto. A reação pode não ser muito boa. Talvez seja bom eu estar presente.

— Pensei que você tivesse as reuniões. Que precisava trabalhar até as oito.

— Só preciso cumprir minha carga horária. Cheguei mais tarde hoje porque achei que teria umas sessões à noite. Eles conferem nossas horas. Não quero ninguém criando problemas com minha jornada de seis horas diárias.

— Entendi. Bom, a gente deve chegar daqui a mais ou menos uma hora. Pell já vai ter voltado do trabalho?

— Ele já voltou. Vai estar esperando vocês. Isso muda o que a gente combinou, de jantar?

— Por mim, não. Continuo a fim.

— Ótimo. Eu também.

21

Bosch e Chu foram em carros separados para o Valley, de modo que cada um se virasse como achasse melhor na hora de voltar para o centro em plena hora do rush, depois de terminarem. Chu podia simplesmente ir para leste pela via expressa 134 para sua casa em Pasadena e Bosch podia continuar no Valley até a hora de jantar com Hannah Stone.

Quando seguiam pela via expressa 101, Bosch finalmente recebeu a ligação de Witcomb, da patrulha na Divisão de Hollywood.

— Desculpe, Harry. Eu estava no meio de um negócio, depois meio que esqueci de retornar a ligação. Em que posso ajudar?

— Você conhece um P-três na divisão chamado Robert Mason?

— Bobby Mason, sei. Mas ele é da noite e eu do dia, então não conheço muito bem. O que tem ele?

— Estou investigando umas autuações que ele andou fazendo, que têm a ver com um negócio em que eu estou trabalhando, preciso falar com ele sobre isso.

— Você está trabalhando no caso do Chateau com o menino do Irving, correto?

Pareceu esquisito para Bosch chamar George Irving de menino.

— Isso mesmo.

— De que tipo de autuações você está falando?

— Três por embriaguez.

— O que três por embriaguez têm a ver com o Chateau?

Bosch ficou em silêncio por um momento, esperando que a hesitação servisse para passar o recado a Witcomb de que ele estava atrás de informação, não tentando distribuí-las.

— É só um palpite — disse ele finalmente. — O que você ouviu falar sobre o Mason? Tudo em cima com ele?

Bosch falava na maior parte em código, tentando descobrir se Mason tinha algum tipo de reputação, para o bem ou para o mal, na questão da corrupção.

— O que eu fiquei sabendo é que o cara estava chateado ontem — disse Witcomb.

— Com o quê?

— Com o Chateau. Acho que ele e o filho do vereador eram amigos de longa data. Fiquei sabendo até que estudaram na mesma classe, na academia.

Bosch tomou a saída para Lankershim Boulevard. O combinado era pegar Chu no estacionamento perto da estação do metrô em Studio City.

Ele se fez de desinteressado com Witcomb, não querendo revelar a importância das coisas.

— É, fiquei sabendo que a amizade deles vinha de longe.

— Pelo que parece era assim — disse Witcomb. — Mas é só isso que eu sei, Harry. Como eu disse, Mason é da noite e eu sou do dia. Falando nisso, já estou caindo fora, por hoje. Precisa de mais alguma coisa?

Esse era o modo de Witcomb dizer que não queria se envolver mais em nenhuma discussão sobre um colega da polícia. Bosch não podia culpá-lo.

— Preciso, você sabe em que base Mason normalmente trabalha?

A Divisão de Hollywood era geograficamente dividida em oito áreas de carros ou zonas de patrulha básicas.

— Posso dar uma olhada rapidinho. Estou na sala da guarda.

Bosch esperou e Witcomb não demorou a voltar.

— Ele está mobilizado no seis-Adão-sessenta-e-cinco, então eu diria que é nesse que ele normalmente trabalha.

O período de mobilização era de vinte e oito dias. O primeiro "seis" referia-se à nomeação da Divisão de Hollywood. "Adão" referia-se à sua unidade de patrulha e "sessenta e cinco" era sua zona. Bosch não conseguia se lembrar das delimitações geográficas na Divisão de Hollywood, mas arriscou.

— Sessenta e cinco é o corredor de La Brea?

— Isso mesmo, Harry.

Bosch pediu a Witcomb para manter a conversa entre eles, agradeceu e encerrou a ligação.

Harry considerou as coisas e viu que Irvin Irving tinha uma saída. Se Mason estava dando uma prensa nos taxistas da B&W para ajudar a favorecer a Regent na licitação da franquia, podia vir fazendo isso exclusivamente a um pedido de seu antigo amigo e colega de academia, George Irving. Seria difícil provar que o conselheiro Irvin Irving tinha alguma coisa a ver com o esquema.

Bosch entrou no estacionamento público onde as pessoas deixavam o carro para tomar o trem e deu uma volta, procurando o parceiro. Quando percebeu que chegara antes de Chu, parou na pista principal e esperou. As palmas da mão no volante, ficou tamborilando no painel do carro e se deu conta de que estava desapontado por pensar que as ações de Irvin Irving talvez não tivessem precipitado a morte de seu filho. Se o vereador chegasse a ser acusado de tráfico de influência na decisão sobre a franquia de táxi, Bosch já imaginara qual seria sua alegação de dúvida razoável. Irving podia argumentar que o esquema todo fora planejado e realizado por seu filho morto, e Bosch não achava que isso seria baixo demais, nem mesmo para ele.

Desceu o vidro do carro e deixou entrar um pouco de ar fresco. Para se livrar da sensação desconfortável, passou de um caso a outro e começou a pensar em Clayton Pell e em como iam lidar com ele. Então pensou em Chilton Hardy e se deu conta de que não queria esperar mais para dar uma olhada no homem que era seu principal alvo na investigação do caso Lily Price.

A porta do passageiro foi aberta e Chu sentou no banco. Bosch estivera tão mergulhado em pensamentos que não o percebera entrando no estacionamento com seu Miata e parando.

— Ok, Harry.

— Ok. Olha, mudei de ideia sobre ir para Woodland Hills. Quero dar um bizu no lugar onde o Hardy mora, quem sabe até bater um olho no cara, se a gente tiver sorte.

— Bizu?

— Dar uma bisolhada. Quero sondar o território para quando a gente voltar pra valer. A gente faz isso e depois vai ver o Pell. Tudo bem por você?

— Vamos nessa.

Bosch saiu do pátio e voltou à 101. O trânsito estava pesado na direção oeste, para as Woodland Hills. Vinte minutos depois eles pegavam a saída do Topanga Canyon Boulevard e rumavam para o norte.

O endereço do DMV para Chilton Hardy era um prédio de apartamentos de dois andares, um quilômetro ao norte do enorme shopping center de West Valley. Um grande condomínio, se estendendo da calçada até uma pequena rua nos fundos, com entrada para a garagem. Depois de passar na frente e atrás, Bosch parou diante do prédio e ele e Chu desceram do carro. Examinando o lugar, Bosch ficou com uma sensação de familiaridade que não conseguiu explicar. O edifício era cinza, com uma faixa branca em torno das portas e janelas, tentando evocar uma atmosfera de litoral em Cape Cod, com toldos listrados de azul e branco sobre as janelas na parte da frente.

— Você reconhece esse condomínio? — perguntou Bosch.

Chu examinou o edifício por um momento.

— Não. Deveria?

Bosch não respondeu. Foi até o portão de segurança, onde havia uma caixa de interfone. Os nomes dos quarenta e oito inquilinos do prédio estavam listados ali, junto com os números dos apartamentos. Bosch passou os olhos pela lista e não viu o nome de Chilton Hardy. Segundo o computador do departamento de trânsito, Hardy deveria morar no apartamento vinte e três. O nome junto ao vinte e três era Phillips. Mais uma vez, Bosch ficou com uma sensação de déjà-vu. Será que já estivera ali antes?

— O que você acha? — perguntou Chu.

— De quando era a carteira de motorista?

— Dois anos atrás. Ele podia estar morando aqui na época. Pode ter ficado aqui e se mudado.

— Ou nunca esteve aqui.

— É, ter escolhido um endereço aleatório para apagar as pegadas.

— Talvez não tão aleatório.

Bosch virou e olhou em volta, como que considerando se tentava explorar um pouco mais e corria o risco de alertar Hardy — se é que o sujeito estava ali — de que caíra no radar da polícia. Então viu uma placa afixada na calçada.

Condomínio Arcade Luxury
Apt. para alugar
Dois dorms./Dois banheiros
Primeiro mês grátis
Tratar no local

Bosch decidiu não tocar o interfone do apartamento vinte e três ainda. Em vez disso, apertou o número um na relação. Estava marcado como Gerente.

— Sim?

— Estamos aqui para ver o apartamento para alugar.

— Precisa marcar hora.

Bosch olhou o interfone e pela primeira vez viu a lente da câmera perto do alto-falante. Percebeu que o gerente estava provavelmente olhando para ele e não devia estar gostando muito do aspecto da coisa.

— A gente está aqui agora. Quer alugar ou não quer?

— Precisa marcar hora. Desculpe.

Foda-se, pensou Bosch.

— Abre aí. É a polícia.

Ele sacou o distintivo e mostrou para a câmera. Um momento depois a cigarra zumbiu e Bosch empurrou o portão.

Viram-se numa área central onde havia uma parede de caixas de correspondência e um quadro de avisos, com assuntos do condomínio. Quase na mesma hora foram recebidos por um sujeito pequeno e escuro, parecendo um indiano ou algo assim.

— Polícia — disse ele. — O que posso fazer por senhores?

Bosch se identificou e apresentou Chu; o homem disse se chamar Irfan Khan e afirmou ser o gerente. Bosch lhe disse que estavam conduzindo uma investigação na área e que procuravam um homem que podia ter sido vítima de um crime.

— Que crime? — perguntou Khan.

— Não podemos informar no momento — disse Bosch. — Só precisamos saber se é aqui que o homem mora.

— Qual nome?

— Chilton Hardy. Talvez use o nome de Chill.

— Não, não aqui.

— Tem certeza, senhor Khan?

— Sim, certeza. Eu gerente de condomínio. Ele não aqui.

— Vamos dar uma olhada na foto.

— Ok, senhor mostra.

Chu pegou uma foto da carteira de motorista atual de Hardy e mostrou a Khan. Ele olhou por cerca de cinco segundos e abanou a cabeça.

— Viu, eu disse. Esse homem não aqui.

— Sei, entendi. Esse homem não aqui. E quanto ao senhor, senhor Khan? Há quanto tempo trabalha aqui?

— Eu aqui três anos agora. Faz um trabalho muito bom.

— E esse homem nunca morou aqui? Nem dois anos atrás?

— Não, eu lembro ele se morou.

Bosch balançou a cabeça.

— Ok, senhor Khan. Obrigado por sua cooperação.

— Eu coopero tudo.

— Certo, senhor.

Bosch virou e passou pelo portão. Chu foi atrás. Quando chegaram ao carro, Bosch olhou por cima do teto do carro para o prédio por um longo momento antes de se abaixar para sentar no banco do motorista.

— Acredita nele? — perguntou Chu.

— Acredito — disse Bosch. — Acho que sim.

— E agora, como a gente fica?

— Acho que estamos deixando de perceber alguma coisa. Vamos falar com Clayton Pell.

Ele manobrou e começou a andar. Quando entrava na via expressa, os toldos listrados de azul e branco ainda não tinham saído de sua cabeça.

22

Foi uma das poucas vezes em que deixou Chu dirigir. Bosch ia no banco traseiro com Clayton Pell. Queria estar perto dele, no caso de alguma reação violenta. Quando Pell vira os perfilados de fotos e apontara Chilton Hardy nas duas vezes, ele desaparecera atrás de um muro de fúria reprimida. Bosch podia sentir e queria estar por perto caso precisasse tomar alguma atitude.

Hannah Stone ia no banco do passageiro e de sua posição Bosch podia observar tanto Pell como ela. Stone tinha uma expressão preocupada no rosto. A reabertura das antigas feridas de Pell claramente fazia com que sentisse o peso da situação.

Bosch e Chu tinham coreografado o trajeto antes de chegar ao Buena Vista para pegar Pell. Da instituição, primeiro seguiram para Travel Town em Griffith Park, de modo que pudessem começar o passeio com Pell pelo que parecia ser um dos lugares de boas recordações de sua infância. Pell quis descer e olhar os trens, mas Bosch disse não, tinham um horário a cumprir. A verdade é que não queria permitir que Pell visse as crianças brincando nos trens.

Agora Chu pegava à direita no Cahuenga e começava a seguir para o norte, na direção do endereço que haviam rastreado como sendo o de Chilton Hardy durante o período em que Pell morou com ele. Pelo plano previamente combinado, não iriam apontar o prédio de apartamentos para Pell. Iriam simplesmente ver se o reconhecia por conta própria.

Quando estavam a duas quadras do lugar, Pell mostrou os primeiros sinais de reconhecimento.

— É, era aqui que a gente morava. Achei que aquele lugar fosse uma escola e eu queria estudar lá.

Ele apontou pela janela para uma creche particular com alguns balanços no jardim, atrás de um alambrado. Bosch via perfeitamente por que uma criança de oito anos acharia que ali era uma escola.

Estavam se aproximando do prédio agora. Ficava do lado de Pell. Chu tirou o pé do acelerador e começou a rodar bem devagar, o que para Bosch pareceu uma bandeira excessiva, mas passaram direto pelo endereço sem Pell dizer coisa alguma.

Não foi nenhum desastre, mas Bosch ficou decepcionado. Estava pensando em termos de promotoria. Se pudesse testemunhar que Pell apontara o prédio de apartamentos sem ajuda, isso iria respaldar a história do sujeito. Se tivessem de apontar especificamente o lugar para Pell, um advogado de defesa seria capaz de argumentar que Pell estava manipulando a polícia e criando seu testemunho com base numa fantasia de vingança.

— Nada ainda? — perguntou Bosch.

— É, acho que a gente pode ter acabado de passar, mas não tenho certeza.

— Quer que a gente faça a volta?

— Não tem problema?

— De jeito nenhum. Para que lado você estava olhando?

— O meu.

Bosch balançou a cabeça. Agora as perspectivas pareciam melhores.

— Detetive Chu — ele disse. — Em vez de fazer a volta, vamos pegar a direita e contornar, assim passamos do lado de Clayton outra vez.

— Pode deixar.

Chu entrou à direita na quadra seguinte, depois à direita novamente e voltou por três quadras. Então virou à direita mais uma vez e voltou ao Cahuenga na esquina em que ficava a creche. Ele dobrou à direita novamente e ficaram a apenas uma quadra e meia do endereço.

— Isso, é por aqui — disse Pell.

Chu andava abaixo do limite de velocidade. Um carro buzinou atrás deles e os ultrapassou. Todos ali dentro do carro da polícia o ignoraram.

— É aqui — disse Pell. — Eu acho.

Chu encostou. Era o endereço correto. Todo mundo ficou em silêncio enquanto Pell olhava pela janela para os Camelot Apartments. A construção era de alvenaria rebocada, com duas imitações de torre na frente, uma em cada canto. O edifício era um exemplo típico da praga urbanística que se alastrou pela cidade durante a expansão dos anos 1950. Haviam sido projetados e construídos para durar no máximo trinta anos, mas estavam chegando ao dobro desse tempo agora. O reboco estava rachado e desbotado, a linha do telhado não era mais reta e uma aba de lona azul pendia pela beirada de uma das torres, um conserto improvisado para alguma infiltração.

— Era mais bonito, na época — disse Pell.

— Tem certeza de que é o lugar certo? — perguntou Bosch.

— Tenho, é aqui mesmo. Lembro que para mim parecia tipo um castelo, e eu fiquei animado de morar aqui. Eu só não imaginava…

Sua voz foi sumindo e ele apenas olhava para o prédio. Tinha virado parcialmente no banco, então estava de costas para Bosch. Harry viu Pell encostar a testa no vidro. Seus ombros começaram a tremer e um som baixo, quase um assobio, foi ouvido quando ele começou a chorar.

Bosch ergueu a mão e fez menção de tocar o ombro de Pell, mas parou. Ele hesitou e recolheu a mão. Stone estava se virando em seu banco e viu o gesto. Nessa fração de segundo, Bosch percebeu a aversão que ela sentiu dele.

— Clayton — ela disse. — Está tudo bem. É bom você ver isso, encarar o passado de frente.

Ela esticou o braço sobre o encosto e pousou a mão no ombro de Pell, fazendo o que Bosch não pudera fazer. Não olhou para Bosch outra vez.

— Tudo bem — voltou a dizer.

— Vê se pega aquele filho da puta do caralho — disse Pell, a voz estrangulada de emoção.

— Pode deixar — disse Bosch. — A gente vai.

— Quero que ele morra. Espero que ele reaja e vocês matem ele.

— Vamos, Clayton — disse Stone. — Não vamos ficar pensando esse tipo de co…

Ele afastou a mão dela com brusquidão.

— Eu quero que ele morra!

— Não, Clayton.

— Quero! Olha só pra mim! Olha o que eu sou! É tudo culpa dele.

Stone se endireitou em seu banco e olhou para a frente.

— Acho que Clayton já teve o suficiente por aqui — disse numa voz seca. — Podemos voltar agora?

Bosch esticou o braço e deu um tapinha no ombro de Chu.

— Vamos embora — disse.

Chu começou a andar e tomou a direção norte. O carro ficou silencioso por todo o caminho e já havia escurecido no momento em que voltaram para o Buena Vista. Chu continuou no carro enquanto Bosch acompanhava Pell e Stone até o portão da frente.

— Clayton, obrigado — disse Bosch, quando Stone usava sua chave para abrir o portão. — Sei que foi difícil para você. Fico agradecido por ter aceitado fazer isso. Vai ajudar como prova.

— Não me interessa se vocês têm prova ou não. Você vai pegar ele?

Bosch hesitou e então fez que sim.

— É o que eu quero. A gente ainda tem algum trabalho pela frente, mas quando terminar, a gente encontra. Isso é uma promessa.

Pell passou pelo portão aberto sem dizer mais nenhuma palavra.

— Clayton, vai até a cozinha e vê se tem janta — orientou Stone.

Pell ergueu a mão e acenou, indicando que ele a escutara, enquanto caminhava para o pátio central. Stone virou para fechar o portão, mas Bosch continuava ali parado. Ela olhou para ele e Harry pôde perceber seu desapontamento.

— Acho que nosso jantar foi cancelado — ele disse.

— Por quê? Sua filha?

— Não, ela está na casa de uma amiga. Mas é só que eu achei... quer dizer, por mim tudo bem jantar. Só preciso levar meu parceiro até o carro dele em Studio City. Ainda quer me encontrar no restaurante?

— Claro, mas não vamos esperar até as oito. Depois disso tudo... acho que já encerrei por hoje.

— Tudo bem. Vou levar o Chu e depois vou pra lá e encontro você. Tudo bem assim ou quer que eu volte pra cá?

— Não, eu encontro você lá. Está ótimo.

23

Chegaram ao restaurante mais de meia hora antes do horário de sua reserva e foram conduzidos a um reservado tranquilo num ambiente do fundo, perto de uma lareira. Pediram massa e um Chianti escolhido por Hannah. Durante o jantar, a comida estava boa e a conversa foi amena — até Stone pôr Bosch contra a parede.

— Harry, por que você não conseguiu consolar o Clayton hoje no carro? Eu vi. Você não conseguiu pôr a mão nele.

Bosch deu um belo gole no vinho antes de tentar responder.

— Só achei que ele não queria que encostassem nele. Ele estava transtornado.

Ela abanou a cabeça.

— Não, Harry, eu vi. E preciso saber por que um homem como você não pode ter alguma compaixão por um homem como ele. Preciso saber disso antes que eu... antes que qualquer coisa avance entre nós.

Bosch baixou os olhos para seu prato. Pousou o garfo. Ficou tenso. Conhecera essa mulher fazia só dois dias, mas não tinha como negar que se sentia atraído por ela, ou que algum tipo de ligação se formara entre os dois. Não queria estragar essa oportunidade, mas não sabia o que dizer.

— A vida é muito curta, Harry — ela disse. — Não posso perder meu tempo e não posso ficar com alguém que não entende o que eu faço ou que não tenha um sentimento básico de pena por pessoas que são vítimas.

Ele finalmente encontrou sua voz.

— Eu sinto pena. Meu trabalho é falar pelas vítimas como Lily Price. Mas e quanto às vítimas de Pell? Ele machucou pessoas tão horrivelmente quanto ele mesmo se machucara. E agora eu vou dar um tapinha no ombro dele e dizer: "Calma, vai ficar tudo bem?" Não está nada bem e nunca vai estar. E o problema é que ele sabe disso.

Fez um gesto com as palmas da mão abertas, como que dizendo: "Esse sou eu, essa é a verdade."

— Harry, você acredita que existe mal no mundo?

— Claro. Eu não teria um trabalho se não houvesse.

— De onde ele vem?

— Do que você está falando?

— Seu trabalho. Você enfrenta o mal quase todo dia. De onde isso vem? Como as pessoas se tornam más? Está no ar? Você pega como se fosse um resfriado?

— Não me trate como estúpido. É um pouco mais complicado do que isso. Você sabe.

— Não estou tratando você como estúpido. Estou tentando descobrir como você pensa, assim posso tomar uma decisão. Eu gostei de você, Harry. Muito. Tudo que eu vi, tirando o que você fez no banco traseiro do carro hoje. Não quero começar uma coisa só para descobrir que me enganei a seu respeito.

— Então o que é isso, uma entrevista de emprego?

— Não. Sou eu tentando conhecer você.

— Para mim isso está parecendo mais um desses encontros de internet. Você quer saber tudo sobre mim antes de acontecer qualquer coisa. Tem alguma coisa que você não está me contando.

Ela não respondeu na mesma hora e Bosch percebeu que tocara em um ponto nevrálgico.

— Hannah, o que foi?

Ela ignorou a pergunta dele e insistiu em sua própria pergunta.

— Harry, de onde vem o mal?

Bosch riu e abanou a cabeça.

— Não é esse tipo de coisa que as pessoas perguntam quando estão tentando se conhecer. Que diferença faz para você o que eu acho sobre isso?

— Para mim faz. Quero saber sua resposta.

Ele pôde ver a seriedade em seus olhos. Era importante para ela.

— Olha, só o que eu posso dizer é que ninguém sabe de onde isso vem, tudo bem? Está aí fora simplesmente e é responsável por umas coisas muito horríveis. E meu trabalho é descobrir e eliminar isso do mundo. Não preciso saber de onde vem para fazer isso.

Ela organizou os pensamentos antes de responder.

— Boa resposta, Harry, mas não boa o suficiente. Você faz isso há muito tempo. Não é possível que de vez em quando não fique pensando de onde vem o lado escuro das pessoas. Como o coração de alguém fica negro?

— É sobre essa coisa de natureza versus educação que você está querendo discutir? Porque eu...

— É, isso mesmo. Você escolhe qual?

Bosch quis sorrir, mas de algum modo percebeu que isso não seria bem recebido.

— Eu não escolho, porque não...

— Não, você precisa escolher. Não pode fugir. Quero saber.

Ela estava com os cotovelos na mesa, falando com ele num sussurro enfático. Quando o garçom se aproximou para recolher os pratos, recostou na cadeira. Bosch ficou aliviado com a interrupção, porque lhe deu tempo para pensar. Pediram café, mas não sobremesa. Assim que o garçom se afastou, a hora da verdade chegou.

— Ok, o que eu acho é que a maldade pode vir com o modo como a pessoa é criada, com certeza. Não tenho dúvida de que isso foi o que aconteceu com Clayton Pell. Mas para cada Pell que comete uma ação e machuca alguém, tem outro que teve exatamente a mesma infância e nunca comete ação nenhuma nem machuca ninguém. Então é algo a mais. Outra parte da equação. Será que as pessoas nascem com alguma coisa que fica adormecida e vem para a superfície só em determinadas circunstâncias? Não sei, Hannah. Realmente não sei. E acho que ninguém mais sabe, também. Ninguém sabe com certeza absoluta. A gente só tem teorias e a longo prazo nenhuma delas realmente faz diferença, porque nada vai impedir o dano.

— Está me dizendo que meu trabalho é inútil?

— Não, mas seu trabalho, como o meu, começa só depois que o mal está feito. Olha, eu não tenho dúvida de que o que você faz deve impedir um monte de gente assim de sair por aí e fazer tudo outra vez. Acredito mesmo nisso e já disse isso para você na outra noite. Mas no que ele ajuda na hora de identificar e impedir o indivíduo que nunca cometeu ato nenhum nem fez nada contra a lei ou qualquer coisa antes para alertar sobre o que está por vir? Mas por que a gente está falando disso, Hannah? Quero saber o que você não está me contando.

O garçom voltou com o café. Hannah lhe pediu para trazer a conta. Bosch tomou isso como um mau sinal. Ela queria se afastar dele. Queria ir embora.

— Então é isso. A gente paga a conta e você vai embora sem responder a pergunta.

— Não, Harry, nada disso. Pedi a conta porque eu quero que me leve para sua casa agora. Mas tem uma coisa que você precisa saber sobre mim primeiro.

— Diz.

— Eu tenho um filho, Harry.

— Eu sei. Você me contou que ele mora na Bay Area.

— Isso, eu visito ele lá, na prisão. Ele está em San Quentin.

Bosch não podia dizer que não estava esperando algum segredo nesse teor. Mas não havia esperado que fosse o filho dela. Talvez um ex-marido ou companheiro. Mas não seu filho.

— Lamento, Hannah.

Era só no que podia pensar em dizer. Ela abanou a cabeça, como que dispensando sua solidariedade.

— Ele fez uma coisa horrível — ela disse. — Cometeu uma atrocidade. E até hoje eu não consegui descobrir de onde isso veio nem por quê.

Segurando a garrafa de vinho debaixo do braço, Bosch destrancou a porta da frente e a segurou aberta para ela entrar. Parecia calmo, mas não estava. Haviam conversado sobre o filho dela por quase mais uma hora. Bosch praticamente só escutara. Mas, no fim, tudo que pôde fazer foi continuar oferecendo um ombro amigo. Os pais são responsáveis pelos pecados dos filhos? Muitas vezes sim, mas nem sempre. Ela era a terapeuta. Ela devia saber melhor do que ele.

Bosch acendeu a luz no interruptor junto à porta.

— Vamos tomar um copo lá no deque do fundo? — sugeriu.

— A ideia parece ótima — ela disse.

Ele a conduziu pela sala e passaram pela porta de deslizar para a varanda.

— Sua casa é linda, Harry. Há quanto tempo você mora aqui?

— Acho que já faz quase vinte e cinco anos. É só que não parece tanto tempo. Eu reconstruí uma vez. Depois do terremoto, em 1994.

Foram recebidos pelo zumbido da via expressa no fundo do desfiladeiro. Em seu lugar desprotegido no deque, o vento estava gelado. Hannah se aproximou do parapeito e apreciou a vista.

— Uau.

Ela deu uma volta completa, os olhos virados para o céu.

— Onde está a lua?

Bosch apontou na direção do monte Lee, onde fica o letreiro de Hollywood.

— Deve estar atrás da montanha.

— Espero que apareça.

Bosch segurou a garrafa pelo gargalo. Era o que sobrara do restaurante, que ele trouxe junto porque sabia que não tinha nada em casa. Havia parado de beber em casa desde que Maddie fora morar com ele, e raramente bebia quando estava fora.

— Vou pôr uma música e pegar duas taças. Já volto.

Quando entrou, ligou o aparelho de DVD, mas sem saber muito bem o que havia ali. Um instante depois o sax de Frank Morgan começou a soprar e ele viu que estava tudo bem. Caminhou rapidamente pelo corredor e providenciou uma arrumação expressa de seu quarto e banheiro, pegando lençóis limpos no armário e fazendo a cama. Então foi para a cozinha e pegou duas taças de vinho antes de voltar ao deque.

— Fiquei pensando no que tinha acontecido com você — disse Hannah.

— Precisei dar uma geral rápida na casa — ele disse.

Bosch serviu o vinho. Tilintaram os copos, tomaram um gole e então Hannah se aproximou e eles se beijaram pela primeira vez. Ficaram colados até que Hannah interrompesse.

— Desculpe ter alugado você com minha história triste, Harry. Meu dramalhão.

Bosch abanou a cabeça.

— Dramalhão, nada. Ele é seu filho. Os filhos são nossa alma.

— Os filhos são nossa alma. Muito bonito. Quem disse isso?

— Não sei. Eu mesmo, acho.

Ela sorriu.

— Não parece coisa de um detetive linha-dura.

Bosch deu de ombros.

— Talvez eu não seja assim. Moro com minha filha de quinze anos. Acho que por causa dela estou amolecendo.

— Eu constrangi você sendo tão atirada essa noite?

Bosch sorriu e abanou a cabeça.

— Gostei do que você disse sobre não perder tempo. Nós dois nos sentimos ligados naquela outra noite. Então aqui estamos. Se não tem nada errado, então eu também não quero perder tempo.

Ela pôs a taça em cima do parapeito e se aproximou mais dele.

— É, aqui estamos.

Bosch pousou sua taça perto da dela. Então chegou mais perto e levou a mão à sua nuca. Aproximou-se mais um pouco e a beijou, usando a outra mão para segurar o corpo dela contra o seu.

Finalmente, ela afastou os lábios um pouco e ficaram de rosto colado. Ele sentiu sua mão deslizando sob seu paletó e subindo pela lateral do corpo.

— Esquece o vinho e a lua — ela sussurrou. — Quero entrar agora.

— Eu também — ele disse.

24

Às 22h30, Bosch acompanhou Hannah Stone até o carro dela. Ela viera atrás dele depois do restaurante, mais cedo. Dissera que não podia passar a noite e por ele tudo bem. Perto do carro, deram um abraço apertado. Bosch se sentia ótimo. Os momentos passados no quarto tinham sido maravilhosos. Ele havia esperado um longo tempo por alguém como Hannah.

— Me liga quando chegar em casa, ok?

— Não precisa se preocupar.

— Eu sei, mas me liga de qualquer jeito. Quero saber que chegou bem em casa.

— Ok.

Os dois ficaram se olhando por um longo momento.

— Foi muito bom para mim, Harry. Espero que tenha sido bom para você também.

— Você sabe que foi.

— Ótimo. Quero repetir a dose.

Ele sorriu.

— É, eu também.

Ela desmanchou o abraço e abriu a porta do carro.

— Logo — ela disse quando entrou.

Ele balançou a cabeça. Ambos sorriram. Ela deu partida e saiu. Harry observou as luzes da lanterna desaparecendo pela curva na estrada e depois foi para seu carro.

* * *

Bosch entrou no pátio traseiro da Divisão de Hollywood e estacionou na primeira vaga que encontrou. Esperava ter chegado a tempo. Desceu e caminhou até a porta nos fundos. Seu celular tocou e ele o tirou do bolso. Era Hannah.

— Está em casa?
— Cheguei. Onde você está?
— Divisão de Hollywood. Preciso ver alguém no turno da noite.
— Então foi por isso que você me enxotou da sua casa.
— Hm, na verdade acho que *você* disse que não podia ficar.
— Ah. Bom, então tudo bem. Divirta-se.
— Pode deixar. Eu ligo amanhã.

Bosch passou pelas portas duplas e desceu o corredor até a sala da guarda. Havia dois sujeitos algemados ao banco que ficava no meio do corredor. Estavam esperando o preenchimento da papelada para serem levados à cela. Pareciam apenas dois pés de chinelo.

— Ei, cara, pode me dar uma ajuda aqui? — pediu um deles quando Bosch passou.

— Hoje não — respondeu Bosch.

Bosch enfiou a cabeça na sala da guarda. Dois sargentos estavam de pé, lado a lado, olhando o cronograma com o pessoal mobilizado para a guarda noturna. Nenhum tenente. Bosch percebeu com isso que o turno seguinte ainda esperava pela chamada no andar de cima e que não perdera a troca do turno. Bateu no vidro do guichê ao lado da porta. Os dois sargentos viraram para ele.

— Bosch, DRH. Podem chamar Adão-meia-cinco? Preciso ter uma palavrinha com ele.

— Já está a caminho. É o primeiro a se apresentar.

Eles escalonavam a mudança de turno — uma viatura de cada vez — de modo que a divisão nunca ficasse sem ninguém na patrulha. Em geral, o primeiro carro a se apresentar era o policial de patente mais elevada na equipe de patrulha que tivera a pior noite.

— Será que podem pedir para ele ir lá nos detetives? Eu fico esperando lá.
— Pode deixar.

Bosch passou de novo pelos dois detidos e em seguida dobrou à esquerda no fim do corredor, passou o almoxarifado e entrou na sala do esquadrão dos detetives. Havia trabalhado na Divisão de Hollywood por muitos anos antes de se transferir para a Divisão de Roubos e Homicídios e conhecia bem o lugar.

Como esperado, a sala D estava deserta. Quando muito, Bosch esperava encontrar algum policial de patrulha preenchendo relatórios, mas não havia ninguém à vista.

Placas de madeira penduradas no teto assinalavam as repartições das diferentes unidades criminais. Bosch foi até a área de homicídios e procurou a mesa de seu velho parceiro, Jerry Edgar. Era fácil de identificá-la devido a uma foto colada no fundo de sua baia, mostrando Edgar ao lado de Tommy Lasorda, o antigo treinador dos Dodgers. Bosch sentou e tentou abrir a gaveta de canetas, mas estava trancada. Isso lhe deu uma ideia e rapidamente se levantou e passou os olhos pelas mesas e bancadas de trabalho na sala do esquadrão, até que avistou uma pilha de jornais sobre uma mesa bamba na entrada da sala. Foi até lá e folheou a pilha para encontrar um caderno de esportes. Folheou o caderno e localizou os onipresentes anúncios de tratamentos medicinais para disfunção erétil. Rasgou um e voltou à mesa de Edgar.

Bosch acabara de enfiar o anúncio pela fenda na gaveta trancada do colega quando uma voz o surpreendeu, às suas costas.

— DRH?

Bosch girou na cadeira de Edgar. Um policial uniformizado estava parado junto à entrada do corredor no fundo. Tinha o cabelo grisalho cortado rente e constituição musculosa. Devia estar com quarenta e poucos anos, mas parecia mais novo, mesmo com o cabelo grisalho.

— Isso, ele mesmo. Robert Mason?

— Ele mesmo. O que...

— Venha até aqui para podermos conversar, policial Mason.

Mason se aproximou. Bosch notou que as mangas curtas de sua camisa ficavam justas em seus bíceps. Era o tipo de homem da lei que queria mostrar para qualquer possível delinquente com quem estaria se metendo e contra o que teria de lutar.

— Sente-se — disse Bosch.

— Não, obrigado — disse Mason. — O que está acontecendo? Terminei meu turno e já estou de saída.

— Três DUIs.

— O quê?

— Você ouviu. Três DUIs.

Bosch observava seus olhos, para ver se sua reação entregaria alguma coisa.

— Certo, três DUIs. Me pegou. O que isso quer dizer?

— Quer dizer que coincidências não existem, Mason. E você assinar três autuações de direção sob embriaguez no verão passado para três motoristas diferentes da B&W, todas em Adão-sessenta-e-cinco, força todos os limites possíveis de uma coincidência. Meu nome não é DRH. É Bosch, e estou investigando o assassinato do seu amigo George Irving.

Agora sua expressão entregava algo. Mas durou apenas uma fração de segundo. Mason estava prestes a fazer a escolha errada. Mas quando fez, Bosch foi surpreendido, mesmo assim.

— George Irving se matou.

Bosch olhou para ele por um momento.

— Sério? Você sabe disso?

— Sei que é o único modo de ter acontecido. Ele ter ido lá sozinho, naquele hotel. Ele se suicidou e isso não tem nada a ver com a Black and White. Está farejando a pista errada, meu querido.

Bosch começou a ficar irritado com aquele babaca arrogante.

— Vamos parar com a palhaçada, Mason. Você tem uma escolha nessa história. Pode pegar uma cadeira e me contar o que fez e quem mandou você fazer e quem sabe sair dessa com a ficha limpa. Ou então pode ficar aí falando merda e eu não vou mais dar a mínima para o que pode acontecer com você.

Mason cruzou os braços sobre o peito musculoso. Pretendia transformar o confronto num mano a mano para ver quem recuava primeiro, e nesse tipo de jogo o tamanho dos bíceps não trazia nenhuma vantagem. Ele sairia perdendo, no fim das contas.

— Não quero sentar. Não tenho nenhum envolvimento nesse caso, tirando que eu conhecia o cara que pulou. Só isso.

— Então me fale sobre as três DUIs.

— Não preciso falar porra nenhuma com você.

Bosch balançou a cabeça.

— Tem razão. Não precisa.

Ele se levantou e deu uma olhada rápida na mesa de Edgar, verificando se não deixara alguma coisa fora do lugar. Então deu um passo na direção de Mason e apontou para o peito dele.

— Não esquece desse dia. Porque foi nesse dia que você fodeu com tudo, *meu querido*. Foi nesse dia que você podia ter salvado seu emprego, mas você jogou tudo fora. Não é o fim do seu turno, é o fim da sua carreira.

Bosch se dirigiu ao corredor do fundo. Sabia que se tornara uma contradição ambulante. Um sujeito que na segunda de manhã disse que não ia investigar policiais, e agora era o que fazia. Ia ter de fritar aquele patrulheiro para conseguir a verdade sobre George Irving.

— Ei, espera.

Bosch parou e virou. Mason baixou os braços e Bosch interpretou isso como um sinal de que baixava a guarda.

— Não fiz nada errado. Atendi uma solicitação direta de um membro da câmara de vereadores. Não era uma solicitação envolvendo ação específica. Era só um alerta e os caras passam esse tipo de coisa para a gente na chamada todo dia, todo turno. Solicitações da câmara; SDC, é como a gente chama. Não fiz nada errado e se você me queimar por isso vai estar pegando o cara errado.

Bosch esperou, imóvel, mas foi tudo. Afastou-se de Mason. Apontou uma cadeira.

— Vamos sentar.

Dessa vez Mason obedeceu, puxando uma cadeira da repartição de Homicídios. Bosch voltou à cadeira de Edgar e sentaram frente a frente, no corredor entre a Roubo e a Homicídios.

— Então me fale sobre essa solicitação da câmara.

— Eu conhecia o George Irving de longa data. A gente frequentou a academia juntos. Mesmo depois que ele entrou na faculdade de direito, a gente continuou amigo. Eu fui padrinho de casamento dele. Porra, eu que reservei a suíte de lua de mel para eles.

Fez um gesto atrás do corpo, em direção à sala do tenente do esquadrão, como se a suíte da lua de mel ficasse ali.

— A gente passava aniversários junto, Quatro de Julho... e eu conhecia o pai dele, pelo George, e a gente se encontrou muitas vezes nesses anos todos.

— Certo.

— Então, no verão passado, em junho — esqueço a data exata — eu fui numa festa do menino do George. Ele...

— Chad.

— Isso, Chad. O Chad tinha acabado de terminar o colegial e se formado com ótimas notas, ele tinha conseguido uma bolsa integral na USF, então fizeram uma festa para ele e eu fui com a Sandy, minha esposa. O vereador estava lá e a gente bateu um papo, na maior parte só conversa mole sobre o departamento e ele tentando justificar pra mim porque o conselho fodeu com nossa hora extra e esse tipo de coisa. Daí, no fim, ele meio que me falou de passagem que tinha recebido uma queixa de uma eleitora dele que disse ter pegado um táxi em um restaurante em Hollywood e que o motorista estava embriagado. Ela disse que o carro cheirava a álcool e que o sujeito estava claramente sem condições. Ele me contou que depois de algumas quadras a mulher teve de mandar o cara parar e desceu. Ela disse que era um táxi da Black and White, e daí ele me falou para ficar de olho nos motoristas, que podia ter algum problema. Ele sabia que eu fazia a patrulha no turno da noite e que talvez visse alguma coisa. E foi só isso. Nenhuma conspiração, nenhum papo esquisito. Eu fiz o que tinha que fazer quando estava patrulhando e não teve nada errado nisso na época. E toda a autuação que eu fiz com aqueles motoristas foi dentro dos conformes.

Bosch balançou a cabeça. A história estava correta, Mason não fizera nada errado. Mas a história também trazia Irvin Irving de volta à cena, sem sombra de dúvida. A questão para um promotor ou até para um grande júri recairia sobre o vereador. Estaria ele sutilmente usando sua influência para ajudar a beneficiar o cliente de seu filho ou suas preocupações diziam respeito à segurança pública? Havia uma linha fina ali e Bosch duvidava que a questão algum dia pudesse chegar até o grande júri. Irving era esperto demais. Mesmo assim, Bosch ficou intrigado com o que Mason comentara no fim. De que não houve nada errado com o que aconteceu "na época".

— Por acaso o vereador falou para você quando a queixa foi prestada ou como exatamente chegou até ele?

— Não, não falou.

— Esse tipo de alerta alguma vez veio na chamada no verão passado?

— Não que eu me lembre, mas provavelmente eu não ia saber, para dizer a verdade. Já estou aqui há um bom tempo. Tenho uma certa bagagem e o pessoal dá uma aliviada para o meu lado, por assim dizer. Em geral eu sou o primeiro a voltar, na troca de turno. Tenho prioridade para pedir férias, esse tipo de coisa. Quase não apareço na chamada. Já estive demais nessa merda e não aguento ficar lá parado naquela salinha escutando a mesma lenga-lenga toda noite. Mas meu parceiro, que é novato, ele nunca falta, e me conta tudo que eu preciso saber. Então esse SDC pode ter vindo de lá de cima. Mas eu não devia estar.

— Mas seu parceiro nunca disse que a solicitação tinha vindo de lá, correto?

— É, mas a gente já estava cuidando do assunto, então nem precisava. Na primeira ronda depois daquela festa, eu comecei a dar batida em táxis. Então ele não precisava ter me dito que tinha vindo numa chamada. Entende o que estou dizendo?

— Entendi.

Bosch pegou sua caderneta e folheou. Não havia nada escrito nas páginas sobre Mason, mas ele queria ganhar tempo para pensar melhor e considerar o que perguntaria em seguida. Começou a virar as páginas com anotações.

— Bonito — disse Mason. — Esse é o seu número de distintivo?

Apontou para a caderneta.

— É.

— Onde você consegue uma dessas?

— Hong Kong. Você sabia que seu amigo George Irving estava representando uma empresa de táxi que pleiteava tirar a franquia da Black and White? Você sabia que as autuações de direção sob influência na ficha da empresa iam ajudar o George?

— Como eu disse, na época não sabia. Só fiquei sabendo no verão passado.

Mason esfregou as coxas com a palma das mãos. Estavam agora indo em uma direção que era incômoda para ele.

— Então chegou um momento em que você ficou realmente sabendo sobre isso?

Ele fez que sim, mas não falou.

— Quando? — quis saber Bosch.

— Hm, acho que deve ter sido umas seis semanas atrás.

— Me conta.

— Teve essa noite em que eu parei um táxi. Eu vi o cara passar direto por uma placa de PARE e mandei encostar. Era da Black and White, e na mesma hora o sujeito começa a falar de perseguição e toda essa merda, e eu penso: "Sei, sei, sei, é só pôr o dedo indicador na ponta do nariz, seu babaca." Mas daí ele diz: "Você e o Irving Junior estão fazendo isso com a gente", e eu tipo: "Mas que caralho?" Daí eu olho bem pra ele e mando ele me contar exatamente o que ele quer dizer com isso. E foi aí que eu descobri que meu amigo Georgie estava representando outra empresa de táxi e tentando armar para a Black and White.

Bosch se curvou para mais perto de Mason, apoiando os cotovelos nos joelhos. Estavam chegando ao cerne da questão agora.

— O que você fez?

— Decidi pôr o George contra a parede. Procurei ele e dei toda brecha, mas no fim da história, não teve desculpa. Achei que ele e o pai dele tinham me usado e disse isso para ele. Falei que a gente não era mais amigo e que era a última vez que eu via ele.

Bosch balançou a cabeça.

— E é por isso que você acha que ele se matou.

Mason fez um som de desprezo.

— Não, cara. Ele me usou daquele jeito, então eu não era nem um pouco importante na vida dele. Acho que se matou por outros motivos. Acho que o Chad ir embora mexeu demais com ele... e talvez tivesse outras coisas. A família tinha segredos, sabe do que eu estou falando?

Mason não sabia sobre McQuillen ou as marcas nas costas de George Irving. Bosch decidiu que não era hora de ele descobrir.

— Ok, Mason, tem mais alguma coisa para mim?

Mason abanou a cabeça.

— Você não procurou o vereador com nada disso, procurou?

— Ainda não.

Bosch pensou a respeito.

— Vai ao enterro amanhã?

— Ainda não decidi. Amanhã de manhã, certo?

— Isso.

— Acho que depois eu decido. A gente foi amigo muito tempo. As coisas só deram errado mais no fim.

— Bom, quem sabe eu vejo você lá. Pode ir agora. Obrigado por me contar tudo.

— Beleza.

Mason se levantou e foi na direção do corredor dos fundos, a cabeça baixa. Bosch o observou se afastar e pensou sobre os rumos inesperados dos relacionamentos e das investigações. Viera para a divisão esperando confrontar um policial corrupto, que tivesse passado dos limites. Em vez disso, encontrou em Mason apenas outra vítima de Irvin Irving.

E no topo da lista de vítimas de Irving estava o próprio filho. Mason talvez não tivesse de se preocupar em pôr o vereador contra a parede. Bosch podia chegar primeiro.

25

O enterro de George Irving na quinta de manhã estava entupido de gente. Mas era difícil para Bosch dizer se estavam todos lá para prantear a perda de George Irving ou apenas para apoiar seu pai, um vereador da cidade. Grande parte da elite política do município estava ali, além da equipe de comando do departamento de polícia. Até mesmo o adversário do vereador Irving na próxima eleição — o sujeito que não tinha a menor chance — estava presente. Era como se uma trégua na política tivesse sido decretada de modo a se mostrar respeito pelo morto.

Bosch ficou à margem da multidão reunida em torno do túmulo e observou o desfile de figurões que passava por Irvin Irving e o resto da família do falecido para oferecer suas condolências. Foi a primeira vez que Bosch deu uma olhada em Chad Irving, a terceira geração da família. Ele claramente puxara a mãe. Estava ao lado dela, com a cabeça baixa, mal erguendo o rosto quando alguém estendia a mão ou apertava seu braço. Parecia enlutado, enquanto sua mãe permanecia com os olhos secos, estoica, possivelmente funcionando sob uma bruma farmacológica.

Bosch estava tão concentrado observando a família e as combinações políticas da cena que não notou Kiz Rider, que estava ao lado do chefe de polícia, se afastando e vindo ficar ao seu lado. Ela apareceu à esquerda de Harry tão silenciosamente quanto uma assassina.

— Harry?

Bosch virou.

— Tenente Rider. Estou surpreso em ver você aqui.

— Vim com o chefe.
— É, eu vi. Foi um grande erro.
— Por quê?
— Eu não daria meu apoio a Irvin Irving nesse exato momento. Só isso.
— As coisas tiveram algum progresso desde nossa conversa de ontem?
— É, pode-se dizer que sim.

Bosch resumiu sua conversa com Robert Mason e a clara implicação de que o vereador era cúmplice no esforço de mudar a franquia de táxi de Hollywood da B&W para a Regent. Disse que esse esforço provavelmente desencadeara os eventos que levaram à morte de George Irving.

— Mason vai testemunhar?

Bosch deu de ombros.

— Não perguntei, mas ele conhece o jogo. É um tira e gosta do emprego; tanto que terminou a amizade com George Irving quando percebeu que estava sendo usado. Ele sabe que, se for convocado para testemunhar e se recusar, sua carreira chegou ao fim. Acho que vai testemunhar. Estou surpreso de não ter aparecido aqui hoje. Achei que talvez a gente fosse ver um pouco de ação.

Rider passou os olhos pela multidão. O serviço se encerrara e as pessoas começavam a ir embora entre as lápides, em direção a seus carros.

— A gente não quer ação aqui, Harry. Se ele aparecer, você mantém ele longe.

— Esquece. Ele não veio.

— Então qual seu próximo passo?

— Hoje é o grande dia. Vou chamar o McQuillen para uma conversinha.

— Você não tem o suficiente para uma acusação contra ele.

— Provavelmente não. Tenho uma equipe forense no hotel bem agora, com meu parceiro. Estão fazendo uma segunda investigação no local. Se a gente conseguir provar que McQuillen esteve naquele quarto ou na escada de incêndio, já era.

— Vai ser duro de provar.

— Tem também o relógio dele e a possibilidade de bater com os ferimentos nas costas.

Rider balançou a cabeça.

— Isso pode funcionar, mas como você mencionou antes, não vai ser conclusivo. Nossos especialistas vão dizer que bate. Os especialistas deles vão dizer que não bate.

— Sei. Escuta, tenente, acho que daqui a pouco vou ter companhia. Talvez seja melhor você deixar o caminho livre.

Ela esquadrinhou a multidão restante.

— Quem?

— Irving anda prestando atenção em mim sem de fato olhar para cá. Acho que vai vir falar comigo. Está só esperando você ir, eu acho.

— Então tudo bem, vou deixar você sozinho. Boa sorte, Harry.

— Se é isso que vai ajudar. Até mais, Kiz.

— Mantenha contato.

— Combinado.

Ela se afastou e foi na direção de um aglomerado de gente que cercava o chefe de polícia. Quase na mesma hora Irvin Irving aproveitou a brecha de ver Bosch sozinho e foi em sua direção.

Antes que Bosch pudesse dizer qualquer coisa, Irving falou o que passava por sua cabeça.

— É uma coisa devastadora enterrar o próprio filho e nem ao menos saber por que ele foi levado.

Bosch precisou se segurar. Havia decidido que esse não era o momento de confrontar Irving. Ainda havia trabalho a ser feito. Primeiro McQuillen, depois Irving.

— Compreendo — disse. — Espero ter algo para você em breve. Daqui a um ou dois dias.

— Isso não basta, detetive. Não tive notícias suas e o que fiquei sabendo sobre você não me tranquiliza. Está trabalhando em outro caso além da investigação sobre a morte do meu filho?

— Olha, tenho uma pilha de casos em aberto e as coisas não param só porque um político mexeu os pauzinhos e me jogou em um novo. Tudo que você precisa saber é que estou trabalhando no caso e vou ter uma atualização antes do fim da semana.

— Quero mais que uma atualização, Bosch. Quero saber o que aconteceu e quem fez isso com o meu filho. Estamos conversados?

— Claro, perfeitamente. E o que eu gostaria agora é de falar com seu neto por alguns minutos. Será que...

— Não é um bom momento.

— Nunca é um bom momento, vereador. Mas se você vai exigir resultados, então não pode me impedir de investigar. Preciso conversar com o filho da vítima. Ele está olhando para nós bem agora. Quer por favor chamá-lo aqui?

Irving virou para olhar na direção do túmulo e viu Chad sozinho. Acenou, chamando. O rapaz se aproximou deles e Irvin Irving os apresentou.

— Incomoda-se se eu conversar com Chad a sós por alguns minutos, vereador?

Irving fez cara de quem havia sido traído, mas preferiu não demonstrar na frente de seu neto.

— Claro — disse. — Eu espero no carro. Vamos embora daqui a pouco, Chad. E detetive? Quero que me mantenha informado.

— Pode deixar, senhor.

Bosch pôs a mão no braço de Chad Irving e o afastou de seu avô. Caminharam na direção de um bosque no centro do cemitério. Havia sombra e privacidade ali.

— Chad, meus pêsames pela morte de seu pai. Estou cuidando do assunto e espero ficar sabendo o que aconteceu em breve.

— Tudo bem.

— Odeio incomodar você nessa hora difícil, mas tenho umas perguntas e depois libero você.

— Como o senhor achar melhor. Eu não sei de nada, mesmo.

— Sei disso, mas é nossa obrigação conversar com todos os membros da família. É a rotina. Vamos começar pelo seguinte: quando foi a última vez que você falou com seu pai? Você se lembra?

— Lembro, a gente conversou no domingo à noite.

— Alguma coisa específica?

— Na verdade, não. Ele só me ligou e a gente meio que trocou ideia sobre a faculdade e essa merda toda, mas ele me pegou numa hora ruim. Eu precisava sair. Então foi isso aí.

— Onde você precisava ir?

— Eu tinha um trabalho em grupo para fazer e o pessoal estava esperando.

— Ele contou alguma coisa sobre o trabalho dele ou falou de algum tipo de pressão que estivesse enfrentando, alguma coisa que estivesse incomodando?

— Não.

— O que você acha que aconteceu com seu pai, Chad?

O menino era grande e desajeitado, o rosto coberto de acne. Ele balançou a cabeça violentamente com a pergunta.

— Como é que eu vou saber? Eu não fazia a menor ideia do que ia acontecer.

— Você sabe por que ele teria ido ao Chateau Marmont e alugado um quarto?

— Não.

— Ok, Chad, é só isso. Desculpe pelas perguntas. Mas tenho certeza de que você vai querer saber o que aconteceu.

— Vou.

Chad baixou o rosto para o chão.

— Quando você volta para a faculdade?

— Acho que vou ficar com a minha mãe pelo menos no fim de semana.

— Ela provavelmente vai precisar.

Bosch apontou a alameda do cemitério, onde os carros estavam esperando.

— Acho que ela e seu avô estão esperando você. Obrigado pela ajuda.

— Tudo bem.

— Boa sorte, Chad.

— Obrigado.

Bosch observou-o voltando para sua família. Sentiu pena do rapaz. Parecia caminhar de volta para uma vida de exigências e expectativas que nunca ajudara a construir. Mas Bosch não pôde ficar pensando nisso por muito tempo. Tinha trabalho a fazer. Quando começou a andar para seu carro, pegou o celular e ligou para seu parceiro. O aparelho chamou seis vezes até Chu atender a ligação.

— Fala, Harry.

— O que eles encontraram?

Bosch fizera uma requisição por intermédio do tenente Duvall para que a principal equipe forense do departamento voltasse ao Chateau Marmont e fizesse outra varredura no quarto 79 usando todos os meios de detecção de evidência possíveis. Bosch queria o lugar submetido a aspirador, laser, luz negra e supercola. Queria tentar qualquer coisa capaz de obter alguma evidência que tivessem deixado escapar da primeira vez e possivelmente ligar McQuillen ao quarto.

— Não conseguimos nada. Pelo menos, não até agora.

— Ok. Eles já verificaram a escada de incêndio?

— Só começaram. Nada.

Bosch não podia dizer que estava decepcionado, porque sabia que era um tiro no escuro, para começo de conversa, principalmente a saída de incêndio, que ficara exposta às intempéries por quase quatro dias.

— Precisa de mim aí?

— Não, acho que vamos encerrar logo. Como foi o enterro?

— Um enterro. Não tem muito que dizer.

De modo a poder contar com a colaboração de Chu para que supervisionasse o segundo exame forense da cena do crime, Bosch lhe dissera em termos gerais que rumos a investigação estava tomando.

— Então, o que vem agora?

Bosch entrou no carro e deu partida.

— Acho que é hora de conversar com Mark McQuillen.

— Tudo bem, quando?

Bosch estivera pensando sobre isso, mas queria considerar as questões de como, quando e onde só depois.

— A gente pensa nisso quando você voltar para o PAB.

Bosch desligou e guardou o celular no bolso do paletó. Afrouxou a gravata enquanto saía do cemitério. Quase imediatamente seu celular zumbiu e ele imaginou que fosse Chu ligando de volta com outra pergunta. Mas em vez disso o nome de Hannah Stone apareceu no visor.

— Hannah.

— Oi, Harry. Tudo bem com você?

— Acabei de sair de um enterro.

— O quê? De quem?

— Não era nenhum conhecido. Assunto de trabalho. Como estão as coisas por aí?

— Tudo bem. Estou num intervalo.

— Ótimo.

Ele esperou. Sabia que ela não estava ligando só para passar o tempo.

— Eu estava imaginando se você andou pensando em ontem à noite.

A realidade era que Bosch ficara absorvido pelo caso Irving desde que confrontara Robert Mason na noite anterior.

— Claro — ele disse. — Foi ótimo para mim.

— Foi ótimo para mim também, mas não quis dizer isso. Estou falando sobre o que eu contei para você. Antes.

— Não tenho certeza do que você quer dizer.

— Sobre Shawn. Meu filho.

Isso pareceu capenga e meio constrangedor. Ele não tinha certeza do que ela queria.

— Bom... não sei, Hannah, o que era para eu estar pensando?

— Deixa pra lá, Harry. Preciso desligar.

— Espera, Hannah. O que é isso, quem ligou foi você, lembra? Não pode desligar assim, irritada desse jeito. Me diz, o que era para eu estar pensando sobre o seu filho?

Bosch sentiu alguma coisa incomodando por dentro. Tinha de considerar que para ela a noite anterior talvez tivesse representado algum tipo de esperança de final feliz que tinha a ver com seu filho, não com eles. Para Bosch, o filho dela era um caso perdido. Quando Shawn estava com vinte anos, drogara e estuprara uma garota — uma coisa triste e terrível. Ele se declarou culpado e foi para a prisão. Isso aconteceu cinco anos antes e Hannah dedicara sua vida desde então a tentar compreender de onde viera esse impulso. Seria genético, seria a natureza, seria sua educação? Era uma espécie de prisão para a própria Hannah e Bosch se solidarizara ao ouvir a história horrível.

Mas agora não tinha certeza sobre o que ela queria dele além de sua solidariedade. Será que era para dizer que ela não tinha culpa pelo crime de seu filho? Ou que seu filho não era uma pessoa má? Ou talvez ela estivesse esperando por algum tipo de ajuda concreta no que dizia respeito à prisão dele? Bosch não sabia, porque ela não dissera.

— Nada — ela disse. — Lamento. Só não quero que isso estrague as coisas, é só.

Isso atenuou a situação para ele, um pouco.

— Então não deixe que estrague, Hannah. Deixa acontecer. A gente se conhece faz só alguns dias. Foi bom ficar junto, mas talvez a gente tenha ido rápido demais. Vamos apenas deixar rolar e não ficar trazendo esse negócio pra dentro da relação. Ainda não.

— Mas eu preciso. Ele é meu filho. Você faz alguma ideia de como é viver com o que ele fez e pensar nele preso lá dentro?

A sensação de aperto voltou e ele percebeu que se enganara com aquela mulher. Sua solidão e a necessidade de se relacionar com alguém o levara a tomar um caminho equivocado. Havia esperado por tanto tempo e agora escolhera errado.

— Hannah — ele disse. — Estou no meio de um negócio aqui. Será que a gente pode conversar sobre tudo isso mais tarde?

— Você é quem sabe.

A frase veio como uma agressão. Ela podia perfeitamente ter dito *Foda-se, Bosch*. O recado era o mesmo. Mas ele agiu como se não tivesse percebido.

— Ok. Eu ligo assim que terminar. Tchau, Hannah.

— Tchau, Harry.

Bosch desligou e se segurou para não atirar o celular pela janela do carro. O pensamento de que Hannah Stone podia ser a pessoa que traria para dentro da vida que compartilhava com sua filha fora uma fantasia sua. Ele agira rápido demais. Havia sonhado rápido demais.

Enfiou o celular no bolso do casaco e enterrou os pensamentos sobre Hannah Stone e o namoro malfadado num lugar tão fundo quanto o túmulo de George Irving embaixo da terra.

26

Bosch entrou na baia vazia e imediatamente viu a pilha de envelopes grandes sobre a mesa de Chu. Pôs sua maleta na mesa, mas depois foi até a mesa do parceiro e espalhou os envelopes sobre o mata-borrão. Chu recebera os extratos e outros registros dos cartões de crédito de George Irving. Repassar e checar todas as compras de cartão de crédito era um componente importante de uma investigação de homicídio completa. O que encontrassem seria parte do perfil financeiro da vítima.

O envelope de baixo era o mais fino e vinha do laboratório criminal. Bosch o abriu, imaginando a qual dos casos devia se referir.

O envelope continha o relatório e a análise da camisa de George Irving. Exames forenses determinaram que a camisa azul-marinho continha sangue e material celular — pele — no ombro direito, do lado interno. Isso era consistente com os hematomas e as lacerações em forma de lua crescente encontrados no ombro de Irving durante a autópsia.

Bosch sentou diante da mesa de Chu, examinando o relatório e considerando seu significado. Ele se deu conta de que aquilo podia indicar pelo menos dois cenários. Um era que Irving estava usando a camisa quando foi sufocado e o ferimento na pele de seu ombro ocorreu quando o relógio do agressor pressionou o tecido contra a pele. O segundo era que a camisa foi vestida depois que os ferimentos ocorreram e o sangue e a pele foram transferidos.

Duas coisas levaram Bosch a desconsiderar o segundo cenário. O botão encontrado no chão indicava que devia ter havido uma luta enquanto Irving ainda vestia a camisa. E como Irving mergulhara nu para a morte, parecia altamente improvável que a camisa tivesse sido vestida sobre o ferimento e depois tirada outra vez.

Bosch se concentrou no primeiro cenário. Sugeria que Irving foi surpreendido por trás e imobilizado em uma chave de braço. Houve uma luta. O botão era arrancado da manga direita e o agressor passava à manobra do arrasto de mão para controlar a vítima. Os hematomas e as esfoladuras superficiais ocorreram a despeito da camisa.

Bosch pensou nisso por alguns minutos e, sob qualquer ângulo que examinasse, tudo sempre levava a McQuillen. Como ele dissera a Chu, era hora de interrogar o homem.

Bosch foi até sua mesa e começou a planejar como agiria. Decidiu que não lhe daria voz de prisão pelo crime. Tentaria fazer com que McQuillen concordasse voluntariamente em ir ao PAB no centro para responder perguntas. Se a tentativa se revelasse malsucedida, então o jeito seria pegar as algemas e prendê-lo.

McQuillen era um ex-policial e isso o tornava um alvo de prisão perigoso. Quase todos os ex-policiais tinham armas e todos sabiam como usá-las. Bosch pediria para Chu fazer uma verificação nos registros da ATF, mas ele sabia que esse tipo de verificação não seria conclusivo. Policiais encontravam e apreendiam armas nas ruas o tempo todo. Nem todas eram entregues à Property Division. Um levantamento na ATF informaria apenas o que McQuillen possuía legalmente.

Devido a essas preocupações, Bosch concluiu que o mais importante era que McQuillen não fosse procurado em sua casa. Isso o deixaria próximo demais de quaisquer armas conhecidas e desconhecidas que tivesse. O carro dele também seria uma má escolha, pelos mesmos motivos.

Bosch já vira a garagem e o escritório de expedição da B&W por dentro. Isso lhe dava uma vantagem estratégica. Era também o lugar menos provável para McQuillen andar armado. Seria diferente se ele dirigisse um táxi pelos cantos escuros de Hollywood, mas despachar táxis dali não era perigoso.

O telefone da mesa tocou e o visor informou simplesmente LATIMES. Bosch ficou tentado a deixar cair nos recados, mas pensou melhor.

— Abertos/Não Resolvidos.

— O detetive Bosch está?

— Ele mesmo.

— Detetive, aqui é Emily Gomez-Gonzmart, do *Los Angeles Times*. Estou trabalhando num artigo sobre a investigação de homicídio de George Irving e gostaria de lhe fazer algumas perguntas.

Bosch ficou paralisado por um longo momento. Sentiu um súbito desejo de fumar um cigarro. Ele conhecia a repórter. O apelido dela era "GoGo", porque ia atrás dos fatos incansavelmente nas matérias que escrevia.

— Detetive?

— Pois não, desculpe. Estou no meio de uma coisa aqui. Você chamou de homicídio. O que a leva a pensar que é uma investigação de homicídio? É a investigação sobre uma morte, sem dúvida. Mas não estamos chamando de homicídio. Não tiramos essa conclusão.

Agora ela fez uma pausa por um longo momento antes de responder.

— Bom, minha informação é de que é uma investigação de homicídio e que há um suspeito que vai ser preso em breve, se é que já não está sob custódia. Esse suspeito é um ex-policial com uma rixa contra o vereador Irving e o filho dele. É por isso que estou ligando, detetive. O senhor pode confirmar isso e já fez uma prisão nesse caso?

Bosch ficou pasmo com a extensão de sua informação.

— Olha, não vou confirmar coisa nenhuma. Ninguém foi preso e não sei muito bem onde você está conseguindo sua informação, mas isso não está correto.

A voz dela agora mudava. Ficou mais para um sussurro e transmitia um tom íntimo de *quem você acha que está enganando?*

— Detetive — ela disse —, nós dois sabemos que minha informação está correta. A gente vai publicar a matéria e gostaria de ter seus comentários para constar. Afinal, o senhor é o investigador chefe. Mas se não pode ou não quer conversar comigo, então vai sair assim mesmo, sem suas declarações, e vou escrever exatamente isso, que se recusou a comentar.

A cabeça de Bosch fervia. Ele sabia como funcionava. A matéria estaria nas páginas do jornal pela manhã, mas muito antes disso ficaria on-line no site do jornal. E assim que caísse na web, seria lida por todos os editores e entraria na pauta de cada estação de televisão e rádio na cidade. Uma hora depois da postagem no site do *Times*, haveria um frenesi na mídia. E então McQuillen, estivesse ou não seu nome na matéria, saberia que Bosch viria atrás dele.

Bosch não podia deixar isso acontecer. Não ia aturar de modo algum a mídia apressando suas ações ou ditando seus passos. Ele se deu conta de que tinha de fazer um trato ali.

— Quem é sua fonte? — perguntou, só para ganhar algum tempo de modo a considerar como lidar com a situação.

GoGo riu, como Bosch sabia que faria.

— Detetive, por favor. Sabe que não posso revelar minhas fontes. Se o senhor quiser ser uma fonte anônima, posso oferecer a mesma proteção incondicional. Prefiro ir para a cadeia do que revelar alguma fonte. Mas prefiro ainda mais uma declaração sua.

Bosch ergueu a cabeça e olhou por cima da divisória. A sala do esquadrão estava quase deserta. Viu Tim Marcia em sua mesa, perto da sala da tenente. A porta dela estava fechada, como sempre, e era impossível saber se estava enfiada ali dentro ou saíra para alguma reunião.

— Não me incomodo em dar uma declaração — ele disse. — Mas você sabe que num caso como esse, com as ligações políticas e tudo mais, não posso declarar nada sem permissão. Não vou correr o risco de perder o emprego. Você precisa esperar até eu conseguir uma autorização.

— Isso está me parecendo mais embromação, detetive Bosch. Com ou sem o senhor, estou com a matéria e vou mandar hoje.

— Ok, então quanto tempo você me dá? A gente volta a se falar.

Uma pausa se seguiu e Bosch achou que podia escutá-la digitando alguma coisa no teclado do computador.

— Meu prazo é cinco horas. Preciso ter notícias suas antes disso.

Bosch olhou seu relógio. Acabara de conseguir três horas com ela. Ele acreditava que isso lhe daria tempo suficiente para pegar McQuillen. Uma vez sob sua custódia, não fazia diferença o que pusessem na internet ou quantos repórteres e produtores ligariam para ele ou para o escritório de relações com a mídia.

— Me dá seu número direto — ele disse. — Eu ligo para você antes das cinco.

Bosch não tinha a menor intenção de ligar de volta, mas escreveu o nome e o número na caderneta, de qualquer maneira.

Assim que desligou, ligou para o celular de Kiz Rider. Ela atendeu de imediato e parecia estar no carro.

— O que foi, Harry?

— Você está sozinha?

— Estou.

— O *Times* sabe da história. Só pode ter vindo do chefe ou do vereador. De um jeito ou de outro, vai foder comigo se aparecer antes da hora.

— Calma aí, calma aí. Como você sabe?

— Porque a repórter acabou de me ligar e ela sabia que a gente estava trabalhando em um homicídio e que nosso suspeito é um ex-policial. Contaram tudo para ela.

— Quem é a repórter?

— Emily Gomez-Gonzmart. Eu nunca tinha conversado com ela antes, mas já tinha ouvido falar dela. Parece que chamam de GoGo porque vai atrás da matéria até o fim.

— Bom, não é um dos nossos.

Significando que GoGo não estava na lista de repórteres aprovados e confiáveis com quem o chefe de polícia tratava. Isso significava que a fonte dela era Irvin Irving ou algum membro da equipe do vereador.

— Mas você está dizendo que ela sabia que você tinha um suspeito? — disse Rider.

— Isso mesmo. Ela sabe tudo, menos o nome. Sabia que estava para ser preso ou tinha acabado de ser.

— Bom, você sabe que repórteres normalmente agem como se soubessem mais do que sabem, eles jogam verde para colher maduro.

— Ela sabia que a gente tinha um suspeito e que é um ex-policial, Kiz. Isso não foi blefe nenhum. Estou dizendo para você, ela sabe de tudo. Acho melhor seu pessoal lá de cima pegar o telefone e cair em cima do Irving por conta disso. É o filho dele e ele está melando o caso em troca de quê? Tem alguma vantagem política em divulgar isso agora?

— Não, não tem. É por isso que não estou convencida de que tenha vindo dele. E na verdade eu estava na sala quando o chefe falou com ele pelo telefone e o deixou a par de tudo. Ele não mencionou o suspeito porque sabia que Irving ia exigir o nome. Então deixou a informação de fora. Mas ele falou sobre as marcas no ombro e a ligação com a chave de braço, mas não disse que tinha um suspeito identificado. Disse que a gente ainda estava trabalhando no caso.

Bosch ficou em silêncio conforme contemplava o significado daquilo tudo. A coisa cheirava a ingerência e politicagem e ele sabia que a única pessoa em quem podia confiar era Kiz Rider.

— Harry, estou no carro. O que sugiro que você faça é ir para o computador e acessar o site do *Times*. Dê uma busca com o nome da repórter. Veja o que aparece de matérias anteriores. Veja se ela já escreveu algum artigo envolvendo o Irving antes. Pode ter algum membro da equipe com quem ela tem ligação e isso vai ficar óbvio de matérias anteriores.

Era uma ideia boa e bem pensada.

— Ok, vou fazer isso, mas não tenho muito tempo. Isso está apressando as coisas com o McQuillen. Assim que meu parceiro chegar, nós vamos prendê-lo.

— Tem certeza de que está pronto?

— Acho que a gente não tem escolha. Essa história vai estar na internet às cinco da tarde. A gente precisa pegar ele antes disso.

— Quero ser informada quando vocês estiverem com ele.

— Pode deixar.

Bosch desligou e imediatamente ligou para Chu, que já devia ter encerrado no Chateau Marmont.

— Onde você está?

— Voltando. Não conseguimos nada, Harry.

— Deixa pra lá. A gente vai pegar o McQuillen hoje.

— A decisão é sua.

— É, a decisão é minha e eu assumo. A gente se encontra aqui.

Desligou e pôs o celular sobre a mesa. Tamborilou com os dedos. Não estava gostando daquilo. Suas ações no caso estavam sendo ditadas por influências externas. A sensação era sempre desagradável. Certo, o plano era pegar McQuillen e levá-lo para interrogar. Mas antes era Bosch quem ditava o ritmo. Agora o ritmo estava sendo ditado para ele e isso o fazia se sentir como um tigre enjaulado. Confinado e furioso, prestes a enfiar a pata através das barras e rasgar a primeira coisa que passasse perto.

Levantou e foi até a mesa de Tim Marcia.

— A tenente está aí dentro?

— Está.

— Posso entrar? Preciso falar com ela.

— É toda sua — se conseguir fazer com que abra para você.

Bosch bateu na porta agorafóbica da tenente. Após um intervalo, ele escutou Duvall dar seu OK e entrou. Ela estava em sua mesa, trabalhando no computador. Relanceou para ver quem era, mas então parou de digitar alguma coisa enquanto falava.

— O que foi, Harry?

— O seguinte: pretendo trazer um suspeito hoje no caso Irving.

Com isso ela ergueu os olhos.

— A ideia é fazer com que ele venha por vontade própria. Mas se não funcionar, a gente vai prender.

— Obrigada por me manter atualizada sobre o caso.

Não foi dito como um agradecimento sincero. Bosch deixara de informá-la por vinte e quatro horas e muita coisa acontecera nesse meio-tempo. Ele puxou a cadeira diante de sua mesa e sentou. Transmitiu a versão resumida, levando dez minutos para chegar até o telefonema da repórter.

— Foi mancada minha eu não ter mantido você atualizada — ele disse. — As coisas vêm acontecendo muito rápido. O escritório do chefe está a par de tudo; acabei de conversar com o assistente dele hoje no enterro, e vão informar o vereador.

— Bom, acho que devo agradecer por você ter me mantido no escuro. Pelo menos não vou ser suspeita do vazamento para o *Times*. Alguma ideia de onde veio?

— Estou presumindo que foi o Irving ou alguém da turma dele.

— Mas o que ele ganha com isso? A situação dele só ia piorar aqui.

Era a primeira vez que Bosch considerava isso. A tenente tinha razão. Por que Irving vazaria uma história que no final das contas só serviria para sujá-lo com a marca da corrupção, no mínimo? Não fazia sentido.

— Boa pergunta — disse Bosch. — Mas não tenho uma resposta. Só o que eu sei é que de algum modo a informação chegou lá, do outro lado da rua.

Duvall olhou para as persianas diante da janela que dava para o Times Building. Era como se sua paranoia sobre repórteres à espreita tivesse sido confirmada. Bosch se levantou. Já terminara o que tinha para dizer.

— E quanto ao reforço, Harry? — perguntou Duvall. — Você e Chu conseguem lidar sozinhos com isso?

— Acho que sim. McQuillen não está esperando, e como eu disse, a gente quer que ele venha voluntariamente.

Ela pensou sobre isso e balançou a cabeça.

— Ok, não deixe de me informar. Mas a tempo, dessa vez.

— Certo.

— Isso significa hoje à noite.

— Pode deixar.

Bosch voltou para a baia. Chu ainda não voltara.

Harry ficou obcecado com a ideia de que o vazamento pudesse não ter vindo da parte de Irving. Isso deixava o escritório do chefe e a possibilidade de estar acontecendo alguma coisa que Kiz Rider não soubesse, ou que estivesse escondendo dele. Ele foi até seu computador e abriu o site do *Times*. Na caixa de busca digitou "Emily Gomez-Gonzmart" e teclou ENTER.

Logo surgiu uma página cheia de citações — as chamadas de matérias levando a assinatura da repórter, em ordem cronológica decrescente. Começou a descer a página, lendo os títulos, e rapidamente chegou à conclusão de que GoGo não cobria política ou governo municipal. Não havia matérias no último ano pondo-a em proximidade com Irvin ou George Irving. Ela mais parecia uma jornalista de artigos de fundo especializada em matérias criminais. A típica matéria feita após o ocorrido, em que expandia a história, falando sobre as vítimas e suas famílias. Bosch clicou em algumas dessas, leu os parágrafos de abertura e depois voltou para a lista.

Continuou rolando a página, retrocedendo por mais de três anos de matérias, sem ver nada que ligasse Gomez-Gonzmart a qualquer um envolvido no caso George Irving. E então uma manchete do início de 2008 chamou sua atenção.

Tríades Extorquem Chineses Locais

Bosch abriu a matéria. Começava contando o caso de uma mulher de idade que era dona de uma farmácia em Chinatown e que vinha pagando uma taxa de proteção mensal para um chefão da Tríade havia mais de trinta anos. Depois o texto se aprofundava num relato sobre a história cultural dos pequenos comerciantes locais dando continuidade à antiquíssima tradição, com raízes em Hong Kong, de pagar pela proteção dos sindicatos do crime, as Tríades. A matéria se desdobrava no homicídio, na época recente, de um senhorio em Chinatown, de cuja autoria a Tríade era suspeita.

Bosch ficou paralisado quando chegou ao nono parágrafo da matéria.

"As Tríades em L.A. vão muito bem obrigado", disse o detetive David Chu, membro da Unidade de Gangues Asiáticas do DPLA. "Elas sugam as pessoas do mesmo modo como vêm sugando as pessoas em Hong Kong por trezentos anos."

Harry ficou olhando o parágrafo por um longo tempo. Chu havia se transferido para a Unidade de Abertos/Não Resolvidos e era parceiro de Bosch havia dois anos. Antes disso ele trabalhara na UGA, onde cruzara o caminho com Emily Gomez-Gonzmart, e ao que parecia a ligação continuara a existir.

Bosch desligou o monitor e virou em sua cadeira. Ainda nem sinal de Chu. Rodou com a cadeira até o lado de Chu na baia e abriu o laptop que Chu deixara em sua mesa. A tela se iluminou e Bosch clicou no ícone de e-mail. Relanceou em torno para se certificar de que Chu não entrara na sala do esquadrão. Então abriu um novo e-mail e digitou "GoGo" na caixa de endereço.

Nada aconteceu. Deletou e digitou "Emily". O preenchimento automático que completava endereços de e-mail usados previamente entrou em ação e mostrou emilygg@latimes.com.

Bosch sentiu a raiva crescendo dentro de si. Olhou em volta mais uma vez, depois entrou na pasta de e-mails enviados e deu uma busca em todos os e-mails para emilygg. Havia um monte. Bosch começou a ler um por um e rapidamente percebeu que eram inócuos. Chu usava o e-mail apenas para marcar encontro, muitas vezes na cafeteria do *Times*, do outro lado da rua. Não havia como determinar que tipo de relacionamento ele mantinha com a repórter.

Bosch fechou as janelas de e-mail e fechou o laptop. Já vira o bastante. Sabia o bastante. Rolou a cadeira de volta para sua própria mesa e refletiu sobre o que fazer. A investigação fora comprometida por seu próprio parceiro. As ramificações disso podiam se estender até o tribunal, se McQuillen chegasse a ser julgado. Um advogado de defesa com conhecimento da impropriedade de Chu podia destruir sua credibilidade, bem como a credibilidade do caso.

E isso era apenas uma parte do estrago. Era preciso considerar ainda o prejuízo irreparável que Chu trouxera à parceria. No que respeitava a Bosch, a dupla terminava ali.

— Harry! Está pronto para a ação?

Bosch virou em sua cadeira. Chu acabara de entrar na baia.

— Claro — disse Bosch. — Estou pronto.

27

Uma garagem de táxi era bem parecida com uma central de polícia. Operava exclusivamente como ponto de partida para o reabastecimento, manutenção e despacho dos veículos que se espalhavam continuamente por uma jurisdição geográfica. E, é claro, era o lugar onde os veículos eram distribuídos entre os responsáveis por dirigi-los. Os carros eram utilizados continuamente, até uma falha mecânica tirá-los da rua. Era um ritmo inescapável. Carros entrando, carros saindo. Motoristas entrando, motoristas saindo. Mecânicos entrando, mecânicos saindo. Operadores entrando, operadores saindo.

Bosch e Chu esperaram na Gower e observaram a frente da garagem da Black & White Taxi por quase uma hora antes de avistarem o homem que acreditavam ser Mark McQuillen estacionando junto à calçada e depois entrando pela porta aberta do galpão. Não era o que Bosch esperava. Na sua cabeça, estava visualizando o McQuillen de quem se lembrava de vinte e cinco anos antes. O McQuillen cuja foto fora estampada por toda a mídia como bode expiatório da força-tarefa da chave de braço. O valentão de vinte e oito anos com cabelo rente e bíceps aparentemente capazes de esmagar o crânio de um homem, que dizer então da artéria carótida.

O sujeito que entrou na B&W Taxi era mais largo no quadril do que nos ombros, usava o cabelo ralo num rabo de cavalo grisalho e andava no ritmo de alguém indo a algum lugar onde não dava a mínima se ia ou não chegar.

— É ele — disse Bosch. — Acho.

Foram suas primeiras palavras em vinte minutos. Tinha muito pouco além disso a dizer a Chu.

— Tem certeza? — perguntou Chu.

Bosch baixou os olhos para a cópia da foto da carteira de motorista que Chu imprimira. Era de três anos antes, mas ele tinha certeza de que não se enganara.

— Tenho. Vamos.

Bosch não esperou pela resposta do parceiro. Desceu do carro e atravessou a rua Gower na diagonal para a garagem. Escutou a outra porta do carro batendo às suas costas e os sapatos de Chu no asfalto conforme se apressava para alcançá-lo.

— Ei, a gente vai fazer isso junto ou você quer bancar o cavaleiro solitário? — exclamou Chu.

— É — disse Bosch. — Junto.

Pela última vez, pensou.

Levou um momento para os olhos deles se ajustarem à penumbra da garagem. Havia mais atividade do que na visita anterior. Mudança de turno. Motoristas e carros entrando e saindo. Foram direto para a sala de despacho, não querendo que ninguém desse a notícia para McQuillen antes que o abordassem.

Bosch bateu na porta com os nós dos dedos conforme a abria. Quando entrou, viu dois homens no escritório, como da outra vez. Mas um era McQuillen e o outro era um novo sujeito também. McQuillen estava de pé perto de sua bancada de trabalho, borrifando desinfetante no equipamento de rádio que estava prestes a usar. Pareceu muito despreocupado quando os dois homens de terno entraram. Até mesmo acenou com a cabeça, como que dando a entender que já eram esperados.

— Detetives — disse. — O que posso fazer pelos senhores?

— Mark McQuillen? — perguntou Bosch.

— O próprio.

— Detetives Bosch e Chu, DPLA. Queremos lhe fazer algumas perguntas.

McQuillen balançou a cabeça novamente e virou para o outro operador.

— Andy, você cuida do forte? Espero que isso não demore muito.

O outro sujeito balançou a cabeça e fez um sinal de ok.

— Na verdade — disse Bosch — pode demorar. Talvez seja melhor você ver se consegue chamar alguém aqui.

Dessa vez McQuillen falou enquanto olhava diretamente para Bosch.

— Andy, chama o Jeff, fala para ele vir pra cá. Eu volto assim que puder.

Bosch virou e fez um gesto na direção da porta. McQuillen começou a sair do escritório. Estava usando uma camisa folgada, fora da calça. Bosch permaneceu atrás dele e de olho em suas mãos o tempo todo. Quando estavam na garagem, pôs a mão nas costas de McQuillen e o orientou a ir na direção de um táxi erguido no macaco.

— Incomoda-se de pôr as mãos no capô por um minuto?

McQuillen obedeceu, e, quando fez isso, seus pulsos se estenderam para além das mangas de sua camisa. Bosch viu a primeira coisa que esperava ver. Um relógio estilo militar em seu braço direito. Tinha um grande anel de aço com borda denteada.

— De modo algum — disse McQuillen. — E já vou logo dizendo que no lado direito da minha cintura vocês vai encontrar um brinquedinho de dois tiros que eu carrego. Não é o emprego mais seguro do mundo. Sei que vocês já conheceram barra mais pesada, mas a gente trabalha aqui dentro a noite toda, a porta da garagem sempre aberta. A gente coleta o dinheiro de cada motorista no fim do turno e às vezes os motoristas também não são flor que se cheire, se entendem o que quero dizer.

Bosch esticou o braço em torno da cintura volumosa de McQuillen e encontrou a arma. Então a tirou e segurou, mostrando a Chu. Era uma Cobra Derringer de grosso calibre. Pequena e charmosa, mas dificilmente um brinquedinho. Podia disparar dois tiros de calibre 38 e dava para fazer um bom estrago se fosse de pouca distância. A Cobra aparecera na lista de armas que McQuillen registrara e que Chu puxara no computador da ATF. Harry a guardou no bolso.

— Você tem porte de arma escondida? — perguntou Bosch.

— Mais ou menos.

— Sei, achei isso mesmo.

Enquanto Bosch terminava a revista, tateou o que tinha certeza de ser um celular no bolso direito da frente de McQuillen. Deixou por isso mesmo, fingindo que não percebera.

— Vocês dão batida em todo mundo que levam para interrogar? — perguntou McQuillen.

— Regras — disse Bosch. — Não podemos pôr você no carro sem as algemas se não fizermos a revista.

Bosch não estava exatamente falando das regras do departamento. Eram mais suas próprias regras. Quando vira a Cobra no registro da ATF, deduziu que era a arma que McQuillen gostava de carregar consigo — não havia de fato muitos motivos além desse para se ter uma pistola de bolso. A principal prioridade de Bosch era separar o homem de sua arma e de qualquer outra coisa que possivelmente não figurasse no radar da ATF.

— Ok — ele disse. — Vamos indo.

Saíram da garagem sob o sol do fim de tarde. Indo cada um de um lado de McQuillen, os detetives conduziram-no para o carro.

— Onde vamos ter essa nossa conversa voluntária? — quis saber McQuillen.

— PAB — respondeu Bosch.

— Ainda não tive o prazer de conhecer o prédio novo, mas se não fizer diferença para vocês, preferia ir para Hollywood. É mais perto e posso voltar logo para o trabalho.

Esse era o início de um jogo de gato e rato. O fator-chave da perspectiva de Bosch era manter McQuillen cooperando. No minuto em que se fechasse em copas e dissesse "Quero meu advogado", era aí que a coisa toda emperrava. Por ser um ex-tira, McQuillen era esperto o suficiente para saber disso. Ele estava tentando manipulá-los.

— A gente pode checar se tem espaço livre — disse Bosch. — Parceiro, dá uma ligada lá.

Bosch usara a palavra código. Enquanto Chu pegava o telefone, Bosch abria a porta de trás do sedã e a segurava aberta para que McQuillen entrasse. Depois de fechar, fez um gesto para Chu por cima da capota, como se cortasse a cabeça. O significado era: não estamos indo para Hollywood.

Assim que entraram no carro, Chu realizou a falsa ligação para o tenente encarregado da sala de esquadrão dos detetives na Divisão de Hollywood.

— Tenente, detetive Chu, DRH, meu parceiro e eu estamos nas proximidades e queremos pedir emprestada uma das suas três por três por uma hora, mais ou menos, se for possível. A gente chega aí em cinco minutos. O senhor dá sinal verde?

Houve um longo silêncio, seguido de "Entendo" três vezes, vindo de Chu. Então ele agradeceu o tenente e fechou o celular.

— Não dá. Acabaram de estourar um armazém de DVD contrabandeado e estão com as três salas ocupadas. Vai demorar umas horas.

Bosch relanceou McQuillen no banco de trás e encolheu os ombros.

— Parece que você vai conhecer o PAB, McQuillen.

— Pelo jeito.

Bosch tinha certeza de que McQuillen não engolira a encenação. Durante o resto do trajeto, tentou jogar conversa fora para ver se conseguia extrair alguma informação ou baixar a guarda de McQuillen. Mas o ex-policial conhecia todos os macetes do ramo e permaneceu mudo quase o tempo todo. Bosch percebeu com isso que a inquirição no PAB não ia ser das mais fáceis. Nada era mais complicado do que tentar fazer um ex-policial abrir o bico.

Mas tudo bem. Bosch estava pronto para o desafio e escondia alguns truques na manga que tinha certeza de que McQuillen não vira.

Assim que chegaram ao PAB, conduziram McQuillen pela vasta sala do esquadrão da DRH e o levaram a uma das duas salas de interrogatório da Unidade de Abertos/Não Resolvidos.

— A gente só precisa verificar umas coisinhas e volta em um minuto — disse Bosch.

— Sei como funciona — disse McQuillen. — Vejo vocês daqui a uma hora, certo?

— Não, não é tanto tempo assim. A gente volta logo.

A porta trancou automaticamente quando ele a fechou. Bosch seguiu pelo corredor até a porta seguinte e entrou na sala de vídeo. Ligou os gravadores de vídeo e áudio e depois foi para a sala do esquadrão. Chu estava em sua mesa, abrindo os envelopes contendo os registros de cartão de crédito de George Irving. Bosch sentou em sua cadeira.

— Quanto tempo você vai deixar ele cozinhando? — perguntou Chu.

— Não sei. Talvez meia hora. Eu deixei passar o celular dele durante a revista. Quem sabe ele faz uma ligação e diz a coisa errada, daí a gente tem o vídeo. Pode ser que a gente tenha sorte.

— Já aconteceu antes. Você acha que a gente vai liberar ele ainda esta noite?

— Estou duvidando. Mesmo que ele não entregue nada. Você viu o relógio?

— Não, ele está de manga comprida.

— Eu vi. Bate. Vamos fichar o homem, pegar o relógio e mandar para a forense. A gente pede teste para DNA e ferimento. O DNA vai demorar um pouco, mas pode ser que consigam a comparação do ferimento até a hora do almoço amanhã e daí a gente procura o promotor.

— Por mim está combinado. Vou pegar uma xícara de café. Quer alguma coisa?

Bosch virou e olhou para o parceiro por um longo momento. Chu estava de costas para ele. Estava arrumando os relatórios de cartão de crédito numa pilha ordenada e acertando as beiradas.

— Eu não, estou tranquilo.

— Enquanto você deixa ele cozinhando um pouco, eu posso voltar aqui e dar uma olhada nesse negócio todo. Nunca se sabe.

Chu se levantou, pondo os dados do cartão de crédito numa pasta verde nova.

— É, nunca se sabe.

Chu saiu da baia e Bosch ficou olhando enquanto se afastava. Então ele se levantou e foi até o escritório da tenente; enfiou a cabeça pela porta e disse a Duvall que haviam levado McQuillen para a sala de entrevista e que ele viera voluntariamente.

Então voltou a sua mesa e mandou uma mensagem de texto para sua filha, só para checar se chegara bem da escola. Ela respondeu na mesma hora, pois o celular era uma extensão de sua mão direita e os dois haviam combinado que nunca demorariam para responder um para o outro.

Cheguei. Achei que vc estava trabalhando ontem à noite.

Bosch não tinha certeza sobre o que ela sabia. Havia tomado o cuidado pela manhã de apagar qualquer vestígio de que Hannah Stone estivera lá. Enviou uma resposta inocente de volta e ela o pegou de jeito.

Duas taças na Bosch.

Sempre haviam chamado a lava-louça pelo nome do fabricante. Bosch percebeu que esquecera de um detalhe. Pensou por um instante e então digitou um texto.

Estavam pegando pó na prateleira. Só pus para lavar. Mas fico feliz em ver que está cuidando das suas tarefas.

Ele duvidava que ela fosse engolir essa, mas esperou dois minutos e não recebeu resposta. Sentiu-se mal por não lhe dizer a verdade, mas ainda não era a hora certa para discutir sua vida amorosa com a filha.

Decidindo que dera a Chu tempo suficiente de vantagem, pegou o elevador para o térreo. Passou pelo saguão de entrada do PAB, saiu, atravessou a Spring Street e entrou no Los Angeles Times Building.

O *Times* contava com uma cafeteria completa no andar de baixo. No Public Administration Building, tinham de se contentar com máquinas de salgadinho e olhe lá. No que foi considerado um gesto de boa vizinhança quando o novo quartel-general da polícia era inaugurado, uns dois anos antes, o *Times* oferecera o uso da cafeteria para todos os policiais e funcionários que trabalhassem no PAB. Bosch sempre vira isso como um gesto insincero, motivado principalmente pela esperança do jornal, que financeiramente passava por um tremendo aperto, de tornar ao menos a cafeteria lucrativa, ao contrário de todos os demais departamentos dessa instituição um dia tão poderosa.

Depois de mostrar o distintivo no balcão da segurança, ele entrou na cafeteria que havia sido instalada no espaço cavernoso outrora reservado às antigas rotativas. Era um ambiente longo, com um serviço de bufê de um lado e mesas enfileiradas do outro. Rapidamente, esquadrinhou o lugar, esperando ver Chu antes que o parceiro o visse.

Chu estava sentado a uma mesa no fundo da cafeteria, de costas para Bosch. Havia uma mulher com ele, parecendo ser de descendência latina. Ela escrevia em uma caderneta. Bosch se aproximou da mesa, puxou uma cadeira e sentou. Tanto Chu como a mulher olharam para ele como se fosse Charles Manson chegando para lhes fazer companhia.

— Mudei de ideia sobre o café — disse Bosch.

— Harry — gaguejou Chu. — Eu já ia...

— Contar sobre nosso caso para Emily.

Bosch olhou diretamente para Gomez-Gonzmart.

— Não é isso, Emily? — ele disse. — Ou posso chamar você de GoGo?

— Olha, Harry, não é o que você está pensando — disse Chu.

— Sério? Não é? Porque pra mim parece que você está entregando nosso caso para o *Times* aqui mesmo, no território do inimigo.

Com um movimento rápido, ele pegou a caderneta sobre a mesa.

— Ei! — gritou Gomez-Gonzmart. — Isso é meu.

Bosch leu as anotações na página aberta. Estavam escritas numa espécie de linguagem abreviada, mas ele viu vários *McQ* rabiscados e a frase *comparação relógio = chave*. Foi o suficiente para confirmar suas suspeitas. Devolveu a caderneta.

— Estou indo — ela disse, ao pegar a caderneta de sua mão.

— Não tão cedo — disse Bosch. — Porque vocês dois vão sentar aqui e bolar um novo acordo.

— Não recebo ordens de você! — ela retrucou.

Ela empurrou a cadeira para trás com tanta força que a cadeira tombou quando ficou de pé.

— Tem razão, não recebe — disse Bosch. — Mas pode apostar que estou com o futuro e a carreira do seu namorado aqui nas minhas mãos. Então se alguma das duas coisas significa alguma coisa para você, é melhor sentar e escutar o que eu tenho para dizer.

Ele esperou e a observou. Ela passou a alça da bolsa pelo ombro, pronta para ir.

— Emily? — disse Chu.

— Olha, sinto muito — ela disse. — Tenho uma matéria para escrever.

E se afastou, deixando Chu pálido como um fantasma. Ele ficou olhando o vazio até Bosch estourar com ele.

— Chu, que caralho você acha que está fazendo?

— Eu achei...

— Não interessa o que achou, você se queimou. Você fodeu com tudo e é melhor começar a pensar num jeito de trazer ela de volta aqui. O que exatamente você contou?

— Eu... eu falei que a gente trouxe o McQuillen para a central e que a gente ia tentar apertar o cara no interrogatório. Falei para ela que não fazia diferença se ele confessasse ou não, contanto que o relógio batesse com o ferimento.

Bosch estava tão furioso que teve de se segurar para não agarrar Chu pelo colarinho e dar um tapa em sua cabeça.

— Quando você começou a conversar com ela?

— No dia em que a gente recebeu o caso. Eu já conhecia ela antes. Ela fez uma matéria alguns anos atrás e a gente saiu junto algumas vezes. Eu sempre gostei dela.

— Então ela liga pra você esta semana e começa a puxar você pelo pau no meio do meu caso.

Chu virou e olhou para ele pela primeira vez.

— É isso aí, Harry. *Seu* caso. Não o nosso caso. *Seu* caso.

— Mas por que, David? Por que você fez isso?

— Foi você quem fez isso. E não começa a me chamar de David. Pra mim é surpresa até você saber meu primeiro nome.

— Como é? *Eu* fiz isso? Você está...

— É, você. Você me pôs de escanteio, Harry. Não quis me contar porra nenhuma e me chutou para fora, me fez ficar atrás do outro caso enquanto tocava sozinho esse aqui. E não foi a primeira vez. Na verdade, é sempre assim. Não se faz isso com um parceiro. Se você tivesse me tratado direito, eu nunca teria feito isso!

Bosch procurou se acalmar e baixou o tom de voz. Percebeu que haviam chamado a atenção das pessoas sentadas nas mesas próximas. Jornalistas.

— Não somos mais parceiros — disse Bosch. — Vamos encerrar esses dois casos e daí você pode pedir sua transferência. Não me interessa para onde você vai, mas pode cair fora da Abertos/Não Resolvidos. Se não fizer isso, vou comunicar o que fez, contar como entregou seu próprio parceiro e seu caso por uma trepada. Você vai virar um pária, e ninguém, unidade nenhuma, a não ser a corregedoria vai aceitar você. Vai virar uma carta fora do baralho.

Bosch se levantou e se afastou. Ouviu Chu chamar fracamente seu nome, mas não se virou.

28

McQuillen esperava de braços cruzados sobre a mesa quando Bosch voltou a entrar na sala do interrogatório. Olhou seu relógio — aparentemente, sem se dar conta da importância dele para a conversa que estavam prestes a ter — e depois olhou para Bosch.

— Trinta e cinco minutos — disse. — Achei que ia passar de uma hora, fácil, fácil.

Bosch sentou na frente dele, pondo uma fina pasta verde sobre a mesa.

— Desculpe — ele disse. — Preciso manter algumas pessoas por dentro de tudo que acontece.

— Sem problema. Liguei pro trabalho. Já arrumaram alguém para me cobrir pela noite toda, se for preciso.

— Perfeito. Então imagino que você saiba por que está aqui. Eu esperava que a gente pudesse ter uma conversa sobre o domingo à noite. Acho que para proteger você e formalizar a coisa, vou ler seus direitos. Você veio aqui voluntariamente, mas eu costumo sempre deixar a pessoa informada da situação em que está.

— Está me dizendo que sou suspeito de homicídio?

Bosch tamborilou com os dedos sobre a pasta.

— Isso é difícil dizer. Preciso de umas respostas suas e depois eu tiro minha conclusão.

Bosch abriu a pasta e pegou a folha de cima. Era um formulário de direitos, contendo uma lista das proteções constitucionais de McQuillen, entre elas ter um advogado presente durante a inquirição. Bosch leu em voz alta e depois pediu a McQuillen para assinar. Entregou-lhe uma caneta e o ex-tira e agora operador de rádio assinou sem hesitar.

— Agora — disse Bosch —, você ainda está disposto a cooperar e conversar comigo sobre a noite de domingo?

— Até certo ponto.

— E que ponto seria esse?

— Ainda não sei, mas sei como isso é feito. Já faz um tempo, mas algumas coisas não mudam. Você está aqui para me levar na lábia e me meter numa cela. Eu só estou aqui porque você está com umas ideias erradas a meu respeito e se eu puder colaborar sem espetar meus bagos num prego enferrujado, então vou fazer isso. Esse ponto.

Bosch se curvou para trás.

— Você se lembra de mim? — perguntou. — Lembra meu nome?

McQuillen fez que sim.

— Claro. Eu lembro de todo mundo na força-tarefa.

— Incluindo Irvin Irving.

— Claro. O homem de cima sempre recebe a maior atenção.

— Bom, eu era o homem de baixo, então não apitava muita coisa. Mas para ser justo, acho que puseram na sua bunda. Precisavam de um bode expiatório e escolheram você.

McQuillen juntou as mãos sobre a mesa.

— Depois de todos esses anos, isso não significa nada para mim, Bosch. Então não precisa se preocupar em tentar puxar meu saco.

Bosch balançou a cabeça e se curvou para a frente. McQuillen queria jogar duro. Ou ele era suficientemente esperto ou suficientemente estúpido para achar que podia ter essa conversa sem chamar um advogado. Bosch decidiu lhe dar exatamente o que queria.

— Certo, então vamos pular a conversa fiada, McQuillen. Por que você jogou George Irving pelo balcão do hotel?

Um leve sorriso brincou no rosto de McQuillen.

— Antes de termos essa conversa, quero algumas garantias.

— Que garantias?

— Sem acusação sobre a arma. Sem acusação sobre nenhuma das poucas coisas que vou falar com você.

Bosch abanou a cabeça.

— Você disse que sabe como funciona. Então sabe que não posso fazer esse tipo de acordo. Isso é com a Promotoria. Posso falar pra eles que você cooperou. Posso até pedir para pegarem leve com você. Mas não posso fazer nenhum acordo e acho que você sabe muito bem disso.

— Olha, você está aqui porque quer saber o que aconteceu com o George Irving. Eu posso contar. Eu vou, mas não sem essas condições.

— Quer dizer, a arma e a coisa pouca, seja lá o que for essa coisa pouca.

— Isso mesmo, só algumas coisas idiotas que aconteceram no meio da história.

Não fazia sentido para Bosch. Se McQuillen ia admitir ter matado George Irving, então acusações como portar uma arma de fogo eram estritamente colaterais e dispensáveis. O fato de McQuillen estar preocupado com isso levou Bosch a perceber que o homem não ia admitir nenhuma culpabilidade na morte de Irving.

Isso levava a um impasse sobre quem estava realmente dando as cartas ali e Bosch tinha de assegurar que era ele que ainda mandava no jogo.

— Só o que eu posso prometer é ajudar como puder — disse. — Você me conta a história sobre domingo à noite e se for verdade não vou ficar preocupado demais com a tal da coisa pouca. É o melhor que posso oferecer, no momento.

— Acho que só posso contar com a sua palavra sobre isso, Bosch.

— Tem minha palavra. Podemos começar?

— Já começamos. E minha resposta é: eu não joguei George Irving do balcão do Chateau Marmont. George Irving se jogou do balcão.

Bosch se curvou para trás e tamborilou na mesa.

— Vamos lá, McQuillen, como espera que eu acredite nisso? Como espera que alguém acredite nisso?

— Não espero coisa nenhuma de você. Só estou dizendo, não fui eu. Você entendeu a história toda errado. Você está com uma série de ideias preconcebidas, provavelmente misturadas com um pouco de evidência circunstancial, e juntou tudo e concluiu que eu matei o cara. Mas não fui eu e você não pode provar.

— Você espera que eu não possa provar.

— Não, esperança não tem nada a ver com isso. Eu *sei* que você não pode provar, porque não fui eu.

— Vamos começar pelo começo. Você odeia Irvin Irving pelo que ele fez com você há vinte e cinco anos. Ele jogou você para os lobos, destruiu sua carreira, quando não sua vida.

— "Odiar" é um pouco forte. Claro, no passado posso ter odiado, mas já faz muito tempo.

— E quanto a domingo à noite? Você sentia ódio naquela hora?

— Eu nem estava pensando nele nessa hora.

— Isso mesmo. Estava pensando no filho dele, George. O cara tentando tirar seu emprego dessa vez. Você odiava George no domingo à noite?

McQuillen abanou a cabeça.

— Não vou responder isso. Não preciso responder. Mas não interessa o que eu achava dele, eu não matei o cara. Ele se matou.

— O que faz você ter tanta certeza disso?

— Porque ele me contou que ia fazer isso.

Bosch estava preparado para quase qualquer coisa que achava que McQuillen podia usar como evasiva. Mas não estava preparado para isso.

— Ele contou isso para você.

— Isso mesmo.

— Quando ele contou isso para você?

— No domingo à noite. No quarto dele. Foi para isso que ele se hospedou lá. Ele disse que ia pular. Eu saí antes que ele fizesse isso.

Bosch parou outra vez, considerando que McQuillen tivera vários dias para se preparar para esse momento. Ele podia ter preparado uma história elaborada que desse conta de todos os fatos. Mas na pasta diante dele, Bosch ainda tinha a fotografia do ferimento na escápula de George Irving. Era algo que mudava o jogo a seu favor. McQuillen não seria capaz de arrumar uma explicação para aquilo.

— Por que não me conta sua história e como chegou a ter essa conversa com George Irving? E não deixa nada de fora. Quero os detalhes.

McQuillen respirou fundo e então lentamente soltou o ar.

— Percebe o risco que estou correndo aqui? Conversando com você? Não sei o que você tem ou acha que tem. Eu posso falar com toda honestidade do mundo e você pode torcer e usar para foder comigo. E eu nem estou com um advogado aqui na sala.

— A decisão é sua, Mark. Quer conversar, conversa. Quer um advogado, a gente arruma um advogado e encerra a conversa. Encerra tudo e a gente resolve a parada desse jeito. Você já foi policial e é suficientemente inteligente para saber como esse negócio funciona de verdade. Você sabe que só existe um jeito de sair daqui e ir para casa hoje. Vai depender do que disser.

Bosch fez um gesto com a mão, como que entregando a escolha para ele. McQuillen balançou a cabeça. Ele sabia que era agora ou nunca. Um advogado lhe diria para ficar quieto, manter o bico fechado e deixar para a polícia depois blefar ou engolir o sapo, no tribunal. Nunca dê a eles algo que eles ainda não têm. E era um bom conselho, mas nem sempre. Algumas coisas tinham de ser ditas.

— Eu estava naquele quarto com ele — disse. — Domingo à noite. Na verdade, segunda de manhã. Fui até lá para falar com ele. Eu estava puto. Eu queria... não tenho certeza do que eu queria. Não queria ver minha vida entrar pelo cano outra vez e eu queria... dar um susto nele, eu acho. Peitar o cara. Mas...

Ele apontou enfaticamente para Bosch.

— ...ele estava vivo quando eu saí do quarto.

Bosch viu que agora tinha o suficiente gravado para prender McQuillen e mantê-lo sob custódia sob acusação de homicídio. Ele acabara de admitir que estava com a vítima no lugar de onde Irving fora jogado. Mas Bosch não mostrou nenhuma empolgação. Havia mais para saber, ali.

— Vamos voltar um pouco — ele disse. — Me conte como é possível que você tenha ficado sabendo que George Irving estava naquele hotel, naquela noite.

McQuillen encolheu os ombros, como se a pergunta fosse dirigida a um idiota.

— Você já sabe disso — ele disse. — Hooch Rollins me contou. Ele deixou um passageiro lá no domingo à noite e por acaso viu o Irving chegando. E ele contou para mim porque tinha me visto uma vez na sala do cafezinho descendo a lenha nos dois Irvings. Eu chamei uma reunião de equipe depois das autuações e falei pra todo mundo, "Olha só o que eles estão fazendo, e esse é o cara por trás do negócio". Peguei a foto dele no Google, o filho da puta.

— Então Rollins contou pra você que ele estava chegando no hotel. Como você sabia que ele tinha um quarto e como você sabia que quarto era?

— Eu liguei pro hotel. Eu sabia que eles não iam me dar o número do quarto, por motivos de segurança, e não podia pedir para passarem a ligação para o quarto. O que eu ia dizer: "Ei, cara, será que dá pra você me dizer em que quarto você está?" Não, então eu liguei e pedi a garagem. Hooch tinha me dito que viu o cara entregando o carro na mão do manobrista, então liguei para a garagem e disse que era o Irving e que precisava que dessem uma olhada se eu tinha deixado meu celular no carro. Falei: "Você sabe em que quarto eu estou? Pode me trazer, se encontrar?" E o cara disse: "Claro, o senhor está no 79 e se eu encontrar o celular eu mando subir." Então foi isso, descobri o quarto.

Bosch balançou a cabeça. Foi uma jogada esperta. Mas também mostrava alguns elementos de premeditação. A conversa de McQuillen o estava conduzindo a uma acusação de homicídio em primeiro grau. Pelo jeito tudo que Bosch tinha a fazer era orientá-lo com perguntas gerais e McQuillen forneceria o resto. Era como descer uma ladeira.

— Eu esperei até o fim do turno à meia-noite e fui até lá — disse McQuillen. — Eu não queria ser visto por ninguém nem por câmera nenhuma. Então dei a volta no hotel e encontrei uma escada de incêndio na lateral. Ela levava até o telhado. Mas em cada patamar tinha um balcão e eu podia pular fora e dar um tempo, se precisasse.

— Você estava usando luva?

— Isso, luva e macacão, que eu guardo no porta-malas. No meu ramo a gente nunca sabe quando vai precisar rastejar debaixo de um carro ou qualquer coisa assim. Achei que se alguém me visse ia parecer um cara da manutenção.

— Você anda com essas coisas no porta-malas? Mas você é operador de rádio.

— Sou sócio, cara. Meu nome não aparece na franquia com a cidade porque eu achava que a gente nunca ia ganhar a licitação naquela época se eles soubessem que eu fazia parte do negócio. Mas eu tenho um terço da empresa.

O que ajudava a explicar por que McQuillen teria chegado até aquele ponto com Irving. Mais um potencial furo no caso preenchido pelo próprio suspeito.

— Então você subiu pela escada de incêndio para o sétimo andar. Que horas eram?

— Eu larguei o turno à meia-noite. Então era tipo meia-noite e meia ou perto disso.

— O que aconteceu quando você chegou no sétimo andar?

— Eu tive sorte. No sétimo não tinha saída da escada. Não tinha porta de emergência dando para o corredor do prédio. Só duas portas de vidro no balcão dando para dois ambientes diferentes. Um do lado esquerdo e outro do direito. Eu olhei na sala da direita e ele estava lá. Irving estava bem ali, sentado no sofá.

McQuillen parou. Era como se estivesse presenciando a lembrança daquela noite, olhando para o que ele vira pela porta do balcão. Bosch tinha a preocupação de fazer com que a história prosseguisse, mas com o mínimo possível de sugestões vindo de sua parte.

— Então você encontrou ele.

— Isso, ele estava sentado bem ali, tomando um Jack Black direto no gargalo e parecendo só esperar alguma coisa.

— Então o que aconteceu?

— Ele deu o último gole na garrafa e de repente levantou e começou a vir direto na minha direção. Como se soubesse que eu estava ali no balcão, observando.

— O que você fez?

— Fiquei colado contra a parede do lado da porta. Imaginei que não era possível ele ter me visto com o reflexo dentro do vidro. Ele devia estar só saindo para o balcão. Então recuei do lado da porta, e ele abriu e saiu. Ele foi direto até a mureta e jogou a garrafa o mais longe que conseguiu. Daí ele se curvou por cima da mureta e começou a olhar para baixo, como se fosse vomitar ou qualquer coisa assim. E eu sabia que, quando ele terminasse o que estivesse fazendo e virasse, eu ia estar parado bem na frente dele. Não tinha pra onde correr.

— Ele vomitou?

— Não, nada. Só...

Uma batida forte e inesperada na porta fez Bosch quase dar um pulo em sua cadeira.

— Aguenta um segundo aí, quero voltar nesse ponto — disse.

Ele ficou de pé e usou o corpo para proteger a maçaneta de McQuillen. Apertou a combinação na fechadura e abriu a porta. Chu estava ali de pé e Bosch sentiu ganas de estrangulá-lo. Mas saiu calmamente e fechou a porta.

— Que caralho você está fazendo? Sabe que nunca pode interromper um interrogatório. Você é o quê, um novato?

— Olha, eu queria ajudar, derrubei a matéria. Não vai mais sair.

— Ótimo. Você podia ter me contado isso depois que o interrogatório tivesse terminado. Esse cara está quase entregando a coisa toda e você vem me bater na porra da porta.

— É só que eu não sabia se você ia tentar alguma coisa com ele porque estava achando que a história toda ia vazar na imprensa. Não vai mais, Harry.

— A gente fala sobre isso depois.

Bosch virou para a porta da sala de interrogatório.

— Eu vou consertar as coisas, Harry. Prometo.

Bosch voltou a virar para ele.

— Estou pouco me fodendo para as suas promessas. Se quer fazer alguma coisa, não bate mais nessa porta e começa a preparar um mandado de busca para o relógio desse cara. Quando a gente enviar para a forense, quero ver a ordem do juiz.

— Pode deixar, Harry.

— Ótimo. Agora, vaza.

Bosch apertou a combinação, voltou a entrar na sala e sentou na frente de McQuillen.

— Assunto importante? — perguntou McQuillen.

— Não, só encheção de saco. Por que não continua me contando a história? Você disse que Irving estava no balcão e...

— Isso, eu estava bem ali, atrás dele, encostado na parede. Assim que ele virasse para entrar, ia dar de cara comigo.

— Então o que você fez?

— Sei lá. Foi instintivo. Eu reagi. Cheguei atrás dele e agarrei. Comecei a puxar ele de volta para a sala. Todas aquelas casas na colina. Achei que alguém podia ter visto a gente ali. Só queria puxar o cara de volta para a sala.

— Você disse que agarrou ele. Como exatamente você agarrou?

— Em volta do pescoço. Usei a chave de braço. Como nos velhos tempos.

McQuillen olhou diretamente para Bosch quando disse isso, como que transmitindo algum tipo de significado.

— Ele lutou? Opôs resistência?

— Pode crer, o cara levou um choque do caralho. Ele começou a se debater, mas estava meio bêbado. Fui puxando ele de costas pela porta. Ele se debateu como uma porra de marlim, mas não demorou muito. Nunca demorava. Pegou no sono.

Bosch esperou para ver se continuaria, mas foi só.

— Ele ficou inconsciente então — disse.

— Isso aí — confirmou McQuillen.

— O que aconteceu em seguida?

— Ele começou a respirar outra vez, bem rápido, mas ficou dormindo. Falei pra você, ele tomou a garrafa inteira de uísque. Estava roncando. Precisei sacudir e acordar o cara. Até que ele finalmente acordou, de fogo, confuso, e quando me viu não fazia ideia do que estava acontecendo. Tive de dizer para ele quem eu era e por que estava ali. Ele estava no chão, meio apoiado no cotovelo. E eu ali de pé na frente dele, que nem Deus.

— O que você disse pra ele?

— Falei que estava mexendo com o cara errado e que eu não ia deixar ele fazer o que o pai dele tinha feito comigo. E foi nessa hora que a coisa ficou muito esquisita, porque eu nem imaginei o que ele ia fazer.

— Espera aí um minuto, não estou acompanhando bem. O que você quer dizer com "muito esquisita"?

— Ele começou a rir da minha cara. Eu tinha acabado de dar um puta susto no sujeito, estrangulado ele, e o cara acha a maior graça. Eu ali tentando fazer ele se cagar de medo e ele bêbado demais. Ele ficou no chão, se cagando de rir.

Bosch pensou nisso por um longo momento. Não gostava do rumo que aquilo estava tomando, pois não ia em nenhuma direção que pudesse ter esperado.

— Isso foi tudo que ele fez, rir? Não disse nada?

— Disse, até que enfim ele parou de rir e foi aí que me falou que eu não tinha mais nada com que me preocupar.

— O que mais?

— Basicamente isso. Disse que eu não tinha mais nada com que me preocupar e que podia ir pra casa. Fez um tchauzinho para mim, tipo, pode ir agora.

— Você perguntou para ele como podia ter certeza de que não tinha mais nada com que se preocupar?

— Acho que eu não precisava fazer isso.

— Por que não?

— Porque eu tinha meio que sacado a situação. Ele estava ali pra se jogar. Quando foi até o balcão e olhou por cima da mureta, estava escolhendo um lugar. A ideia era pular e ele estava enchendo a cara de uísque pra criar coragem de fazer aquilo. Então eu fui embora e foi isso que… foi isso que ele fez.

Bosch ficou sem dizer nada no início. Das duas, uma: ou a história de McQuillen era uma farsa muito elaborada ou estranha o suficiente para ser verdade. Havia alguns elementos ali que podiam ser checados. Os resultados do teste de álcool no sangue ainda não haviam chegado, mas a menção à garrafa de Jack Daniel's era nova. Não havia sinal dela no vídeo em que Irving se registrava no hotel. Nenhuma testemunha relatara tê-lo visto levando uma garrafa para o quarto.

— Me fale sobre a garrafa de Jack — ele disse.

— Já falei pra você, ele esvaziou e jogou fora.

— Que tamanho era? Está falando de uma garrafa grande?

— Não, não, era menor. Uma *six-shooter*.

— Não sei o que isso quer dizer.

— É uma garrafa menor que eles fazem, que nem um cantil. Cabem seis doses, generosas. Eu gosto de Jack Daniel's e reconheci a garrafa. A gente chama elas de *six-shooters*.

Bosch ficou pensando que seis doses provavelmente davam algo entre um quarto de litro e meio litro. Era possível Irving ter escondido uma garrafa desse tamanho quando chegava para se registrar. Harry lembrou também da quantidade de bebidas e salgadinhos à disposição no balcão da quitinete, na suíte do hotel. Podia ter vindo também dali.

— Ok, quando ele jogou a garrafa, o que aconteceu?

— Escutei o som dela estilhaçando no escuro. Acho que caiu na rua, no telhado de alguém, sei lá.

— Em que direção ele jogou?

— Jogou reto.

Bosch balançou a cabeça.

— Ok, espera aí um pouco, McQuillen. Já volto.

Bosch se levantou, apertou a combinação outra vez e saiu da sala. Começou a descer o corredor na direção da Abertos/Não Resolvidos.

Quando passava pela sala de vídeo, a porta abriu e Kiz Rider saiu. Ela estivera assistindo ao interrogatório. Bosch não ficou surpreso. Ela sabia que ele ia trazer McQuillen para depor.

— Puta merda, Harry.

— É.

— Bom, você acredita nele?

Bosch parou e olhou para ela.

— A história faz sentido e tem partes que podemos verificar. Quando ele entrou na sala do interrogatório, não fazia ideia do que a gente tinha — o botão no chão, as feridas no ombro, a testemunha que põe ele na escada de incêndio três horas mais cedo — e a história dele bate em cada detalhe.

Rider pôs as mãos na cintura.

— E ao mesmo tempo ele mesmo se põe naquele quarto. Ele admite ter sufocado a vítima.

— Foi uma jogada arriscada admitir que esteve no quarto do morto.

— Então você acredita nele?

— Não sei. Tem mais alguma coisa. McQuillen foi policial. Ele sabe...

Bosch ficou paralisado e estalou os dedos.

— O que foi?

— Ele tem um álibi. É isso que ele não disse. Irving demorou ainda três ou quatro horas para morrer. McQuillen tem um álibi e está esperando para ver se a gente vai dar voz de prisão. Porque se a gente fizer isso, ele segura a onda, solta o álibi e sai fora. Ia ser uma vergonha para o departamento, quem sabe servir como troco por tudo que aconteceu com ele.

Bosch balançou a cabeça. Tinha de ser isso.

— Olha, Harry, a gente já pôs o trem para andar. Irvin Irving está esperando o anúncio de uma prisão. Você disse que o *Times* já sabe.

— Foda-se o Irving. Não me interessa o que ele está esperando. E meu parceiro disse que a gente não precisa se preocupar com o *Times*.

— Como é isso?

— Não sei como, mas ele derrubou a matéria. Olha, preciso mandar o Chu verificar a garrafa de Jack Daniel's e depois voltar ali dentro e descobrir o álibi.

— Tudo bem, vou voltar para o décimo. Liga pra mim assim que terminar com o McQuillen. Preciso saber em que pé a gente está.

— Pode deixar.

Bosch seguiu pelo corredor até a Unidade de Abertos/Não Resolvidos e encontrou Chu em seu computador.

— Preciso que você verifique uma coisa. Você liberou o quarto no Chateau?

— Não, você não me falou para fazer isso e eu...

— Ótimo. Liga para o hotel e pergunta se eles deixam garrafas de Jack Daniel's nas suítes. Não estou falando das garrafinhas de dose. É uma maior, do tamanho de um cantil. Se falarem que sim, manda verificarem se tem uma garrafa faltando na suíte 79.

— Eu lacrei a porta.

— Fala para eles cortarem. Quando terminar de cuidar disso, liga para o legista e pergunta se o álcool no sangue do Irving ainda não ficou pronto. Vou voltar para o McQuillen.

— Harry, quer que eu entre com você quando terminar isso aqui?

— Não, não entra. Só termina e me espera.

Bosch apertou a combinação e abriu a porta. Sentou rapidamente na cadeira.

— De volta tão cedo? — perguntou McQuillen.

— É, esqueci uma coisa. Não ouvi a história inteira de você, McQuillen.

— Ouviu, ouviu sim. Eu contei exatamente o que aconteceu naquele quarto.

— Sei, mas você não me disse o que aconteceu depois.

— Ele pulou. Foi o que aconteceu depois.

— Não estou falando sobre ele. Estou falando sobre você, o que você fez. Você sabia o que ele ia fazer e em vez de, sei lá, pegar o telefone e ligar para alguém para tentar impedir, caiu fora dali e deixou ele pular. Mas você foi esperto, sabia que a coisa podia voltar para você. Que alguém como eu podia aparecer.

Bosch recostou em sua cadeira, avaliou McQuillen e balançou a cabeça.

— Então você saiu e arrumou um álibi.

McQuillen ficou impassível.

— Você veio pra cá esperando ser preso, para depois soltar seu álibi para todo mundo ficar sabendo e envergonhar o departamento, por causa de toda merda que fizeram você passar antes. Quem sabe entrar com uma ação por prisão indevida. Você ia usar o Irving para dar o troco.

McQuillen não reagiu. Bosch se curvou para a frente e se apoiou na mesa.

— Você pode me contar isso também, porque não vou prender você, McQuillen. Não vou dar essa brecha para você, independente do que acha que foi feito com você vinte e cinco anos atrás.

McQuillen finalmente balançou a cabeça e fez um meneio com a mão, como que dizendo: *Que se dane, pelo menos eu tentei.*

— Eu tinha estacionado no Standard, do outro lado da Sunset. Eles me conhecem por lá.

O Standard era um *boutique hotel* a algumas quadras do Chateau.

— São bons clientes nossos. Tecnicamente, fica em West Hollywood, então a gente não pode atender o local, mas a gente tem contato com os porteiros. Quando o cliente precisa de um táxi, eles ligam pra nós. Sempre temos um carro por perto.

— Então você foi para lá depois de ver o Irving.

— É, eles têm um restaurante ali chamado Twenty Four/Seven. Porque é vinte e quatro horas por dia, sete dias por semana. O lugar tem uma câmera acima do balcão. Fui pra lá e só saí quando o sol nasceu. É só pegar o disco, você vai me ver nele. Quando o Irving pulou, eu estava tomando meu café.

Bosch abanou a cabeça, como se a história não fizesse sentido.

— Como você sabia que o Irving não ia pular antes de você chegar lá, quando você ainda estivesse no Chateau ou indo para o outro hotel? Quanto tempo dá isso, quinze minutos, pelo menos. Isso foi arriscado.

McQuillen deu de ombros.

— Ele estava temporariamente incapacitado.

Bosch olhou para ele por um longo momento até que finalmente compreendeu. McQuillen voltara a estrangular Irving.

Bosch se curvou sobre a mesa e encarou McQuillen duramente.

— Você pôs ele para dormir outra vez. Aplicou o mata-leão, verificou se ele estava respirando e deixou que continuasse roncando no chão.

Bosch lembrou do relógio despertador na sala.

— Então foi até o quarto e trouxe o relógio. Ligou na tomada perto dele e preparou para despertar às quatro da manhã, assim ia ter certeza de que ele ia acordar. Só para poder pular na hora do seu álibi, no Standard, tomando seu café.

McQuillen repetiu o gesto de ombros. Não tinha mais nada para dizer.

— Você é um filho da mãe ligeiro, McQuillen, e já pode ir embora.

McQuillen deu um sorriso presunçoso.

— Agradeço o elogio.

— É, bom, então agradece isso. Por vinte e cinco anos eu achei que tinham feito uma sacanagem com você. Agora eu acho que eles agiram certo. Você é um sem-vergonha como pessoa e isso quer dizer que era sem-vergonha como policial.

— Você não sabe porra nenhuma a meu respeito, Bosch.

— De uma coisa eu sei. Você foi naquele quarto para fazer alguma coisa. Ninguém sobe numa escada de incêndio só para peitar alguém. Então não me interessa se foi sacaneado quando te exoneraram. O que me interessa é que você sabia o que Irving ia fazer e nem tentou impedir. Em vez disso, permitiu que acontecesse. Não, na verdade você *ajudou* a acontecer. Pra mim, não tem nada de coisa pouca. Se não é crime, deveria ser. E quando tudo isso terminar, vou atrás de cada promotor que eu conheço, até encontrar um que leve seu caso para o grande júri. Você pode ter se safado hoje, mas da próxima vez não vai ter tanta sorte.

McQuillen continuou balançando a cabeça enquanto Bosch falava, como que esperando com impaciência Bosch terminar de dizer o que tinha a dizer. Quando respondeu, McQuillen mostrou pouco caso.

— Então acho que é bom saber em que pé eu estou.

— Claro. Fico feliz em ajudar.

— Como vou voltar para a B&W? Vocês me prometeram uma carona.

Bosch se levantou e foi para a porta.

— Chama um táxi — disse.

29

Chu estava desligando o telefone no momento em que Bosch entrou na baia.

— O que você conseguiu? — Harry perguntou.

Chu baixou os olhos para o bloco rabiscado sobre sua mesa quando respondeu.

— Realmente, o hotel deixa Jack Daniel's nas suítes. Uma garrafa média, entre um quarto e meio litro. E de fato a garrafa estava faltando na suíte 79.

Bosch balançou a cabeça. Era mais uma confirmação da história de McQuillen.

— E quanto ao teste de dosagem alcoólica no sangue?

Chu fez sinal de negativo.

— Ainda não está pronto. O escritório do legista disse que só na semana que vem.

Bosch abanou a cabeça, irritado por não ter usado Kiz Rider e o chefe para pressionar o legista no prazo do exame. Foi até sua mesa e começou a empilhar papéis em cima do *murder book*. Falou com Chu, mantendo-se de costas para ele.

— Como você derrubou a matéria?

— Eu liguei para ela. Falei que se publicasse eu ia procurar o chefe dela e dizer que ela estava traficando sexo por informação. Imagino que até mesmo lá isso deve ser considerado falta de ética. Pode ser que não fosse perder o emprego, mas ia ficar marcada. Ela sabe que iam começar a olhar para ela de um jeito diferente.

— Você cuidou da situação como um verdadeiro cavalheiro, Chu. Onde estão os relatórios do cartão de crédito?

— Aqui. O que está acontecendo?

Chu entregou a pasta contendo os registros de aquisição que recebera das empresas de cartão de crédito.

— Vou levar tudo isso para casa.

— E quanto ao McQuillen? Vamos fichar?

— Não. Ele já foi.

— Você liberou?

— Isso mesmo.

— E o mandado para o relógio? Eu ia imprimir.

— A gente não vai precisar. Ele admitiu que estrangulou o Irving.

— Ele admitiu isso e você *liberou*? Você ficou...

— Olha, Chu, não tenho tempo para ficar explicando tudo para você. Vai assistir à gravação se tiver algum problema com meu procedimento. Não, melhor ainda, quero que vá até o Standard, na Sunset Strip. Sabe onde fica?

— Sei, mas o que eu vou fazer lá?

— Vai no restaurante vinte e quatro horas e pega o disco da câmera acima do balcão para o domingo à noite até a segunda de manhã.

— Ok, o que tem nele?

— Deve ser o álibi de McQuillen. Me liga quando você confirmar.

Bosch guardou todos os documentos em sua maleta e carregou o *murder book* separado, porque o fichário era grosso demais. Começou a sair da baia.

— O que você vai fazer? — perguntou Chu às suas costas.

Bosch virou e olhou para ele.

— Começar do zero.

Voltou a caminhar em direção à saída da sala do esquadrão. Parou no quadro magnético da tenente e mudou seu ímã de lugar, indicando que estaria fora. Quando virou para a porta outra vez, Chu estava ali parado.

— Você não pode fazer isso comigo — ele disse.

— Você fez isso com você mesmo. Você fez uma escolha. Não quero ter mais nada a ver com você.

— Eu cometi um erro. E falei para você; não, eu prometi que ia dar um jeito de te compensar.

Bosch levou a mão ao seu braço e delicadamente fez com que saísse de lado a fim de que pudesse abrir a porta. E saiu para o corredor sem mais nenhuma palavra de Chu.

* * *

A caminho de casa, Bosch foi para East Hollywood e parou atrás do furgão do El Matador, na Western. Ele se lembrou do comentário de Chu sobre a incongruência da Western Avenue ficando em East Hollywood. Só em L.A., pensou, quando descia.

Não havia ninguém na fila do furgão porque ainda era cedo. O *taquero* acabara de abrir para o atendimento da noite. Bosch pediu o recheio de carne assada para quatro tacos separado numa embalagem para viagem e disse que enrolasse as quatro tortilhas juntas. Acrescentou os acompanhamentos de guacamole, arroz e salsa e o homem pôs tudo em uma sacola para ele levar. Enquanto Bosch esperava, enviou uma mensagem de texto para sua filha, avisando que ia chegar em casa com a comida porque estaria ocupado demais com o trabalho para preparar alguma coisa. Ela respondeu que tudo bem, pois estava faminta.

Vinte minutos depois ele chegava em casa para dar com sua filha lendo um livro e ouvindo música na sala. Estacou ali na porta, paralisado, sacola de taco em uma das mãos, maleta na outra, o *murder book* sob o braço.

— O que foi? — ela disse.

— Você, ouvindo Art Pepper?

— É. Acho que é um som legal para ler junto.

Ele sorriu e foi para a cozinha.

— O que quer beber?

— Já tomei uma água.

Bosch fez um prato de tacos para ela com todos os acompanhamentos e levou até lá. Voltou para a cozinha e comeu seus tacos, com tudo a que tinha direito, curvado sobre a pia. Quando terminou, abaixou junto à torneira e empurrou a comida com alguns goles d'água. Limpando o rosto com uma toalha de papel, foi até a mesa da sala de jantar para trabalhar.

— Como foi na escola? — perguntou enquanto abria sua maleta. — Ficou sem almoçar outra vez?

— A escola foi um saco como sempre. Fiquei sem almoçar porque estava estudando para a prova oral de álgebra.

— Como você foi?

— Acho que fui supermal.

Ele sabia que ela estava exagerando. Era uma boa aluna. Mas odiava álgebra porque não conseguia imaginar uma vida em que aquilo pudesse ser útil. Principalmente porque no momento ela queria ser uma policial — ou pelo menos era o que dizia.

— Tenho certeza de que não. Você está lendo para o IR? O que é?

Ela ergueu o livro para que ele pudesse ver. Era *A dança da morte,* de Stephen King.

— É minha leitura opcional.

— Grosso demais para ler na escola.

— É muito bom. Você está tentando evitar o assunto das duas taças, comendo longe de mim e me fazendo esse monte de perguntas?

Ela o pegou de jeito.

— Não estou evitando nada. Tenho mesmo muito trabalho para fazer e já expliquei sobre as taças na máquina.

— Mas não explicou como uma delas estava manchada de batom.

Bosch olhou para ela. Não havia percebido o batom.

— Então quem é o detetive da casa agora? — ele perguntou.

— Não tenta mudar de assunto — ela disse. — O negócio é que você não precisa mentir sobre sua namorada comigo, pai.

— Olha, ela não é minha namorada e nunca vai ser. A gente não se entendeu. Desculpe não ter dito a verdade pra você, mas a gente pode parar de falar nisso agora. Quando e se eu tiver uma namorada, você vai ser a primeira a saber. Assim como espero que me conte quando tiver um namorado.

— Beleza.

— Você não tem namorado, tem?

— Não, pai.

— Ótimo. Quer dizer, é ótimo que você não está fazendo segredo. Não é ótimo você não ter namorado. Não quero ser esse tipo de pai.

— Saquei.

— Ótimo.

— Então por que você está tão nervoso?

— Eu n...

Ele parou quando percebeu que ela acertara na mosca. Ele estava furioso com alguma coisa e descontando em outra.

— Sabe isso que eu te disse um minuto atrás sobre quem era o detetive da casa?

— Sei, eu tava bem aqui.

— Bom, na segunda à noite você olhou aquele vídeo que eu trouxe do cara se registrando no hotel e você cantou a bola na mesma hora. Disse que ele tinha pulado. Só com base no que viu em trinta segundos de vídeo você disse que ele tinha pulado.

— E?

— Bom, eu passei a semana toda andando em círculos, vendo um homicídio onde não tinha um homicídio, e quer saber de uma coisa? Acho que você tinha razão. Você cantou a bola certa desde o começo e eu errei feio. Devo estar ficando velho.

Uma expressão de compaixão sincera cruzou o rosto de sua filha.

— Pai, você vai deixar isso pra lá e pegar o cara da próxima vez. Foi você mesmo quem disse que não dá para resolver todos os casos. Bom, pelo menos você elucidou esse, a longo prazo.

— Obrigado, Mads.

— E eu não quero continuar nisso, mas...

Bosch olhou para a filha. Ela estava orgulhosa de alguma coisa.

— Tudo bem, desembucha. O que foi?

— Não tinha batom na taça. Eu blefei.

Bosch abanou a cabeça.

— Sabe de uma coisa, menina? Um dia você vai ser a pessoa que eles vão querer ali dentro da sala de interrogatório. Do jeito que você é bonita e esperta, eles vão confessar a torto e a direito e fazer fila no corredor.

Ela sorriu e voltou a ler seu livro. Bosch viu que deixara um taco no prato e ficou tentado a comer aquele também, mas em vez disso se pôs a trabalhar no caso; abriu o *murder book* e espalhou as pastas e relatórios sobre a mesa.

— Você sabe como funciona um aríete? — ele perguntou.

— O quê? — respondeu sua filha.

— Sabe o que é um aríete?

— Claro. Do que você está falando?

— Quando eu fico emperrado num caso como esse, eu volto para o fichário e todos os documentos.

Ele fez um gesto para o *murder book* sobre a mesa.

— Eu vejo isso como um aríete. Você toma impulso para trás e faz carga para a frente. Acerta a porta fechada e quebra para passar. Pra mim, repassar todo o material é assim. Você balança para trás, depois para a frente, com toda força.

Ela pareceu perplexa com sua decisão de partilhar esse pequeno conselho com ela.

— Ok, pai.

— Desculpe. Pode voltar para o seu livro.

— Achei que você tinha acabado de dizer que ele pulou. Então por que está emperrado?

— Porque o que eu acho e o que eu posso provar são duas coisas diferentes. Num caso como esse, preciso ter todos os aspectos bem explicados. Bom, mas é problema meu. Pode voltar para o seu livro.

Ela fez isso. E ele voltou ao seu próprio trabalho. Começou cuidadosamente a reler todos os relatórios e sumários que pusera no fichário. Deixou a informação fluir por seu cérebro e procurou novas hipóteses e detalhes. Se George Irving havia pulado, então Bosch tinha de ser capaz de acreditar nisso com toda simplicidade. Tinha de ser capaz de provar não apenas diante da justiça, mas também, e mais importante, para si mesmo. E ainda estava longe de chegar lá. Um suicídio era um assassinato premeditado. Bosch precisava encontrar o motivo, a oportunidade, os meios. Tinha um pouco de cada coisa, mas não o bastante.

O aparelho de música passou ao CD seguinte e Bosch logo reconheceu o trompete de Chet Baker. A canção era *Night Bird*, de um CD alemão importado. Bosch vira Baker executar a canção em um clube na O'Farrell, em San Francisco, em 1982, a única vez em que o presenciou tocando ao vivo. Na época o visual de capa de revista e o ar cool ao estilo Costa Oeste de Chet Baker já haviam sido sugados de seu corpo pelas drogas e pela vida, mas ele ainda era capaz de fazer o trompete soar como uma voz humana numa noite escura. Dentro de mais seis anos estaria morto, ao cair de uma janela de hotel em Amsterdã.

Bosch olhou para sua filha.

— Você pôs isso aí?

Ela ergueu o rosto.

— É Chet Baker? É, eu quis escutar quando você me contou do caso que estava investigando e por causa do poema no corredor.

Bosch se levantou e foi até o corredor dos quartos, acendendo a luz no caminho. Emoldurado e pendurado na parede havia um poema numa única página. Quase vinte anos antes Bosch estivera em um restaurante em Venice Beach e por acaso o autor do poema, John Harvey, fazia uma leitura. Bosch ficou com a impressão de que ninguém no lugar sabia quem era Chet Baker. Mas Harry sabia e ele adorou a sonoridade do poema. Foi até lá e perguntou a Harvey se podia comprar um exemplar. Harvey simplesmente lhe deu o papel de onde havia lido.

Bosch provavelmente passara pelo poema um milhão de vezes desde a última vez em que parara para ler.

* * *

CHET BAKER

olha de seu quarto de hotel
através da rua Amstel para a garota
pedalando junto ao canal que ergue
a mão e acena e quando
ela sorri ele volta no tempo
em que todo produtor de Hollywood
queria transformar sua vida
naquela história agridoce
em que ele cai feio, mas apenas
de paixão por Pier Angeli,
Carol Lynley, Natalie Wood;
naquele dia ele entrou devagar no estúdio,
outono de cinquenta e dois, e cantou
aqueles versos perfeitos
aos acordes de My Funny Valentine —
e agora quando ergue o rosto em
sua janela e vê o sorriso dela que passa
sob o azul de um céu perfeito
ele sabe que esse é um desses
raros dias em que pode definitivamente voar.

Bosch voltou para a mesa e sentou.
— Eu dei uma olhada na Wikipedia — disse Maddie. — Nunca descobriram com certeza se ele pulou ou só caiu. Tem gente que acha que ele foi empurrado por traficantes.
Bosch balançou a cabeça.
— É, às vezes a gente nunca sabe.
Ele voltou ao trabalho e continuou a repassar o acúmulo de documentos. Quando lia seu próprio relatório sobre o interrogatório com o policial Robert Mason, Bosch sentiu que estava deixando escapar alguma coisa. O relatório estava completo, mas ele achou que passara por cima de algo na conversa com Mason. Estava ali, mas ele simplesmente não conseguia ver. Fechou os olhos e tentou escutar a voz de Mason falando e respondendo as perguntas.
Ele viu Mason sentado muito ereto na cadeira, gesticulando enquanto falava, dizendo que ele e George Irving haviam sido amigos próximos. Padrinho de casamento, reservado a suíte da lua de mel...

Harry subitamente entendeu. Quando Mason mencionara a reserva da suíte na lua de mel, gesticulara na direção da sala do tenente. Ele estava apontando para oeste. A mesma direção do Chateau Marmont.

Ele se levantou e rapidamente saiu para o deque, onde poderia fazer uma ligação sem incomodar a leitura de sua filha. Fechando a porta de deslizar atrás de si, ligou para o centro de comunicações do DPLA. Pediu ao operador para contatar seis-Adão-sessenta-cinco, que estava em patrulha, e lhe dizer que ligasse para Bosch em seu celular. Avisou que era urgente.

Quando dava seu número, recebeu um bipe de chamada em espera. Assim que o operador leu o número corretamente, ele passou à chamada em espera. Era Chu. Bosch foi logo ao assunto.

— Você já foi ao Standard?

— Já, McQuillen não inventou. Ele ficou lá a noite toda, parecendo que sabia que precisava ficar na frente da câmera. Mas não é por isso que eu estou ligando. Acho que encontrei uma coisa.

— O quê?

— Eu revisei todo o material e descobri um negócio que não faz sentido. O menino já estava vindo.

— Do que você está falando? Que menino?

— O menino do Irving. Ele já estava vindo de San Francisco. Está no extrato do AmEx. Eu verifiquei de novo ontem à noite. O menino, Chad Irving, comprou uma passagem de avião antes do pai dele morrer.

— Espera aí um segundo.

Bosch voltou a entrar e foi até a mesa. Procurou entre os papéis espalhados até que encontrou o relatório do American Express. Era um extrato com todos os pagamentos que Irving fizera no cartão, retrocedendo três anos. Tinha vinte e duas páginas e Bosch já verificara cada uma menos de uma hora atrás e não vira nada que chamasse sua atenção.

— Ok, estou com o AmEx aqui. Onde você está vendo isso?

— Estou com ele on-line, Harry. No mandado de busca eu sempre peço uma cópia em papel e acesso digital à conta. Mas o que eu estou vendo não está no seu papel. Essa cobrança apareceu na conta ontem e na hora a cópia em papel já tinha sido mandada pra gente.

— Você tem a conta atualizada on-line.

— Isso. A última cobrança que aparece na sua cópia é o quarto de hotel no Chateau, certo?

— Certo, tá bem aqui.

— Ok, bom, a American Airlines postou um encargo ontem de trezentos e nove dólares.

— Ok.

— Então eu estava voltando e olhando tudo de novo e fui na internet para olhar o AmEx outra vez. Eu ainda tenho acesso digital. Eu vi que uma cobrança nova tinha chegado ontem da American.

— Então Chad estava usando o cartão do pai dele? Será que ele não tinha um cartão próprio, no número do pai?

— Não, no começo eu achei que podia ser isso, mas não é. Eu liguei para a segurança da AmEx e fiz um *follow-up* no mandado. A AmEx só levou três dias para postar o encargo no registro dele, mas o George Irving fez a compra on-line no domingo à tarde — umas doze horas antes de se matar. Eu recebi o código alfanumérico da AmEx e fui no site da American. Era uma passagem ida e volta, SFO para LAX e depois pra lá. O voo pra cá é na segunda à tarde, às quatro. O outro às duas, só que a volta foi mudada para o outro domingo.

Foi um bom trabalho, mas Bosch ainda não estava pronto para cumprimentar Chu.

— Mas eles não enviam confirmações de e-mail para as compras on-line? A gente verificou o e-mail do Irving. Não tinha nada da American.

— Eu viajo pela American e compro minhas passagens pela internet. Você só recebe a confirmação de e-mail se clica na caixa. Também dá pra mandar para alguma outra pessoa. O Irving pode ter encaminhado a confirmação e o itinerário direto para o filho, já que era ele que ia viajar.

Bosch teve de pensar nisso. Era uma informação nova e significativa. Irving comprara uma passagem a Los Angeles para seu filho antes de morrer. Podia ser só um plano simples de mandar buscar o filho para uma visita, mas também podia significar que Irving, sabendo o que ia fazer, quisesse se certificar de que o filho estaria em casa com a família. Era mais uma peça que se encaixava na história de McQuillen. E de Robert Mason.

— Acho que isso quer dizer que ele se matou — disse Chu. — Ele sabia que ia pular naquela noite e comprou uma passagem para o filho, assim o menino podia voltar para ficar com a mãe. Também explica a ligação. Ele ligou para o filho naquela noite para falar sobre a passagem.

Bosch não respondeu. Seu celular começou a bipar. Era a ligação de Mason.

— Dei uma bola dentro, hein, Harry? — disse Chu. — Eu falei pra você que ia consertar as coisas.

— Foi um bom trabalho, mas a merda continua feita — disse Bosch.

Bosch notou que sua filha ergueu o rosto da leitura. Ela ouvira o que ele acabara de dizer.

— Olha, Harry, eu gosto do meu emprego — disse Chu. — Não quero...

Bosch o interrompeu.

— Tenho outra ligação. Preciso atender.

Ele desligou e recebeu a outra ligação. Era Mason, respondendo ao contato por rádio do centro de comunicações.

— A suíte de lua de mel que você alugou para os Irving. Era no Chateau Marmont, não era?

Mason ficou em silêncio por um bom tempo antes de responder.

— Então eu acho que Deborah e o vereador não mencionaram isso, não é?

— Não, não mencionaram. É por isso que você sabia que ele pulou. A suíte. Essa era a suíte.

— É. Eu fiquei imaginando que as coisas tinham desandado pra ele e ele resolveu subir até lá.

Bosch balançou a cabeça. Mais para si do que para Mason.

— Ok, Mason, obrigado por ligar.

Bosch desligou. Pôs o telefone em cima da mesa e olhou para sua filha no sofá, lendo. Ela pareceu sentir seu olhar e ergueu o rosto, esquecendo por ora de Stephen King.

— Tá tudo bem? — perguntou.

— Não — ele disse. — Na verdade, não.

30

Eram oito e meia quando Bosch parou o carro diante da casa em que George Irving havia morado. As luzes continuavam acesas do lado de dentro, mas as portas da garagem estavam fechadas e não havia carros na entrada. Bosch observou por alguns minutos e não viu qualquer sinal de atividade atrás das janelas iluminadas. Se Deborah Irving e o filho dela estavam ali dentro, não havia como saber.

Bosch pegou o celular e, como combinado, enviou uma mensagem de texto para sua filha. Ele a deixara sozinha em casa, dizendo que não demoraria mais do que duas horas e que entraria em contato quando chegasse e quando estivesse de saída do que ia fazer.

Ela respondeu de imediato.

Tudo ótimo. Terminei a lição de casa, vendo Castle baixado.

Bosch guardou o celular no bolso e desceu do carro. Teve de bater duas vezes, e quando a porta abriu, era Deborah Irving em pessoa.

— Detetive Bosch?
— Desculpe por aparecer assim tão tarde, senhora Irving. Preciso conversar com a senhora.
— Não pode esperar até amanhã?
— Receio que não.
— Claro. Vamos entrando.

Ela abriu e o conduziu até a sala e o sofá em que ele havia sentado antes, no começo do caso.

— Eu vi o senhor no enterro hoje — disse ela. — Chad me contou que também falou com o senhor.

— Isso. Chad continua por aqui?

— Ele vai ficar o fim de semana todo, mas não está em casa no momento. Foi se encontrar com uma ex-namorada. É um momento muito difícil para ele, como pode imaginar.

— Sim, compreendo.

— Posso lhe oferecer um café? Temos uma Nespresso.

Bosch não sabia o que isso queria dizer, mas abanou a cabeça.

— Para mim, nada, senhora Irving.

— Por favor, me chame de Deborah.

— Deborah.

— Está aqui para me dizer que vai fazer uma prisão em breve, neste caso?

— Ãhn, não, não é isso. Estou aqui para lhe contar que ninguém será preso.

Ela pareceu surpresa.

— Mas o papai — ãhn, o vereador Irving — me disse que vocês tinham um suspeito. Que isso tinha a ver com um dos competidores com quem George estava lidando.

— Não, ficou parecendo que era assim porque segui uma pista errada.

Ele verificou a reação dela. Nenhum sinal revelador. Continuava parecendo genuinamente surpresa.

— Você me pôs numa trilha errada — ele disse. — Você e o vereador e até Chad negacearam informação. Eu não fiquei sabendo de tudo que precisava e saí tropeçando no escuro atrás de um assassino quando não tinha nenhum.

Agora ela começava a parecer indignada.

— Como assim? Papai me contou que encontraram evidência de um ataque e que George foi estrangulado. Ele disse que muito provavelmente foi um policial. Não me diga que está acobertando o policial que fez isso.

— Não é bem por aí, Deborah, e acho que você sabe. Naquele dia em que vim aqui, o vereador instruiu você sobre o que dizer, o que revelar e o que deixar de fora.

— Não sei do que você está falando.

— Como por exemplo que o quarto que seu marido alugou era o quarto que vocês dois dividiram na noite em que se casaram. Como por exemplo que seu filho já estava programado para voltar para casa na segunda — antes mesmo de seu marido sair naquela noite.

Ele deixou que ela ficasse absorvendo isso por um longo momento, conforme percebia de que cartas ele dispunha e o que ele sabia.

— Chad estava vindo para casa porque vocês dois tinham algo para contar, não é?

— Isso é ridículo!

— É mesmo? Quem sabe eu devesse falar com Chad primeiro, perguntar a ele o que foi dito para ele quando mandaram a passagem aérea no sábado à tarde.

— Deixe o Chad em paz. Ele está enfrentando muita coisa.

— Então conte para mim, Deborah. Por que você escondeu isso? Não pode ser dinheiro. Nós verificamos as apólices de seguro. Vão ser todas pagas. Nenhuma cláusula de suicídio. Você recebe o dinheiro, ele tendo pulado ou não.

— Ele não pulou! Vou ligar para Irvin. Vou contar para ele o que você está me dizendo.

Ela começou a se levantar.

— Você disse a George que ia largá-lo? É isso? Foi por isso que ele pôs a data de aniversário de casamento de vocês na combinação do cofre no quarto? Foi por isso que ele pulou? O filho foi embora e agora você também estava indo. Ele já acabara de perder seu amigo Bobby Mason e só o que sobrara era um trabalho como laranja do pai.

Ela tentou o que Bosch sempre vira como o último recurso eficaz de uma mulher. Começou a chorar.

— Seu filho da puta! Vai destruir a reputação de um homem bom. É isso que quer? Vai fazer você feliz?

Bosch esperou um bom tempo para responder.

— Não, senhora Irving, não mesmo.

— Quero que vá embora agora. Enterrei meu marido hoje e quero que saia da minha casa!

Bosch balançou a cabeça, mas não fez nenhuma menção de se levantar.

— Só vou quando me contar toda a história.

— Não sei de nada!

— Então Chad sabe. Vou esperar por ele.

— Tudo bem, olha, Chad não sabe coisa nenhuma. Ele tem dezenove anos. É só um menino. Se você conversar com ele, vai destruir sua vida.

Bosch percebeu que aquilo tudo dizia respeito ao filho, a protegê-lo de ficar sabendo que seu pai se matara.

— Então precisa falar comigo primeiro. Última chance, sra. Irving.

Ela agarrou os braços da poltrona e curvou a cabeça.

— Eu disse para ele que nosso casamento tinha terminado.

— E como ele recebeu?

— Não muito bem. Ele não esperava, porque não tinha percebido a pessoa que se tornara. Um oportunista, um corrupto, um laranja, como você disse. Chad foi embora e decidi que eu também queria ir. Não havia mais ninguém. Simplesmente não havia nenhum motivo para ficar. Eu não estava buscando mais nada. Só estava fugindo dele.

Bosch se curvou para a frente, os cotovelos nos joelhos, dando um tom de intimidade à conversa.

— Quando foi que tiveram essa conversa? — perguntou.

— Faz uma semana. Falamos sobre isso por uma semana, mas eu não quis mudar de ideia. Disse a ele para fazer o Chad vir para cá ou eu iria até lá para contar. Ele tomou as providências no domingo.

Bosch balançou a cabeça. Todos os detalhes estavam se encaixando.

— E quanto ao vereador? Alguém contou para ele?

— Acho que não. Eu não contei e o assunto não veio mais ao caso depois — quando ele esteve aqui naquele dia e me contou que George tinha morrido. Ele não mencionou nada a respeito e também não mencionou hoje, no enterro.

Bosch sabia que isso não significava coisa alguma. Irving podia estar guardando a informação consigo enquanto esperava para ver que direção a investigação tomaria. No fim das contas, não importava o que Irving sabia ou quando ficara sabendo.

— No domingo à noite, quando George saiu, o que ele lhe disse?

— Como eu falei antes, disse que ia sair para dar uma volta de carro. Só isso. Ele não me contou aonde ia.

— Alguma vez ele ameaçou se matar durante uma dessas discussões na semana anterior a sua morte?

— Não, nunca.

— Tem certeza?

— Claro que tenho certeza. Não estou mentindo para você.

— Você disse que conversaram sobre isso por várias noites. Ele não aceitou sua decisão?

— Claro que não. Ele disse que não ia me deixar ir. Eu falei que ele não tinha escolha. Eu estava de partida. Estava pronta. Não era uma decisão apressada. Vivi em um casamento sem amor por muito tempo, detetive. No dia em que Chad recebeu a carta de admissão na USF, foi nesse dia que comecei a planejar.

— Você tinha um lugar para ir?

— Um lugar, um carro, um emprego — tudo.

— Onde?

— San Francisco. Perto do Chad.

— Por que não me disse tudo isso desde o início? Que sentido tem esconder?

— Meu filho. O pai dele tinha morrido e não estava claro como havia acontecido. Ele não precisava saber que o casamento de seus pais estava terminando. Eu não queria pôr esse peso nos ombros dele.

Bosch abanou a cabeça. Ela aparentemente não se importava com o fato de que suas escolhas quase haviam levado McQuillen a ser acusado de homicídio.

Houve um ruído em alguma parte da casa e Deborah ficou atenta.

— É a porta dos fundos. Chad chegou. Não comente nada disso com ele. Por favor.

— Ele vai acabar descobrindo. Eu preciso falar com ele. O pai dele deve ter contado alguma coisa quando avisou que ele precisava pegar um avião para casa.

— Não, não contou. Eu estava na sala quando ele ligou. Ele só disse que nós o queríamos em casa por alguns dias devido a uma emergência familiar. George assegurou que todo mundo estava bem de saúde, mas que era para ele voltar. Não conte nada sobre isso. *Eu* conto depois.

— Mãe?

Chad chamou de algum lugar na casa.

— Aqui na sala, Chad — respondeu sua mãe.

Então ela olhou para Bosch com uma expressão suplicante.

— *Por favor* — sussurrou.

Chad Irving entrou na sala. Estava usando calça jeans e camisa polo. Seu cabelo estava despenteado e parecia muito diferente do visual cuidadoso e bem arrumado que exibira no enterro.

— Chad — disse Bosch. — Como vai?

O rapaz balançou a cabeça.

— Bem. O que o senhor veio fazer aqui? Já prendeu alguém por ter matado meu pai?

— Não, Chad — disse sua mãe rapidamente. — O detetive Bosch só estava complementando as informações sobre seu pai. Eu tive de responder algumas perguntas sobre o escritório. Só isso e, na verdade, o detetive Bosch já estava de saída.

Foi uma das raras vezes em que Bosch permitiu que alguém falasse por ele e mentisse, e até o pusesse para fora. Mas Bosch entrou no jogo. Até se levantou.

— Isso, acho que já tenho o que preciso por enquanto. Mas estou querendo ter mais uma palavrinha com você, Chad, só que pode esperar até amanhã. Você ainda vai estar aqui amanhã, certo?

Bosch olhou para Deborah durante todo o tempo que falou. O recado era claro. Se você quer ser a pessoa que vai contar para ele, então faça isso hoje à noite. Caso contrário, Bosch estaria de volta pela manhã.

— Isso, eu fico até segunda.

Bosch balançou a cabeça. Começou a se retirar.

— Senhora Irving, a senhora tem o meu telefone. Quero que me ligue se lembrar de mais alguma coisa. Não precisa me acompanhar até a porta.

Dizendo isso, Bosch atravessou a sala de estar e depois saiu da casa. Continuou pelo caminho na entrada e cruzou o gramado diagonalmente até seu carro.

Quando andava, uma mensagem de texto chegou. Era de sua filha, sem dúvida. Ninguém mais escreveria uma mensagem de texto para ele.

Vou ficar na cama lendo. Boa noite, pai.

Ele parou junto ao carro e respondeu na mesma hora.

Estou indo pra casa agora... O?

A resposta dela foi rápida.

Oceano.

Era uma brincadeira entre os dois, embora a brincadeira tivesse um propósito maior. Ele lhe ensinara o alfabeto fonético do DPLA e costumava testá-la quando trocavam mensagens de texto. Ou quando estavam juntos no carro, apontava a placa de um veículo qualquer e lhe perguntava o código fonético. Ele enviou uma mensagem de volta.

EMG

* * *

Essa é a minha garota.

Sentado no banco do motorista, baixou o vidro e olhou para a casa de Irving. As luzes haviam sido apagadas agora, nos cômodos inferiores. Mas a família — o que restara dela — continuava acordada no andar de cima, administrando o estrago que George Irving deixara em sua esteira.

Bosch deu partida e seguiu para o Ventura Boulevard. Pegou o celular e ligou para Chu. Olhou o relógio no painel e viu que eram apenas nove e trinta e oito. Havia tempo de sobra. O deadline do *Times* para a edição impressa da manhã era onze horas.

— Harry? Tudo bem aí?

— Chu, quero que ligue para sua namorada no *Times*. Passa...

— Ela não é minha namorada, Harry. Eu pisei na bola, tá certo, mas já estou de saco cheio de ouvir você esfregando isso na minha cara o tempo todo.

— Bom, e eu também já estou de saco cheio de ouvir você, Chu. Mas preciso que faça isso. Liga pra ela e passa a história. Nenhum nome, é para vir de "fontes confiáveis". O DPLA...

— Harry, ela não vai acreditar em mim. Eu derrubei a matéria antes ameaçando acabar com a carreira dela. Ela não vai querer mais nem falar comigo.

— Vai, vai sim. Se quiser a matéria, vai. Manda um e-mail para ela primeiro dizendo que você quer consertar as coisas e passar a matéria para ela. Depois liga. Só que nada de nomes. Fontes confiáveis. O DPLA vai anunciar amanhã que o caso George Irving está sendo encerrado. A morte foi considerada suicídio. Fala também que a investigação de uma semana determinou que Irving vinha enfrentando um mau momento na vida conjugal e tremendas pressões e dificuldades no trabalho. Entendeu? Quero isso dito dessa forma.

— Então por que você não liga para ela?

Bosch entrou na Ventura e foi na direção do Cahuenga Pass.

— Porque ela é assunto seu, Chu. Agora liga ou manda uma mensagem de texto ou manda um e-mail e passa a informação para ela exatamente do jeito que eu falei.

— Ela vai querer mais. Isso é muito genérico. Ela vai me pedir os detalhes reveladores, como ela diz.

Bosch pensou por um momento.

— Diz pra ela que o quarto de onde o Irving saltou tinha sido a suíte de lua de mel do casal, vinte anos atrás.

— Ok, isso é bom. Ela vai gostar dessa. O que mais?
— Mais nada. Já deu.
— Por que agora? Por que não de manhã?
— Porque se estiver na edição impressa de amanhã, vai ser difícil mudar. E é contra isso que estou me resguardando. A ingerência, Chu. Essa não é a conclusão que vai deixar o vereador da cidade satisfeito. E consequentemente o chefe não vai ficar satisfeito.
— Mas é a verdade?
— É, é a verdade. E a verdade sempre vem à tona. Diz pra GoGo que se ela fizer isso direito, vai ter uma investigação extra que ela vai querer saber.
— Que investigação extra?
— Mais tarde eu falo sobre isso. Só faz o que eu pedi. Ela tem um prazo.
— É assim que vai ser, Harry, como sempre é? Você me manda fazer uma coisa e eu faço. Minha opinião nunca tem importância?
— Sua opinião vai ter importância, Chu. Com seu próximo parceiro.

Bosch fechou o celular. Enquanto seguia para casa, pelo resto do caminho, ficou pensando nas atitudes que estava tomando. Com respeito ao jornal, a Irving, a Chu.

Estava tomando atitudes arriscadas e não conseguia deixar de pensar se isso era porque se deixara desviar tanto do caminho naquele caso. Será que estava punindo a si mesmo ou aqueles que o haviam levado a se desviar?

No instante em que começou a subir a Woodrow Wilson para sua casa recebeu outra ligação. Imaginou que fosse Chu, confirmando ter contatado a repórter e dizendo que a matéria estaria na edição impressa do *Times*. Mas não era Chu.

— Hannah, estou trabalhando.
— Ah, achei que talvez desse para a gente conversar.
— Bom, posso falar um pouco agora, estou sozinho, mas é como eu disse, estou trabalhando.
— Cena de crime?
— Não, tenho um interrogatório, por assim dizer. O que foi, Hannah?
— Bom, duas coisas. Tem alguma novidade no caso envolvendo Clayton Pell? O Clayton me pergunta toda vez que ele me vê. Eu queria ter alguma coisa para dizer para ele.
— Bom, pra falar a verdade, não tem. O caso dele ficou meio que em compasso de espera enquanto eu trabalho nesse outro negócio. Mas já estou quase terminando e vou voltar para o caso Pell logo, logo. Pode dizer isso para o Clayton. Vamos encontrar Chilton Hardy. Eu garanto.

— Ok, isso é ótimo, Harry.

— Qual é a outra coisa que você queria falar?

Ele sabia o que era, mas a coisa tinha de partir dela. Ela teria de perguntar.

— Nós... Harry, eu sei que eu misturei as coisas com aqueles problemas do meu filho. Queria pedir desculpa e dizer que torço pra não ter estragado tudo. Gostei muito de você e espero que a gente possa se ver outra vez.

Bosch parou na frente de sua casa. Sua filha deixara a luz da varanda acesa. Ele ficou no carro.

— Hannah... a verdade é que só o que eu faço é trabalhar. Estou cuidando de dois casos ao mesmo tempo e tentando resolver os dois. Por que a gente não deixa para ver como vão estar as coisas no fim de semana ou no começo da semana que vem? Eu ligo para você ou você pode me ligar, se quiser.

— Tudo bem, Harry. A gente conversa na semana que vem.

— Certo, Hannah. Boa noite e bom fim de semana.

Bosch abriu a porta do carro e praticamente teve de rolar para fora do banco. Estava cansado. O fardo de saber a verdade era pesado. E tudo que ele queria era mergulhar em um sonho escuro, onde nada nem ninguém poderia encontrá-lo.

31

Bosch chegou tarde na sala do esquadrão na sexta de manhã porque sua filha se atrasara ao se aprontar para a escola. No momento em que entrou e foi para sua baia, todo o resto da Unidade de Abertos/Não Resolvidos já chegara. Ele pôde perceber que estava sendo observado sem que olhassem diretamente para ele e deduziu que as informações que pedira a David Chu para transmitir a Emily Gomez-Gonzmart já deviam ter sido publicadas no *Times* dessa manhã. Quando entrou em seu cubículo, Harry lançou um olhar casual na direção da sala da tenente e notou que a porta estava fechada e as persianas abaixadas. Ela também devia estar atrasada ou se escondendo.

Um exemplar do *Times* estava à espera de Bosch em sua mesa, cortesia de seu parceiro.

— Já leu? — perguntou Chu, em sua mesa.

— Não, eu não assino o *Times*.

Bosch sentou, pondo a pasta no chão perto de sua cadeira. Não precisou folhear o jornal para encontrar o artigo. Estava no canto inferior esquerdo da primeira página. A chamada era tudo que precisava ler:

DPLA: Morte do Filho do Vereador Foi Suicídio

Notou que a assinatura era dividida por Emily Gomez-Gonzmart com outro repórter, Tad Hemmings, de quem Bosch nunca ouvira falar. Ia começar a ler a matéria quando o telefone em sua mesa tocou. Era Tim Marcia, o supervisor do esquadrão.

— Harry, você e Chu estão sendo chamados na sala do chefe agora mesmo. A tenente já está lá em cima e estão esperando vocês.

— Eu queria tomar uma xícara de café, mas acho que é melhor subir.

— Isso mesmo, acho melhor. Boa sorte. Pelo que eu sei o vereador está no prédio.

— Obrigado por avisar.

Bosch se levantou e virou para Chu, que estava ao telefone. Bosch apontou o teto, querendo dizer que era para eles subirem. Chu encerrou a conversa e se levantou, pegando o blazer no encosto da cadeira.

— A sala do chefe? — perguntou.

— É. Estão esperando a gente.

— Como vai ser, eu e você?

— Fala o mínimo necessário. Deixa que eu respondo as perguntas. Se não concordar com alguma coisa que eu disser, não dá bandeira nem fala nada. É só ficar na sua.

— Você manda, Harry.

Bosch percebeu o tom de sarcasmo do colega.

— É. Eu mando.

Não havia necessidade de discutir mais. Eles pegaram o elevador em silêncio e quando entraram no OCP foram conduzidos imediatamente para uma sala de reuniões onde o chefe de polícia aguardava. Bosch nunca fora recebido com tanta rapidez assim por um membro da equipe de comando do departamento, muito menos pelo chefe.

A sala da diretoria parecia um desses escritórios de advocacia do centro. Uma mesa comprida e reluzente, a parede envidraçada dando vista para o centro cívico. Sentado à ponta da mesa estava o chefe de polícia e à direita dele Kiz Rider. As três cadeiras de um lado da mesa estavam ocupadas pelo vereador Irvin Irving e dois membros de sua equipe.

Na frente deles sentava-se a tenente Duvall, de costas para a vista da cidade, e ela sinalizou para que Bosch e Chu sentassem ao seu lado. Oito pessoas numa reunião sobre suicídio, observou Bosch. E ninguém no prédio todo dando a mínima para a morte de Lily Price, vinte anos antes, ou para o fato de Chilton Hardy continuar em liberdade depois de todo esse tempo.

O chefe foi o primeiro a falar.

— Muito bem, todos vocês. Tenho certeza de que todo mundo leu o *Times* hoje, ou viu o site. Acho que todo mundo ficou um pouco surpreso com o rumo que esse caso tomou publicamente e...

— Mais do que surpreso — interrompeu Irving. — Quero saber por que a merda do *L.A. Times* recebeu essa informação antes de mim. Antes que a família do meu filho recebesse.

Ele bateu com o dedo na mesa para enfatizar sua indignação. Por sorte, Bosch estava sentado em uma cadeira giratória. Isso lhe permitia virar calmamente para olhar os rostos do outro lado da mesa e para a cabeceira. Não respondeu nada, esperando a autoridade presente no recinto lhe dizer para falar. A autoridade ali não era Irvin Irving, por mais que estrilasse ou batesse na mesa com seu dedo gorducho.

— Detetive Bosch — disse o chefe, finalmente. — Conte-nos o que sabe a respeito disso.

Bosch balançou a cabeça e girou de volta, de modo a encarar Irving Irvin.

— Para começar, eu não sei coisa nenhuma sobre a matéria no jornal. Não veio de mim, mas isso não me surpreende. Essa investigação tem vazado mais que uma peneira desde o primeiro dia. Se isso saiu do OCP, da câmara de vereadores ou da DRH, não faz diferença, a história vazou e está correta. E eu quero corrigir uma coisa que o vereador disse. A família imediata da vítima foi informada de nossas conclusões. A esposa da vítima, na verdade, forneceu a informação mais importante para meu parceiro e eu concluirmos que essa morte foi um suicídio.

— Deborah? — disse Irving. — Ela não disse nada para vocês.

— No primeiro dia, não disse nada. Certo. Mas durante uma inquirição posterior ela se mostrou mais disposta a colaborar e forneceu alguns detalhes de seu casamento e da vida pessoal e profissional do marido.

Irving recostou na cadeira, ficando com o punho fechado sobre a mesa.

— Fui informado por esta chefatura ainda ontem que isso era uma investigação de homicídio, que havia evidência de uma agressão ao corpo do meu filho anterior ao impacto da queda e que provavelmente ocorrera o envolvimento de um ex-policial ou policial na ativa. Então hoje pego o jornal e leio uma versão completamente diferente. Dizendo que foi suicídio. Querem saber o que é? Isso é um troco. É um acobertamento dos fatos, e vou entrar com um requerimento formal na câmara para fazer uma revisão independente dessa sua pretensa investigação e pedir ao promotor público — seja quem for depois da eleição no mês que vem — para revisar o caso e a forma como foi conduzido.

— Irv — disse o chefe. — Você pediu pessoalmente para pôr o detetive Bosch no caso. Disse que era para deixar o barco correr e agora que o barco correu não gostou do resultado. Então você quer investigar a investigação?

O chefe tinha tempo de casa suficiente ali no departamento para chamar o vereador pelo primeiro nome. Ninguém mais naquela sala ousaria fazer isso.

— Eu pedi que fosse ele porque achei que tivesse a integridade de não se afastar da verdade, mas o que obviamente...

— Harry Bosch tem mais integridade do que qualquer pessoa que eu já conheci. Mais do que todo mundo aqui.

Era Chu, e a sala toda olhou para ele, todo mundo chocado com a explosão. Até Bosch ficou perplexo.

— Não vamos começar com ataques pessoais aqui — disse o chefe. — Primeiro queremos saber...

— Se essa investigação for investigada — disse Bosch, se atrevendo a interromper o chefe —, muito provavelmente vai levar a um indiciamento seu, vereador.

Isso atordoou todo mundo. Mas Irving se recuperou rápido.

— Como se atreve? — disse, os olhos saltados de fúria crescente. — Como se atreve a dizer uma coisa dessas a meu respeito na frente dessas outras pessoas? Vou tirar seu distintivo por causa disso! Tenho servido esta cidade por quase cinquenta anos e nem uma única vez fui acusado por quem quer que seja de qualquer improbidade. E daqui a menos de um mês vou ser reeleito para a minha cadeira na câmara, pela quarta vez, e não vai ser você que vai me impedir ou ficar no caminho dos eleitores que esperam que eu os represente.

Um silêncio se seguiu, durante o qual um dos ajudantes de Irving abriu uma pasta de couro com um bloco de anotações amarelo dentro. Ele escreveu alguma coisa no papel e Bosch meio que imaginou se não seria *Tirar distintivo de Bosch*.

— Detetive Bosch — disse Rider. — Poderia explicar o que acabou de declarar?

Isso foi dito em um tom de choque, talvez até de afronta, como se ela estivesse se juntando à defesa da reputação de Irving. Mas Bosch sabia que estava lhe dando a brecha necessária para dizer o que queria.

— George Irving se apresentava como um lobista, mas na realidade estava mais para um testa de ferro, um laranja. Ele traficava influência. Estava usando suas ligações como ex-policial e assistente da procuradoria municipal, mas sua ligação mais importante era com o pai, o vereador. O que você quisesse ele conseguia com o pai. Se você queria um contrato para fornecimento de cimento ou uma franquia de táxi, George era o cara, porque com ele as coisas andavam.

Bosch olhou diretamente para Irving quando mencionou a franquia de táxi. Percebeu um ligeiro tremor numa pálpebra e interpretou isso como um indício revelador. Não estava dizendo nada que o velho já não soubesse.

— Isso é uma afronta! — berrou Irving. — Pode ir parando por aí! Esse homem está usando um rancor antigo para manchar o trabalho de minha vida inteira.

Bosch parou e esperou. Ele sabia que era o momento em que o chefe de polícia escolheria um lado. Seria ele ou Irving.

— Acho que precisamos ouvir o que o detetive Bosch tem a dizer — disse o chefe.

Também ele agora olhava duramente para Irving, e Bosch sabia que o chefe estava apostando muito alto. Estava se posicionando contra uma força poderosa no governo da cidade. Estava bancando Bosch, que sabia que só tinha a agradecer a Kiz Rider por isso.

— Vá em frente, detetive — disse o chefe.

Bosch se curvou de modo a conseguir olhar diretamente para o chefe, na ponta da mesa.

— Faz alguns meses, George Irving rompeu com seu amigo mais próximo. Um policial que ele conhecia desde o tempo da academia. A amizade dos dois acabou quando o policial percebeu que George e o pai dele o vinham usando sem que ele soubesse para ajudar a alavancar uma franquia de táxi lucrativa para um dos clientes de George. O policial recebeu um pedido direto do vereador para dar batidas por embriaguez ao volante nos veículos da atual empresa contratada, sabendo que uma ficha cheia de autuações ou detenções de motoristas prejudicaria as tentativas dessa empresa de conservar a franquia.

Irving se curvou sobre a mesa e apontou o dedo para Bosch.

— É aí que você errou feio — ele disse. — Eu sei de quem você está falando e isso foi feito em resposta a uma queixa direta para meu gabinete. Foi um pedido que eu passei num contexto social, só isso. Na verdade, foi na festa de formatura do meu neto.

Bosch balançou a cabeça.

— Sei, uma festa que aconteceu duas semanas depois que seu filho assinou um contrato de prestação de serviço de cem mil dólares com a Regente Taxi, que mais tarde iria anunciar planos de tentar a franquia municipal que no momento está nas mãos da empresa contra a qual o senhor prestou queixa. É só um palpite, mas acho que um grande júri iria achar difícil de acreditar na coincidência. Tenho certeza de que seu gabinete seria capaz de fornecer o nome do cidadão que fez a queixa para que a pessoa e a história possam ser checadas.

Bosch olhou ostensivamente para o assistente com o bloco de anotações.

— Talvez você queira anotar isso.

Ele voltou a dirigir sua atenção à ponta da mesa.

— O policial em questão descobriu que estava sendo usado pelos Irving e confrontou George Irving. A amizade deles terminou aí. No decorrer de quatro semanas, George perdeu três das pessoas mais importantes em sua vida. Seu amigo o expôs como um interesseiro, quando não um criminoso, seu filho único saiu de casa e foi para a faculdade, viver longe dele, e na semana passada a esposa, após vinte anos de casamento, disse a ele que queria se separar. Ela continuou com o casamento até o rapaz sair de casa e então ela também deu um basta.

Irving reagiu como se tivesse levado um tapa na cara. Ele claramente nada sabia sobre o fim do casamento.

— George tentou por uma semana demover Deborah de sua decisão e se agarrar à única pessoa que restara — continuou Bosch. — Mas não adiantou nada. No domingo — doze horas antes de morrer — ele comprou uma passagem de avião para o filho voltar para casa no dia seguinte. O plano era contar ao rapaz sobre a separação. Mas em vez disso nessa noite George foi para o Chateau Marmont sem nenhuma bagagem. Quando foi informado de que a suíte 79 estava disponível, ficou com ela, porque era o quarto que ele e Deborah usaram na lua de mel.

Bosch respirou por um instante e depois continuou.

— Ele passou umas cinco horas naquela suíte. Nossa informação é de que estava bebendo muito — uma garrafa média de uísque, entre um quarto e meio litro. Ele recebeu a visita de um ex-tira chamado Mark McQuillen, que ficou sabendo por acaso de sua chegada ao hotel. McQuillen tinha sido exonerado do departamento de polícia numa caça às bruxas comandada pelo delegado Irving vinte e cinco anos antes. Hoje é um dos donos da franquia de táxi que George Irving estava tentando destruir. Ele confrontou George na suíte e de fato o atacou. Mas é impossível ter jogado a vítima do balcão do hotel. Ele estava em um restaurante vinte e quatro horas a três quadras dali, quando George pulou. Confirmamos o álibi e não tirei nenhuma outra conclusão sobre este caso. George Irving pulou.

Bosch recostou em sua cadeira quando encerrou seu relato. Não houve nenhuma reação imediata de ninguém ali na mesa. Irving levou alguns momentos para examinar todos os ângulos da história e pensar numa objeção.

— McQuillen devia ser preso. Isso foi obviamente um crime muito bem planejado. Eu tinha razão quando disse que era um troco. McQuillen achou que eu acabei com a carreira dele. Então acabou com a vida do meu filho.

— McQuillen aparece numa gravação de vídeo nesse restaurante das duas até as seis — disse Bosch. — O álibi dele confere. Ele esteve com seu filho pelo menos duas horas antes da morte. Mas não estava no hotel quando seu filho pulou.

— E tem também a passagem de avião — acrescentou Chu. — Chad Irving já estava naquele voo no domingo. Não era porque o pai dele tinha morrido, como a família sugeriu para a gente no domingo. Ele recebeu a passagem antes disso, e não tem como McQuillen ter feito uma jogada dessas.

Bosch relanceou seu parceiro. Chu desobedecera sua ordem de ficar calado, era a segunda vez, com essa. Mas nas duas ocasiões fora bastante pertinente.

— Vereador Irving, acho que já escutamos o suficiente por ora — disse o chefe. — Detetives Bosch e Chu, quero um resumo completo da investigação em minha mesa antes das duas da tarde, hoje. Vou revisar e depois convocar uma coletiva de imprensa. Planejo ser conciso e manter os detalhes da investigação concisos. Vereador, o senhor está convidado para se reunir a mim, se quiser, mas sei que esse é um assunto muito pessoal e talvez o senhor prefira encerrar por aqui e simplesmente ir embora. Espero receber notícias do seu gabinete se o senhor resolver aparecer.

O chefe balançou a cabeça uma vez e esperou uma fração de segundo por alguma resposta. Ninguém falou nada, então ele se levantou. A reunião estava encerrada, bem como o caso. Irving sabia que podia fazer pressão e pedir revisões judiciais e novas investigações, mas ir por esse caminho seria andar em um campo minado político.

No entender de Bosch, Irving, como homem pragmático que era, deixaria por isso mesmo. A questão era: e o chefe de polícia, faria o mesmo? Bosch apresentara os elementos de um crime de corrupção política. Seria algo difícil de apurar, particularmente com a morte de um de seus principais personagens. E era uma incógnita se conseguiriam alguma coisa apertando o pessoal da Regent Taxi. Será que o chefe daria prosseguimento a essa investigação ou a usaria como um ás na manga para jogar num nível a respeito do qual Bosch nada sabia?

Fosse como fosse, Bosch tinha absoluta certeza de que entregara para o chefe os meios de tornar uma poderosa voz antipolícia no governo da cidade em algo a favor da corporação. Se funcionasse direito, ele podia ser capaz até de conseguir fazer com que o orçamento para horas extras fosse aprovado outra vez. Nesse meio-tempo, Bosch estava satisfeito por ter completado seu trabalho. Um velho inimigo agora alimentava uma inimizade renovada por ele, mas isso não tinha a menor importância. Bosch nunca seria capaz de viver em um mundo sem inimigos. Eram os ossos do ofício.

Todos se levantaram para deixar a reunião, o que resultaria numa situação constrangedora quando Irving e Bosch saíssem para aguardar o elevador juntos. Rider poupou Harry da saia justa convidando-o a ir até sua sala, junto com Chu.

Quando o grupo de Irving foi embora, Bosch e Chu seguiram Rider.

— Vocês dois aceitam alguma coisa? — perguntou. — Acho que o momento de perguntar era o começo da reunião.

— Não, obrigado — disse Bosch.

— Eu também não quero nada — disse Chu.

Rider elogiou Chu. Ela não fazia ideia de sua atitude traiçoeira de antes.

— Esse foi um bom trabalho, cavalheiros — disse. — E detetive Chu, admiro sua prontidão em defender seu parceiro e seu caso ali dentro. Parabéns.

— Obrigado, tenente.

— Agora, incomoda-se de aguardar um pouco ali fora, na sala de espera? Tenho umas coisas para discutir com o detetive Bosch relativas à data de DROP.

— Sem problema. Harry, eu espero lá fora.

Chu saiu e Rider fechou a porta. Ela e Bosch ficaram se encarando por um longo momento. Até que o rosto dela lentamente se abriu num sorriso e ela sacudiu a cabeça.

— Você deve ter adorado o que aconteceu ali dentro — disse. — Vendo que Irving pode ser cassado ou preso pelo filho da puta que ele é.

Bosch sacudiu a cabeça.

— Para falar a verdade, não. Não me importo mais com ele. Mas ainda não entendi uma coisa. Por que realmente ele me queria no caso?

— Acho que foi exatamente o que ele falou. Ele sabia que você ia se mostrar inflexível e precisava saber se alguém tinha atacado o filho para chegar até ele. O único problema foi que não imaginou que você pudesse chegar onde chegou.

Bosch balançou a cabeça.

— Talvez.

— Bom, o chefe não demonstrou na frente do Irving, mas você acaba de dar um trunfo para ele. E o melhor de tudo é que ele vai fazer questão de recompensar você. Eu estava pensando em começar por mudar seu DROP para cinco anos completos. O que acha disso, Harry?

Ela sorriu, antecipando que Bosch ficaria empolgado pelos vinte e um meses adicionais no emprego.

— Preciso pensar sobre isso — ele disse.

— Tem certeza? Melhor aproveitar a maré favorável.

— Vamos fazer o seguinte: veja se você consegue fazer com que o Chu seja tirado da ANR, mas mantém ele na DRH. Arruma um bom lugar para ele lá.

Ela estreitou os olhos e ele continuou antes que ela pudesse falar.

— E é para fazer isso sem perguntas.

— Tem certeza de que não quer me falar sobre isso?

— Não, Kiz, não quero.

— Ok. Vou ver o que dá para conseguir. Irving provavelmente já está no elevador, agora. Você precisa voltar para a ANR e trabalhar no seu relatório. Às duas, lembra?

— A gente se vê às duas.

Bosch saiu da sala e fechou a porta atrás de si. Chu estava esperando ali, sorrindo de orgulho por ter dado algumas bolas dentro e completamente alheio ao fato de que os rumos de sua carreira haviam acabado de ser definidos sem que sua opinião ou preferência sequer tivessem sido perguntadas.

32

Sábado começou cedo para Bosch e sua filha. Ainda nem amanhecera e os dois já estavam no carro e deixando as colinas, descendo a rodovia 101 em direção ao centro e depois virando para o sul na 110 rumo a Long Beach. Eles tomaram a primeira balsa para Catalina, Bosch em nenhum momento se separando da maleta trancada com a arma conforme seguiam sob a manhã fria e cinza. Assim que chegaram à ilha, tomaram café da manhã no Pancake Cottage, em Avalon, o único lugar do mundo que Harry achava que não ficava devendo nada ao Du-par's, em Los Angeles.

Bosch queria que sua filha tomasse um desjejum completo, porque o plano era almoçar só no fim do dia, depois da competição de tiro. Ele sabia que o pequeno incômodo da fome que ela sentiria no começo da tarde ajudaria a concentrar sua atenção e a manter a mira aguçada.

Um ano antes, quando lhe anunciara seu plano de se tornar uma policial, ela começara a aprender sobre armas e o modo apropriado de usá-las e guardá-las. Não houve nenhum debate filosófico a respeito. Bosch era um tira e havia armas na casa. Nada mais natural do que ensinar sua filha sobre o uso seguro de armas, e ele se considerava um bom pai por isso. Ele complementou sua orientação matriculando-a em cursos num estande de tiro em Newhall.

Mas Maddie fora muito além do aprendizado rudimentar no manejo de armas de fogo. Ela praticava apaixonadamente com alvos de papel e ganhou mão firme e olho clínico. Em seis meses, sua perícia no tiro ao alvo deixou o pai no chinelo. Eles encerravam todo treino com uma disputa mano a mano e ela não demorou a ficar imbatível. A uma distância de dez metros, não errava um disparo no décimo círculo do alvo e era capaz de manter a mira firme por todo um pente de dezesseis cartuchos.

Logo, só ganhar de seu pai com as armas que tinham em casa não foi suficiente. E isso os levou a Catalina. A primeira competição de Maddie era um torneio júnior no clube de armas, na parte de trás da ilha. Uma disputa por eliminação simples que a colocaria para competir com todos os participantes adolescentes. Cada confronto envolvia seis tiros em alvos de papel a dez, quinze e vinte e cinco metros de distância.

Tinham escolhido Catalina para uma primeira experiência no tiro desportivo porque era um torneio pequeno e porque sabiam que seria um dia divertido para eles, independentemente de como ela se saísse. Maddie nunca estivera em Santa Catalina antes e Harry não pisava na ilha havia muitos anos.

Descobriram que era a única garota na competição. Havia Maddie e mais sete meninos, aleatoriamente agrupados em parelhas de um contra um. Ela venceu a primeira disputa com facilidade, superando uma marca fraca no alvo de dez metros para acertar sete de oito anéis nas distâncias de quinze e vinte e cinco metros. Bosch ficou tão orgulhoso e feliz por ela que sentiu vontade de ir correndo até lá e abraçá-la. Mas se segurou, sabendo que isso apenas poria ainda mais em evidência o fato de que era a única garota. Em vez disso, foi o único espectador aplaudindo das mesas de piquenique atrás da linha de tiro. E então pôs os óculos escuros, para que nenhum estranho pudesse ver a expressão em seus olhos.

Sua filha foi eliminada na segunda rodada por um único círculo, mas assimilou bem a decepção. O fato de ter competido e vencido a primeira disputa fez com que a viagem tivesse valido a pena. Ela e Bosch continuaram por ali para ver a rodada final e depois o início da competição adulta. Maddie tentou convencer Harry a entrar na bateria adulta, mas ele se recusou. Seus olhos já não eram mais os mesmos e ele sabia que não tinha a menor chance.

Fizeram um almoço tardio no Busy Bee e olharam vitrines pela Crescent antes de pegar a balsa das quatro horas para voltar ao continente. Ficaram do lado de dentro porque o ar marinho estava frio, e, no trajeto, Bosch passou o braço em torno dos ombros de sua filha. Ele sabia que outras garotas de sua idade não estavam aprendendo sobre armas e tiros. Não presenciavam seus pais à noite examinando fichários com relatórios de autópsias e fotos de cenas de crime. Não ficavam sozinhas em casa enquanto seus pais saíam armados para caçar bandidos. A maioria dos pais estava criando cidadãos para o futuro. Médicas, professoras, mães, pessoas responsáveis pelos negócios da família. Bosch estava criando uma guerreira.

O pensamento momentâneo de Hannah Stone e seu filho passou por sua mente e ele apertou o ombro de sua filha novamente. Viera pensando em algo e agora chegara a hora de discutir.

— Sabe — ele disse —, você não precisa fazer nada desse negócio se não quiser. Não por mim, Mads. Essa coisa de armas. E ser uma policial, também. Você pode fazer o que preferir. Tem suas próprias escolhas.

— Eu sei, pai. Estou fazendo minhas próprias escolhas e é isso que eu quero. A gente conversou sobre isso faz um tempão.

Bosch esperava que ela fosse capaz de deixar o passado para trás e conquistar algo novo. Ele próprio fora incapaz de fazê-lo e a ideia de que ela pudesse ir por esse mesmo caminho era algo que o atormentava.

— Certo, querida. Tem muito tempo até lá, de qualquer maneira.

Os minutos se passaram enquanto ele pensava na vida. Podia ver as torres de petróleo disfarçadas no porto começando a surgir à vista. Uma ligação chegou em seu celular e viu que era de David Chu. Deixou cair na caixa de mensagens. Não ia estragar o momento com trabalho ou, mais provavelmente, com Chu choramingando por uma segunda chance. Guardou o celular e beijou o alto da cabeça de sua filha.

— Acho que sempre vou me preocupar com você — disse. — Não é como se você quisesse ser uma professora ou uma coisa segura desse tipo.

— Eu odeio a escola, pai. Por que ia querer ser professora?

— Sei lá. Mudar o sistema, tornar a escola melhor para que a próxima geração não odeie.

— Uma professora? Vai sonhando.

— Só o que precisa é de uma pessoa. Sempre começa com um. Enfim, como eu disse, você faz o que quiser. Você tem tempo de sobra. Acho que eu ficaria preocupado de qualquer maneira, independente do que você faça.

— Não se você me ensinar tudo que sabe. Daí você não vai precisar se preocupar, porque eu vou ser como você por aí.

Bosch riu.

— Se você for como eu por aí, então eu vou precisar andar todo dia com um rosário na mão, um pé de coelho na outra e quem sabe um trevo de quatro folhas tatuado no braço.

Ela o cutucou com o cotovelo.

Bosch deixou passar mais alguns minutos. Pegou o celular e verificou se Chu deixara algum recado. Não havia nada e Bosch deduziu que seu parceiro havia ligado mais uma vez para reclamar da situação. Não era o tipo de coisa que a pessoa deixaria numa caixa de mensagens.

Ele guardou o celular e desviou a conversa entre pai e filha para um assunto mais sério.

— Escuta, Mads, estou querendo falar uma outra coisa com você, também.

— Sei, você vai se casar com a mulher do batom?
— Não, é sério, e não tinha batom nenhum.
— Eu sei. O que é?
— Bom, estou pensando em entregar meu distintivo. Em me aposentar. Talvez seja hora.

Ela ficou sem responder por um longo tempo. Ele achara que sua reação seria um pedido imediato e insistente para que nem pensasse numa coisa dessas, mas para seu crédito ela parecia estar pondo as engrenagens para funcionar, em vez de ir simplesmente externando a primeira, possivelmente errada, reação que lhe vinha à mente.

— Mas por quê? — ela perguntou finalmente.
— Bom, acho que estou perdendo o pique, sabe? Como em qualquer coisa — atletismo, tiro ao alvo, música, até pensamento criativo —, as capacidades sofrem uma queda, a certa altura. E, sei lá, mas talvez eu esteja chegando nesse ponto e seja hora de parar. Já vi pessoas perderem o traquejo e isso aumenta o perigo. Não quero deixar escapar a chance de ver você crescer e brilhar em qualquer coisa que escolha fazer.

Ela balançou a cabeça, como que concordando, mas então uma percepção mais viva e a discordância vieram à tona.

— Você está pensando tudo isso só por causa de um caso?
— Não é só um caso, mas esse é um bom exemplo. Eu fui por um caminho totalmente errado dessa vez. Não consigo deixar de pensar que isso não teria acontecido cinco anos atrás. Nem dois anos atrás. Talvez eu esteja perdendo o traquejo necessário para fazer isso.

— Mas às vezes você precisa pegar o caminho errado para encontrar o caminho certo.

Ela virou no banco e olhou diretamente para ele.

— Como você me falou, a gente faz as próprias escolhas. Mas se eu fosse você, não tomaria nenhuma decisão muito rápido.

— Não vou. Tem um cara aí à solta que eu preciso encontrar primeiro. Eu estava pensando que seria uma boa deixa para encerrar.

— Mas o que você vai fazer se parar?
— Não tenho certeza, mas de uma coisa eu sei. Acho que eu seria capaz de ser um pai melhor. Você sabe, estar mais presente.

— Isso não necessariamente torna a pessoa um pai melhor. Não esquece disso.

Bosch balançou a cabeça. Às vezes era difícil para ele acreditar que estava conversando com uma menina de quinze anos. Essa era uma dessas vezes.

33

No domingo de manhã, Bosch deixou sua filha no shopping em Century City. O dia fora reservado uma semana antes para que ela e suas amigas, Ashlyn e Konner, se encontrassem às onze horas e então passassem o dia fazendo compras, comendo e fofocando. As meninas combinavam esse dia de shopping uma vez por mês e cada vez era um shopping diferente. Dessa vez Bosch se sentiu bastante à vontade de deixá-las por conta própria. Nenhum shopping era à prova de predadores, mas ele sabia que a segurança estaria alerta num domingo e o Century City tinha um bom histórico de vigilância. Havia policiais disfarçados se passando por clientes no lugar todo e grande parte da segurança era composta por policias fazendo um bico.

Na maioria desses domingos de shopping, Bosch ia para o centro depois de deixar sua filha e trabalhava na sala deserta do esquadrão da ANR. Ele gostava da tranquilidade do lugar nos fins de semana e isso normalmente o ajudava a se concentrar no caso em questão. Mas dessa vez ele queria ficar longe do PAB. Havia pegado o *Times* cedo nessa manhã, quando desceu a colina para comprar leite e café na loja de conveniência. Esperando na fila, notara que havia outra chamada de primeira página relacionada à morte de George Irving. Comprou o jornal e leu a matéria no carro. Escrita por Emily Gomez-Gonzmart, girava em torno do trabalho de George Irving para a Regent Taxi e deixava no ar algumas perguntas sobre a aparente coincidência de sua representação da empresa e o surgimento de problemas legais envolvendo a Black & White, sua competidora pela franquia na área de Hollywood. A matéria fazia a ligação com Irvin Irving. Os boletins das prisões levaram ao policial Robert

Mason, que contou a mesma história de ser diretamente interpelado pelo vereador para dar uma batida nos táxis da B&W.

Bosch deduziu que a matéria ia causar um furor no PAB, assim como na prefeitura. Ele ia manter distância do lugar até que tivesse de ir trabalhar na manhã seguinte.

Quando se afastava do shopping, Bosch pegou o celular e verificou se a bateria não acabara. Ele ficou surpreso por não ter notícia de Chu, nem que fosse apenas para negar que tinha sido a fonte que passara o serviço para GoGo. Ficou surpreso também por não receber nenhum telefonema de Kiz Rider. O fato de que já era quase meio-dia e ela ainda não ligara para falar sobre a matéria revelava uma coisa para ele. Que ela era a fonte da matéria e que estava ficando na moita.

Fosse agindo por conta própria, fosse, mais provavelmente, agindo de comum acordo com o chefe, sob sua orientação tácita, a jogada fora expor Irving, em vez de coagi-lo a cooperar por meio do silêncio. Era difícil não concordar com a escolha. Pendurá-lo daquele jeito na mídia, pintando-o com a marca da corrupção, podia servir para eliminá-lo enquanto ameaça ao departamento. Muita coisa podia rolar no último mês de uma campanha eleitoral. Talvez o chefe tivesse decidido usar agora todos os seus trunfos e ver se a matéria se alastraria e afetaria o resultado da eleição. Talvez ele quisesse aproveitar a chance de que o oponente de Irving fosse antes um amigo do departamento do que um inimigo coagido e em situação comprometedora.

De um modo ou de outro, para Bosch na realidade não importava. Tudo não passava de ingerência. O que importava era que Kiz Rider, sua amiga e ex-parceira, estava agora confortavelmente instalada no décimo andar como mais um instrumento da política. Ele sabia que tinha de ter isso em mente dali por diante, sempre que precisasse tratar de algum assunto com ela, e essa conclusão o deixou com uma sensação de profunda perda.

Ele sabia que a melhor coisa a fazer nesse ponto era manter a cabeça abaixada. Sentiu a certeza de que o episódio todo assinalava seus derradeiros dias no departamento. Os trinta e nove meses que recebera com tamanha satisfação uma semana antes agora pareciam quase uma sentença a cumprir. Havia tirado a tarde de folga e ia ficar longe do PAB e de qualquer outra coisa que tivesse a ver com trabalho.

Enquanto segurava o celular, tomou uma decisão e ligou para Hannah Stone. Ela atendeu ao primeiro toque.

— Hannah, você está em casa ou no trabalho?

— Em casa. Não tem terapia no domingo. O que foi? Você encontrou Chilton Hardy?

Havia um tom ansioso de antecipação em sua voz.

— Ãhn, não, ainda não. Mas ele vai ser prioridade a começar de amanhã. Na verdade, eu estava ligando porque meio que fiquei com a tarde livre. Até precisar pegar minha filha às cinco, no shopping. Achei que, se você estivesse de folga e com o dia livre, a gente podia almoçar ou qualquer coisa. Quero conversar umas coisas. Sabe, ver se a gente encontra um jeito de tentar.

A verdade era que Bosch não conseguia descartá-la assim, sem mais, nem menos. Ele sempre se sentira atraído por mulheres que ocultavam alguma tragédia atrás do olhar. Ele viera pensando em Hannah e acreditava que, se apenas fixassem certos limites em relação ao filho dela, então talvez conseguissem uma chance para si.

— Ia ser ótimo, Harry. Eu também quero conversar com você. O que acha de vir para cá?

Bosch olhou o relógio do painel.

— Estou em Century City. Acho que posso estar aí lá pelo meio-dia para pegar você. Por que não pensa em algum lugar para a gente ir no Ventura Boulevard? Quem sabe eu até resolvo experimentar um sushi.

Ela riu e Bosch gostou do som de sua risada.

— Não, estou dizendo para você vir para cá — ela disse. — Para a gente almoçar e conversar. A gente pode ficar por aqui mesmo, é mais fácil, e eu posso fazer alguma coisa. Nada de mais.

— Hm...

— E daí a gente vê o que rola.

— Tem certeza?

— Claro.

Bosch balançou a cabeça para si mesmo.

— Ok, então estou indo.

34

David Chu já estava na baia quando Bosch chegou para o trabalho na segunda de manhã. Ao ver o parceiro entrando, ele girou em sua cadeira e ergueu as mãos, como num assalto.

— Harry, só o que posso dizer é que não fui eu.

Bosch pôs a maleta no chão e verificou sua mesa para ver se havia recados e relatórios entregues. Não havia nada.

— Do que você está falando?

— A história do *Times*. Você viu?

— Não se preocupe. Eu sei que não foi você.

— Então quem foi?

Bosch apontou o teto e sentou, dando a entender que o vazamento era no décimo andar.

— É a ingerência — ele disse. — Alguém lá em cima decidiu que é assim que vamos jogar.

— Para controlar o Irving?

— Para tirar ele de lá. Mudar a eleição. De qualquer jeito, não é mais nosso problema. Já entregamos nosso relatório e isso é assunto encerrado. O assunto de hoje é Chilton Hardy. Quero encontrar o cara. Ele tem andado em liberdade há vinte e dois anos. Quero ver o sujeito numa cela até o fim do dia.

— É, sabe como é, eu liguei pra você no sábado. Encontrei umas coisas e fiquei pensando se você não queria dar uma conferida no pai dele. Mas achei que você tinha compromisso com a sua filha. Você não atendeu.

— É, eu tinha "compromisso com a filha" e você não deixou recado. O que você encontrou?

Chu virou para sua mesa e apontou a tela de seu computador.

— Só levantando o passado de Hardy o máximo que eu consigo — ele disse. — Não tem muita coisa sobre ele. Mais sobre o pai, comprando e vendendo propriedades. Chilton Aaron Hardy Sênior. Ele mora em Los Alamitos faz quinze anos. É uma casa de condomínio e está no nome dele.

Bosch balançou a cabeça. Era informação boa.

— Também tentei encontrar uma senhora Hardy. Sabe, caso tivesse um divórcio e ela estivesse morando em algum lugar e pudesse levar ao Junior.

— E?

— Negativo. Encontrei um obituário de 1997 para Hilda Ames Hardy, esposa de Chilton Sênior e mãe de Chilton Junior. Câncer de mama. Nenhum outro filho relacionado.

— Então pelo jeito vamos visitar Los Alamitos.

— É.

— Então vamos cair logo fora daqui antes que a merda voe no ventilador por causa dessa matéria. Traz junto a pasta com a foto do Pell do DMV.

— Por que Pell?

— Porque o Sênior pode não estar disposto a entregar o Junior. Acho que vamos tentar uma jogada com ele e é aí que o Pell entra.

Bosch se levantou.

— Vou mudar os ímãs.

Era um trajeto de quarenta minutos para o sul. Los Alamitos ficava no extremo norte de Orange County e era um dentre cerca de uma dúzia de condomínios modestos e contíguos, entre Anaheim, a leste, e Seal Beach, a oeste.

Enquanto seguiam para o lugar, Bosch e Chu combinaram como iriam conduzir a conversa com Chilton Hardy "Pai". Assim eles rodaram devagar pela vizinhança, dobrando na Katella Avenue e passando perto do Los Alamitos Medical Center, antes de estacionar na frente de um conjunto de pequenos sobrados. Eram construídos em séries de seis, com gramados fofos na frente e garagens duplas atrás, com entradas pelas ruelas dos fundos.

— Traz a pasta — disse Bosch. — Vamos lá.

Havia uma calçada principal que passava diante de um punhado de caixas de correio até uma malha de caminhos individuais para as entradas das residências. A casa de Hardy Pai era a segunda do grupo. Havia uma porta de tela diante da porta da frente, que estava fechada. Sem hesitar, Bosch apertou uma campainha e depois bateu com os nós dos dedos na moldura de alumínio da porta de tela.

Esperaram quinze segundos e ninguém atendeu.

Bosch voltou a apertar a campainha e fez menção de bater novamente quando escutou uma voz abafada do lado de dentro.

— Tem gente em casa — ele disse.

Mais quinze segundos se passaram e então a voz soou outra vez, agora claramente próxima, do lado de lá da porta.

— Quem é?

— Senhor Hardy?

— Isso, quem é?

— É a polícia. Abra a porta.

— O que aconteceu?

— Precisamos fazer algumas perguntas. Abra a porta, por favor.

Não houve resposta.

— Senhor Hardy?

Escutaram o som do trinco girando. Lentamente, a porta se abriu e um homem com óculos de fundo de garrafa os examinou pela abertura de pouco mais de um palmo. Estava desgrenhado, seu cabelo grisalho despenteado e cheio de nós, com duas semanas de suíças grisalhas por fazer em seu rosto. Um tubo de plástico transparente contornava suas duas orelhas e passava sob seu nariz, levando oxigênio a suas narinas. O sujeito vestia o que parecia ser um avental hospitalar azul sobre calças de pijama listrado e chinelos de borracha pretos.

Bosch tentou abrir a porta de tela, mas estava trancada.

— Senhor Hardy. Precisamos conversar com o senhor. Podemos entrar por favor?

— Do que se trata?

— Somos do Departamento de Polícia de Los Angeles e estamos procurando uma pessoa. Acreditamos que o senhor talvez consiga nos ajudar. Podemos entrar, senhor?

— Quem?

— Senhor, não podemos fazer isso aqui na rua. Podemos entrar para conversar?

O homem baixou o rosto por um momento, como que ponderando a situação. Seus olhos eram frios e distantes. Bosch percebeu a quem o filho tinha puxado.

Vagarosamente, o velho enfiou a mão pela fresta da porta e destrancou a porta de tela. Bosch a abriu e aguardou até que Hardy se afastasse para passar.

Hardy se movia devagar, apoiando-se em uma bengala ao caminhar pela sala. Sobre um ombro ossudo havia uma correia que segurava um pequeno cilindro de oxigênio ligado à rede de tubos que ia até seu nariz.

— O lugar está uma bagunça — disse, dirigindo-se a uma cadeira. — Ninguém me visita.

— Tudo bem, senhor Hardy — disse Bosch.

Hardy lentamente baixou o corpo para sentar numa poltrona estofada muito gasta. Sobre a mesa, ao lado dela, estava um cinzeiro transbordando de bitucas. A casa cheirava a cigarro e velhice e estava tão desmazelada quanto o próprio Hardy. Bosch começou a respirar pela boca. Hardy percebeu que ele olhava para o cinzeiro.

— Não vão me denunciar para o hospital, vão?

— Não, senhor Hardy, não é para isso que estamos aqui. Meu nome é Bosch e esse é o detetive Chu. Estamos tentando localizar seu filho, Chilton Hardy Junior.

Hardy balançou a cabeça, como se já esperasse por isso.

— Não sei por onde ele anda hoje em dia. O que vocês querem com ele?

Bosch sentou em um sofá forrado com almofadas de franjas, de modo a ficar no nível dos olhos de Hardy.

— Tudo bem se eu me sentar aqui, senhor Hardy?

— À vontade. O que meu filho fez que trouxe vocês dois aqui?

Bosch abanou a cabeça.

— Até onde sabemos, nada. Queremos conversar com ele sobre outra pessoa. Estamos fazendo uma investigação sobre o passado de um homem que morou com seu filho há alguns anos.

— Quem?

— O nome dele é Clayton Pell. O senhor chegou a conhecê-lo?

— Clayton Powell?

— Não, senhor. Pell. Clayton Pell. O senhor conhece esse nome?

— Acho que não.

Hardy se curvou para a frente e começou a tossir na mão. Seu corpo foi sacudido por espasmos.

— Droga de cigarro. O que foi que esse tal de Pell fez, hein?

— Na verdade não podemos revelar os detalhes de nossa investigação. Basta dizer que achamos que ele fez algumas coisas ruins e seria de alguma ajuda para lidar com o caso se soubéssemos sobre o passado dele. Temos uma foto aqui que gostaríamos de mostrar para o senhor.

Chu pegou a foto de identificação policial de Pell. Hardy examinou por um longo tempo antes de abanar a cabeça.

— Não reconheço.

— Bom, é assim que ele está hoje. Ele morou com seu filho uns vinte anos atrás.

Agora Hardy pareceu surpreso.

— Vinte anos atrás? Ele devia ser só um... ah, já sei, vocês estão falando sobre aquele menino que morou com Chilton junto com a mãe lá em Hollywood.

— Perto de Hollywood. Isso, ele devia ter uns oito anos de idade, na época. O senhor se lembra dele agora?

Hardy balançou a cabeça e com isso começou a tossir outra vez.

— Precisa de um pouco de água, senhor Hardy?

Hardy recusou com um gesto de mão, mas continuou suas tossidas e chiados, que deixaram um respingo de saliva em seus lábios.

— Chill veio aqui com ele algumas vezes. Só isso.

— Ele alguma vez falou sobre o menino?

— Só disse que ele era impossível. A mãe saía e deixava o menino com o Chill, e ele não fazia muito o tipo paternal.

Bosch balançou a cabeça, como se isso fosse uma informação importante.

— Onde está Chilton agora?

— Já disse. Eu não sei. Ele não me visita mais.

— Quando foi a última vez que o senhor o viu?

Hardy coçou o queixo hirsuto e então tossiu na mão mais uma vez. Bosch olhou para Chu, que continuava de pé.

— Parceiro, não quer trazer um pouco d'água para ele?

— Não, estou bem — protestou Hardy.

Mas Chu recebera a deixa da mensagem e foi pelo corredor junto à escada até uma cozinha ou banheiro. Bosch sabia que isso lhe daria a chance de dar uma rápida olhada no primeiro andar da casa.

— Lembra quando foi a última vez que viu seu filho? — Bosch perguntou outra vez.

— Eu... na verdade não. Os anos... não sei.

Bosch balançou a cabeça, dando a entender que sabia como famílias, pais e filhos muitas vezes ficavam distantes com o tempo.

Chu voltou com um copo d'água que pegou da pia. O copo não parecia muito limpo. Havia manchas de dedos no vidro. Quando o deu para Hardy, fez um furtivo aceno negativo de cabeça para Bosch. Ele não vira nada útil em sua rápida incursão pela residência.

Hardy tomou um gole e Bosch tentou mais uma vez obter alguma informação sobre o paradeiro do filho.

— Tem algum número de telefone ou endereço, senhor Hardy? Gostaríamos muito de ter uma conversa com ele.

Hardy pousou o copo ao lado do cinzeiro. Levou a mão ao lugar onde haveria o bolso do peito de uma camisa, mas o avental que estava vestindo não tinha bolso algum. Era um gesto subconsciente para pegar um maço de cigarros que não estava lá. Bosch lembrou de fazer isso ele mesmo, no tempo em que era fumante.

— Não, não tenho o telefone dele — disse.

— E endereço? — perguntou Bosch.

— Nada.

Hardy baixou os olhos, como que parecendo perceber que suas respostas eram um testamento de seu fracasso como pai, ou do fracasso de seu homônimo como filho. Como Bosch fazia ao interrogar alguém, seguiu de forma não sequencial pelas perguntas. Também abriu mão do ardil preparado para a visita. Já não se importava mais se o velho achava que estavam investigando Clayton Pell ou seu filho.

— Quando seu filho era novo ele vivia com o senhor?

Os óculos de fundo de garrafa de Hardy ampliavam os movimentos de seus olhos. A pergunta suscitou uma reação. Quando a resposta a uma pergunta é um movimento rápido dos olhos, isso deve ser interpretado como um dado revelador.

— A mãe dele e eu nos divorciamos. Foi logo no começo. Eu não ficava muito com o Chilton. A gente morava longe. A mãe dele — ela já morreu — foi quem criou. Eu mandava dinheiro...

Dito como se o dinheiro fosse seu único dever. Bosch balançou a cabeça, continuando a manter a postura de compreensão e solidariedade.

— Ela alguma vez comentou se ele se meteu em problemas ou qualquer coisa desse tipo?

— Eu achei... você me falou que estava procurando aquele menino. Powell. Por que está me perguntando sobre quando meu filho era novo?

— Pell, senhor Hardy. Clayton Pell.

— Vocês não estão aqui por causa dele, estão?

Era isso. O jogo estava terminado. Bosch começou a se levantar.

— Seu filho não está aqui, está?

— Eu já falei para vocês. Não sei onde ele está.

— Então o senhor não se incomoda se dermos uma olhada por aí, certo?

Hardy limpou a boca e abanou a cabeça.

— Vocês precisam de um mandado para fazer isso — disse.

— Não se houver algum problema de segurança envolvido — disse Bosch. — Por que não fica sentado bem aqui, senhor Hardy, e eu vou dar uma olhada rápida na casa? O detetive Chu vai ficar com o senhor.

— Não, eu não preciso...

— Só quero ter certeza de que o senhor está em segurança, só isso.

Bosch os deixou ali, com Chu tentando acalmar o agitado Hardy. Ele foi andando pelo corredor. O sobrado tinha uma planta típica, com sala de jantar e cozinha apertadas atrás da sala de estar. Havia uma armário sob a escada e também um pequeno lavabo. Bosch olhou rapidamente cada lugar, presumindo que Chu já os inspecionara quando fora buscar o copo d'água, e abriu a porta no fim do corredor. Não havia carro na garagem. O espaço estava atulhado, com caixas empilhadas e colchões velhos apoiados em uma parede.

Ele virou e voltou à sala.

— O senhor não tem carro, senhor Hardy? — ele disse, ao se aproximar da escada.

— Eu chamo um táxi quando preciso. Não é para subir lá.

Bosch parou no quarto degrau e olhou para ele.

— Por que não?

— Você não tem mandado e não tem o direito.

— Seu filho está ali em cima?

— Não, não tem ninguém lá em cima. Mas você não pode ir.

— Senhor Hardy, preciso me certificar de que estamos todos em segurança aqui e que o senhor vai estar em segurança depois que formos embora.

Bosch continuou a subir. O fato de Hardy exigir que não subisse o deixou cauteloso. Quando chegou ao andar de cima, pegou sua arma.

Ali também a casa seguia um projeto familiar. Dois dormitórios e um banheiro entre eles. O quarto da frente era aparentemente onde Hardy dormia. Havia uma cama desfeita e roupa para lavar, no chão. Um cinzeiro sujo estava sobre um criado-mudo e uma cômoda tinha cilindros extras de oxigênio. As paredes estavam amareladas de nicotina e havia uma pátina de poeira e cinza de cigarro cobrindo todas as superfícies.

Bosch pegou um dos cilindros. O rótulo dizia que continha oxigênio líquido e que só podia ser comercializado com prescrição médica. Havia um número de telefone para recolher usados e trazer novos, de uma companhia chamada ReadyAire. Bosch ergueu o cilindro. Parecia vazio, mas ele não conseguiu ter certeza. Voltou a pôr no lugar e virou para a porta fechada.

Era um closet, com os dois lados abarrotados de roupas emboloradas penduradas nos cabides. As prateleiras do alto estavam cheias de caixas escrito U-Haul nas laterais, o nome de uma empresa de transporte. No chão havia sapatos espalhados e uma pilha do que parecia ser roupa suja para lavar. Ele saiu do armário e do quarto, e seguiu pelo corredor.

O segundo dormitório era o cômodo mais limpo de toda a casa, pois parecia não utilizado. Havia uma cômoda e um criado-mudo, mas sobre o estrado da cama não havia colchão. Bosch lembrou do colchão e da cama box que vira um pouco antes na garagem e percebeu que as duas coisas provavelmente tinham sido retiradas dali. Verificou o armário e viu que estava cheio, só que mais ordenado. As roupas estavam asseadamente penduradas com proteção de saco plástico para um armazenamento prolongado.

Ele voltou ao corredor para checar o banheiro.

— Harry, está tudo bem aí em cima? — perguntou Chu do andar térreo.

— Tudo certo. Já vou descer.

Voltou a guardar sua arma no coldre e enfiou a cabeça pelo vão da porta, no banheiro. Havia toalhas encardidas penduradas no suporte e mais um cinzeiro sobre a caixa acoplada do vaso sanitário. Havia um odorizador de ambiente ao lado do cinzeiro. Bosch quase riu ao ver aquilo.

O espaço da banheira era fechado por uma cortina de plástico com manchas de bolor, e a banheira complementava o cenário com uma borda de sujeira que parecia obra de anos de uso. Enojado, Bosch virou para descer a escada. Mas então pensou melhor e voltou ao banheiro. Abriu o armário de remédios e viu três prateleiras de vidro cobertas de frascos de remédios e inaladores. Pegou um recipiente ao acaso e leu o rótulo. Era um medicamento prescrito para Hardy, vencido havia quatro anos, de uma coisa chamada teofilina genérica. Ele pôs no lugar e pegou um dos inaladores. Era outra prescrição genérica, nesse caso para algo chamado albuterol. Vencido havia três anos.

Bosch examinou outro inalador. Depois outro. E então verificou cada inalador e frasco no armário. Havia muitos medicamentos genéricos e alguns frascos estavam cheios, enquanto a maioria estava quase vazia. Mas não havia uma única receita no armário indicando uma data mais recente do que três anos.

Bosch fechou a porta do armário, dando com seu rosto no espelho. Ficou olhando para seus próprios olhos escuros por um bom momento.

E subitamente compreendeu.

Ele saiu do banheiro e voltou rápido para o quarto de Hardy. Fechou a porta, de modo que não pudessem escutá-lo na sala. Tirou seu celular conforme pegava um dos cilindros de oxigênio, ligou o número da ReadyAire e pediu para falar com o coordenador de entregas. Passaram-no para um sujeito chamado Manuel.

— Manuel, meu nome é detetive Bosch. Eu trabalho para o Departamento de Polícia de Los Angeles e estou conduzindo uma investigação. Preciso saber agora mesmo quando foi a última vez que o senhor fez uma entrega de oxigênio com receita para um de seus clientes. Pode me ajudar?

Manuel no início achou que a ligação fosse uma piada, um trote de algum amigo.

— Escute — disse Bosch, secamente. — Isso não é piada. É uma investigação urgente e preciso dessa informação agora mesmo. Preciso que me ajude ou chame alguém que faça isso.

Houve um silêncio e Bosch escutou Chu chamá-lo outra vez. Bosch largou o cilindro e protegeu o celular com a mão. Abriu a porta do quarto.

— Já vou descer — exclamou.

Então fechou a porta e voltou ao telefone.

— Manuel, você está aí?

— Sim, estou. Posso pôr o nome no computador e ver o que temos.

— Ok, faça isso. O nome é Chilton Aaron Hardy.

Bosch esperou e escutou um som de teclado.

— Hm, aqui está — disse Manuel. — Mas ele não compra mais o O_2 dele com a gente.

— Como assim?

— Aqui diz que a última entrega para ele foi em julho de 2008. Ou ele morreu ou começou a comprar de outro fornecedor. Provavelmente algum lugar mais barato. A gente perde muito cliente por isso.

— Tem certeza?

— Estou olhando para a tela neste minuto.

— Obrigado, Manuel.

Bosch desligou. Guardou o celular e voltou a tirar a arma.

35

Enquanto Bosch descia a escada, o nível de sua adrenalina subia. Ele viu que Hardy não se movera de sua cadeira, mas agora estava fumando um cigarro. Chu estava sentado no braço do sofá, vigiando.

— Mandei ele fechar a válvula do cilindro — disse Chu. — Assim ele não explode a gente.

— Não tem nada no cilindro — disse Bosch.

— O quê?

Bosch não respondeu. Atravessou a sala até ficar bem na frente de Hardy.

— De pé.

Hardy ergueu o rosto, com a expressão perplexa.

— Eu disse para ficar de pé.

— O que está acontecendo?

Bosch se curvou, agarrou-o pela camisa com as duas mãos e o ergueu da poltrona. Girou o homem e o empurrou de frente para a parede.

— Harry, o que você está fazendo? — perguntou Chu. — Ele é só um velho...

— É ele — disse Bosch.

— O quê?

— É o *filho*, não o pai.

Bosch tirou as algemas de seu cinto e prendeu os braços de Hardy atrás das costas.

— Chilton Hardy, você está preso pelo assassinato de Lily Price.

Hardy não disse nada enquanto Bosch recitava seus direitos constitucionais. Virou o rosto de lado, encostando a bochecha na parede, e um pequeno sorriso se insinuou ali.

— Harry, o pai está lá em cima? — perguntou Chu às suas costas.

— Não.

— Então onde ele está?

— Acho que está morto. O Junior aqui tem vivido como se fosse ele, recebendo a aposentadoria, o seguro social, todas essas coisas. Abre a pasta. Onde está a foto do departamento de trânsito?

Chu se aproximou com a foto ampliada de Chilton Aaron Hardy Jr. Bosch virou Hardy de frente e então o segurou contra a parede com a mão em seu peito. Segurou a foto ao lado de seu rosto. Então tirou os óculos grossos de seus olhos e os jogou no chão.

— É ele. Ele raspou a cabeça para tirar a foto da carteira de motorista. Mudou de aparência. A gente não puxou nenhuma foto do pai. Devia ter feito isso.

Bosch devolveu a foto para Chu. O sorriso de Hardy ficou mais largo.

— Está achando engraçado? — perguntou Bosch.

Hardy balançou a cabeça.

— Acho engraçado pra caralho, porque você não tem prova nenhuma e não tem como me processar.

Sua voz estava diferente agora. Um timbre mais grosso. Não a voz frágil de velho de antes.

— E eu acho engraçado pra caralho que você deu uma busca aqui ilegalmente. Nenhum juiz vai acreditar que eu dei permissão. Pena que você não encontrou nada. Vou morrer de rir quando o juiz rejeitar todo o caso.

Bosch segurou Hardy pela camisa e o afastou da parede, depois o empurrou com força de volta. Sentiu sua raiva aumentando.

— Ei, parceiro? — disse. — Vai até o carro e liga seu computador. Quero escrever um mandado de busca agora mesmo.

— Harry, eu já chequei meu celular, não tem rede de Wi-Fi aqui. Como a gente vai mandar?

— *Parceiro*, vai lá no computador. A gente se preocupa com o Wi-Fi depois que você escrever. E fecha a porta quando sair.

— Ok, parceiro. Vou pegar o laptop.

Mensagem recebida.

Bosch em nenhum momento desviou o rosto dos olhos de Hardy. Ele viu quando o outro caiu em si sobre a situação, que ia ficar a sós com Bosch, e um começo de medo invadiu a frieza brilhante deles. Assim que escutou o barulho da porta se fechando, Bosch sacou sua Glock e encostou o cano sob o queixo de Hardy.

— Adivinha só, seu trouxa, a gente vai terminar isso aqui mesmo. Porque você tem razão, o que a gente tem não é suficiente. E não vou deixar você ficar livre nem mais um dia.

Violentamente, ele puxou Hardy da parede e com um giro derrubou-o no chão. Hardy caiu sobre a mesinha ao lado da poltrona e derrubou o cinzeiro e o copo d'água sobre o tapete, aterrissando de costas. Bosch se ajoelhou em cima dele, as pernas abertas sobre seu torso.

— A coisa vai funcionar desse jeito: a gente não sabia que era você, sacou? A gente achou que era o seu pai o tempo todo, daí quando meu parceiro foi até o carro você me atacou. Teve uma luta por causa da arma e adivinha só quem ganhou?

Bosch segurava a arma de lado, exibindo-a diante do rosto de Hardy.

— Vai ter dois disparos. A bala que eu vou enfiar nesse seu coração negro de merda, e depois que eu tirar as algemas e você tiver ido pro saco vou pôr suas duas mãos na coronha da minha Glock e mandar outra na parede. Assim vai ter resíduo de tiro na sua mão e na minha e todo mundo fica tranquilo com isso.

Bosch se curvou e posicionou a arma com o cano em ângulo elevado no peito de Hardy.

— É, acho que desse jeito — disse.

— Espera! — berrou Hardy. — Você não pode fazer isso!

Bosch viu o puro terror em seus olhos.

— Isso é por Lily Price e Clayton Pell e todo o resto que você machucou e matou.

— Por favor.

— Por favor? Foi isso que Lily disse para você? Ela disse por favor?

Bosch mudou o ângulo da arma ligeiramente e se curvou mais um pouco, seu peito a apenas quinze centímetros do de Hardy.

— Tá certo, eu admito. Venice Beach, 1989. Eu falo tudo. É só me prender e interrogar. Eu conto sobre o meu pai também. Eu afoguei ele na banheira.

Bosch abanou a cabeça.

— Você está me falando o que eu quero ouvir só pra sair vivo daqui. Mas não adianta, Hardy. Tarde demais. A gente já passou desse ponto. Mesmo que você tenha confessado de verdade, não ia ser aceito. Confissão sob coerção. Você sabe disso.

Bosch deslizou o slide da Glock para introduzir um cartucho na câmara.

— Não quero uma confissão que não vale nada. Quero evidência. Quero saber do esconderijo.

— Que esconderijo?

— Você guarda coisas escondidas. Caras como você sempre fazem isso. Fotos, lembranças. Se quer salvar sua pele, Hardy, me diz onde esconde as coisas.

Ele esperou. Hardy ficou em silêncio. Bosch encostou a boca da arma em seu peito e inclinou-a outra vez.

— Tudo bem, tudo bem — disse Hardy, desesperado. — Na casa do lado. Está tudo na casa do lado. Meu pai era proprietário das duas casas. Eu dei um jeito de pôr um nome falso na escritura. Vai olhar. Você vai encontrar tudo que quer.

Bosch ficou olhando para ele por um longo momento.

— Se for mentira, eu te mato.

Ele afastou a arma e a guardou no coldre. Começou a se levantar.

— Como eu entro?

— As chaves estão no balcão da cozinha.

O estranho sorriso voltou ao rosto de Hardy. Um momento antes, estava desesperado para salvar a própria vida, e agora sorria. Bosch percebeu que era um sorriso de orgulho.

— Pode ir lá e olhar — insistiu Hardy. — Você vai ficar famoso, Bosch. Prendeu o detentor do recorde, caralho.

— É? Quantos?

— Trinta e sete. Eu plantei trinta e sete cruzes.

Bosch já imaginara que seriam muitos, mas não tantos. Ele se perguntou se Hardy não estaria aumentando seus crimes como parte de uma última manipulação. Dizer qualquer coisa, entregar qualquer coisa, só para sair por aquela porta com vida. Tudo que tinha a fazer era sobreviver àquele momento e depois passar à próxima transformação, de assassino desconhecido e nunca encontrado a figura de fascínio e medo entre o público. Um nome a inspirar terror. Bosch sabia que isso era parte do processo de gratificação com gente da sua laia. Hardy provavelmente vivera na expectativa do momento em que se tornaria conhecido. Homens como ele fantasiavam a respeito.

Com um movimento suave e rápido, Bosch voltou a tirar a Glock do coldre e apontou para Hardy.

— *Não!* — gritou Hardy. — A gente fez um acordo!

— A gente não fez merda nenhuma.

Bosch apertou o gatilho. A mola de metal do mecanismo estalou e o corpo de Hardy sofreu um espasmo, como se tivesse sido atingido, mas não havia bala na câmara. A arma estava vazia. Bosch a descarregara quando estava no quarto.

Bosch balançou a cabeça. Hardy não percebera o indício revelador. Nenhum policial precisaria deslizar o mecanismo de uma arma para pôr uma bala na câmara, porque nenhum policial deixaria a câmara vazia. Não em Los Angeles, onde os dois segundos que leva para fazer isso podem custar sua vida. Fora apenas parte da encenação. Para o caso de Bosch precisar prolongar o blefe.

Ele segurou o corpo de Hardy e o rolou de bruços. Pôs a arma em suas costas e do bolso do paletó tirou duas correias plásticas com fecho de lacre. Passou uma delas nos tornozelos de Hardy, prendendo firmemente, depois usou a outra nos pulsos, de modo que pudesse remover as algemas. Bosch tinha o pressentimento de que não seria ele a escoltar Hardy para a cadeia e desse modo não queria perder suas algemas.

Bosch se levantou e enganchou as algemas de volta no cinto. Depois levou a mão ao bolso do paletó e tirou um punhado de balas. Ejetou o pente de sua arma e começou a recarregá-lo. Quando terminou, inseriu o pente de volta no lugar e acionou um cartucho para dentro da câmara antes de devolver a arma ao coldre.

— Sempre mantenha uma na câmara — disse para Hardy.

A porta se abriu e Chu voltou a entrar, carregando o laptop. Olhou para Hardy deitado no chão. Não fazia ideia do que Bosch havia armado.

— Ele está vivo?

— Está. Fica de olho. Não deixa ele bancar o canguru.

Bosch seguiu pelo corredor até a cozinha e encontrou um molho de chaves no balcão onde Hardy dissera que estaria. Quando voltou à sala, olhou em volta, tentando imaginar um jeito de prender Hardy de forma segura enquanto ele e Chu conversavam com privacidade do lado de fora quanto a como proceder. Uma história constrangedora circulara pelo PAB alguns meses antes sobre um suspeito de roubo apelidado de Canguru. Ele tivera os tornozelos e os pulsos imobilizados e fora deixado no chão do banco enquanto os policiais na cena procuravam outro suspeito que acreditavam estar escondido no prédio. Quinze minutos mais tarde policiais em outra viatura que também atendia ao chamado viram um homem pulando na rua, a três quadras do banco.

Finalmente, Bosch teve uma ideia.

— Pega a ponta do sofá — ele disse.
— O que a gente vai fazer? — perguntou Chu.
Bosch apontou o sofá.
— Vamos virar.

Eles viraram o sofá pelos pés da frente e então o puseram em cima de Hardy. Ele ficou preso no vão, de maneira que era quase impossível tentar se levantar com os braços e as pernas imobilizados.

— O que é isso? — protestou Hardy. — O que vocês estão fazendo?
— Fica quietinho aí, Hardy — respondeu Bosch. — Não vai demorar muito.

Bosch sinalizou para que Chu o acompanhasse até a porta da frente. Quando saíam, Hardy gritou.

— Toma cuidado, Bosch!

Bosch virou e olhou para ele.

— Com o quê?
— Com o que você vai ver. Você não vai ser mais o mesmo depois de hoje.

Bosch ficou com a mão na maçaneta por um longo momento. Apenas os pés de Hardy eram visíveis, aparecendo na extremidade do sofá virado.

— Isso a gente vai ver — ele disse.

Então saiu e fechou a porta.

36

Era como estar na saída de um labirinto e ter de traçar todo o caminho de volta até o ponto de início. Eles tinham o lugar em que queriam dar a busca — o sobrado ao lado, onde Hardy alegava manter escondido seu sortimento de suvenires dos assassinatos. Tudo que tinham a fazer era esmiuçar a cadeia de eventos e passos legais que os levaram àquilo para poder relacionar no mandado de busca, que desse modo seria aceito e aprovado por um juiz do supremo.

Bosch não revelou para Chu o que ocorrera na sala de Hardy quando seu parceiro fora até o carro. Não era apenas a questão da falta de confiança que surgira com o caso Irving, mas Bosch não tinha dúvida de que extraíra uma confissão sob coerção de Hardy, e ele não pretendia partilhar essa transgressão com ninguém. Se e, mais provavelmente, quando Hardy alegasse coerção como parte de sua defesa, Bosch simplesmente negaria como uma tática legal inaceitável. Não haveria a possibilidade de qualquer outra pessoa além de Hardy — o acusado — ser capaz de atacar a versão de Bosch.

Assim Bosch informou a Chu o que precisavam fazer e os dois conferenciaram sobre como chegar a isso.

— Chilton Hardy Pai, que muito provavelmente está morto, é supostamente o dono dessas duas casas. A gente precisa dar uma busca nas duas e precisa fazer isso já. Como a gente consegue?

Eles estavam no gramado, na frente das casas. Chu olhou para as fachadas das unidades 6A e 6B como se a resposta para a pergunta pudesse estar pichada ali com spray.

— Bom, provavelmente causa na 6B não vai ser problema — disse. — A gente encontrou ele ali se passando pelo pai. A gente tem direito de dar a busca por qualquer indicativo do que aconteceu com o velho. Circunstâncias prementes, Harry. Estamos dentro.

— E quanto à 6A? Esse é o lugar que a gente realmente quer.

— Então a gente… é só… Ok, acho que já sei. Viemos aqui interrogar o senhor Chilton Hardy Pai, mas a certa altura da inquirição percebemos que o indivíduo em nossa presença é na verdade Chilton Hardy Júnior. Não há sinal de Hardy Pai e achamos que ele pode estar preso em algum lugar, sendo mantido em cativeiro, não tem como saber. Pode estar vivo ou pode estar morto. Então a gente faz um levantamento na hora com o banco de dados dos registros de propriedade e pronto, descobre que ele era dono da casa ao lado e que a transferência da escritura parece forjada. Temos a obrigação de entrar ali para ver se ele está vivo ou correndo algum tipo de perigo. Circunstâncias prementes outra vez.

Bosch balançou a cabeça, mas franziu o rosto ao mesmo tempo. Não estava gostando. Para ele, soava exatamente como o que era. Uma história inventada para fazê-los passar por aquela porta. Um juiz talvez autorizasse o mandado de busca, mas teriam de encontrar um que fosse amigável. Ele queria algo à prova de bala. Algo que qualquer juiz assinaria e que se sustentaria contra subsequentes objeções legais.

De repente ele percebeu que estavam com o acesso bem na mão. Em mais de um sentido. Ele ergueu o molho de chaves. Havia seis chaves ali. Uma delas tinha o logo da Dodge, então era obviamente de um veículo. Havia duas grandes chaves Schlage que ele presumia serem das respectivas portas de entrada das duas casas e, além dessas, três chaves menores. Duas delas eram as chaves pequenas usadas para abrir caixas de correio particulares, do tipo que tinham visto ao passar pela calçada.

— As chaves — ele disse. — Ele tem duas chaves de caixa postal. Vamos.

Foram para as caixas de correio. Quando chegaram ali, Bosch experimentou as chaves nas caixas indicadas com o número 6. Conseguiu abrir as unidades 6A e 6B. Observou que o nome na 6A era Drew, que Bosch presumiu ser uma tentativa de humor por parte de Hardy. Hardy e Drew, de uma série dos anos 70, morando lado a lado em Los Alamitos.

— Ok, encontramos duas chaves de caixa postal em posse de Hardy — ele disse. — Isso nos trouxe até aqui e descobrimos que ele tinha acesso a duas caixas. Unidades 6A e 6B. Notamos também que ele tinha duas chaves Schlage e isso nos levou a crer que dispunha de acesso tanto ao 6A como ao 6B. Nós verificamos os registros de propriedade e vimos a transferência do pai na 6B. Tinha alguma coisa errada, porque a gente acha que a transferência da escritura aconteceu depois que o filho começou a se passar pelo pai. Assim a gente precisa checar a 6A para ver se o velho está sendo mantido cativo aqui. Batemos, ninguém atendeu e agora a gente quer permissão para entrar.

Chu balançou a cabeça. Gostou da história.

— Acho que funciona. Quer que eu escreva desse jeito?

— Quero. Escreve. Mas escreve lá dentro, assim você pode ficar de olho no Hardy.

Bosch ergueu o molho de chaves em sua mão.

— Vou entrar na 6A e ver se isso vale mesmo a pena.

Era chamado de passar por cima do mandado. Verificar um lugar antes que uma busca tivesse sido oficialmente autorizada por um juiz. Se algum dia fosse admitido como sendo a prática policial, alguns perderiam seus distintivos, poderiam até terminar na cadeia. Mas a verdade é que havia inúmeras ocasiões em que mandados de busca eram redigidos com o pleno conhecimento do que seria encontrado na casa ou no veículo investigado. Isso acontecia porque os policiais já sabiam o que havia ali dentro.

— Tem certeza de que precisa fazer isso, Harry? — perguntou Chu.

— Tenho. Se Hardy blefou comigo quando eu estava blefando com ele, então é melhor saber mais cedo do que mais tarde, assim a gente não fica apertando um parafuso espanado.

— Então espera só um pouco enquanto eu entro, assim não fico sabendo de nada.

Bosch gesticulou para a porta do 6B como um maître de restaurante, com o braço estendido e o corpo ligeiramente curvado na cintura. Chu começou a voltar para a outra casa, mas de repente parou e fez meia-volta.

— A gente vai contar para o outro DPLA que esteve aqui e o que a gente está fazendo?

— Que outro DPLA?

— O Departamento de Polícia de Los Alamitos.

— Ainda não — disse Bosch. — Depois de conseguir uma aprovação no mandado a gente deixa eles inteirados.

— Eles não vão gostar disso.

— Azar. O caso é nosso e a voz de prisão é nossa.

Bosch sabia que um departamento do tamanho de Los Alamitos teria de abaixar a cabeça para o DPLA "verdadeiro".

Chu de novo rumou para o 6B e Bosch voltou para o carro. Abriu o porta-malas e da caixa de equipamento tirou vários pares de luvas de látex, pondo no bolso do paletó. Pegou uma lanterna para qualquer eventualidade e fechou o porta-malas.

Bosch estava andando para o 6A, mas foi distraído pelo som de gritos vindo do 6B quando chegou perto das casas. Era Hardy.

Bosch entrou pela porta do 6B. Hardy continuava deitado de bruços sob o sofá. Chu sentava em uma cadeira que pegara na cozinha e trabalhava em seu laptop. Hardy ficou em silêncio quando Bosch chegou.

— Por que ele está gritando desse jeito?

— Primeiro ele queria um cigarro. Agora quer o advogado dele.

Bosch olhou na direção do sofá virado de cabeça para baixo.

— Assim que você for fichado vai poder fazer sua ligação.

— Então quero ser fichado!

— Estamos checando a segurança da cena do crime primeiro. E se continuar gritando, vamos precisar amordaçar você, como precaução extra.

— Eu tenho direito a um advogado. Você mesmo disse.

— Você vai ter sua ligação na hora apropriada. Quando estiver fichado.

Bosch voltou a virar para a porta.

— Ei, Bosch?

Ele virou outra vez.

— Ainda não entrou lá?

Bosch não respondeu. Hardy continuou.

— Vão fazer filmes sobre nós.

Chu ergueu o rosto e trocou um olhar com Bosch. Havia assassinos que se regozijavam com a própria infâmia e com o medo que suas lendas criavam. Monstros da vida real, mitos urbanos se tornando realidade urbana. Hardy ficara escondido por muitos anos. Agora seria sua vez sob o holofote.

— Claro — disse Bosch. — Você vai ser o assassino mais famoso no corredor da morte.

— Para com isso. Você sabe que eu vou conseguir evitar a execução durante vinte anos. No mínimo. Quem você acha que vai fazer meu papel no filme?

Bosch não respondeu. Passou pela porta e casualmente olhou em torno para verificar se havia algum pedestre ou motorista nas proximidades. Tudo limpo. Rapidamente ele se dirigiu à porta do 6A e tirou o molho de chaves do bolso. Tentou uma das duas Schlage na fechadura e teve sorte na primeira tentativa. A chave também servia para a maçaneta com fecho. Ele abriu a porta e entrou, depois a fechou atrás de si.

Parando ali na entrada, Bosch pegou um par de luvas de látex. O lugar estava escuro como breu. Ele tateou a parede com a mão recém-enluvada até encontrar o interruptor.

Uma luz fraca no teto revelou a 6A como uma casa dos horrores. Uma parede improvisada fora construída diante das janelas da frente, proporcionando escuridão e privacidade, bem como uma camada de proteção sonora. Todas as quatro paredes da sala tinham sido usadas como uma galeria para colagens de fotos e matérias de jornal sobre assassinato, estupro e tortura. Jornais de cidades tão distantes entre si como San Diego, Phoenix e Las Vegas. Artigos sobre sequestros inexplicáveis, corpos descartados, pessoas desaparecidas. Certamente se aqueles casos eram obra de Hardy, então ele era um viajante. Seu território de caça era imenso.

Bosch examinou as fotos. As vítimas de Hardy incluíam tanto meninos como meninas. Algumas eram crianças. Bosch se moveu devagar, examinando as imagens horríveis. Parou quando chegou diante de uma primeira página inteira do *Los Angeles Times*, amarelada e rachada, com o rosto sorridente de uma jovem em uma foto ao lado da matéria sobre seu desaparecimento em um shopping center de West Valley. Ele se curvou um pouco mais para ler até encontrar o nome. Conhecia o nome e o caso e agora lembrava por que o endereço na carteira de motorista de Hardy lhe soava familiar.

Finalmente, teve de largar as imagens pavorosas. Essa era apenas uma verificação pré-busca. Ele tinha de continuar em movimento. Quando chegou à porta da garagem, Bosch sabia o que iria encontrar mesmo antes de abri-la. Estacionada ali havia uma grande van branca. O instrumento de sequestro mais importante de Hardy.

Era um velho modelo Dodge. Bosch usou a chave para destrancá-la e olhar ali dentro. Estava vazia, a não ser por um colchão e um suporte de ferramentas com dois rolos de fita adesiva. Bosch pôs a chave na ignição e ligou, assim pôde verificar a quilometragem. O indicador dizia mais de 225 mil quilômetros, outro indício do território do assassino. Ele desligou a van e voltou a trancar a porta.

Bosch já vira o suficiente para saber o que tinham, mas resolveu olhar no andar de cima, de qualquer maneira. Verificou primeiro o dormitório da frente e viu que estava sem mobília. Só o que havia ali eram diversas pilhas de roupas.

Havia camisetas com imagens de estrelas do rock, várias calças jeans, pilhas separadas para sutiãs, cuecas e cintos. As roupas das vítimas.

O closet tinha um fecho de metal com cadeado. Bosch pegou o molho de chaves outra vez e enfiou a chave menor no cadeado. Abriu a porta do closet e acendeu o interruptor no lado de fora, ao lado. O armário estava vazio. As paredes, teto e piso tinham sido pintados de preto. Duas grossas argolas de aço tinham sido chumbadas na parede do fundo, a um metro do chão. Era claramente um cativeiro para as vítimas de Hardy. Bosch pensou em todas as pessoas que haviam passado as últimas horas naquele cubículo, amordaçadas, presas às argolas, esperando que Hardy pusesse um fim à sua agonia.

No dormitório do fundo havia uma cama com um colchão sem lençol. No canto ele viu um tripé de câmera, mas sem o aparelho. Bosch abriu as portas do closet e descobriu que ali era o centro eletrônico. Havia câmeras de vídeo, câmeras fotográficas arcaicas e de Polaroid, um laptop, e nas prateleiras superiores havia caixas de DVD e de fitas VHS. Numa das prateleiras estavam três caixas de sapatos. Bosch pegou uma e abriu. Estava cheia de antigas Polaroids, a maioria esmaecida agora, mostrando inúmeras jovens e rapazes realizando sexo oral em um homem cujo rosto nunca era visível.

Bosch pôs a caixa de volta no lugar e fechou as portas do closet. Voltou para o corredor. O banheiro estava tão sujo quanto o banheiro do 6B, mas a borda da banheira tinha um encardido marrom-avermelhado e Bosch percebeu que era ali que Hardy lavava o sangue do corpo. Ele saiu e verificou o armário do corredor. Estava vazio, a não ser por um estojo de plástico preto com menos de um metro e meio de altura e o formato aproximado de um pino de boliche. Havia uma alça em cima. Bosch segurou e o inclinou para a frente. Havia duas rodas na parte de baixo e ele o trouxe para o corredor. O estojo parecia vazio e Bosch ficou imaginando se contivera um instrumento musical.

Mas então ele viu uma placa de fabricante na lateral. Dizia Golf + Go Systems, e Bosch deduziu que era um estojo para transportar tacos de golfe em aviões. Ele pôs aquilo sobre o tapete e abriu, percebendo que os dois fechos podiam ser trancados com chave. Estava vazio, mas Bosch viu que havia três buracos de borda serrilhada do tamanho de uma moeda abertos na parte de cima do estojo.

Bosch fechou, ergueu e o pôs de volta no lugar, para ser encontrado mais tarde, durante a busca oficial. Ele fechou a porta e voltou a descer.

Quando estava na metade da escada, Bosch subitamente parou e agarrou o corrimão. Ele se deu conta de que os pequenos buracos no estojo de tacos de golfe eram para permitir a entrada de ar. E sabia que uma criança ou alguém muito pequeno caberia ali dentro. A desumanidade e a depravação daquilo de repente tomaram conta dele. Pôde sentir o cheiro do sangue. Pôde escutar as súplicas abafadas. Ele se deu conta do sofrimento daquele lugar.

Bosch encostou com o ombro na parede por um momento e então deslizou até sentar no degrau. Curvou-se para a frente com os cotovelos nos joelhos. Estava hiperventilando e tentou diminuir o ciclo de sua respiração. Passou a mão pelo cabelo e depois levou a mão à boca.

Ele fechou os olhos e lembrou de uma outra ocasião em que estivera em um lugar de morte, encolhido em um túnel e longe de casa. Não passava de um garoto na época e estava assustado e tentando controlar a respiração. O segredo era esse. Controle a respiração que você controla seu medo.

Ele ficou ali sentado por apenas dois minutos, mas a sensação foi de que toda uma noite se passara. Finalmente, sua respiração voltou ao normal e a lembrança dos túneis se desfez.

Seu celular zumbiu e o tirou daquele momento sombrio. Ele o pegou e olhou o visor. Era Chu.

— O que foi?

— Harry, tudo bem por aí? Está demorando um tempão.

— Estou bem. Só vai levar mais um minuto.

— Tudo certo?

Significando que Bosch encontrou o que precisavam, no 6A.

— Tudo certo.

Ele desligou e então ligou para o número direto de Tim Marcia. Explicou para o supervisor do esquadrão, de um modo um pouco oblíquo, o que estava acontecendo.

— Vamos precisar de pessoal aqui — disse Bosch. — Acho que tem muito trabalho a ser feito. Vamos precisar também da assessoria de imprensa e de um contato com os moradores. Melhor montar um posto de comando porque a gente vai ficar aqui a semana toda.

— Ok, vou cuidar disso — disse Marcia. — Vou conversar com a tenente e vamos começar a mobilizar. Pelo jeito vamos precisar mandar todo mundo.

— Seria ótimo.

— Está tudo bem, Harry? Sua voz está estranha.

— Tudo certo.

Bosch lhe deu o endereço e desligou. Continuou sentado por mais dois minutos e então fez a ligação seguinte, para o celular de Kizmin Rider.

— Harry, sei porque você está ligando e só posso dizer que foi tudo pensado com o maior cuidado. Foi tomada a decisão que era a melhor para o departamento e não se fala mais nisso. É o melhor para você também.

Ela estava falando sobre a matéria no *Times* cobrindo Irving e a franquia de táxi. O caso parecia muito distante para Bosch agora. E sem significado.

— Não é por isso que eu estou ligando.

— Ah. Então o que foi? Você não parece bem.

— Estou bem. A gente acabou de resolver um caso e tenho certeza de que o chefe vai querer ficar por dentro. Lembra do caso Mandy Phillips, no West Valley, faz uns nove ou dez anos?

— Não, refresca minha memória.

— Treze anos atrás, ela foi sequestrada num shopping por lá. Nunca encontraram, ninguém foi preso.

— Você pegou o cara?

— É, e ouve só isso. Quando ele tirou uma carteira de motorista há três anos? Ele deu o endereço da garota como sendo dele.

Rider ficou em silêncio, assimilando a audácia de Hardy.

— Ainda bem que você o pegou — disse, finalmente.

— Ela não foi a única vítima. Estamos aqui em Orange County, investigando. Mas esse vai ser dos grandes. O cara diz que o número dele é trinta e sete.

— Ai, meu Deus!

— Ele tem um armário cheio de câmeras, fotos e gravações. Tem fitas de VHS, Kiz. O cara está à solta nessa faz muito tempo.

Bosch sabia que estava se arriscando ao revelar a Rider o que descobrira quando passava por cima do mandado de busca. Haviam sido parceiros um dia, mas a ligação a toda prova que partilhavam na época agora já estava comprometida. Mesmo assim, ele se arriscou. Politicagens e ingerências à parte, se não pudesse confiar nela, não poderia confiar em mais ninguém.

— Você contou para a tenente Duvall sobre isso?

— Contei para o supervisor. Não tudo, mas o suficiente. Acho que vão mandar todo mundo.

— Ok, vou cuidar de despachar e monitorar as coisas. Não sei se o chefe vai aparecer aí. Mas ele vai querer se envolver. Pode ser que eles queiram usar o anfiteatro aqui para uma coisa como essa.

O complexo do PAB tinha um anfiteatro no térreo que era usado para programas de premiação, eventos especiais e grandes coletivas de imprensa. Essa seria uma dessas ocasiões.

— Ok, mas não foi esse o principal motivo de eu ter ligado.

— Bom, então qual foi?

— Você fez alguma coisa para transferir meu parceiro da unidade?

— Hm, não. Andei um pouco ocupada hoje de manhã.
— Ótimo. Então esquece. Deixa esse negócio pra lá.
— Tem certeza?
— Tenho.
— Ok, então.
— E aquele outro negócio que você mencionou. Sobre me conseguir os cinco anos completos no DROP. Você ainda acha que consegue fazer isso?
— Eu tinha certeza absoluta de que podia conseguir quando fiz o oferecimento. Depois desse caso, mais ainda. Eles vão querer continuar com você por aí, Harry. Você vai ficar famoso.
— Não quero ficar famoso. Só quero continuar investigando.
— Entendo. Eu vou pedir os cinco completos.
— Obrigado, Kiz. E acho que é melhor eu voltar para o trabalho agora. Tem muita coisa rolando aqui.
— Boa sorte, Harry. E não sai da linha.
Ou seja, não quebre nenhuma regra. O caso é grande demais, importante demais.
— Entendido.
— E Harry?
— O quê?
— É por isso que a gente faz isso. Por causa de gente como esse cara. Esse tipo de monstro só para quando a gente para eles. É um serviço nobre. Não esquece disso. Pensa só em quantas pessoas você acabou de salvar.
Bosch balançou a cabeça e pensou no estojo de tacos de golfe. Ele sabia que seria uma coisa que ficaria com ele pelo resto da vida. Hardy tinha razão quando avisara Bosch que depois de entrar no 6A ele nunca mais seria o mesmo.
— Não o suficiente — disse.
Ele desligou e pensou nas coisas. Dois dias antes achava que não suportaria mais nem os trinta e nove meses restantes de sua carreira. Agora estava pedindo os cinco anos completos. Fossem quais fossem suas fraquezas no caso Irving, ele agora compreendia que a missão não terminava. Sempre havia a missão e sempre havia trabalho a ser feito. Seu tipo de trabalho.
É por isso que a gente faz isso.
Bosch balançou a cabeça. Kiz tinha razão.
Ele usou o corrimão para se apoiar e ficar de pé e então terminou de descer a escada. Precisava sair daquela casa e voltar para a luz do sol.

37

Ao meio-dia, um mandado de busca fora assinado pelo juiz do superior tribunal George Companioni, e os horrores contidos na casa 6A foram confirmados de forma oficial e legal por Bosch, Chu e outros membros da Unidade de Abertos/Não Resolvidos. Chilton Hardy foi assim transferido para uma das viaturas do esquadrão e transportado para o Metropolitan Detention Center, para ser fichado pelos detetives Baker e Kehoe. Bosch e Chu, como detetives encarregados do caso, ficaram para trabalhar na cena do crime.

Não demorou para que a rua diante das casas vizinhas onde Hardy se passara por seu pai e consumara seus pavorosos desejos assumisse a atmosfera de um circo, conforme relatos das descobertas horríveis atraíram mais investigadores e policiais, bem como técnicos forenses e a mídia de dois condados. Não tardaria para que a minúscula Los Alamitos chamasse a atenção do mundo todo à medida que a história ia sendo catapultada para todos os sites de notícia da internet e para as redes de tevê abertas e a cabo.

Uma pendenga jurisdicional entre os dois DPLAs foi rapidamente resolvida em favor de Los Angeles cuidar de todos os aspectos investigativos do caso, enquanto Los Alamitos ficava com a segurança do local e o controle do público e da mídia. Isso incluía um bloqueio do trânsito na quadra e a evacuação de todas as demais unidades no condomínio de seis sobrados onde Hardy morava e operava. Ambos os departamentos arregaçaram as mangas para o que segundo as expectativas seria no mínimo uma semana de investigações na cena do crime. Os dois departamentos puseram assessores de imprensa no local para lidar com o esperado tumulto de repórteres, câmeras e furgões de tevê que se formaria na outrora tranquila vizinhança.

O chefe de polícia e o comandante da Divisão de Roubos e Homicídios trabalharam em conjunto e criaram um plano de batalha investigativo compreendendo pelo menos uma surpresa imediata. A tenente Duvall, supervisora da Unidade de Abertos/Não Resolvidos, foi descartada da condução do caso. O que era para ser sem dúvida o grande momento e a investigação mais importante de sua unidade foi deixado nas mãos do tenente Larry Gandle, outro líder de esquadrão da DRH que tinha mais experiência do que Duvall e era considerado muito mais astuto no trato com a mídia. Gandle iria dirigir a presente investigação.

Bosch não tinha do que reclamar com essa decisão. Ele participara da equipe de homicídio de Gandle antes de sua transferência para a ANR e haviam se dado bem trabalhando juntos. Gandle era do tipo que punha a mão na massa e confiava em seus investigadores. Não era desses superiores que se escondiam atrás de portas fechadas e persianas abaixadas.

Uma das primeiras medidas que Gandle tomou após conversar com Bosch e Chu foi convocar uma reunião com todos os investigadores na cena. Eles se juntaram na sala escura da unidade 6A depois que Gandle temporariamente enxotou uma equipe de fotógrafos e técnicos forenses do local.

— Ok, pessoal, é o seguinte — ele disse. — Resolvi que não queria ter essa conversa lá fora, no sol e no ar puro. Achei que seria melhor para a gente estar aqui dentro, onde está escuro e cheirando a morte. Temos os indícios de que muita gente morreu neste lugar e de uma forma horrível. Eles foram torturados e assassinados, e temos a obrigação de mostrar nosso respeito e honrar essas pessoas fazendo nosso melhor trabalho aqui. Nada de acochambrar nem de quebrar as regras. Vamos fazer do jeito certo. Não me interessa se o tal de Hardy está sendo levado neste minuto no carro da Baker e do Kehoe e confessando tudo. A gente vai juntar evidências para um processo que seja totalmente à prova de bala. Todo mundo precisa jurar agora mesmo que esse cara nunca mais vai ver a luz do dia. O destino dele é o corredor da morte. Mais nada. Todo mundo entendeu bem?

Houve alguns acenos de cabeça ali na sala. Era a primeira vez que Bosch vira o tenente fazendo um discurso motivacional como se fosse um treinador de futebol. Harry gostou do tom e achou que era uma boa medida lembrar todo mundo ali de quanta coisa importante estava em jogo naquela investigação.

Depois do preâmbulo, Gandle procedeu à divisão de responsabilidades entre as equipes. Enquanto grande parte da investigação dentro das duas casas envolveria a coleta de evidência forense, o centro do caso seriam sem dúvida os vídeos encontrados no closet do segundo dormitório e as fotos coladas nas paredes por toda a casa. Os investigadores da ANR ficariam encarregados de documentar quem eram as vítimas, de onde vieram e o que exatamente aconteceu com elas. Seria uma tarefa horrivelmente sinistra. Um pouco antes, Chu pusera um dos DVDs do closet para rodar em seu computador, de modo que ele e Bosch fizessem uma ideia do que havia na vasta coleção de fitas e discos. O vídeo mostrava Hardy estuprando e torturando uma mulher até um ponto em que ela começava a lhe implorar — depois de ele ter removido a mordaça — para ser morta simplesmente, pondo um fim ao seu sofrimento. O vídeo terminava com a mulher inconsciente após ter sido sufocada, mas claramente ainda respirando, e com Hardy virando para a câmera e sorrindo. Ele conseguira o que queria com ela.

Em todos os seus anos como policial, Bosch nunca vira algo tão repulsivo e hediondo. Naquele único vídeo havia imagens que sabia serem indeléveis e que ele teria de tentar bloquear nos recessos mais profundos de sua mente. Mas havia muitas dezenas mais de discos e fitas e centenas de fotografias. Cada coisa daquelas teria de ser vista, descrita, catalogada e integrada ao corpus de evidências. Seria uma tarefa dolorosa, dilacerante, que seguramente deixaria esse tipo de cicatrizes internas que apenas policiais de homicídio carregavam. Gandle disse que queria todo mundo na unidade aberto para a possibilidade de discutir a tarefa angustiante com os terapeutas da Unidade de Ciências Comportamentais do departamento. Todo tira sabia que carregar em silêncio dentro de si os horrores do trabalho podia ser como andar com um câncer não tratado. Mesmo assim, buscar ajuda para lidar com o fardo era visto por muitos como uma fraqueza. Nenhum policial queria ser visto como fraco, fosse diante dos criminosos, fosse dos colegas.

Gandle em seguida passou a reunião a Bosch e Chu, os investigadores principais, e eles resumiram brevemente os passos que haviam levado a Hardy e aos dois sobrados contíguos.

Também discutiram a dicotomia na investigação que estavam conduzindo agora. Havia necessidade de diligência em um nível, mas também a necessidade de se mover com deliberação e cuidado para assegurar que tinham realizado o trabalho mais detalhado possível.

O departamento se achava sob a obrigação legal de apresentar as acusações contra Hardy em quarenta e oito horas após a prisão. Ele seria levado ao tribunal para seu primeiro comparecimento perante um juiz na manhã da quarta-feira. Se até lá não fosse acusado de algum crime, seria solto.

— O que vamos fazer é abrir o processo contra ele — disse Bosch. — Um homicídio agora e depois a gente acrescenta outras acusações mais tarde, quando estiver pronto com o resto. Assim, na quarta a gente apresenta o caso de Lily Price. No momento é um delito só, mas mesmo assim é nossa melhor aposta. A gente tem uma comparação de DNA, e embora não seja o de Hardy, achamos que dá para provar que isso põe ele na cena do crime. A gente só espera que entre hoje e quarta-feira de manhã consiga encontrar uma imagem de Lily em algum lugar por aqui.

Chu ergueu uma foto 5 x 7 de Lily Price tirada do *murder book* original. Era a foto do anuário escolar. Uma menina sorridente, inocente, linda. Se encontrassem sua imagem em algum lugar entre os suvenires de Hardy, não iria parecer a mesma.

— Estamos falando de 1989, de modo que ela não vai estar em nenhum dos DVDs, a menos que a gente descubra que Hardy estava transferindo as fitas de VHS para DVD — disse Chu. — Mas é pouco provável, porque não tem nenhum aparelho para fazer a conversão aqui e isso não é o tipo de coisa que você manda fazer fora.

— Vamos dar uma olhada rápida nas fotos — disse Bosch. — Quem de vocês estiver trabalhando no VHS, fica de olho para ver se é ela. Se a gente encontrar esta vítima nas fitas ou nas fotografias desse cara, então estamos prontos para a quarta-feira.

Quando Bosch e Chu terminaram de falar, Gandle retomou a palavra para amarrar tudo num último chamado às armas.

— Ok, pessoal — ele disse. — É isso. Todo mundo sabe o que é para fazer. Então vamos lá. Agora é pra valer.

O grupo começou a se dispersar. Bosch podia sentir um ar de urgência entre os detetives. O incentivo de Gandle funcionara.

— Ah, mais uma coisa — disse Gandle. — Não tem limite de tempo para o trabalho aqui. Recebemos autorização completa de hora extra e vem direto da chefia.

Se o tenente estava esperando algum viva ou mesmo uma salva de palmas, ficou desapontado. Houve pouca reação à boa notícia de que o dinheiro entraria direto durante a investigação. Receber por hora extra trabalhada era uma boa coisa, e a verba para isso fora escassa o ano todo. Mas havia certa relutância em considerar a remuneração financeira para trabalhar num caso como aquele. Bosch sabia que todo mundo ali na sala daria o melhor de si por quantas horas fossem necessárias, recebendo ou não.

É por isso que a gente faz isso.

Bosch pensou no que Kiz Rider dissera para ele um pouco antes. Era tudo parte da missão, e esse caso mostrava isso mais do que a maioria.

38

As três equipes de detetives destacadas para a evidência fotográfica e de vídeo levaram duas horas para empacotar todos os materiais do closet do segundo dormitório em caixas de evidência. Como se fosse uma procissão funerária solene, três carros sem identificação policial em seguida partiram na direção norte, transportando as caixas para Los Angeles e o PAB. Bosch e Chu estavam no último carro, três caixas de fotografias no banco traseiro. Havia pouco sobre o que falar enquanto andavam. Tinham um dever tenebroso pela frente e os pensamentos de se preparar para aquilo consumiam todas as suas energias.

A assessoria de imprensa avisara a mídia sobre a chegada da procissão, e quando os detetives carregavam suas caixas para a sede da polícia, a cena foi documentada por fotógrafos e câmeras de tevê perfilados junto à entrada do edifício. Isso não era algo feito simplesmente para apaziguar a mídia. Era antes parte do que viria a ser um esforço continuado de usar a mídia para fazer a opinião pública — e a bancada do júri — ver que Chilton Hardy era culpado de delitos medonhos. Era parte da sutil cumplicidade que sempre existiria entre a polícia e a mídia.

Todas as três salas de reunião haviam sido designadas para o que estava sendo chamado de Força-Tarefa Hardy. Bosch e Chu ficaram com a sala menor, pois ali não havia equipamento de vídeo. Os dois iriam passar os olhos pelas fotografias e não precisavam de um.

Hardy não exibira nenhum método aparente em sua catalogação das fotos. Velhas ou novas, as fotos foram enfiadas em diversas caixas de sapatos e colocadas nas prateleiras do armário. Não havia nada escrito na frente ou na parte de trás de nenhuma delas. Várias fotos foram tiradas dos mesmos indivíduos, mas essas podiam estar espalhadas por duas ou três diferentes caixas de sapato.

Enquanto Bosch e Chu olhavam, eles tentaram agrupar as fotos numa variedade de modos. Primeiro e mais importante, tentaram pôr todas as fotos de um mesmo indivíduo juntas. Então tentaram estimar a idade das fotos e organizá-las cronologicamente. Algumas fotos tinham carimbos de data e isso ajudava, embora não houvesse como saber se a câmera utilizada fora ajustada com a data correta.

Na maioria das fotos o indivíduo retratado sozinho ou com Hardy ou com o corpo de um homem que era presumivelmente o de Hardy estava sem dúvida vivo na imagem. Ele ou ela estava envolvido em um ato sexual ou em alguns casos sorrindo diretamente para a câmera. Em outros casos o retrato era de uma pessoa olhando com medo e às vezes dor para a câmera.

Fotos que tinham identificadores individuais eram colocadas numa categoria prioritária. Nesse caso eram as vítimas com bijuterias mais distintivas ou tatuagens ou marcas e manchas faciais congênitas. Esses sinais ajudariam os investigadores mais tarde a procurar descobrir suas identidades.

Bosch podia sentir um buraco se formando em suas entranhas com o processo. Os olhos das vítimas eram a parte mais difícil. A expressão de muitos deles ao fitar a câmera dizia que sabiam da morte iminente. Eles perfuravam um poço profundo de raiva impotente em Bosch. Por anos Hardy abrira um talho sanguinolento através da paisagem e ninguém vira. Agora cabia a eles demarcar o terreno com base em fotografias.

A certa altura, bateram na porta e Teddy Baker entrou, segurando uma pasta.

— Achei que podiam querer dar uma olhada nisso — disse ela. — Tiraram no MDC quando estavam fichando.

Ela abriu a pasta e pôs uma foto 8 x 10 sobre a mesa. Mostrava as costas de um homem. Indo de uma escápula à outra havia a tatuagem de um cemitério com cruzes negras através da paisagem. Algumas cruzes eram antigas e apagadas, a tinta esmaecida na pele. Algumas cruzes eram nitidamente delineadas e pareciam novas. Em letras negras sob a imagem estavam as palavras *Bene Decessit*.

Bosch já vira tatuagens de obituário antes, mas em geral no corpo de membros de gangues, para manter uma contagem das mortes entre suas próprias fileiras, os parceiros de crimes. Essa era uma novidade e, contudo, nenhuma surpresa. Também não constituiu nenhuma surpresa o fato de Hardy ter encontrado um tatuador que aparentemente não achou a imagem do cemitério suficientemente suspeita para contatar as autoridades.

— É o seu cara — disse Baker.

— E vocês contaram quantas cruzes? — perguntou Bosch.

— Contamos. Tem trinta e sete.

Bosch não dissera aos demais que Hardy havia afirmado que seu número era trinta e sete. Só contara a Kiz Rider. Ele passou o dedo sob as palavras nas costas de Hardy.

— É — disse Baker. — Pesquisamos no Google. É latim. Significa "morreu bem". Como se todos eles tivessem morrido bem.

Bosch balançou a cabeça.

— Maravilha — disse Chu. — O cara é pirado.

— Podemos pôr a foto no pacote? — perguntou Bosch.

— É toda sua.

Bosch pôs a foto do lado da mesa. Iria incluí-la no pacote da acusação que levaria ao Gabinete da Promotoria.

— Ok. Valeu, Teddy — ele disse.

Era a deixa para ela sair. Ele queria voltar ao trabalho com as fotografias. Precisava encontrar Lily.

— Vocês estão precisando de alguma ajuda? — disse Baker. — Gandle não passou nada para nós. O que os olhos não veem o coração não sente, acho que é isso.

Ela e Kehoe estavam levando Hardy para ser fichado no Metropolitan Detention Center quando Gandle lhes passara as instruções. Aquele estava se tornando rapidamente o tipo de caso em que todo mundo queria participar.

— Acho que aqui está tudo sob controle, Teddy — disse Bosch rapidamente antes que seu parceiro pudesse dizer a ela para ajudar. — Acho que os outros talvez precisem de uma mãozinha com os vídeos.

— Tá, obrigada. Eu vejo com eles.

Bosch interpretou o tom de voz como significando que ela o julgara um babaca egoísta. Ela se aproximou da porta, mas então virou para falar com eles.

— Sabe o que é esquisito até agora? — perguntou.

— O quê? — respondeu Bosch.

— Nada de corpos. Encontraram DNA na casa. Mas onde estão todos os corpos? Onde ele escondia?

— Alguns foram encontrados — disse Bosch. — Como Lily Price. Outros ele escondeu. É o último trunfo que sobrou para ele. Quando a gente

terminar com isso aqui, Hardy não vai ter outra coisa para barganhar. Ele abre mão dos corpos, a gente abre mão da pena de morte.
— Você acha que a promotoria vai aceitar uma coisa assim?
— Espero que não.
Ela então saiu da sala e Bosch voltou a trabalhar com as fotos.
— Harry, qual o problema? — disse Chu. — A gente ainda tem um milhão de fotos pra olhar.
— Eu sei — disse Bosch.
— Então por que ela não pode ajudar? Ela e Kehoe fazem parte da ANR. Só estão procurando alguma coisa para fazer.
— Sei lá. Só pensei que se a Lily Price está por aqui em algum lugar, então é a gente que devia encontrar. Você me entende?
— Acho que sim.
Bosch cedeu.
— Vai lá atrás dela. Chama ela de volta.
— Não, tudo bem. Eu entendo.
Voltaram ao trabalho, procurando, separando, fazendo pilhas, sempre em silêncio. Que tarefa mais macabra, tantas vítimas. Se não de assassinato ou estupro, das manipulações e desumanidade de Hardy. Bosch teve de admitir para si mesmo que era mais um motivo por que não quisera trazer Teddy Baker para a investigação. Não fazia diferença ela ser uma investigadora veterana que vira tudo que havia para ver no lado negro da vida. E não fazia diferença Hardy ser um predador que atacava a fraqueza, fosse a vítima um homem ou uma mulher. Bosch nunca se sentiria à vontade olhando as fotos na companhia de uma mulher. Era isso e pronto.
Somente vinte minutos depois Bosch viu Chu interromper o movimento rotineiro de verificar uma foto e depois segurá-la no alto, enquanto considerava em que pilha iria colocá-la. Ele esperou. Chu estava examinando uma Polaroid.
— Harry, acho...
Bosch pegou a foto de sua mão e olhou. Era a imagem de uma jovem deitada, nua, sobre um cobertor sujo. Seus olhos estavam fechados e era impossível determinar se estava viva ou morta. A foto ficara desbotada pelo tempo. Bosch a segurou junto à foto do anuário, com o rosto sorridente de Lily Price, tirada dezoito meses antes de sua morte.
— Concorda? — perguntou Chu.
Bosch não respondeu. Continuava passando os olhos de uma foto para outra, estudando as duas e fazendo comparações minuciosas. Chu deu para ele

uma lente de aumento que havia trazido da baia deles, mas nenhum dos dois ainda a havia usado. Bosch pôs as duas fotos sobre a mesa e as comparou sob a ampliação. Finalmente, balançou a cabeça e respondeu.

— Acho que você encontrou. Vamos levar essa foto para a análise digital e ver o que o pessoal diz.

Chu bateu com o punho na mesa.

— A gente pegou esse cara, Harry. Pegamos!

Bosch pousou a lente de aumento na mesa e recostou em sua cadeira.

— É — ele disse. — Acho que sim.

Ele então se curvou para a frente e apontou para as pilhas de fotos que ainda não tinham sido olhadas.

— Vamos continuar — disse.

— Você acha que tem mais? — perguntou Chu.

— Vai saber. Talvez. Mas tem mais uma pessoa que a gente precisa tentar achar.

— Quem?

— Clayton Pell. Ele disse que o Hardy tirou a foto dele, também. Se ele guardou, então deve estar por aqui.

39

Bosch criou coragem, respirou fundo e teclou o número. Sequer tinha certeza de que o número de telefone ainda seria o mesmo após tantos anos. Olhou um dos relógios no alto e fez as contas outra vez. Eram três horas a mais em Ohio. Já teria passado bastante tempo depois da hora de jantar, mas ainda deviam estar acordados.

Uma mulher atendeu ao terceiro toque.

— Senhora Price? — perguntou Bosch.

— Ela mesmo, quem é?

Havia um tom de ansiedade em sua voz e Bosch imaginou que tivesse identificador de chamadas no telefone. Ela sabia que era a polícia. Chegando até ela através do tempo e da distância.

— Senhora Price, aqui é o detetive Bosch, do Departamento de Polícia de Los Angeles. Estou ligando porque ocorreram alguns fatos novos na morte de sua filha. Preciso conversar com a senhora.

Bosch percebeu a respiração suspensa. Então ela cobriu o fone e falou com alguma outra pessoa. Ele não conseguiu entender o que estava dizendo.

— Senhora Price?

— Sim, desculpe. Falei com meu marido. O pai de Lily. Ele está subindo para pegar o outro aparelho.

— Ok, podemos esperar por...

— Isso tem a ver com o que estão mostrando na tevê? A gente estava assistindo a Fox e eu não pude deixar de pensar se aquele homem que disseram ser o tal de Chill foi quem matou Lily.

Ela estava chorando antes de terminar a pergunta.

— Senhora Price, será que pod...

Houve um clique e o marido se juntou a eles na ligação.

— Aqui é Bill Price.

— Senhor Price, eu estava dizendo a sua esposa, meu nome é Harry Bosch. Sou detetive do DPLA. Preciso informar o senhor sobre alguns desdobramentos na investigação sobre a morte de sua filha.

— Lily — disse o sr. Price.

— Isso mesmo, sua filha Lily. Eu trabalho na Unidade de Abertos/Não Resolvidos, que lida com investigações nos casos arquivados da polícia. Na semana passada fizemos uma descoberta importante no caso. O DNA encontrado no corpo de Lily estava ligado a um homem chamado Chilton Hardy. Não era sangue dele, mas o sangue pertencente a uma outra pessoa que conhecia Hardy e podia ligá-lo ao crime. Estou telefonando para contar que prendemos Chilton Hardy hoje e vamos acusá-lo pelo assassinato de sua filha.

Tudo que se ouviu foi o som da senhora Price chorando.

— Não sei se tem mais alguma coisa a ser dita neste ponto — disse Bosch finalmente. — A investigação ainda está caminhando e vou mantê-los informados sobre os acontecimentos à medida que prosseguirmos com a instauração do processo. Assim que for revelado que esse homem está sendo acusado pelo assassinato de sua filha, vocês talvez sejam procurados pela mídia. Cabe a vocês decidir se querem conversar com os repórteres ou não. Têm alguma pergunta para mim?

Bosch tentou imaginá-los em sua casa em Dayton. Em andares diferentes, ligados por uma linha telefônica a um homem que nunca tinham visto. Vinte e dois anos atrás haviam mandado sua filha a Los Angeles para estudar numa faculdade. Ela nunca voltou para casa.

— Tenho uma pergunta — disse a sra. Price. — Espere um minuto, por favor.

Bosch escutou o fone sendo deixado sobre algum lugar e então seu choro no fundo. O marido finalmente falou.

— Detetive, obrigado por não esquecer de nossa filha. Vou desligar agora para poder descer e ficar com minha esposa.

— Compreendo, senhor. Tenho certeza de que em breve vamos conversar. Até logo.

Quando a sra. Price voltou à ligação, havia se acalmado.

— No noticiário disseram que a polícia estava procurando fotos e vídeos das vítimas. Não vão mostrar isso na tevê, vão? Eles não vão mostrar Lily, vão?

Bosch fechou os olhos e pressionou o fone com força contra seu ouvido.

— Não, senhora, isso não vai acontecer. As fotos são evidência e não vão ser liberadas. Talvez em algum momento venham a ser usadas no julgamento. Mas se isso acontecer, o promotor indicado para o caso vai discutir com a senhora. Ou eu vou. Vocês serão informados sobre tudo envolvido no processo. Tenho certeza disso.

— Ok, detetive. Obrigada. Nunca pensei que esse dia chegaria, sabe.

— Entendo, senhora, sei que faz muito tempo.

— O senhor tem filhos, detetive?

— Tenho uma filha.

— Fique com ela por perto.

— Claro. Pode deixar. Eu volto a ligar em breve.

Bosch desligou o telefone.

— Como foi?

Bosch girou na cadeira. Chu entrara na baia sem que ele notasse.

— Como sempre é — disse. — Apenas mais duas vítimas...

— Sei. Onde eles estão?

— Dayton. O que está acontecendo por aí?

— Todo mundo está se preparando para ir embora. Acho que já viram o suficiente por um dia. Esse negócio é horrível demais.

Bosch balançou a cabeça. Olhou o relógio na parede outra vez. Fora um longo dia, quase doze horas, para ele. Chu estava se referindo às demais equipes de detetive que tinham sido designadas para a investigação e vinham assistindo a vídeos de tortura e assassinato pelas últimas seis horas.

— Eu pretendia ir embora com eles, Harry, se não tiver problema.

— Claro. Preciso ir para casa também.

— Acho que estamos numa boa situação para amanhã, não é?

Eles tinham uma reunião às nove da manhã no Gabinete da Promotoria para apresentar seu caso e procurar acusações de homicídio contra Hardy no caso Lily Price. Bosch virou de lado em sua mesa e pôs a mão na grossa pasta sanfonada contendo a documentação que apresentariam ao promotor. O pacote.

— É — disse Bosch. — Acho que estamos prontos.

— Ok, então já fui. A gente se vê amanhã. Vamos nos encontrar aqui e ir a pé?

— Isso mesmo.

Chu costumava andar de mochila. Ele a pendurou no ombro e saiu da baia.

— Ei, David — disse Bosch. — Antes de ir...

Chu virou e apoiou o corpo numa das divisórias de menos de um metro e meio da baia.

— O que foi?

— Só queria dizer que você se saiu bem hoje. A gente foi uma boa dupla.

Chu balançou a cabeça.

— Obrigado, Harry.

— Então esquece aquele negócio todo de antes, ok? Vamos começar do zero.

— Eu disse que ia consertar as coisas com você.

— É, então vai pra casa... a gente se vê amanhã.

— Até mais, Harry.

Chu foi embora, um homem feliz. Bosch percebeu que uma expectativa momentânea passara por seu rosto. Talvez sair para tomar uma cerveja ou comer alguma coisa tivessem solidificado a parceria um pouco mais, mas Harry precisava ir para casa. Ele precisava fazer exatamente o que a sra. Price lhe dissera para fazer.

O novo Public Administration Building custara quase meio bilhão de dólares e tinha quase cinquenta mil metros quadrados de espaço em seus dez andares de calcário e vidro, mas não contava com uma lanchonete, e vagas de garagem eram disponíveis apenas para uns poucos privilegiados de alta patente. Como detetive três, Bosch dificilmente se qualificava para tal, mas usufruir do estacionamento no subsolo do PAB era uma prerrogativa custosa. Se fizesse isso, teria uma parcela deduzida de seu salário todo mês. Ele abria mão disso porque ainda podia estacionar de graça no antigo "Meccano", como fora apelidado, uma estrutura de estacionamento com os metais enferrujando, localizada a três quadras dali, atrás da antiga sede de polícia, Parker Center.

Ele não se importava de caminhar os três quarteirões para ir e voltar do trabalho. Ficava bem no coração do centro cívico e era um bom exercício para se preparar para o dia que viria ou para aliviar as tensões após mais uma jornada de trabalho.

Bosch estava na Main Street, passando atrás da prefeitura, quando notou o enorme sedã preto passando devagar pela faixa do ônibus e parando junto à calçada cinco metros à sua frente.

Mesmo quando viu o vidro de trás sendo abaixado, ele agiu como se não tivesse notado nada e continuou andando, os olhos voltados para o chão.

— Detetive Bosch.

Bosch virou e deu com o rosto de Irvin Irving emoldurado pela janela traseira do Lincoln Town Car.

— Acho que não temos nada para conversar um com o outro, vereador.

Ele continuou andando e um instante em seguida o carro se moveu e começou a vir em sua direção, andando na mesma velocidade que ele. Bosch podia não querer nenhuma conversa com Irving, mas Irving certamente queria conversar com ele.

— Você se acha intocável, Bosch?

Bosch gesticulou para que o deixasse em paz.

— Você acha que esse grande caso que acabou de conseguir torna você intocável? Você não é intocável. Ninguém é.

Bosch perdeu a paciência. Deu uma guinada súbita na direção do carro. Irving recuou da janela quando Bosch pôs as mãos na porta e se curvou. O carro parou devagar. Irving estava sozinho no banco de trás.

— Não tive nada a ver com aquela história no jornal de ontem, ok? Não me acho intocável. Não me acho nada. Só estava fazendo meu trabalho, só isso.

— Você fodeu com tudo, foi isso que você fez.

— Não fodi com nada. Eu já falei que não tive nada a ver com isso. Se você tem algum problema, vai conversar com o chefe.

— Não estou falando de nenhum artigo de jornal. Estou pouco me lixando para o *L.A. Times*. Eles que se fodam. Estou falando de você. Você fodeu com tudo, Bosch. Eu contava com você e você estragou tudo.

Bosch balançou a cabeça e se agachou, continuando com as mãos apoiadas na porta do carro.

— Na verdade, eu elucidei todo o caso e você e eu sabemos disso. Seu filho pulou e, mais do que qualquer um, você sabe o motivo. O único mistério que resta é saber por que resolveu me chamar. Você conhece minha história. Eu não ponho panos quentes nos casos.

— Seu idiota. Eu quis você exatamente por esse motivo. Porque sabia que, se tivessem a mínima chance, eles iriam deturpar tudo para usar contra mim, e achei que você teria integridade suficiente para agir contra isso. Não percebi que tinha o rabo tão preso com sua ex-parceira que não conseguiu enxergar a armação que ela estava preparando.

Bosch riu e abanou a cabeça conforme se levantava.

— Tenho de reconhecer que você não é nada bobo, vereador. Esse tom perfeito de ultraje, o uso criterioso da linguagem imprópria, sua maneira de plantar as sementes da desconfiança e da paranoia. Você talvez seja capaz de convencer alguém com tudo isso. Mas não eu. Seu filho pulou e ponto final. Me sinto mal por você e pela esposa dele. Mas por quem eu mais lamento é pelo filho. Ele não merecia isso.

Bosch fico olhando para Irving e observou a tentativa do velho de modular sua raiva.

Quando Irving virou para pegar alguma coisa no banco, Bosch teve um pensamento fugaz de que pudesse aparecer com uma arma apontada para ele. Achava que o ego e a arrogância de Irving eram de fato tão grandes que ele poderia realmente fazer uma coisa dessas e acreditar que conseguiria se safar incólume.

Mas quando Irving voltou a se virar para ele, passou um pedaço de papel pela janela.

— O que é isso? — perguntou Bosch.

— É a verdade — disse Irving. — Pegue.

Bosch tirou o documento de sua mão e olhou. Era a fotocópia de um formulário de recados telefônicos datando de 24 de maio e endereçado no alto a alguém chamado Tony. Havia um número para retornar com um código de área 323 e uma mensagem escrita à mão dizendo: *Gloria Waldron reclamou que pegou um táxi da B&W no Musso-Frank ontem à noite e o motorista estava claramente bêbado. Ela o mandou parar para que pudesse descer. Dava para sentir o cheiro de álcool no táxi etc. Por favor, ligue para mais informações.*

Bosch tirou os olhos da fotocópia e voltou a fitar Irving.

— O que espera que eu faça com isso? Você pode ter escrito isso hoje de manhã.

— Posso, mas não escrevi.

— Então o que acontece se eu ligar para este número? Essa Gloria Waldron vai jurar para mim que registrou essa queixa e depois você por acaso mencionou para Bobby Mason na festa de Chad Irving? Não vai colar, vereador.

— Sei que não. É uma linha desligada. Bom. Meu assistente para contatos com a comunidade, Tony Esperante, lembra de ter ligado para ela e anotado os detalhes. E eu passei isso para o Mason. Mas a linha não funciona mais agora e olha só a data, detetive.

— Já olhei. Dia 24 de maio. O que quer dizer?

— Vinte e quatro de maio foi uma terça. Ela disse que tomou o táxi saindo do Musso na noite anterior.

Bosch balançou a cabeça.

— O Musso não abre segunda-feira — ele disse. — O telefonema — se é que teve mesmo um telefonema — foi uma fraude.

— Isso mesmo.

— Está tentando me dizer que fizeram uma armação para cima de você, vereador? Que seu próprio filho armou para você? Que você inocentemente passou a informação adiante para Mason sem saber que agia em benefício de seu filho?

— Não meu filho, mas alguma outra pessoa.

Bosch segurou a fotocópia.

— E isso, isso é sua prova?

— Não preciso de prova. Eu sei. Agora você também sabe. Eu fui usado por alguém em quem confiava. Admito isso. Mas você também foi. Lá de cima, no décimo andar. Você forneceu para eles os meios de me atingir. Eles usaram você para chegar a mim.

— Bom, isso é só sua opinião.

— Não, é a verdade. E um dia você vai ficar sabendo. Apenas observe, eles vão se aproximar de você um dia desses e você vai entender. Você vai saber.

Bosch tentou devolver a fotocópia, mas Irving não a pegou.

— Fique com isso. Você é o detetive.

Irving se virou e disse alguma coisa para seu motorista, e o Lincoln Town Car começou a se afastar da calçada. Bosch observou o vidro escuro se fechando conforme o sedã preto se movia de volta para o tráfego da pista. Ele ficou ali por um longo momento, considerando o que havia sido conversado. Dobrou a fotocópia e a guardou no bolso.

40

Eram quase 11h30 quando Bosch e Chu chegaram aos apartamentos de Buena Vista na terça de manhã. Bosch ligara de antemão e conversara com Hannah Stone. Ela o informou que Clayton Pell deveria se apresentar ao trabalho no mercado ao meio-dia, mas também concordou em segurá-lo na instituição até a chegada dos detetives.

Quando chegaram ao portão da frente, a cigarra logo soou para permitir sua entrada, e Stone veio recebê-los. Foi uma situação um pouco constrangedora, porque Bosch estava com seu parceiro e agindo com formalidade. Eles se cumprimentaram com um aperto de mãos. Chu fez o mesmo.

— Ok, preparamos para vocês uma das salas de entrevista, se estiver tudo bem.

— Perfeito — disse Bosch.

Ele conversara com ela ao telefone durante mais de uma hora na noite anterior. Era tarde, depois que sua filha fora dormir. Bosch ficara tenso demais com os eventos do dia para conseguir pegar no sono. Havia ligado para Hannah e sentado no deque com o telefone até perto da meia-noite. Conversaram sobre muitas coisas, mas principalmente sobre o caso Hardy. Ela estava agora mais bem informada do que qualquer outra pessoa que houvesse assistido aos noticiários ou lido o *Los Angeles Times*.

Stone conduziu Bosch e Chu para uma sala pequena com duas poltronas estofadas e um sofá.

— Vou buscá-lo — disse. — É para eu ficar presente também desta vez?

Bosch balançou a cabeça.

— Se isso for deixá-lo mais à vontade e fizer com que assine o documento.

— Eu vou pedir a ele.

Ela os deixou ali e Chu olhou para Bosch com as sobrancelhas erguidas.

— Quando eu o entrevistei na semana passada, ele só conversaria comigo se ela estivesse na sala — disse Bosch. — Ele confia nela. Não confia em policiais.

— Entendi. E a propósito, Harry, acho que ela foi com a sua cara.

— Do que você está falando?

— O jeito como ela olhou pra você com aquele sorriso. Só estou dizendo. Acho que dá jogo, se você estiver a fim.

Bosch balançou a cabeça.

— Vou ficar ligado, pode deixar.

Bosch sentou no sofá e Chu ficou numa das poltronas. Não disseram mais nada enquanto aguardavam. Haviam passado duas horas naquela manhã entregando o pacote de acusações para o funcionário responsável pela entrada dos processos no Gabinete da Promotoria. Seu nome era Oscar Benitez e Bosch já havia levado casos para ele antes. Era um assistente bom, inteligente e cauteloso nomeado para crimes importantes. Seu trabalho era verificar se a polícia tinha mesmo um caso sólido antes de entrar com as acusações contra o suspeito. Ele não se deixava convencer muito facilmente e isso era uma das coisas que Bosch apreciava a seu respeito.

O pacote que apresentaram fora bem recebido por Benitez. Ele só queria algumas coisas um pouco mais explicadas ou formalizadas. Uma delas era a contribuição de Clayton Pell para o processo contra Chilton Hardy. Bosch e Chu estavam ali para se certificar de que essa parte do caso se sustentava em terreno firme. Quando Benitez foi informado sobre a situação de Pell, ficou preocupado com seu papel como testemunha-chave e se não corriam o risco de que tentasse aparecer pela promotoria em troca de algum dinheiro ou de que pudesse se bandear para o outro lado e mudar sua versão dos fatos. Benitez tomou a decisão estratégica de obter algo por escrito de Pell, ou seja, teriam de convencê-lo a assinar um depoimento. Isso raramente era feito, pois se de um lado a declaração por escrito serve para pôr os detalhes da história no lugar, de outro gera um documento que necessariamente deve ser entregue à defesa na publicação compulsória.

Alguns minutos mais tarde Stone entrou com Clayton Pell. Bosch indicou para ele a poltrona vaga.

— Clayton, como vai, tudo bem? Por que não senta ali? Você lembra do meu parceiro, o detetive Chu?

Chu e Pell trocaram um aceno de cabeça. Bosch olhou para Stone como que perguntando se ela ia ficar ou sair.

— Clayton gostaria que eu estivesse presente outra vez — ela disse.

— Tudo bem. Vamos ficar no sofá.

Assim que todo mundo se acomodou, Bosch abriu sua maleta sobre o colo e começou a falar enquanto removia uma pasta.

— Clayton, tem visto os noticiários desde ontem à noite?

— Claro. Parece que vocês pegaram seu homem.

Ele encolheu as pernas sob o corpo. Era tão pequeno que parecia uma criança sentada na grande poltrona estofada.

— Ontem prendemos Chilton Hardy pelo assassinato que eu mencionei para você na semana passada.

— É, legal. Vocês prenderam ele por causa do que ele fez comigo?

Bosch já esperava que Pell fosse fazer exatamente essa pergunta.

— Bom, estamos tentando levantar uma série de acusações contra ele. É por isso que estamos aqui, Clayton. Precisamos da sua ajuda.

— E como eu disse na semana passada, o que eu ganho com isso?

— Bom, como eu também disse na semana passada, você nos ajuda a pôr esse cara na prisão pelo resto da vida dele. O homem que destruiu sua vida. Pode ser até que você o enfrente cara a cara no tribunal, se a promotoria precisar de você para testemunhar contra ele.

Bosch abriu a pasta em sua mala.

— Meu parceiro e eu passamos a manhã no Gabinete da Promotoria apresentando nosso caso contra Hardy pelo assassinato de Lily Price. Temos um caso sólido, bom, e vai ficar melhor à medida que a investigação continuar. A promotoria está planejando entrar com a acusação de homicídio antes do final do dia. Já conversamos com eles sobre seu papel no caso e como era na verdade o seu sangue encontrado na vítima e...

— *Que papel?* — gritou Pell. — Já falei pra vocês que eu nem estava lá e agora vocês estão dizendo para a promotoria que eu tive um papel nisso?

Bosch pousou a pasta sobre sua maleta e ergueu as duas mãos, num gesto pedindo calma.

— Calma aí, Clayton, não foi nada disso que a gente fez. Talvez tenha sido uma escolha de palavras infeliz, mas você precisa me deixar terminar. O que a gente fez foi mostrar para ele todo o caso, passo a passo. O que a gente sabia, quais são as evidências e como a gente acha que tudo se encaixa, entendeu? Nós contamos para ele que seu sangue foi encontrado na vítima, mas que você nem mesmo estava presente. E não foi só isso, mas que você era só uma criança naquela época e não tem como ter se envolvido. Então ele sabe disso perfeitamente, ok? Ele entendeu muito bem que você também foi uma vítima desse cara.

Pell não respondeu. Virou de lado na cadeira, como fizera na outra semana.

— Clayton — disse Stone. — Por favor, presta atenção. Isso é importante.

— Preciso ir trabalhar.

— Você não vai chegar atrasado se escutar e não interromper. Isso é muito importante. Não só para este caso, mas para você também. Por favor, senta direito e escuta.

Pell relutantemente se ajeitou de novo na poltrona de modo a ficar de frente para Bosch.

— Tá, tá, estou escutando.

— Muito bem, Clayton, vou direto ao ponto. Só existe um crime que não prescreve. Você sabe o que isso quer dizer?

— Quer dizer que não podem acusar você depois que passou um certo tempo. Tipo, para crimes sexuais, normalmente é três anos.

Bosch se deu conta de que Pell tinha mais do que uma familiaridade superficial com a questão da prescrição. No período em que estivera preso, ele provavelmente obteve um entendimento da lei na Califórnia por causa de seus próprios crimes. Esse era um lembrete sinistro de que o sujeitinho petulante ali sentado diante dele era um predador perigoso e predadores sempre sabiam em que tipo de terreno estavam pisando.

O estatuto da prescrição para a maioria dos crimes sexuais era de três anos. Mas Pell estava errado. Havia várias exceções para o estatuto com base no tipo de crime cometido e na idade da vítima. O Gabinete da Promotoria precisaria emitir uma opinião e decidir se Hardy seria processado pelos crimes contra Pell. Bosch achou que provavelmente era tarde demais. Pell estivera contando essa história para inspetores prisionais durante anos, mas ninguém nunca se dera ao trabalho de instaurar uma investigação. Bosch tinha certeza de que o tempo de Hardy como predador chegara ao fim e que ele pagaria ao menos por alguns de seus crimes. Mas muito provavelmente nunca pagaria pelo que fizera a Clayton Pell.

— De um modo geral é isso mesmo — disse Bosch. — Em geral, são três anos. Então você provavelmente sabe a resposta para suas próprias perguntas. Acho que Hardy nunca vai ser processado pelo que ele fez com você, Clayton. Mas isso não faz diferença, porque você pode desempenhar uma parte fundamental no julgamento dele por assassinato. Nós dissemos para o Gabinete da Promotoria que era o seu sangue em Lily Price e você vai poder dizer ao júri como ele foi parar ali. Vai poder testemunhar sobre o que ele fez com você — os abusos sexuais *e* físicos. Você vai fornecer o que a gente chama de testemunho ponte, Clayton. Vai nos ajudar a construir uma ponte do DNA encontrado naquela garota para a porta da casa de Chilton Hardy.

Bosch voltou a pegar o documento.

— Uma das coisas que a promotoria vai precisar já é um depoimento assinado seu, detalhando os fatos da sua relação com Hardy. Hoje de manhã meu parceiro e eu redigimos esse documento, com base nas minhas anotações da semana passada. Quero que leia e, se estiver tudo certo, assine, e assim você vai ajudar a fazer o Hardy passar o resto da vida no corredor da morte.

Bosch lhe ofereceu a declaração, mas Pell recusou com um gesto.

— Por que não lê pra mim em voz alta?

Bosch percebeu que Pell provavelmente não sabia ler. Não havia nenhuma indicação em sua ficha de que algum dia frequentara a escola com alguma regularidade e ele certamente nunca fora encorajado a ler ou estudar por conta própria em casa.

Bosch então se pôs a ler o documento de uma página e meia. O texto deliberadamente obedecia o ditado de que menos é mais. Reiterava brevemente a admissão feita por Pell de que havia morado na casa de Hardy na época do assassinato de Lily Price e de que fora vítima de abusos nesse período, tanto físicos como sexuais. Descrevia os maus-tratos físicos ligados ao cinto de Hardy e declarava que Pell muitas vezes sofrera castigos que o levaram a sangrar de ferimentos nas costas.

O documento descrevia também a recente identificação de Hardy feita por Pell com base em fotografias com perfilados de suspeitos, assim como o reconhecimento preciso da casa onde havia morado com Hardy no fim dos anos 1980.

— O subscrito, isto é, você, concorda com esses fatos e dá fé de serem um relato verdadeiro e preciso de seu envolvimento com Chilton Aaron Hardy Junior em 1989 — leu Bosch. — E é isso.

Ele olhou para Pell, que balançava a cabeça, como que concordando.

— Isso está bom? — quis saber Bosch.

— Está, está bom — disse Pell. — Mas aí fala que o Chill bateu uma foto minha chupando o pau dele.

— Bem, não com essas palavras, mas...

— Esse negócio precisa estar aí?

— Acho que sim, Clayton. Porque encontramos a foto que você tinha falado que o Hardy tirou. Encontramos a caixa de sapato. Então a gente quer isso na declaração, porque a foto corrobora o que você disse.

— Não sei o que isso quer dizer.

— Você quer dizer "corroborar"? Significa algo como confirmar sua história. É uma comprovação. Você diz que isso é o que o cara obrigou você a fazer e então temos a foto para provar.

— Então as pessoas vão ver a foto?

— Pouquíssimas pessoas. Ela não vai ser liberada para a imprensa. É só um elemento que ajuda a construir o caso.

— Além disso — interveio Stone —, não tem do que se envergonhar, Clay. Você era uma criança. Ele era um adulto. Você estava sob o domínio e o controle dele. Ele vitimou você e não teve nada que você pudesse fazer a respeito.

Pell balançou a cabeça concordando, mais para si mesmo do que para Stone.

— Está disposto a assinar esse documento? — perguntou Bosch.

Era hora de tomar uma atitude ou recuar de vez.

— Eu assino, mas o que acontece depois?

— A gente leva de volta para o Gabinete da Promotoria, ele entra para a documentação do processo e serve como ajuda para as acusações que o promotor vai impetrar hoje à tarde.

— Não, eu quis dizer com ele. Com o Chill. O que acontece em seguida com ele?

Bosch balançou a cabeça. Agora ele entendia.

— Ele está sendo mantido nesse exato momento sem fiança no Metropolitan Detention Center. Se o Gabinete da Promotoria entrar com as acusações hoje mesmo, ele vai ser chamado a juízo amanhã no superior tribunal. Provavelmente vai ter uma audiência de fiança também.

— Vão determinar uma fiança *pra ele*?

— Não, não foi isso que eu disse. Ele tem direito a uma audiência de fiança. Todo mundo tem. Mas você não precisa se preocupar, esse cara não vai a lugar nenhum. Hardy nunca mais vai respirar o ar da liberdade outra vez.

— Será que eu posso ir nessa audiência e falar com o juiz?

Bosch olhou para Pell. Ele compreendeu na mesma hora o pedido, mas ficou surpreso, de qualquer forma.

— Hm, acho que isso não seria uma jogada muito inteligente, Clayton. Por você ser uma potencial testemunha. Vou verificar com o Gabinete da Promotoria se quiser, mas acho que vão dizer não. Acho que eles querem segurar você para usar só no julgamento. Não querem você aparecendo no tribunal, especialmente quando o Hardy estiver lá.

— Tudo bem. Só achei que eu tinha que perguntar, só isso.

— Claro.

Bosch fez um gesto com a declaração de testemunha na direção de sua maleta.

— Quer usar isso como apoio para assinar? Acho que é o melhor jeito. É a única superfície plana que tem aqui.

— Tudo bem.

O pequeno homem desceu de sua poltrona e se aproximou do detetive. Bosch enfiou a mão no bolso para pegar uma caneta e deu para Pell. Ele se curvou, seu rosto muito próximo ao de Bosch, e parou com a caneta no ar, acima do documento. Quando falou, Bosch pôde sentir seu hálito quente no rosto.

— Sabe o que devia ser feito com esse cara?

— Quem? Hardy?

— É, Hardy.

— O que devia ser feito?

— Deviam pendurar ele pelas bolas por causa do que ele fez com aquela garota e comigo e com todos os outros. Eu vi na tevê ontem à noite. Eu sei o que ele fez. Eles deviam enterrar o cara de cabeça para baixo, três metros debaixo da terra. Mas em vez disso vão pôr ele no *Sixty Minutes* e transformar numa celebridade.

Bosch abanou a cabeça uma única vez. Pell estava tirando conclusões muito apressadas.

— Não tenho muita certeza sobre o que você quer dizer com transformar ele numa celebridade, mas meu palpite é que vão pedir a pena de morte e vão conseguir.

Pell deu uma risada de desprezo.

— Isso é uma puta piada. Se é para ter pena de morte, então melhor usar. Não ficar dançando em volta durante vinte anos.

Dessa vez Bosch balançou a cabeça concordando, mas não disse mais nada. Pell rabiscou seu nome no documento e ofereceu a caneta de volta para Bosch. Quando Harry a pegou, Pell continuou segurando firme. Os dois se encararam por um momento.

— Você não está gostando nada disso, tanto quanto eu — sussurrou Pell. — Não é, detetive Bosch?

Pell finalmente soltou a caneta e Bosch a guardou num dos bolsos em seu paletó.

— Não — ele disse. — Não estou.

Pell recuou em seguida e deram o assunto por encerrado.

Cinco minutos mais tarde, Bosch e Chu andavam para o portão de ferro quando Bosch parou de repente. Chu virou e olhou para trás, e Bosch jogou as chaves do carro para ele.

— Vai ligando — ele disse. — Esqueci minha caneta.

Bosch voltou para a sala de Hannah Stone. Ela parecia já estar a sua espera. Estava parada na área da recepção, aguardando.

— Volta aqui, detetive.

Eles entraram de novo na sala de entrevista e ela fechou a porta. Quando ela se virou, a primeira coisa que fez foi beijá-lo. Bosch ficou constrangido.

— O que foi? — ela perguntou.

— Não sei — ele disse. — Acho que a gente não devia misturar as coisas desse jeito.

— Tudo bem, desculpa. Mas você voltou, não voltou? — como eu adivinhei que ia fazer.

— É, bom...

Ele sorriu por ser pego nessa incoerência.

— Olha, que tal amanhã à noite? — ele perguntou. — Depois que Hardy for acusado formalmente. Sei que soa esquisito dizer que eu gostaria de comemorar, mas é que, quando você tira mais um de circulação... é uma sensação boa, entende?

— Acho que sim. E a gente se vê amanhã à noite.

Bosch então a deixou. Chu havia parado com o carro bem na entrada e Harry sentou no banco do passageiro.

— E aí? — disse Chu. — Pegou o telefone dela?

— Dirige aí — disse Bosch.

41

Na quarta de manhã, Bosch e Chu decidiram que iriam ao tribunal para testemunhar o primeiro passo do processo judicial envolvendo Chilton Hardy. Embora a presença deles não fosse necessária para os procedimentos legais envolvendo o primeiro comparecimento de Hardy sob a acusação de homicídio, Bosch e seu parceiro queriam estar lá. Era coisa rara no trabalho com homicídios que um investigador pusesse as mãos num dos verdadeiros monstros do mundo, e Hardy era um desses. Eles queriam vê-lo algemado e exposto, exibido perante o povo.

Bosch checara com o MDC e sabia que Hardy estava no ônibus que transportava os detentos brancos. Era o segundo ônibus programado para partir. Isso iria postergar seu comparecimento ao tribunal pelo menos até as dez. Era o tempo de Harry tomar um café e dar uma olhada nas matérias que a investigação havia gerado nos jornais matutinos.

Os telefones na baia tocavam o tempo todo sem que ninguém atendesse, com os jornalistas e produtores deixando uma série de recados, pedindo comentários ou acesso privilegiado à investigação em curso. Bosch decidiu se afastar do barulho e ir para o tribunal. Quando ele e Chu se levantaram para vestir o paletó — sem ter combinado, ambos tinham escolhido seus melhores ternos —, Harry pôde sentir os olhares das pessoas na sala do esquadrão sobre eles. Foi até a mesa de Tim Marcia e lhe disse que estavam de saída. Disse que voltariam imediatamente após o comparecimento de Hardy, a menos que o promotor designado para o caso quisesse conversar com eles.

— Quem pegou o caso? — perguntou Marcia.

— Maggie McPherson — disse Bosch.
— Maggie McFierce? Achei que ela estivesse no Valley.
— E estava. Mas agora está cuidando de crimes graves. É uma ótima notícia para nós.

Marcia concordou.

Tomaram o elevador para descer e havia repórteres esperando do lado de fora do PAB. Alguns reconheceram Bosch e isso provocou o estouro da boiada. Bosch os rechaçou sem fazer comentários e ele e Chu foram para a calçada. Atravessaram a First e Bosch apontou para a silhueta monolítica do Times Building.

— Fala pra sua namorada que ela fez um bom trabalho com a matéria no jornal de hoje.

— Já falei para você, ela não é minha namorada — protestou Chu. — Eu cometi um erro com ela e isso foi corrigido. Não li a matéria, mas o que ela conseguiu, foi sem a minha ajuda.

Bosch balançou a cabeça e decidiu que já estava na hora de dar um refresco para Chu com aquela história. Eram águas passadas, agora.

— E a sua namorada, como vai? — perguntou Chu, devolvendo a provocação a Bosch.

— Minha namorada? Ãhn, assim que eu me encontrar com ela vou perguntar como vai e depois eu digo para você.

— Ah, para com isso, Harry. Essa você precisa pegar. Eu vi o olhar, cara.

— Será que por um acaso você já esqueceu que acabou de fazer uma merda e depois se safou por pouco porque deixou que um relacionamento de trabalho virasse alguma coisa a mais do que um relacionamento de trabalho?

— Sua situação é uma coisa totalmente diferente.

O celular de Bosch zumbiu; ele o pegou e olhou para o visor. Falando no diabo, era Hannah Stone. Bosch apontou para o telefone ao atender, de modo que Chu tomasse o cuidado de não falar nada paralelamente.

— Doutora Stone?

— Acho que isso significa que você não está sozinho.

Havia um tom de estresse em sua voz.

— Não, mas o que foi?

— Hm, não sei se significa alguma coisa, mas Clayton Pell não voltou para cá ontem à noite e descobri que ele não foi trabalhar quando saiu daqui, depois de assinar a declaração para vocês.

Bosch parou na calçada e levou um momento para absorver aquilo.

— E ele ainda não voltou?

— Não, acabei de descobrir, quando cheguei.

— Você ligou para o trabalho dele?

— Liguei, falei com o chefe dele. Ele disse que Clayton ligou ontem falando que estava doente e não apareceu. Mas ele saiu daqui logo depois que vocês saíram. Disse que estava indo trabalhar.

— Ok, e o agente da condicional? Ele foi informado ontem à noite?

— Ontem à noite não. Acabei de ligar para ele antes de ligar para você. Ele disse que não ficou sabendo de nada, mas ia verificar como pudesse. Daí eu liguei para você.

— Por que esperou até hoje de manhã? Ele está sumido faz quase vinte e quatro horas, agora.

— Eu já falei; acabei de descobrir. Não se esqueça de que isso é um programa voluntário. A gente tem regras e todo mundo é obrigado a respeitar quando está aqui, mas quando alguém some desse jeito, existe realmente muito pouca coisa que se pode fazer a respeito. É esperar e ver se a pessoa volta e informar o departamento de condicionais que a pessoa largou o programa. Mas por causa do que aconteceu nesta semana e por ele ser uma testemunha no caso, achei que você devia saber.

— Ok, entendi. Mas você faz alguma ideia de onde ele pode ter ido? Por acaso ele tem amigos ou família por perto?

— Não, ele não tem ninguém.

— Ok, vou fazer umas ligações. Se você ficar sabendo de alguma coisa, liga pra mim.

Bosch fechou o aparelho e olhou para Chu. Uma sensação desconfortável estava crescendo em seu peito. Ele achou que talvez soubesse onde Pell estaria.

— Clayton Pell está sumido. Ao que parece se mandou logo depois que a gente conversou com ele ontem.

— Ele provavelmente...

Mas Chu não terminou, porque não tinha uma boa resposta.

Bosch achava que tinha. Ligou para o centro de comunicações e pediu ao operador para jogar o nome de Clayton Pell no sistema e ver se havia alguma interação recente com o sistema de justiça.

— Ok — disse o operador. — Temos um Clayton Pell preso ontem, um delito classe 243.

Bosch não precisava de tradução para o Código Penal da Califórnia número 243. Qualquer tira sabia o que era. Agressão contra um policial.

— Quem autuou? — ele perguntou.

— Fomos nós. Mas não tenho os detalhes, só sei que ele foi levado sob custódia no PAB.

Bosch permanecera fora do Public Administration Building durante a maior parte da terça-feira, cuidando dos últimos detalhes para o promotor, mas quando voltara, ao final do dia, escutara algumas conversas na sala do esquadrão sobre um policial ter sido atacado na praça pública bem na frente do edifício. Foi uma agressão totalmente gratuita. O policial teve o nariz quebrado quando o agressor o parou para pedir uma informação e então inexplicavelmente deu uma testada em seu rosto. Mas no bate-papo que ele ouviu, o agressor era considerado um simples maluco e ninguém mencionara o nome.

Bosch agora sabia o que havia acontecido. Pell se dirigira ao centro e ao PAB com a intenção de ser preso. Isso garantiria que seria fichado no Metropolitan Detention Center, nas proximidades, onde ele sabia que Hardy estava sendo mantido. Qualquer um preso no centro pelo DPLA seria fichado no MDC, e não em alguma outra cadeia da cidade e do condado, que serviam como locais para fichar regionalmente.

Bosch desligou, depois percorreu a lista de ligações recentes em seu celular e pegou o número da sala da guarda no MDC. Era o número para o qual havia ligado um pouco mais cedo quando precisou checar a programação de Hardy.

— O que foi, Harry? — perguntou Chu.

— Problema — disse Bosch.

Sua ligação foi atendida.

— Metro Detention, sargento Carlyle, queira aguardar um min...

— Não, não me põe na espera. Aqui é o Bosch, DPLA, a gente conversou faz pouco tempo.

— Bosch, estamos um pouco ocupados no momento. Eu preciso...

— Escuta, acho que alguém vai tentar matar Chilton Hardy. O cara sobre quem eu falei.

— Ele já foi, Bosch.

— Como assim, "já foi"?

— A gente pôs o homem no ônibus do xerife. Ele está a caminho do tribunal para ouvir a acusação.

— Quem mais está naquele ônibus? Você consegue verificar um nome? Clayton Pell. É Paul-Edward-Lincoln-Lincoln.

— Espera aí um minuto.

Bosch olhou para Chu e já ia explicar o que estava acontecendo quando o sargento da guarda voltou à ligação, um tom inconfundível de urgência em sua voz.

— Pell está no ônibus com Hardy. Quem é esse cara e por que não fomos informados de que os dois tinham uma rixa?

— A gente pode falar sobre isso mais tarde. Onde está o ônibus?

— Como vamos saber? Ele acabou de sair.

— Você sabe qual é a rota? Em que direção ele costuma ir?

— Ãhn... acho que é a San Pedro até a First, depois sobe até a Spring. A garagem fica no lado sul do prédio do tribunal.

— Ok, liga agora mesmo para o gabinete do xerife, fala pra eles o problema e segura aquele ônibus. Deixa o Pell longe do Hardy.

— Se não for tarde demais.

Bosch desligou sem responder. Virou e começou a voltar para o PAB.

— Harry, o que está acontecendo? — exclamou Chu atrás dele, seguindo-o.

— Pell e Hardy estão no mesmo ônibus da cadeia. A gente precisa impedir.

Bosch tirou o distintivo do cinto e o segurou no alto quando entrou no cruzamento da Spring com a First. Ergueu as mãos para deter o tráfego e atravessou o cruzamento na diagonal. Chu foi atrás dele.

Assim que chegaram em segurança do outro lado, Bosch começou a correr na direção de três viaturas estacionadas em frente à praça pública do PAB. Um policial uniformizado estava apoiado no para-choque dianteiro do primeiro veículo e olhando distraidamente para seu celular. Bosch bateu com a mão no teto do carro quando chegou. Ainda estava segurando o distintivo no alto.

— Ei! Precisamos do seu carro. É uma emergência.

Bosch abriu a porta do passageiro e entrou. Chu sentou na traseira.

O policial se afastou do para-choque mas não fez menção nenhuma de sentar atrás do volante.

— Não dá, cara, a gente está esperando o chefe. Ele tem uma reunião na imob...

— Foda-se o chefe — disse Bosch.

Ele viu que o policial deixara as chaves na ignição e o carro estava com o motor ligado. Encolhendo as pernas, Bosch foi para o banco do motorista, tomando o cuidado de não resvalar no suporte da escopeta nem no terminal de computador móvel.

— Ei, espera aí um minuto! — berrou o policial.

Bosch engatou a marcha e arrancou para longe da calçada. Acionou a sirene e as luzes no alto e desceu a First a toda. Cobriu três quarteirões em dez segundos e então fez uma curva muito aberta para entrar na San Pedro, mantendo a máxima velocidade de que foi capaz ao fazer a curva.

— Ali! — gritou Chu.

Um ônibus do xerife vinha pela rua na direção deles. Bosch percebeu que o motorista não recebera a mensagem transmitida por Carlyle no MDC. Afundou o pé no acelerador e foi em linha reta na direção do ônibus.

— Harry? — gritou Chu no banco de trás. — O que você está fazendo? Aquilo é um ônibus!

No último segundo, Bosch pisou no freio e girou violentamente o volante para a esquerda, fazendo o carro derrapar de lado e parando bem no caminho do ônibus. O ônibus também derrapou e freou a quase um metro da porta de Chu.

Bosch desceu e foi em direção à porta da frente do ônibus, segurando seu distintivo no alto. Ele bateu com toda força na porta metálica.

— Polícia de Los Angeles! Abram aí. É uma emergência.

A manivela foi acionada e a porta se abriu, e Bosch se pegou olhando para a ponta eloquente do cano de uma escopeta, apontada por um assistente uniformizado do xerife. Atrás dele, o motorista — também um policial uniformizado — estava com sua arma apontada para Bosch.

— Deixa a gente ver uma identidade além desse distintivo.

— Chama o seu operador. O MDC acabou de transmitir uma ordem para deter o ônibus.

Ele jogou sua identidade aberta para o motorista.

— Vocês estão com um cara aí atrás que quer matar outro.

Nem bem completou a frase, Bosch escutou os sons de um tumulto se elevando dos fundos do ônibus, seguidos de gritos de encorajamento.

— *Vai! Vai! Mata esse filho da puta!*

Os dois policiais viraram para olhar, mas ficaram estáticos.

— Me deixa entrar! — gritou Bosch.

O motorista finalmente gritou:

— *Vai! Vai! Entra lá!*

Ele bateu com a mão em um botão vermelho que destrancava a porta da gaiola dando para a traseira do ônibus. O policial com a escopeta passou por ela e Bosch subiu os degraus do ônibus para segui-lo.

— Peça reforço! — ele berrou ao passar pelo motorista e foi atrás do outro policial na direção dos fundos.

Quase imediatamente o assistente de xerife caiu no chão, quando de algum modo levou uma rasteira de um prisioneiro que conseguiu esticar os pés acorrentados no corredor. Bosch não parou. Pulou por cima das costas do policial e continuou avançando para a traseira do ônibus. A atenção de todos os prisioneiros estava voltada para os fundos, do lado direito, onde Bosch viu Clayton Pell de pé e curvado sobre o assento a sua frente. Ele havia enrolado uma corrente em torno do pescoço de Chilton Hardy e estrangulava o outro por trás. O rosto de Hardy estava roxo e seus olhos saltavam das órbitas. Ele não podia fazer nada para se defender porque seus pulsos estavam acorrentados na altura da cintura.

— Pell! — gritou Bosch. — Solta ele!

Seu grito foi sufocado pelo coro de homens berrando para que Pell fizesse o oposto. Bosch deu mais dois passos e jogou o corpo contra Pell, afastando-o de Hardy com o tranco, mas sem conseguir desfazer o estrangulamento. Bosch se deu conta de que Pell estava algemado à corrente que passara em torno do pescoço de Hardy. Era a corrente que deveria estar em volta da cintura de Pell.

Bosch levou as duas mãos à corrente, gritando com Pell para que soltasse. O policial logo se recuperou, mas não podia largar a escopeta para ajudar. Chu passou por ele e tentou agarrar a corrente sendo apertada contra a garganta de Hardy.

— Não, puxa a mão dele — berrou Bosch.

Chu segurou uma das mãos de Pell enquanto Bosch pegava a outra e não demorou para que os dois superassem o homem menor. Bosch tirou a corrente do pescoço de Hardy e ele desabou para a frente, o rosto batendo contra o encosto do banco diante dele antes que seu corpo caísse no corredor, aos pés de Chu.

— Deixa ele morrer! — gritou Pell. — Deixa o filho da puta morrer!

Bosch forçou Pell a sentar de volta em seu banco e depois jogou todo o peso do corpo sobre ele.

— Clayton, seu estúpido, seu idiota — disse Bosch. — Você vai voltar pra cadeia por causa disso.

— Eu não ligo. Não tem nada pra mim aqui fora, de qualquer jeito.

Seu corpo tremia e ele parecia perder as forças. Começou a gemer e chorar, repetindo:

— Eu quero que ele morra, eu quero que ele morra.

Bosch virou e olhou para o corredor. Chu e o policial estavam cuidando de Hardy. Ele estava inconsciente ou morto e o policial verificava seu pulso. Chu tinha a cabeça curvada e mantinha o ouvido próximo à boca de Hardy.

— Precisamos dos paramédicos — o policial gritou para o motorista. — Rápido! Não estou sentindo o pulso.

— Eu vou — respondeu o motorista.

A notícia da falta de pulso provocou vivas e uma energia renovada entre os demais prisioneiros no ônibus. Eles sacudiram suas correntes e bateram os pés no chão. Não ficou claro para Bosch se sabiam quem era Hardy ou se era simplesmente a avidez por sangue que os levara a clamar por morte.

Em meio a tudo isso Bosch escutou uma tossida e quando baixou o rosto viu Hardy voltando a si. Seu rosto continuava com um tom profundo de vermelho e seus olhos estavam sem vida. Mas eles focaram Bosch por um momento até que o ombro do policial se interpôs entre ambos.

— Ok, estamos com ele outra vez — informou o policial. — Ele está respirando.

A notícia foi recebida com um coro de vaias dos homens no ônibus. Pell emitiu um lamento agudo e dolorido. Seu corpo inteiro se sacudiu sob Bosch. O som parecia resumir toda uma vida de angústia e desespero.

42

Nessa noite, Bosch ficou no deque, nos fundos de sua casa, olhando para a faixa de luzes na via expressa. Continuava usando seu melhor terno, embora o ombro direito estivesse sujo por causa da luta com Pell no ônibus. Ele queria uma bebida, mas não estava bebendo. Havia deixado a porta de correr aberta, assim podia escutar a música. Havia recorrido mais uma vez à música a que sempre recorria nesses momentos solenes. Frank Morgan no sax tenor. Nada melhor para moldar o estado de espírito.

Ele cancelara seu encontro com Hannah Stone. Os acontecimentos do dia eliminaram qualquer desejo de comemorar, qualquer desejo até de falar.

Chilton Hardy sobrevivera praticamente ileso ao ataque no ônibus do xerife. Ele foi transportado para a ala de encarceramento do County-USC Medical Center e iria permanecer por lá até receber alta dos médicos. Sua audiência de acusação seria postergada até então.

Clayton Pell foi preso novamente e acusações adicionais resultantes do ataque foram apresentadas. Uma violação de condicional também foi acrescentada e ficou claro que Pell estava a caminho da prisão outra vez.

Normalmente, Bosch teria ficado satisfeito em saber que um criminoso sexual ia voltar a ficar atrás das grades. Mas ele não conseguia deixar de sentir tristeza com a situação de Pell e achar que de algum modo era responsável. E culpado.

Culpado por ter intervindo.

Depois de Bosch ter deduzido tudo que estava acontecendo quando caminhava pela First Street, ele podia ter deixado que as coisas seguissem seu curso, e o mundo teria se livrado de um monstro, um homem mais depravado do que qualquer outro que Bosch já encontrara. Mas Bosch interviera. Ele agira para salvar o monstro e agora seus pensamentos estavam toldados pelo remorso. Hardy merecia a morte, mas provavelmente nunca receberia a pena, ou receberia apenas quando isso estivesse tão distante no tempo de seus crimes a ponto de ser quase destituído de significado. Até lá, ele seguiria firme e forte entre o tribunal e a prisão e entraria para o panteão da cultura criminosa, onde homens como ele se tornavam o assunto das conversas, tema de artigos em jornais e de livros e, em alguns círculos mais sinistros, até mesmo objeto de veneração.

Bosch podia ter acabado com tudo isso, mas não o fez. Aderir a um código de *todo mundo importa ou ninguém importa* dificilmente parecia servir de consolo. Ou desculpa. Ele sabia que iria carregar a culpa por suas ações nesse dia durante um longo tempo.

Bosch passara a maior parte do dia escrevendo relatórios e sendo entrevistado por outros investigadores sobre os eventos no ônibus do xerife. Foi determinado que Pell sabia como chegar a Hardy porque ele conhecia o sistema. Ele sabia dos métodos e das rotinas. Sabia que os brancos eram isolados e transportados separadamente e que ele tinha uma boa chance de entrar no ônibus com o homem que queria matar. Sabia que ficaria acorrentado nas mãos e nos pés e que suas mãos seriam algemadas a uma corrente em sua cintura. Sabia que seria capaz de passar essa corrente da cintura sob seu quadril pequeno e sob os pés e que a corrente se tornaria sua arma para o assassinato.

Fora um grande plano e Bosch o arruinara. O incidente estava sendo investigado pelo departamento do xerife porque tivera lugar no ônibus carcerário. O assistente do xerife que colheu o depoimento de Bosch perguntou sem rodeios por que ele tinha intervindo na situação. Bosch disse simplesmente que não sabia. Que agira por instinto e por impulso, sem pensar que o mundo seria um lugar melhor sem Hardy vivendo nele.

Enquanto Bosch observava o rio infinito de metal e vidro, a angústia de Pell cravou suas garras nele. Ele havia roubado de Pell sua única chance de redenção, o momento em que daria o troco por todos os males infligidos a sua pessoa e, a seu modo de pensar, os males infligidos a todos os demais. Bosch não concordava com isso, necessariamente, mas compreendia. Todo mundo está à procura de redenção. Por alguma coisa.

Bosch arrancara isso das mãos de Pell e era por isso que escutava a música melancólica de Frank Morgan e sentia vontade de afogar sua tristeza na bebida. Ele sentia pena do predador.

A campainha soou acima do som do saxofone. Bosch entrou na casa, mas quando atravessava a sala sua filha saiu rapidamente do quarto e chegou antes dele à porta. Ela levou a mão à maçaneta e depois encostou o rosto no olho mágico antes de abrir, do modo como ele lhe ensinara a fazer. Após um instante, se afastou da porta, dando pequenos passos robóticos de costas até cruzar com seu pai.

— É a Kiz — sussurrou.

Ela virou e foi para o corredor, de modo a ficar à parte.

— Ok, bom, ninguém precisa entrar em pânico — disse Bosch. — Acho que dá para cuidar da Kiz.

Bosch abriu a porta.

— Oi, Harry. Tudo bem?

— Tudo bem, Kiz. A que devo a honra?

— Ah, acho que eu esperava poder sentar com você um pouco no deque para conversar.

Bosch não respondeu logo de cara. Apenas ficou olhando para ela até que o momento se tornasse constrangedoramente longo.

— Harry? Alô. Alguém em casa?

— Ãhn, é, desculpe. Eu estava só... ãhn, vamos entrando.

Ele abriu toda a porta e permitiu sua passagem. Ela já sabia onde era o deque.

— Hm, não tenho nenhuma bebida em casa. Posso oferecer água e algum refrigerante.

— Água está ótimo. Vou voltar para o centro depois.

Quando passou pelo corredor que dava nos quartos, Maddie continuava ali, parada.

— Oi, Kiz.

— Ah, oi, Maddie. Tudo bem com você, querida?

— Tudo bem.

— Que ótimo. Se algum dia precisar de alguma coisa, pode me procurar, viu?

— Obrigada.

Bosch entrou na cozinha e pegou duas garrafas de água na geladeira. Ele estava apenas alguns segundos atrás de Rider, mas ela já chegara ao parapeito da varanda, e observava a vista e os sons. Ele fechou a porta ao passar, de modo que Maddie não escutasse o que Kiz viera dizer.

— Sempre fico surpresa de ver como nessa cidade, onde quer que você esteja, é impossível se livrar do trânsito — ela disse. — Nem aqui em cima.

Bosch passou uma garrafa para ela.

— Então se você está voltando para o centro para trabalhar hoje à noite, imagino que essa seja uma visita oficial. Deixa eu adivinhar, vou receber uma advertência por ter roubado uma das viaturas do chefe.

Rider fez um gesto no ar, como se espantasse uma mosca.

— Isso não tem importância, Harry. Mas estou aqui para avisar você.

— Avisar sobre o quê?

— Está começando. Com o Irving. Nesse próximo mês a guerra vai ser declarada e vamos sofrer algumas baixas. Se prepare, só isso.

— Você me conhece, Kiz, pode abrir o jogo. Seja específica. O que o Irving está armando? Eu já sou uma baixa?

— Não, não é, mas a primeira coisa é que ele procurou a comissão de polícia e pediu uma revisão do caso Chilton Hardy. Do começo ao fim. E foi atendido. A maioria ali conseguiu o cargo graças à proteção dele. Vão fazer tudo que ele disser.

Bosch pensou em seu relacionamento com Hannah Stone e no que Irving podia fazer com isso. E no fato de ter passado por cima do mandado de busca para a casa de Hardy. Se Irving conseguisse descobrir essas coisas, daria coletivas de imprensa diariamente até o dia da eleição.

— Sem problema, eles que venham — disse. — Estou limpo nessa história.

— Espero que sim, Harry. Mas o que me preocupa não é tanto sua participação na investigação, mas os vinte anos antes disso. Quando Hardy se movia livre abaixo do radar e não teve *nenhuma* investigação. A gente vai ficar com uma péssima imagem quando tudo isso vier à tona.

Agora Bosch compreendia por que ela estava ali e viera pessoalmente. Era assim que a ingerência operava. E isso era o que Irving dissera que iria acontecer.

Bosch sabia que quanto mais o esquadrão de Abertos/Não Resolvidos documentasse os crimes e as vítimas de Chilton Hardy, maior seria a indignação pública com sua aparente liberdade de agir com impunidade durante mais de vinte anos. O sujeito nunca chegou sequer a ficar suficientemente preocupado com a polícia para mudar de área.

— Então, o que você quer, Kiz? Quer que a gente pare em Lily Price? É isso? Aposte tudo num caso só e tente obter a pena de morte? Afinal, a gente só pode matar o cara uma vez, não é? Que se danem as outras vítimas, como Mandy Phillips, com a foto dela pendurada naquela droga de masmorra do Hardy. Acho que ela deve ser uma das baixas de que você está falando.

— Não, Harry, não quero que você pare. Não podemos parar. Antes de mais nada, porque essa história ganhou as páginas internacionais. E a gente quer justiça para *todas* as vítimas. Você sabe disso.

— Então o que está me dizendo, Kiz? O que você quer?

Ela fez uma pausa, procurando uma maneira de evitar dizer em voz alta. Mas não tinha como. Bosch esperou.

— Apenas pegue leve com as coisas por um tempo — disse finalmente.
Bosch balançou a cabeça. Ele compreendia.

— A eleição. A gente pega leve até a eleição e torce para o Irving cair fora. É isso que você quer?

Ele sabia que uma vez que ela dissesse isso, o relacionamento deles nunca mais seria o mesmo.

— É, é isso que eu quero — ela disse. — É o que todos nós queremos, para o bem do departamento.

Essas cinco palavras... "para o bem do departamento". Elas nunca deram em nada a não ser em ingerência e politicagem. Bosch balançou a cabeça, depois se virou e ficou observando a vista. Não queria mais encarar Kiz Rider.

— Deixa disso, Harry — pediu Rider. — Nós derrubamos o Irving na lona. Não dê para ele o que ele precisa para ficar de pé outra vez e nos atingir, para continuar a prejudicar o departamento.

Ele se curvou sobre o parapeito de madeira e ficou olhando diretamente para o mato rasteiro, abaixo do deque.

— É gozado — disse. — Quando eu penso nisso tudo, parece que a razão estava do lado de Irvin Irving, que provavelmente ele estava mesmo dizendo a verdade.

— Não sei do que você está falando.

— Não fazia sentido para mim: por que ele iria pressionar o caso se sabia que isso podia voltar para a própria cumplicidade dele num esquema de tráfico de influência?

— Harry, não vejo necessidade de ir por aí. O caso está encerrado.

— A resposta era que ele pressionou o caso porque não era cúmplice. Ele estava limpo.

Ele baixou a mão para seu paletó sujo e tirou a fotocópia dobrada do recado de telefone que Irving lhe dera. Ficara em seu bolso desde aquela hora. Sem olhar para Rider, estendeu-lhe o papel e ficou esperando enquanto ela desdobrava a folha e a examinava.

— O que é isso? — ela disse.

— É a prova de inocência de Irving.

— É só um pedaço de papel, Harry. Isso pode ter sido feito a qualquer momento. Não prova nada.

— Exceto que você, eu e o chefe sabemos que é bem real. É pra valer.

— Fale por você. Isso não vale nada.

Ela voltou a dobrar o papel e o devolveu. Bosch tornou a guardar em seu bolso.

— Você me usou, Kiz. Para chegar ao Irving. Você usou a morte do filho dele. Você usou as coisas que eu descobri. Tudo para conseguir uma matéria fajuta no jornal e tentar jogar o nome do cara na lama.

Ela ficou sem responder por um longo tempo e, quando o fez, se limitou a vestir a camisa da empresa. Nada de admitir coisa alguma.

— Trinta dias, Harry. Irving é uma pedra no sapato do departamento. Se a gente conseguir se livrar dele, podemos construir um departamento maior e melhor. E isso faz dessa cidade um lugar mais seguro e melhor.

Bosch endireitou o corpo e voltou a olhar a vista. Os vermelhos estavam ficando roxos. A noite se aproximava.

— Claro, por que não? — ele disse. — Mas se você precisa se transformar nele para se livrar dele, qual a diferença?

Rider bateu de leve no parapeito com as duas mãos, sinal de que já dissera o suficiente e dera a conversa por encerrada.

— Preciso ir, Harry. Preciso voltar lá.
— Claro.
— Obrigada pela água.
— De nada.

Ele escutou seus passos nas tábuas de madeira conforme se virava para abrir a porta de correr.

— Então o que você falou para mim outro dia é só conversa mole, Kiz? — ele perguntou, permanecendo de costas para ela. — Era só parte do teatro?

Os passos cessaram, mas ela não disse nada.

— Quando eu liguei para você e contei sobre o Hardy. Você mencionou o trabalho nobre que a gente faz. Falou: "É por isso que a gente faz isso." Só uma frase de efeito, Kiz?

Demorou algum tempo até ela responder. Bosch sabia que estava olhando para ele e esperando que se virasse e a encarasse. Mas ele foi incapaz de fazê-lo.

— Não — disse ela, finalmente. — Não era só uma frase de efeito. Era a verdade. E algum dia talvez você aprecie que eu faça o que tenho de fazer para que você possa fazer o que tem de fazer.

Ela esperou por sua resposta, mas ele não disse nada.

Ele escutou a porta deslizando para abrir e depois se fechando. Ela foi embora. Bosch olhou para a luz do dia que sumia e esperou um momento antes de falar.

— Acho que não — disse.

AGRADECIMENTOS

Essa história foi em parte sugestão de Robert McDonald. Por isso o autor lhe é imensamente grato.

Muitos outros contribuíram para esse trabalho e também merecem todo crédito. Eles incluem Asya Muchnick, Bill Massey, Michael Pietsch, Pamela Marshall, Dennis Wojciechowski, Jay Stein, Rick Jackson, Tim Marcia, John Houghton, Terrill Lee Lankford, Jane Davis, Heather Rizzo e Linda Connelly. Muito obrigado a todos vocês.

NOTA DA TRADUÇÃO

O título original deste livro — *The Drop* — pode significar tanto a aposentadoria de Bosch como a gota de sangue encontrada em Lily Price e a queda de Irving Jr.

Conheça mais sobre nossos livros e autores no site
www.objetiva.com.br
Disque-Objetiva: (21) 2233-1388

Este livro foi impresso na
LIS GRÁFICA E EDITORA LTDA.
Rua Felício Antônio Alves, 370 – Bonsucesso
CEP 07175-450 – Guarulhos – SP
Fone: (11) 3382-0777 – Fax: (11) 3382-0778
lisgrafica@lisgrafica.com.br – www.lisgrafica.com.br